CHRISTOF GASSER

Solothurn streut Asche

KRIMINALROMAN

emons:

Bibliografische Information der Deutschen Nationalbibliothek
Die Deutsche Nationalbibliothek verzeichnet diese Publikation in der Deutschen Nationalbibliografie; detaillierte bibliografische Daten sind im Internet über http://dnb.d-nb.de abrufbar.

MIX
Papier aus verantwortungsvollen Quellen
FSC® C083411
FSC
www.fsc.org

Umschlagmotiv: mauritius images/age/Greg Stechishin
Umschlaggestaltung: Tobias Doetsch
Gestaltung Innenteil: César Satz & Grafik GmbH, Köln
Lektorat: Irène Kost, Biel/Bienne (CH)
Druck und Bindung: CPI – Clausen & Bosse, Leck
Printed in Germany 2017
ISBN 978-3-7408-0050-5
Originalausgabe

Dieses Werk wurde vermittelt durch die Agentur Editio Dialog, Dr. Michael Wenzel (www.editio-dialog.com).

Für alle Opfer von Missbrauch,
Misshandlung und sexueller Gewalt

Men are mere mortals who
Are not worth going to your grave for.

Männer sind lediglich Sterbliche, die es
nicht wert sind, für sie ins Grab zu gehen.

Text aus dem Titellied des
James-Bond-Films «Diamonds Are Forever»
von John Barry und Don Black

All das nur wegen ein paar
grössenwahnsinniger Typen, die sich
von ihrer Körpermitte steuern lassen
anstatt von Herz und Hirn.

Angela Vittoria Casagrande

EINS

Schwester Felicitas stand vor der offenen Toreinfahrt und starrte zum Haus hinüber, das in der blassen Dämmerung des milden Novembermorgens einen verlassenen Eindruck machte. Nur über dem Portal mit der schweren Türe brannte eine Lampe.

Sie hätte ohne Weiteres klingeln können. Etwas hielt sie ab. Waren es ihre Zweifel oder die abweisenden dunklen Fenster, hinter denen die Schatten der vergangenen Nacht lauerten?

Nervös fuhr sie mit der Hand über ihren braunen Schleier und schob ihre Brille zurecht. Sie fasste sich mit beiden Händen an die Brust, als ob sie sich vor dem nächsten Schritt ein Herz fassen müsste.

Ihr ganzer Fokus war auf das Haus gerichtet. Sie nahm die Gestalt erst wahr, als sie neben ihr stand. Mit einem unterdrückten Aufschrei fuhr Schwester Felicitas herum.

«Entschuldigen Sie, ich wollte Sie nicht erschrecken», sagte die Person und schob die Kapuze ihres Hoodies zurück. Es war eine junge Frau. Sie war sichtlich ausser Atem, und ihr Gesicht war verschwitzt. Einige Strähnen ihrer Bubikopf-Frisur klebten an der Stirn. Offenbar war sie den Grafenfelsweg hochgejoggt.

«Kann ich Ihnen helfen. Möchten Sie zu uns?», fragte die junge Frau.

Schwester Felicitas sah die Joggerin verständnislos an.

«Ich wohne hier. Ich heisse Pia Zenklusen.»

«Zenklusen?», fragte Schwester Felicitas verwirrt. «Wohnt hier nicht die Familie Dornach?»

«Ja, sorry. Dominik Dornach ist mein Vater. Zenklusen ist der Name meiner Mutter.»

«Verstehe.» Schwester Felicitas musterte die hochgewachsene und schlanke junge Frau, die sie mit ihren grossen, beinahe schwarzen Augen freundlich ansah und deren Erscheinung sie an die Fotomodelle in einem dieser bunten Gesellschaftsmagazine erinnerte, welche im Wartezimmer ihres Arztes auflagen. Sie räusperte sich, bevor sie weitersprach. «Ist Herr Dornach denn zu Hause?»

«Tut mir leid, nein. Er ist dienstlich im Ausland und kommt erst morgen Nachmittag zurück. Aber wenn –»

«Dienstlich?»

«Ja, er arbeitet bei der Polizei.»

«Polizei?» Schwester Felicitas hielt sich verblüfft die Hand vor den Mund.

«Wollen Sie, dass ich ihm etwas ausrichte? Sie können mir Ihre Telefonnummer geben, damit er Sie anrufen kann. Oder jemand anders von der Polizei kann Ihnen –»

«Nein, nein!», sagte Schwester Felicitas in milder Panik. «Ich muss es ihm selbst sagen, nur ihm.» Sie wollte sich entfernen.

Pia hielt sie zurück. «Wie ist denn Ihr Name?»

Schwester Felicitas hob abwehrend die Hände. «Das spielt keine Rolle. Ich … ich komme ein anderes Mal.»

Nach einem letzten gehetzten Blick zum Haus drehte sie sich abrupt um und eilte den Grafenfelsweg hinunter Richtung Kreuzenstrasse. Lange spürte sie Pias fragenden Blick im Rücken.

ZWEI

Horacek stoppte die weisse Limousine mit dem CD-Nummernschild vor dem Eingangstor zum Kovaci Märtyrerfriedhof Sarajevo und stieg aus. In einem Ohr steckte ein Funkstöpsel, den er kurz berührte, um sicherzustellen, dass er richtig sass. Er blickte in die Richtung des Toyota Land Cruisers, der hinter der Limousine angehalten hatte, und nickte. Die beiden Agenten der bosnischen Staats- und Sicherheitspolizei, welche die Limousine aufgrund ihres Status als Geleitschutz eskortierten, erwiderten die Geste. Sein Blick schweifte über die Umgebung, bevor er die Fondtüre der Limousine öffnete und einen Mann aussteigen liess. Dieser war ebenso gross wie Horacek, wenn auch schmaler. Er trug einen schwarzen, italienisch geschnittenen Anzug ohne Krawatte, der seine schlanke Figur betonte. Beide Männer hatten einen Trauerflor in Weiss um den Oberarm gebunden, der Farbe der Trauer im Islam.

Der Dunkelhaarige setzte seine Sonnenbrille kurz ab. Seine grauen Augen, die mit dem an den Schläfen silbern schimmernden Haar kontrastierten, scannten ebenfalls das Gelände. Er blickte über den Wald von Grabsteinen, die sich gegen den azurblauen Himmel über den Hügeln der Stadt abhoben. Er nickte Horacek kurz zu und beugte sich in den Fond des Wagens. Wenig später erhob er sich wieder und liess eine Frau in einem eng taillierten Hosenanzug aussteigen. Eine dunkle Sonnenbrille bedeckte fast die Hälfte ihres blassen Gesichts. Der Dunkelhaarige nahm sie am Arm, als sie den Friedhof betraten. Die Frau schob ihn mit einer freundlichen, aber bestimmten Geste weg. Horacek folgte den beiden mit einigen Schritten Abstand, wobei sein Blick nicht aufhörte, die Umgebung abzutasten.

Im Vergleich zu ihren Begleitern wirkte die Frau klein und schmal. Ihr kastanienbraunes Haar war am Hinterkopf zu einem straffen Knoten zusammengefasst. Sie entnahm ihrer Tasche ein weisses Tuch und bedeckte damit ihren Kopf. Trotz ihrer zierlichen Erscheinung strahlte sie Autorität und Kontrolle über ihr

Umfeld, einschliesslich der beiden Männer, aus. Mit energischem und gleichwohl entspanntem Gang schritt sie die Reihe der Grabsteine ab.

Als sie den Bereich gefunden hatte, den sie suchte, drehte sich Jana Cranach zu Horacek um. «Es ist gut, Stephan. Von hier aus gehen wir alleine weiter.»

Horacek blickte auf die Armbanduhr. «Es bleibt nur wenig Zeit, Oberstleutnant. Wir müssen pünktlich am Flughafen sein, sonst verlieren wir das Startfenster.»

«Zehn Minuten», sagte sie.

Als sie wenig später vor dem gesuchten Grabstein standen, berührte Dominik Dornach sie sanft an den Schultern.

«Willst du alleine sein, Jana?»

Sie nahm die Sonnenbrille ab. Ihre indigofarbenen Augen blickten zu ihm auf. «Bitte bleib, Dominik. Vlada will dich kennenlernen.»

Er blieb einen Schritt hinter ihr, als sie vor dem Grab ihrer Mutter Vlada Spahic niederkniete. Sie nahm ein flaches, versiegeltes und in weisses Tuch gewickeltes Kistchen aus ihrer Tasche und legte es in eine kleine Mulde, die der Friedhofswärter zuvor in ihrem Auftrag und gegen ein grosszügiges Trinkgeld gegraben hatte. Das Kistchen enthielt vier Briefe, die Jana als junges Mädchen an ihre im Bosnienkrieg von serbischen Milizen ermordete Mutter geschrieben hatte, und ein Stück eines Tischtuches mit aufgedruckten Rosen und den Flecken von Vladas Blut. Die damals neunjährige Jana hatte damit den geschändeten Körper ihrer sterbenden Mutter bedeckt.

Jana hatte die Mulde mit blossen Händen zugeschüttet und verharrte in kniender Position vor dem Grab. Sie murmelte etwas in einer Sprache, die Dornach nicht verstand. Er vermutete, dass sie betete. Als Jana sich schliesslich gegen Osten richtete und ein *Allahu akbar* aussprach, verstand er, dass sie ihrer Mutter mit einem muslimischen Gebet eine letzte Ehre erwiesen hatte.

«Danke, dass du mitgekommen bist, Dominik», sagte sie, als sie gemeinsam zum wartenden Auto gingen. Sie berührte die Stelle an ihrer Brust, wo sie die Kugel vor einem halben Jahr getroffen hatte.

«Spürst du die Wunde?», fragte Dornach besorgt. «Hast du Schmerzen?»

Niemand hätte geglaubt, dass Jana die Verletzung überleben würde. Die Ärzte im Solothurner Bürgerspital hatten es als Wunder bezeichnet, als sie aus ihrem Koma erwacht war und sich relativ schnell erholt hatte.

Sie wandte sich zu ihm um. Es war bei Weitem nicht das erste Mal, dass er tief in ihre Augen blickte. Trotzdem liess Dornach sich von der Intensität ihres Blickes fesseln.

«Nichts, worüber du dir Sorgen machen musst», sagte sie. «Ich bin froh, dass ich Vladas Grab sehen konnte. Ich werde nicht mehr hierherkommen.»

«Wirst du dein altes Leben vergessen können?»

«Ich will vorwärtsschauen. So gelingt es mir, mich von den Dämonen der Vergangenheit zu befreien.»

Als ob sie diese Aussage bekräftigen wollte, wandte sie sich an Horacek. «Schaffen wir es, Stephan?»

«Wir werden rechtzeitig in Schwechat landen und pünktlich zur Zeremonie in der Hofburg sein, Oberstleutnant.» Jana lehnte sich in ihrem Sitz zurück.

«Ich muss mich daran gewöhnen, dich mit ‹Oberstleutnant› anzusprechen», sagte Dornach. «Es tönt so –»

«Alt, willst sagen, stimmt's?», sagte sie und lachte. «Immerhin holst du mit deiner Beförderung zum Hauptmann auf. Und du hast ein paar Jahre mehr auf dem Buckel als ich.»

«Die haben mich nicht gefragt», brummte Dornach. «Als der Kadi das neue Organigramm erklärte, erwähnte er so nebenbei, dass ich die Leitung ‹Ermittlungen› mit gleichzeitiger Beförderung zum Hauptmann übernehmen werde.»

Im Zug einer Reorganisation der Solothurner Kantonspolizei wurden die Bereiche Fahndung, Ermittlungsdienst und Jugendpolizei innerhalb der Kriminalabteilung zu einem Bereich «Ermittlungen» zusammengefasst, der neu von einem Offizier geleitet wurde. Die Wahl war rasch getroffen. Kripo-Chef Urs Jäggi hatte aus seiner Präferenz für Dornach keinen Hehl gemacht und wurde vom Polizeikommandanten unterstützt.

Als Horacek den Wagen auf das Empfangsgebäude des Flughafens von Sarajevo zusteuerte, blickte Jana ein letztes Mal zu den Hügeln über der Stadt, welche ihr die Kindheit und die Liebe einer Mutter gestohlen hatte. Sie schmiegte sich an Dornach.

«Schön komfortabel, eure Limousinen», bemerkte er. «Ich wusste gar nicht, dass du Diplomatenstatus hast.»

Jana sah ihn verlegen an. «Darüber wollte ich vor der Zeremonie heute Abend mit dir reden. Ich muss dir etwas beichten, Dominik.»

«Ich hab's geahnt», stöhnte er. «Ich muss heute Abend im Smoking dastehen, wenn dir euer Bundespräsident das goldene Verdienstkreuz der Republik an die Brust heftet.»

«Keine Sorge, dunkler Anzug mit Schlips genügt vollkommen. Nur ich muss mich für den Präsidenten in die Repräsentationsuniform zwängen», erwiderte Jana. «Da ist was anderes, das du wissen musst.»

DREI

Der Klammergriff um ihren Hals drückte Pia beinahe die Luft ab. Sie hatte gewusst, dass der Angriff kommen würde, und sich trotzdem überrumpeln lassen. Ihre Reaktion war zu langsam. Als sie versuchte, ihre Schulter hochzureissen, wurde sie brutal nach hinten gezogen. Ihre Füsse verloren den Halt, sodass der Angreifer sie zu Boden drücken konnte.

«Gibst du auf?», hörte sie eine gepresste Stimme an ihrem Ohr. Die Klammer um ihren Hals war so stark, dass Pia nicht antworten konnte. Sie versuchte, den Kopf nach links und rechts zu drehen, der Druck verstärkte sich sogleich. Schliesslich klopfte sie dreimal mit der flachen Hand auf die Matte.

Maja Hartmann lockerte ihren Griff. «Schon besser», sagte sie anerkennend und löste sich von Pia. Sie reichte ihr die Hand, damit sie sie hochhieven konnte. «Immerhin fiel es mir dieses Mal nicht mehr so leicht, dich auf den Rücken zu legen.» Sie klopfte ihrer Sparringpartnerin auf die Schultern.

«Mega, wirklich», brummte Pia. Sie rieb sich den Hals. «Dafür hast du mich fast erwürgt.»

«Habe ich dir wehgetan?»

«Der Hals ist okay, es ist mein Ego, das schmerzt.»

Maja lachte. «Es ist noch kein Meister vom Himmel gefallen. Hast du wenigstens begriffen, wo dein Problem liegt?»

Pia wischte sich mit dem Handtuch den Schweiss von der Stirn. Dieses Training, zu dem ihr Vater sie verknurrt hatte, war manchmal nur anstrengend. Allerdings fühlte sie sich dank dem Kampfsport- und Selbstverteidigungsunterricht so kräftig wie nie zuvor und hatte an Selbstsicherheit gewonnen. Maja war Ermittlerin im Team ihres Vaters und unterrichtete in ihrer Freizeit Kampfsport für Frauen.

«Du warst zu schnell für mich», sagte Pia.

«Nein, du hattest Angst vor dem Angriff.»

«Ich kann ja nicht ständig in Abwehrstellung darauf warten, dass mir einer von hinten an die Gurgel geht.»

«Nicht ständig, aber nachts auf einer einsamen Strasse oder in einer Unterführung musst du deine Antennen ausfahren und trotzdem locker und entspannt bleiben.»

«Und wenn der Kerl stärker ist als ich, stürzt er sich ganz einfach auf mich, sodass ich zu Boden gehe.»

«Nicht, wenn du schnell genug reagierst. Ich zeige es dir noch einmal.» Maja schlenderte langsam auf der grossen Matte von Pia weg und blickte geradeaus. «Greif mich von hinten an, wann du willst.»

Pia zögerte einen Moment. Dann schnellte sie vor und legte ihre Arme um Majas Hals, so wie diese es vorher bei ihr getan hatte. Bevor Pia richtig zudrücken konnte, hatte Maja das Kinn angezogen und die Schultern hochschnellen lassen. Sie wuchtete sich nach vorne und brachte damit ihre Angreiferin aus dem Gleichgewicht. Mit dem Schwung ihres eigenen Gewichts schleuderte sie Pia mit einem Schulterüberwurf zu Boden und nagelte sie mit einem angedeuteten Tritt in den Unterleib fest.

«Autsch!»

«Sorry.» Maja half Pia auf die Beine. «Siehst du? Du wusstest, dass ich mich wehren würde, und hast trotzdem nicht mit dieser Reaktion gerechnet.»

«Super!», seufzte Pia resigniert. «Da kann ich jahrelang trainieren, bis ich so weit bin.»

«Damit liegst du eben falsch. Du bist geschickt und flink, Pia. Das Einzige, was dir im Weg steht, ist dein Kopf. Du musst umprogrammieren. Wenn dein Umfeld gefährlich wird, soll nicht dein Angstprogramm anlaufen, sondern dein Abwehrmechanismus. Du musst bereit sein, einem Kerl kräftig in den Unterleib zu treten, wenn er auf dich losgeht.»

«Was, wenn ich ihn dabei verletze?»

Maja starrte sie fassungslos an. «Das glaube ich jetzt nicht. Solche Typen haben dich zweimal brutal angegriffen und beinahe umgebracht. Und du hast wirklich Angst, ihnen Schmerzen zuzufügen?» Sie tippte auf Pias Stirn. «Zum Mitschreiben, Fräulein: Dein Ziel ist es, aus einer Attacke heil herauszukommen. Der Typ wird nur von dir ablassen, wenn es ihm wehtut – sehr weh. Wenn nötig, trittst du nach, und zwar dorthin, wo es am meisten schmerzt, du weisst, wo. Du kannst ihm auch mit den Fingern die Augen in die Höhlen drücken oder ihm ein Ohr abreissen. Erst wenn er blutend und winselnd am Boden liegt, bist du vor ihm sicher. Ist das angekommen?» Maja unterstrich jede Silbe des letzten Satzes mit einem Stups ihres Zeigefingers zwischen Pias Augenbrauen.

«Alles klar», sagte Pia. «Du willst, dass ich ihm richtig wehtue, was?»

Maja griff in ihre Sporttasche, zog zwei Wasserflaschen hervor und reichte eine Pia. «Männer sind für das Eine gut, wenn ich es auch will. Im Übrigen weiss ich, wo ich hinzielen muss. Wenn du sie richtig triffst, wälzen sie sich im Nullkommanichts im Dreck und wollen nichts anderes als heim zu Mama.» Sie packte Pia an den Schultern und sah sie eindringlich an. «Das Einzige, was zählt, ist: du oder er. Ich mache das mit dir, weil ich will, dass du gewinnst.» Sie blickte auf die Wanduhr über der Eingangstür. «Feierabend für heute.»

Als Pia von der Dusche in die Garderobe zurückkam, unterhielt sich Maja mit einer anderen Frau. Sie war etwa Mitte vierzig, gross gewachsen und kräftig gebaut. Ihr blondes, mit grauen Strähnen durchzogenes Haar war zu einem Pferdeschwanz zusammengebunden, was ihr attraktives, energisches Gesicht etwas hart machte. Sie hatte es offenbar eilig, denn sie packte hastig ihre Trainingskleider in eine Tasche. «Bis demnächst, Maja. – Hallo, ich bin Lori Palmer», sagte sie zu Pia und reichte ihr die Hand.

«Pia Zenklusen», erwiderte Pia.

«Ach ja, du bist Majas begabte Schülerin, nicht wahr?»

Pia wedelte mit den Händen. «Na ja, geht so.»

«Wenn Maja sagt, dass du gut bist, ist es in der Regel so.» Sie blickte auf die Uhr. «Sorry, ich muss leider. Wir sehen uns sicher ein andermal.»

«Wer war das?», fragte Pia, nachdem Palmer gegangen war.

«Lori Palmer ist Anwältin. Sie setzt sich für die Rechte von Flüchtlingen und Asylbewerbern ein. Eine gute Frau, auch wenn sie manchmal nervt.»

«Wie nervt und wen?»

«Vor allem die Kollegen von der Sicherheitsabteilung», sagte Maja. «Lori hat die ‹Aktion Maitag› gegründet, ein Verein, der sich um Asylsuchende kümmert, vor allem um diejenigen, die abgewiesen wurden und sich illegal im Land aufhalten, weil sie nicht in ihr Heimatland zurückkehren können oder wollen. Für diese Leute organisiert der Verein Mittagstische, kostenlose Rechtsberatung und wenn nötig juristischen Beistand.»

«Und was nervt euch daran, respektive deine Kollegen?»

«Es vergeht praktisch keine Woche, in der nicht eine Beschwerde von Lori Palmer reinkommt, weil einige der Kollegen angeblich übergriffig waren.»

«Warum geben wir diesen Leuten nicht Arbeit und eine Wohnung?», fragte Pia, als sie sich die Jacke anzog. «Die sind sicher nicht hergekommen, nur um rumzuhängen, und wollen sich gern nützlich machen.»

«Wäre schön, wenn es so funktionierte. Es ist halt etwas komplizierter.»

«Man kann's auch kompliziert machen», erwiderte Pia, als sie aus dem lang gezogenen Gebäudekomplex «Perron 1» gleich neben dem Bahnhof traten, wo sich Majas Trainingsraum befand.

***

Sobald Schwester Felicitas die Verenaschlucht von der Stadt kommend betreten hatte, überkam sie das Gefühl, in einer anderen, besseren Welt zu sein. Wie jedes Mal, wenn sie an diesen Ort kam, durchflutete sie ein Gefühl von tiefer Ruhe, das sich verstärkte, je tiefer sie in die Schlucht hineinging.

Schwester Felicitas liebte diesen Ort, den der Verenabach in Jahrmillionen in den ehemaligen Moränenhügel des Aaregletschers gegraben hatte. Im Grunde war die kürzeste Verbindung zu Fuss zwischen der Stadt und der Nachbargemeinde Rüttenen ein düsterer Pfad. Die Legende der heiligen Verena, der ersten Einsiedlerin, verlieh dem Ort eine friedliche und liebevolle Aura. In der Überlieferung begleitete die Jungfrau aus Theben im 3. Jahrhundert nach Christus ihren Verlobten, den Legionär Viktor, und die elfte römische Legion von Ägypten in die damalige Provinz

Helvetien zum Vicus Salodurum, der die heutige Stadt Solothurn begründete. Über Jahrhunderte hatte der Kapuzinerorden die ausschliesslich männlichen Einsiedler gestellt. Heute lebte bereits die zweite Frau nach der heiligen Verena als Einsiedlerin an diesem Ort.

In der Schlucht war die Nacht dunkler als ausserhalb. Der gelbe Kalksteinkies des Fusspfades hatte das Licht des Tages in sich aufgesogen. Wie ein helles Band wies er Schwester Felicitas den Weg.

Bei der Einsiedelei, am nördlichen Ausgang der Schlucht, wo Kreuzenweg und Verenaweg zusammentrafen, war der vereinbarte Treffpunkt. Schwester Felicitas blickte auf ihre Uhr, die kurz nach zweiundzwanzig Uhr anzeigte. Es blieb ihr etwas Zeit, und sie beschloss, diese im Gebet in der Verenakapelle bei der heiligen Grotte zu verbringen. Von der Treppe, die zur Kapelle hochführte, sah sie eine Gestalt aus der Dunkelheit auf sich zukommen, und sie schürzte verärgert die Lippen. Das war zu früh. Trotzdem bemühte sie sich, sich nichts anmerken zu lassen, und ging auf die Person zu, deren Gesicht sie im trüben Licht der Weglaterne nicht sehen konnte.

«Es freut mich, dass wir uns endlich treffen», sagte Schwester Felicitas, als knapp eine Armlänge zwischen ihr und der Person lag.

***

Die Glocke der nahen St.-Ursen-Kathedrale schlug zehnmal. Die Tische der Aussenbar des «Solheure» an der Aare waren dank der von Heizpilzen verströmten Wärme voll besetzt. Pia und Manuela hatten sich kurzerhand zwei dicke Sitzkissen geschnappt und sich auf die breite Quaimauer gesetzt.

Die geerdeten und gleichzeitig sphärischen Klänge des Stückes «Melodrom» von Julian Le Play harmonierten mit der Atmosphäre der Herbstnacht und schwebten über der träge dahinfliessenden Aare.

Pia hörte die Musik nicht. Ihre Aufmerksamkeit galt Manu, die gedankenverloren in den Fluss blickte und ihren bisherigen Versuchen, sie mit unbefangenem Tratsch abzulenken, mit einer für sie bemerkenswerten Resilienz begegnete. Ihr hübsches rundes Gesicht, das sonst stets Fröhlichkeit ausstrahlte, wirkte verhärmt und verschlossen. Ihre Therapie schlug zwar gut an. Rückfälle wie dieser zeigten, dass Manu den Selbstmord ihrer Mutter nicht vollständig überwunden hatte.

«Manu?» Sanft umfasste Pia sie mit beiden Armen, bis Manu sie anblickte. «Denkst du wieder an Nadja?»

Manu nickte. Ihre Augen glänzten. An sich ein gutes Zeichen, dachte Pia. Wenigstens flossen Tränen.

«Scheisse, ich hab's wieder getan, Pia.»

«Was?»

«Ich hab mir die letzten gemeinsamen Ferienfotos angeschaut, als ich mit Nadja auf Sardinien war.» Die Tränen hatten sich von Manus Wimpern gelöst und strömten über ihre Wangen. Pia wollte etwas sagen. Manu machte eine abwehrende Geste. «Ich weiss, dass ich das nicht hätte tun sollen. Ich dachte, ich wäre so weit, und heute Nachmittag ging es mir gut. Ich hatte sogar wieder Lust, einen Kerl aufzureissen.» Sie nickte mit dem Kopf zur Bar hinüber. «Der Dunkelhaarige an der Bar wäre mir gerade recht.»

Pia folgte ihrem Blick. Am Bartresen standen drei dunkelhaarige Männer und hatten ihnen den Rücken zugekehrt.

«Dann ist mir die Schachtel mit den Fotos zwischen die Finger geraten, und es ist über mich gekommen.» Sie schluchzte leise. «Ich kann nicht aufhören, daran zu denken. Wegen mir hat sie sich umgebracht. Es wird mich mein Leben lang verfolgen.»

Pia streichelte ihren Rücken. Sie erinnerte sich, was ihr Vater zu ihr gesagt hatte, als sie sich die Schuld am Tod einer Mitschülerin gegeben hatte.

«Du wirst das nicht vergessen, Manu, aber du kommst darüber hinweg. Du kannst nichts dafür. Nadja hat die Wahl getroffen.»

Manu hörte auf zu schluchzen und umarmte Pia. Sie verharrten lange, bis Manu sich löste und Pia schniefend einen tränenfeuchten Kuss auf die Wange drückte.

«Danke. Ich weiss wirklich nicht, was ich ohne dich täte. Ich glaube, ich würde von der Brücke springen.» Sie nickte zur Kreuzackerbrücke hin.

Pia schnaubte. «Wenn schon, spring von der Rötibrücke. Die ist höher, du dummes Huhn.» Sie knuffte Manu in die Seite, sodass diese so etwas wie einen lachenden Schluchzer von sich gab. «Ist doch wahr. Du machst mir Angst, wenn du solchen Stuss von dir gibst, ehrlich.»

«'tschuldige, ich hab's nicht so gemeint. Vor ein paar Monaten, vor der Therapie, ja. Jetzt nicht mehr.»

Pia folgte Manus Blick, der sich wieder an die drei Männer an der Bar geheftet hatte. Mit einem betont lauten erleichterten Seufzer erhob sie sich und legte sich ihre Jacke um die Schultern. «Ich glaube, wir brauchen wieder was zu trinken. Was willst du? Meine Runde.»

An der Bar stellte sie sich neben die drei orientalisch aussehenden Männer. Derjenige unmittelbar neben ihr sass halb von ihr abgewandt. Sie konnte sein Gesicht nicht sehen. Seine Stimme hatte ein weiches, angenehmes Timbre, dessen Klang in ihr die Sehnsucht nach Sonne, Sand und süssen Datteln weckte.

Die Barbedienung riss sie mit der Frage nach ihrer Bestellung aus ihren romantischen Gedanken.

Als Pia mit einem Gin Tonic für Manu und einer Stange für sich zu ihrem Platz zurückkehren wollte, erhob sich der junge Mann, der ihr den Rücken zugewandt hatte, ohne sich umzublicken, und stiess mit ihr zusammen. Pia entfuhr ein wütender Aufschrei, als ihre Jacke von der Schulter rutschte und sich ein Gemisch aus Bier, Gin Tonic und Eiswürfeln über ihr T-Shirt ergoss.

«Shit, Mann, kannst du nicht aufpassen?»

Erschrocken wandte sich der Angesprochene um und blickte auf das Desaster, das er angerichtet hatte.

«Verd… sorry. Ich hab dich nicht gesehen. Bist du okay?», fragte er besorgt und hob ihre Jacke auf.

«Sehe ich etwa okay aus?», blaffte Pia zurück, ohne ihn anzusehen, und wischte mit blossen Händen das nasse T-Shirt ab. Sie war froh, ihren Sportbüstenhalter anbehalten zu haben, der ihre ausgeprägten Rundungen bedeckte, die sich sonst allzu deutlich durch den nassen Stoff des Leibchens gedrückt hätten.

«Tut mir leid, wirklich», sagte der junge Mann hilflos. Er hatte sich eine Serviette geschnappt und wollte ihr Shirt trocknen.

«Hey! Schleift's oder was? Pfoten weg!» Heftig stiess sie ihn von sich und wollte ihn gerade mit einer weiteren Schimpftirade eindecken, als sie ihm in die Augen sah. Sie hielt in ihrer Bewegung inne, und ein eigenartiges kribbelndes Gefühl breitete sich in ihrem Bauch aus. Sie sah nichts mehr ausser einem Paar sanfter, fast schwarzer Augen in einem Gesicht, dessen Hautfarbe sie an hellen Mokka erinnerte. Eine widerspenstige schwarze Locke bedeckte eine Augenbraue. Die fein gemeisselte Nase und der sinnlich geschwungene Mund vervollständigten ein Bild, das ihr schier den Atem nahm.

Besorgt über ihr Verstummen und ihren starren Blick mit halb geöffnetem Mund, machte er scheu einen Schritt auf sie zu.

«Bist du wirklich in Ordnung? Fehlt dir was? Habe ich dir wehgetan?» Er zeigte auf die beiden halb vollen Gläser in ihrer Hand. «Ich ersetze natürlich die Getränke.»

Das brachte Pia zurück in die Realität. «Schon gut. Ist ja nichts passiert.» Sie trat zurück an die Bar und wollte erneut bestellen.

Er insistierte. «Kommt nicht in Frage. Ich mache das», sagte er, und seine Stimme erhöhte Pias Herzschlag um eine Kadenz.

«Wenn du meinst», sagte sie abwesend.

«Und wie ich das meine. Das Mindeste, was ich tun kann. Ich bin übrigens Rafik.»

Pia sagte nichts. Sie war gerade dabei, in seinen Augen zu versinken.

«Ich heisse Rafik … und du bist?»

«Oh, okay … ja, Pia», kam es schliesslich aus ihr heraus.

«Sorry nochmals», sagte er, als er ihr die Ersatzdrinks reichte. «Darf ich mich mal richtig revanchieren?»

«J… ja … sicher … weiss nicht», stotterte sie, nahm ihm die Gläser ab und drehte ihm ohne Verabschiedung den Rücken zu.

Bevor sie sich wieder zu Manu gesetzt hatte, schalt sie sich, ihm nicht wenigstens die Chance gegeben zu haben, sie um ihre Handynummer zu bitten. Sie hätte sicher abgelehnt, möglicherweise auch nicht.

Manu grinste vielsagend, als Pia ihr den Gin Tonic reichte. «Soso, du verguckst dich ausgerechnet in den Kerl, den ich für mich reserviert hatte.»

Pia starrte sie verständnislos an. «Wen meinst du mit ‹für mich reserviert›?»

«Na, der schöne Prinz Ali Baba da drüben, den du so raffiniert angemacht hast. Den habe ich schon den ganzen Abend für mich ausgespäht, und du gehst gleich mit ihm auf Tuchfühlung. Ganz und gar nicht schwesterlich von dir.» Manu setzte eine derart ernste Miene auf, dass sich bei Pia das schlechte Gewissen regte.

«Hey, der Typ hat mich angerempelt, das hast du hoffentlich von hier aus gesehen. Ausserdem, was heisst hier ‹vergucken›?» Sie zeigte zur Bar hinüber. «Bitte, er gehört dir, bediene dich.»

Manus Grinsen wurde breiter, und sie gab Pia einen Klaps auf den Rücken. «Und riskiere, dass du monatelang nicht mehr mit mir sprichst? Nein danke. Der Prinz passt besser zu dir. Ich suche mir lieber einen schönen Bettler, arm, dafür gut ausgerüstet.»

Pia verdrehte die Augen. «Kannst du nur an das eine denken?»

«Woran soll man denn sonst denken, wenn man einen gut aussehenden Typen sieht?»

«Du kannst es mal damit versuchen, aus der Ferne zu geniessen anstatt ständig zu überlegen, wie du ihn rumkriegen kannst.»

«Rumkriegen lenkt ab und hilft bei Trauerphasen und Depressionen.»

«Sagt wer?»

Manu dachte kurz nach. Sie machte eine gleichgültige Grimasse. «Irgendwer wird's schon gesagt haben. Muss ich mal googeln.»

Pia schüttelte verständnislos den Kopf und trank einen grossen Schluck. «Du bist ein hoffnungsloser Fall. Bitte, von mir aus darfst du sofort mit dem dort –»

Sie wollte eine betont lässige Handbewegung zu den drei Männern an der Bar machen und merkte, dass die drei Hocker leer waren. *Sein* Rücken verschwand gerade durch die Tür im Innern der Bar. Er hatte sie nicht einmal mehr eines Blickes gewürdigt, geschweige denn sich bemerkbar gemacht. Pia spürte einen kleinen, heftigen Stich in ihrer Brust. «Er ist weg!»

«Geh ihm nach!», rief Manu und schubste sie an.

«Sicher nicht! Ich mache mich nicht vor allen hier zum Affen.»

«Ja, genau. Dabei sind dir vorhin fast die Augen aus dem Kopf gefallen. Wenn du so weitermachst, kannst du dich gleich einfrieren lassen, bis alle Typen zu treuen, ehrlichen und fürsorglichen Rittern werden, die uns stets auf Händen tragen. Das dürfte so etwa um den Sankt-Nimmerleins-Tag herum der Fall sein. Vergiss nicht, dir bis dahin einen schönen grossen Dildo in den Sarg legen zu lassen.»

Pia leerte ihr Glas. «Mir reicht's. Ich gehe nach Hause, bevor du mich ernsthaft verkuppelst. Kommst du auch?»

«Ja, gehen wir, bevor meine moralische Integrität Schaden nimmt.»

Als sie an der Theke vorbeigingen, wurde Pia von der Bardame zurückgerufen. «Der Junge, mit dem du vorhin zusammengestossen bist, hat mir gesagt, ich soll dir das geben.» Sie drückte Pia einen Zettel in die Hand. Ein Seufzer der Erleichterung ging über Pias Lippen, als sie eine Handynummer sah. Darunter stand: «Sorry wegen vorhin. Ruf mich an. Rafik» Neben dem Namen hatte er einen Smiley gezeichnet. Mit einem triumphierenden Grinsen reichte sie Manu den Zettel und hob die Hand zu einem High five.

***

Die Verleihung des Verdienstkreuzes für besonders wertvolle Verdienste für die Republik Österreich an Oberstleutnant Jana Cranach durch den Bundespräsidenten Franziskus Ortenberg und der anschliessende Empfang im Spiegelsaal der Hofburg hatten sich ewig hingezogen. Dornach glaubte, nie in seinem Leben so viele Hände geschüttelt zu haben. Er brachte es trotzdem fertig, den Abend zu geniessen, insbesondere die Attraktivität und die lockere Eleganz der anwesenden Wienerinnen, von denen sich einige für ihn interessierten, sodass sich Jana immer mal wieder demonstrativ neben ihn stellte und damit ihr Territorium für den Abend markierte.

In der Limousine lehnte sich Jana mit einem tiefen Seufzer im Ledersitz zurück. Sie fuhren durch das nächtliche Wien zu ihrer Wohnung an der Prinz-Eugen-Strasse im vierten Bezirk.

«Müde?», fragte Dornach, fasste sie sanft an den Hüften und

drehte ihren Rücken zu sich, sodass er ihren Nacken massieren konnte.

Sie seufzte wohlig. «Die Wiener Hautevolee kann ganz schön anstrengend sein.»

«Gott sei Dank hast du mir vor der Zeremonie schonend beigebracht, dass der Bundespräsident dein Patenonkel ist», sagte Dornach. «Ich hätte sonst dumm aus der Wäsche geguckt.»

«Ich wollte dich nicht damit überrumpeln. Onkel Franz ist nun mal der Bruder meiner Adoptivmutter.»

«Schon gut, solange deine Patentante nicht die Bundeskanzlerin ist.»

«Die Schwester meines Adoptivvaters war leider verhindert. Als UNO-Botschafterin musste sie heute an einer Sitzung in New York teilnehmen.»

Dornach hatte aufgehört, sie zu massieren. Als sie sich zu ihm umdrehte, sah er sie so verdutzt an, dass sie laut herauslachen musste. «Was ist?» Sie zog ihre Uniformjacke aus und lockerte die Krawatte.

«Warum hast du nie erzählt, dass du zur ersten Familie Österreichs gehörst?»

«Weil es für meine Arbeit irrelevant ist.»

«Ich hätte damals schon gerne von Anfang an gewusst, mit wem ich es zu tun habe, wenn wir schon zusammenarbeiten sollten», entgegnete er etwas pikiert.

Jana streichelte sein Gesicht. «Geh, Dominik, sei ned grantig.» Sie küsste ihn auf den Mund.

«Sind es deine Eltern und dein Onkel, die wollen, dass du den Job bei Europol annimmst? Macht man sich Sorgen um deine Sicherheit, wenn du in Wien bleibst?»

«Wenn ich den Job in Den Haag nicht wollte, hätt ich ihn ned g'nommen. Ein Tapetenwechsel wird mir guttun. Und um deine Frage zu beantworten: Meine Verwundung hat vor allem meiner Adoptivmutter zugesetzt. Sie hat bei meinem Onkel und bei meinem Chef, Oberst Redl, ein paar Hebel in Bewegung gesetzt, damit ich eine Zeit lang nicht an vorderster Front stehe.»

Dornach warf ihr einen prüfenden Seitenblick zu. «‹Deputy Director of Operations›, direkt dem Europol-Direktor unterstellt», sagte er. «Nicht schlecht. Trotzdem ein Schreibtischjob.» Dornach hatte Mühe, sich Jana aktenwälzend in einem Büro vorzustellen.

«Geh, du glaubst wohl, dass du mich durch und durch kennst», sagte sie spöttisch. «Wart's ab, was ich draus mach. Ausserdem ist das Ganze befristet auf maximal zwei Jahre. So lange, bis wir die Situation mit der Paneuropäischen Front einigermassen im Griff haben.»

Dornach hatte schon von dieser Organisation gehört, konnte sie jedoch nicht richtig einordnen. «Was genau ist diese Paneuropäische Front?»

«Ich hab die Kollegen in Den Haag schon eine Zeit lang bei den Ermittlungen gegen diese Vereinigung unterstützt. Bisher stecken wir im Stadium der Vermutungen. Es gibt starke Indizien, die darauf hinweisen, dass es sich um eine Bewegung handelt, in der sich einige rechtsextreme europäische Parteien und christlich-fundamentalistische Gruppierungen zusammengetan haben, um für die Verteidigung des Abendlandes zu kämpfen.»

«Ist das nicht die Angelegenheit des Verfassungsschutzes der betroffenen Staaten?»

«Nicht nur. Mit der Flüchtlingskrise und der Bedrohung durch den islamistischen Terror ist die politische Situation in den EU-Staaten weniger stabil als auch schon. Dabei stellen die Europafrontisten eine grössere Bedrohung für unsere Gesellschaft dar als die Jihadisten. Dazu kommen die Finanzkrisen in den südeuropäischen Ländern. Rechtsnationale Parteien und christliche Fundamentalisten machen sich das zunutze, um die Wähler in ihren Staaten gegen ihr gemeinsames Feindbild, die Europäische Union, aufzuhetzen. Die Paneuropäische Front dient ihnen als Plattform, ihre Ziele wirksamer erreichen zu können. Die ersten Folgen sind bereits deutlich in Frankreich erkennbar, wo der Front National immer mehr an Einfluss gewinnt. Auch in Deutschland und Holland sind solche Tendenzen bemerkbar. Leider gewinnen sie auch hier in Österreich wieder Oberwasser.»

«Da seid ihr nicht alleine. Bei uns ist es die ‹Patriotische Fortschrittspartei der Schweiz›. Sie hat in den letzten Jahren zulasten der etablierten Bürgerlichen und Linksparteien viel Boden gutgemacht. Wie konkret beurteilt Europol denn die Bedrohung durch diese Europafront in der EU?»

«Das können wir bisher nur schätzen. Es zeichnet sich eine intensivierte Zusammenarbeit zwischen ansonsten voneinander unabhängig operierenden Organisationen ab. Ihr Ziel ist es, mit verschiedenen Aktionen und Provokationen die Sicherheits- und Asylpolitik der EU-Mitgliedstaaten zu destabilisieren. Diese sind, wenn nicht unbedingt illegal, zumindest äusserst fragwürdig. Wenn die nationalen Regierungen dieses Problem nicht in den Griff bekommen, hat die EU als Ganzes ein nachhaltiges Problem.»

«Das hat sie bereits, wenn man sieht, was an den EU-Aussengrenzen mit den Flüchtlingen abgeht.» Dornach dachte an den politischen Lärm, den die Rechten in der Schweiz deswegen bereits veranstalteten.

«Sicher, und der Austrittsentscheid des Vereinigten Königreichs verschärft den Druck auf die EU.»

«Die Briten sind eh nur ein halbherziges EU-Mitglied.»

«Mag sein, trotzdem befürchtet man, dass der Brexit-Entscheid Signalwirkung für Europas Rechtsnationalisten hat. Das britische Beispiel könnte Schule machen und weitere nationale EU-Referenden nach sich ziehen. Du weisst ja: Nichts vermag die Bürokraten in ihrer Brüsseler Komfortzone so sehr zu beunruhigen wie zu viel Demokratie, die ihre Machtpfründe beschneidet.»

Dornach streckte sich in seinem Sitz. «Es gibt halt nichts Besseres als eine schöne Volksabstimmung, um einige Sesselfurzer in Regierung und Parlament aus den Stühlen zu heben.»

«Ihr Schweizer müsst's ja wissen.» Sie massierte sich die Schläfen. «Mein Job wird es sein, diese Entwicklung genau zu beobachten und festzustellen, wie weit die Zusammenarbeit der Rechtsparteien mit den religiösen Fundamentalisten innerhalb der Paneuropäischen Front gediehen ist und was die Auswirkungen sein können.» Sie unterdrückte ein Gähnen.

«Zeit, dir etwas Schlaf angedeihen zu lassen», sagte Dornach, als der Wagen vor Janas luxuriösem Wohngebäude beim Belvedere Schlosspark anhielt.

«Nachher», sagte sie und schmiegte sich an ihn.

«Wie, nachher? Hast du heute Nacht noch was vor?»

Trotz ihrer Müdigkeit hatten ihre Augen einen dunklen Glanz, als sie zu ihm aufblickte und ein Lächeln über ihre Lippen huschte.

***

Pia und Manu beschleunigten ihre Schritte, als sie das Geschrei hörten, das vom hinteren Ende des Klosterplatzes zu ihnen herüberdrang, gerade bevor sie den Kronenstutz in Angriff nahmen. Sie sahen eine Gruppe junger Männer, die grölend zusammenstanden. Dem Lärm nach waren die Typen nicht mehr nüchtern und aggressiv unterwegs.

Manu und Pia hatten keine Lust, herauszufinden, worum es ging. Sie gingen schneller, bis Pia ein weiches Timbre heraushörte, dessen Resonanz das Kribbeln in ihrer Magengegend von vorhin weckte. Sie blickte hinüber zu der Stelle, wo sich die Männer zusammengerottet hatten, bevor sie sich in Richtung der Gruppe in Bewegung setzte.

«Pia!», rief Manu hinter ihr her. «Was machst du? Lass die Typen in Ruhe. Die können ihre Probleme alleine lösen.»

Pia hörte nicht auf sie und näherte sich der Rotte bis auf einige Meter. Bis dahin hatte keiner der Männer sie bemerkt. Sie waren zu sehr damit beschäftigt, verbal und mit blossen Händen auf einen anderen in ihrer Mitte einzudreschen. Sie trieben ihn über das Klopfsteinpflaster, wo der Klosterplatz in die Probsteigasse mündete. Pia sah das lockige schwarze Haar des drangsalierten Mannes. Es war tatsächlich Rafik, auf den es die Schläger abgesehen hatten. Sie sah sich nach Manu um, die ihr vorsichtig gefolgt war.

«Pia», sagte Manu eindringlich, «wir rufen die Polizei, sonst vermöbeln die uns auch noch oder schlimmer.»

«Bis die Tschuggerei kommt, haben die Arschlöcher Rafik zu Mus geprügelt.» Pia hielt Manu am Arm fest. «Bleib hier und ruf die 117 an.»

«Pia, geh nicht! Die machen Kleinholz aus d…»

Pia schritt bereits entschlossen auf die Männer zu, die dazu übergegangen waren, Rafik mit Füssen zu traktieren.

Die Schläger waren mit ihrem Opfer derart beschäftigt, dass sie

Pia keine Aufmerksamkeit schenkten. Sie schloss kurz die Augen, versuchte sich an das zu erinnern, was Maja ihr eingetrichtert hatte, und holte tief Luft.

«Lasst den Mann in Ruhe und macht, dass ihr fortkommt. Er hat euch nichts getan», rief sie, selber erstaunt über den festen Ton ihrer Stimme.

Das Gejohle und Gelächter verstummte augenblicklich. Das Gute daran war, dass sich keiner mehr um den am Boden kauernden Rafik kümmerte. Pia konnte nicht sehen, ob und wie stark er verletzt war. Weniger günstig für sie war, dass sie nun die ungeteilte Aufmerksamkeit dieser ausschliesslich alkohol- und testosterongesteuerten Meute hatte. Es waren vier und alle bis auf einen kahl geschoren. Sie waren einheitlich gekleidet in schwarze T-Shirts und Lederjacken, auf deren Rückseite ein Schweizerkreuz prangte, das von einem weissen Totenkopf überlagert wurde. Darunter stand in gotischer Schrift «Schutzfront CH». Dazu trugen sie schwarze Cargohosen, deren Stösse in schweren Kampfstiefeln steckten. Derjenige mit den Haaren auf dem Kopf war älter als seine Kumpane und hob sich von den anderen ab. Im Gegensatz zu seinen wohlgenährten Kameraden, die Pia mit bösartigem Blick fixierten, hatte er ein scharf geschnittenes Gesicht und sah ganz passabel aus. Etwas an ihm war merkwürdig, denn er hielt sich etwas abseits.

Dafür tat sich ein anderer hervor. «He, Kameltreiber, schau mal, deine Freundin ist da, um dich zu retten», rief er und näherte sich Pia, die stehen geblieben war, um Sicherheitsabstand zu wahren. Dem Gegröle seiner Kumpane entnahm sie, dass der Kerl Fipu heissen musste. Er war mit seiner untersetzten Gestalt, dem massigen Bierbauch und einem asymmetrischen Kahlschädel eine unsympathische Erscheinung.

«Ja, hallo!», rief Fipu und musterte Pia anzüglich von oben bis unten. Allein dafür hätte sie ihm liebend gern zwischen die Beine getreten. Sie sagte kein Wort und erwiderte seinen Blick. Sie warf einen Blick zu dem Typen mit den Haaren auf dem Kopf, der noch kein Wort gesagt hatte.

«Hätte ich dir gar nicht zugetraut, Ali», feixte Fipu zu Rafik gewandt. «Seht mal, die hat ja alles, was es braucht. Ich dachte, ihr Araber fickt nur Kamele.» Sein Blick blieb an Pias Oberweite hängen. «Ihre Höcker können sich auf jeden Fall sehen lassen.» Seine Kumpane grölten.

Pia schluckte ihre Angst hinunter. «Lasst ihn in Ruhe, ihr Feiglinge», sagte sie. Es kostete sie Anstrengung, ihre Stimme fest und ruhig klingen zu lassen. Innerlich hatte sie bereits mehrere Stossgebete gesprochen, dass die Polizei bald kommen möge.

Fipu trat einen Schritt näher, und Pia bot ihre ganze Willenskraft auf, um nicht zurückzuweichen.

«Hast wohl Angst, dass du deinen Kerl nicht mehr gebrauchen kannst, was? Keine Sorge, ist noch alles dran. Oder hast du ihm etwa schon in die Eier getreten, Röschu?», rief er einem anderen zu.

«Alles noch da. Vielleicht nicht mehr lange. Sie sollte ihm einen blasen, solange was davon übrig ist.»

«Gute Idee!» Fipu streckte die Hand nach Pia aus. «Komm, tu ihm den Gefallen. Verwöhn sein bestes Stück. Er wird dir ewig dankbar sein.»

Energisch hob Pia die Hand. «Ein Schritt weiter und du kannst später dankbar sein, wenn du überhaupt je wieder mal geradeaus pinkeln kannst», sagte sie scharf.

«Habt ihr das gehört? Die Alte droht mir. Jetzt krieg ich wirklich Angst.» Er grinste sie an.

«Lass sie ein bisschen bei dir lutschen, Fipu. So kriegt sie mal wieder was Anständiges in den Mund.»

Pia scannte mit einem schnellen Seitenblick die Umgebung. Ausser ihr und den Rabauken war kein Mensch zu sehen. Manu hatte sich wohl hinter einer Hausecke versteckt. Der Typ mit den Haaren stand nun etwas seitlich von ihr. Wenn der andere Idiot ihr näher kam, musste sie handeln.

Die Meute feuerte Fipu an. «Besorg es ihr durch den Hintereingang, Fipu. Dann spürt sie mal, was ein echter Schweizer so draufhat. Kann ja sein, dass sie dabei Kreuzchen sieht statt Sterne.» Die anderen hielten sich die Bäuche vor Lachen. Fipu kam feixend und an seinem Hosenladen nestelnd auf sie zu.

Pia wurde klar, dass sie einem Zweikampf nicht ausweichen konnte. Sie musste das Überraschungsmoment auf ihrer Seite haben. In einer blitzschnellen Bewegung stellte sie sich so hin, dass sie seitlich zu ihrem Angreifer stand. Bevor Fipu richtig begriff, was vorging, zog sie ihr Knie hoch und versetzte ihm einen heftigen Schnapptritt in den Genitalbereich. Mit einem Aufschrei klappte er wie ein Sackmesser zusammen. Pia wartete nicht ab, bis er sich wieder erhob, sondern legte gleich nach, indem sie ihn mit beiden Händen an den Ohren packte und seinen Kopf derart heftig hochriss, dass ein Ohrläppchen anriss. Sie versetzte ihm mit dem Knie einen Schlag unter den Kiefer. Wie vom Donner gerührt, ging er rücklings auf das Klopfsteinpflaster und blieb reglos liegen.

Pia war geschockt und gleichzeitig verblüfft. Es hatte funktioniert: Der Kerl war ihr voll in den Hammer gelaufen. Dafür tat er ihr schon wieder ein wenig leid. Sie blickte zu den drei Kumpanen hinüber, die mit offenen Mündern zuerst den ausgeknockten Fipu und dann sie anstarrten. Der Erste, der sich rührte, war der mit den Haaren. Er kam mit drohender Gestik auf sie zu.

Pia ging sofort in Abwehrposition und sah ihn hart an. «Na los, worauf wartest du? Mir ist gerade nach Eiersalat.»

Es musste die kalte Entschlossenheit in ihren Augen sein, die ihn veranlasste, stehen zu bleiben. Abwechselnd sah er seinen am Boden liegenden Kumpan und Pia an. Schliesslich liess er die Arme fallen. «Wir ziehen ab», rief er den anderen zu und zu Pia: «Freu dich nicht zu früh, Schlampe. Du kriegst dein Fett weg.»

Pia wollte etwas erwidern, aber sie biss sich auf die Lippen. Sie wollte die Kerle nicht unnötig weiter provozieren.

Erst als die Typen weg waren, fühlte sie, wie ihr der kalte Schweiss über die Stirn lief und sie zu zittern begann, sodass sie sich an einer Hauswand abstützen musste.

Inzwischen hatte sich Rafik aufgerappelt. Seine Lippen bluteten, und er hielt sich mit beiden Händen und schmerzverzerrtem Gesicht die Rippen.

«Bist du in Ordnung?», fragte Pia.

«Die haben mir sicher eine Rippe geprellt», presste Rafik hervor und blickte auf seinen am Boden liegenden Peiniger hinunter, den seine sogenannten Kameraden zurückgelassen hatten. Es schien ihm nichts auszumachen, dass ihn eine Frau herausgehauen hatte.

«Hey, danke», sagte er aufrichtig und fasste ihre Hand. «Ohne dich hätten die Kerle mich spitalreif geschlagen.»

Inzwischen war Manu dazugekommen. «Mann, Pia, wie du den flachgelegt hast. Hat Maja dir das beigebracht?»

«Dieser Arsch wollte mich gleich hier vergewaltigen. Das hat mich so was von wütend gemacht.» Besorgt sah sie auf den Reglosen hinunter. «Hoffentlich habe ich ihn nicht schwer verletzt.»

«Wenn schon, das war Notwehr», sagte Manu bestimmt.

«Hoffentlich sieht das die Polizei auch so», sagte Pia nachdenklich.

«Die kommen schon.» Manu wies mit dem Daumen hinter sich, wo das Blaulicht eines Patrouillenfahrzeuges von den Gebäuden um den Friedhofplatz reflektiert wurde.

Als der Wagen bei ihnen anhielt, kam Fipu stöhnend zu sich. Er blutete aus dem Mund und hielt seine Genitalien mit beiden Händen.

Die Polizisten machten sich ein Bild von der Lage und stützten sich dabei vorerst auf Pias und Manus Schilderung der Ereignisse. Einer half dem Verletzten, sich aufzurichten. Sein Kollege forderte über die Alarmzentrale eine Ambulanz an.

«Sie haben ganz schön zugelangt, Frau Zenklusen», sagte Stadtpolizist Mülchi zu Pia. «Der Mann hat wahrscheinlich eine Kieferprellung. War das nötig? Der Tritt in den Unterleib müsste gereicht haben, ihn ausser Gefecht zu setzen.»

«Wie konnte ich das wissen?», entgegnete Pia. «Die waren zu viert, und dieser Typ wollte mich eindeutig vergewaltigen.» Sie zeigte auf seinen Hosenbund. «Sehen Sie, sein Hosenschlitz ist schon offen.»

Die Polizisten nahmen den Tatbestand auf und luden alle Beteiligten für den nächsten Tag vor, um die Protokolle zu unterschreiben und allenfalls Anzeige zu erstatten.

«Hatte trotz allem was Gutes für mich, dich heute angerempelt zu haben», sagte Rafik zu Pia.

«Ich weiss nicht, was ich gut finden soll», erwiderte Pia betont mürrisch. «Erst duschst du mich mit Bier, und zu guter Letzt werde ich deinetwegen beinahe vergewaltigt. Obendrein riskiere ich eine Anzeige wegen schwerer Körperverletzung. Und das ist alles gar nichts gegen die Kopfwäsche, die mir mein Vater verpassen wird, wenn er davon erfährt. Ich habe wirklich allen Grund zum Jubeln.» Mit verschränkten Armen drehte sie ihm den Rücken zu.

«Mach dir nichts draus», raunte Manu Rafik zu. «Sie hat manchmal nur Mühe, sich richtig auszudrücken.»

HÖLLE

Letzte Nacht träumte sie wieder vom finsteren Tal. Ich wurde wach, als sie im Schlaf meinen Namen schrie.

«Sie kommen und holen uns. Wir müssen weg, mein Kleines. Sie dürfen uns nicht finden.»

Ich darf sie dabei nie wecken, weil sie sonst nicht wieder einschlafen kann und stattdessen die ganze Nacht im Zimmer hin und her geht.

Ich lege mich zu ihr und decke mich mit der Wolldecke zu, die ich zu diesem Zweck über die Lehne des Stuhles neben ihrem Bett gelegt habe.

Wenn sie sich im Bett wälzt, streichle ich ihr schweissnasses Haar. Wenn sie schreit und mit den Zähnen knirscht, flüstere ich ihr tröstende Worte ins Ohr. Wenn nichts anderes hilft, drücke ich sie fest an mich. Meine Tränen vermischen sich mit ihrem Schweiss.

Es sind die Nächte, in denen sie zurück in diese Hölle geht. Die ersten Male, als es passierte, habe ich sie geweckt, bis sie mich bat, es nicht mehr zu tun.

«Es ist mein Fegefeuer, ich muss da durch», sagte sie. Als ich widersprechen wollte, hatte sie mein Gesicht in beide Hände genommen und mich auf die Stirn geküsst. «Lass nur, es hilft mir, wenn ich weiss, dass du bei mir bleibst und mich nicht alleine lässt.»

«Wie könnte ich das?», habe ich geantwortet. «Wir haben so viele Jahre nachzuholen, du und ich. Uns bleibt nur wenig Zeit. Ich werde immer für dich da sein.»

In den letzten Monaten sind die Träume weniger häufig geworden, dafür umso heftiger.

Wenn sie sich beruhigt hat und wieder eingeschlafen ist, warte ich jeweils eine Weile, bis ich sicher bin, dass es vorüber ist. Sie hat es nicht gern, dass ich neben ihr liege, wenn sie erwacht. «Wir sind erwachsen. Jeder gehört in sein eigenes Bett», sagt sie immer.

Um nicht einzuschlafen, wandern meine Gedanken zu dieser Geschichte, ihrer Geschichte von Schande, von Verrat und von diesem finsteren Tal, der Hölle auf Erden.

VIER

In ihrem Büro im Franziskanerhof erhob sich Angela Casagrande von ihrem Stuhl und streckte sich. Sie trat ans Fenster und blickte auf den Vorhof des ehemaligen Klosters, welches die Staatsanwaltschaft für den oberen Kantonsteil sowie die Oberstaatsanwaltschaft des Kantons Solothurn beherbergte.

Es war erst kurz vor acht und schon erstaunlich hell, was sie der Abwesenheit des Nebels zurechnete, der normalerweise in dieser Jahreszeit die Stadt fast den ganzen Tag in dunstiges Zwielicht hüllte. Trotzdem fühlte sie sich nicht wohl in ihrer Haut und konnte nicht mal sagen, warum. War es das ungewöhnlich milde Wetter mit der dazugehörenden Föhnlage? Bisher hatte kein Klima vermocht, ihr Befinden negativ zu beeinträchtigen. Oder machte ihr der Umstand zu schaffen, dass Dornach zu Jana Cranach nach Wien gefahren war? Wenn sie nur daran dachte, schlich sich ein Gefühl in ihre Brust, das sie sich selbst nicht zugeben mochte. Eine Angela Casagrande war nicht eifersüchtig. Mit Dornach verband sie eine gute persönliche Freundschaft, mehr nicht – bis die Cranach auf den Plan getreten war und Casagrandes sorgfältig kontrolliertes Verhältniskonstrukt zu ihm wie ein Kartenhaus hatte einstürzen lassen. Diese Gedanken verursachten ihr ein schlechtes Gewissen gegenüber ihrer Geliebten, Ines Degonda, mit der sie seit bald einem Jahr zusammen war. In den letzten Wochen hatte sich bei Casagrande eine leise und doch immer lauter werdende Stimme eingenistet, die sie fragte, wie lange sie sich die Frivolitäten mit der quirligen Engadiner Juristin leisten wollte, wenn sie sich gleichzeitig nach dem Mann sehnte, den sie nicht haben konnte. Im Grunde durfte sie sich nichts vormachen. Dornach bedeutete ihr mehr, als sie wahrhaben wollte, und sie sperrte sich dagegen, weil sie nicht aus ihrem aus Berufsethik gemauerten und mit Professionalität vergitterten Gefängnis ausbrechen konnte.

Sie wandte sich wieder dem Dossier zu, dessen Studium sie den grössten Teil der vergangenen Nacht gekostet hatte. Sie wollte alles ein weiteres Mal durchgehen, bevor sie Erich Marber in einer halben Stunde im Untersuchungsgefängnis erneut gegenübersitzen würde, um ihn zum Tod von Masud Bhutto zu befragen.

Sie setzte sich wieder an ihren Arbeitstisch, der mit den Fallakten Bhutto und mehreren Tageszeitungen übersät war. Die Schlagzeilen behandelten alle dasselbe Thema, wenngleich unterschiedlich in Stil und Sprache: den Tod eines sechzehnjährigen Immigranten, der von dem Hausherrn brutal zu Tode geprügelt worden war, weil er am vergangenen Sonntagabend in das Haus der Familie in Grenchen eingebrochen war und die hochschwangere Frau niedergeschlagen hatte.

Die Lokalredaktorin Doro Schubiger vom Solothurner Tagblatt ortete ein Dilemma, in dem die zuständige Staatsanwältin steckte, wenn sie einen bisher unbescholtenen Mann des Mordes anklagte, obwohl er lediglich sein Haus und seine Familie verteidigt hatte.

Casagrande konnte sich vorstellen, dass sich Doro Schubiger selber in einem Dilemma befunden haben musste, als sie den Artikel verfasst hatte, der im Grossen und Ganzen wohlwollend mit Casagrande umging. Das musste daran liegen, dass die Redaktorin zu ihr ein gutes Verhältnis pflegte. Casagrande hatte ihr bei ihrem Amtsantritt das erste Interview gewährt, das sich als offenes und ausgewogenes Gespräch erwiesen hatte.

Doros Vater, dem prominenten Rechtsanwalt Norbert Schubiger, hingegen dürfte der Artikel seines Sprösslings weniger gut gefallen haben. Für den Präsidenten der rechtsradikalen Patriotischen Fortschrittspartei mit grossen Ambitionen für die kommenden kantonalen Wahlen ging er vermutlich zu wenig hart ins Gericht mit der etablierten Politik und den Behörden, die nach seiner Ansicht und der seiner Parteigenossen seit Jahren Verrat am Schweizer Volk und seinen Werten begingen. In den Medien, die seiner Politik eher entsprachen, sprach Schubiger unverhohlen von einem Hexenprozess, den Casagrande gegen einen Helden anstrengte, der sein Heim und seine Familie gegen das nichtsnutzige ausländische Ungeziefer verteidigte, weil der Staat es nicht fertigbrachte, seine Bürger zu schützen.

Der Artikel im Boulevardblatt «N.T.», dem «Neuen Tag», dürfte damit eher seinem Gusto und dem seiner Mitstreiter entsprechen: «GEFÄNGNIS FÜR EINEN HELDEN! – Familienvater verteidigt seine Familie – Solothurner Staatsanwältin als Inquisitorin. Ist das Gerechtigkeit?»

Casagrande faltete die Zeitung zusammen und warf sie auf den Altpapierstapel. Natürlich hatte sie Verständnis für Marbers Reaktion, als er seine hochschwangere Frau regungslos am Boden liegen sah. Sie hatte das Bewusstsein bereits wiedererlangt, als die erste Polizeipatrouille am Tatort eingetroffen war. Der herbeigerufene Notarzt stellte bei ihr lediglich eine leichte Gehirnerschütterung fest. Julia Marber hatte Glück im Unglück. Ein dicker Faserteppich hatte die Wucht des Aufschlags erheblich gemindert. Dem Ungeborenen war nichts geschehen, und der Vorfall würde den Verlauf der Schwangerschaft aus medizinischer Sicht nicht beeinträchtigen. Masud Bhutto hingegen war tot, erschlagen vom Hausherrn.

Ein vorläufiger Obduktionsbericht des Instituts für Rechtsmedizin in Bern, den sie angefordert hatte, stellte in nüchternen Worten die Verletzungen dar, die dem Sechzehnjährigen zugefügt worden waren. Der Junge hatte mehrere Schläge mit einem Baseballschläger an Beinen und Rumpf erlitten, die sicher schmerzhaft, jedoch nicht tödlich waren. Ferner wies sein Schädel zwei Schlagverletzungen auf, wovon eine zu einem schweren Schädelbruch mit Gehirnblutung geführt hatte und somit todesursächlich war. Er war regelrecht zu Tode geprügelt worden. Ein toxikologisches Gutachten und der abschliessende Bericht standen noch aus. Aufgrund der Spurenlage und der Aussage von Erich Marber hatte Casagrande einen Haftbefehl gegen ihn wegen exzessiver Notwehr und Tötung im Affekt veranlasst.

Casagrande war sich bewusst, dass sie damit alleine stand. Ein schwerer Sturm zog gegen sie auf. Im Hinblick auf die Wahlen im Frühjahr witterte die Fortschrittspartei Morgenluft und zögerte nicht, das Drama für ihren Stimmenfang auszuweiden.

Die Vibration ihres Handys riss sie aus ihren Gedanken. Die Anrufer-ID kündigte Maja Hartmann an, Dornachs vorübergehende Stellvertreterin.

«Aussergewöhnlicher Todesfall in der Einsiedelei, Angela», sagte Maja ohne Umschweife, sobald sich Casagrande gemeldet hatte. «Nicht identifizierte Frauenleiche. Die solltest du dir ansehen.»

Casagrande war Maja dankbar, dass sie ihr eine Gelegenheit bot, den Fall Masud Bhutto auf die Seite zu legen. Sie nahm ihre Tasche und liess die verbale Kraftmeierei der Politiker und die verkorksten Ergüsse der Medienfritzen in ihrem Büro zurück, das sie zweimal hinter sich abschloss.

Casagrande stellte ihren VW Beetle auf dem Parkplatz des Restaurants Einsiedelei ab und ging die kurze Strecke zum nördlichen Eingang der Verenaschlucht zu Fuss. Vor der Polizeiabsperrung befanden sich ein paar Neugierige und Spaziergänger, die versuchten, dem dort stehenden Polizisten die Würmer aus der Nase zu ziehen. Unter den Schaulustigen erkannte Casagrande Doro Schubiger. Sie wollte nicht über etwas ausgefragt werden, worüber sie selbst nicht Bescheid wusste, und versuchte, rasch unter dem Absperrband durchzuschlüpfen, das der Beamte für sie hochhielt. Vergebens.

«Frau Casagrande, Frau Casagrande, können Sie sagen, was dahinten passiert ist?»

Genervt schloss Casagrande kurz die Augen, bevor sie sich umdrehte und an die Absperrung trat, wo die Journalistin sich neben den Polizisten gedrängt hatte. Nach Doros massvollem Artikel zum Fall Masud Bhutto wollte sie es sich nicht mit ihr verderben. Wer wusste schon, wann sie wieder einmal das Wohlwollen des Tagblatts brauchte.

«Guten Tag, Frau Schubiger. Sie sind ja schneller da als ich. Wie soll ich da mehr wissen als Sie?»

«Können Sie mir nicht wenigstens einen kleinen Hinweis geben?»

Casagrande war bewusst, dass die Lokalzeitungen auf die Verbreitung von News angewiesen waren, die sich in ihrem Einzugsgebiet ereigneten, um sich im Medienwesen des digitalen Zeitalters behaupten zu können. Sie bedeutete dem Polizisten, die Journalistin durchzulassen.

«Ich danke Ihnen für Ihren fairen Kommentar zum Fall Masud Bhutto», sagte Casagrande.

Doro antwortete mit einem Schulterzucken, das schlecht verbergen konnte, wie gut ihr die Anerkennung der Staatsanwältin tat. «Ich versuche nur, meinen Job als Journalistin zu machen: Fakten schildern und ausgewogen kommentieren. Die Leser haben ein Recht auf fundierte Information und brauchen keine Polemik. Für die sorgt bereits die grosse Konkurrenz», sagte sie und verzog den Mund, um deutlich zu machen, was sie davon hielt.

Casagrande nickte. «Deshalb biete ich Ihnen Folgendes an.» Sie zeigte zum Ende des Felsenkessels der Einsiedelei, wo die Spurensicherer herumwuselten. «Ich kann Ihnen jetzt noch nichts sagen. Sollten wir etwas Erwähnenswertes finden, verspreche ich Ihnen, dass Sie die Erste sind, die davon erfährt. Ich rufe Sie persönlich an, versprochen.»

Doro sah Casagrande prüfend an und nagte kurz an ihrer Oberlippe, bevor sie sich eine blonde Haarsträhne aus dem Gesicht wischte.

«Ich verlasse mich auf Sie, Frau Casagrande.»

Die beiden reichten sich die Hand. Casagrande blickte ihr nach, als sie Richtung Parkplatz ging. Doro Schubiger war jung, keine dreissig. Sie hatte das Zeug zu einer guten Journalistin, und Casagrande hoffte, dass es ihr gelingen würde, sich vom unappetitlichen Mief fernzuhalten, den ihr Vater mit seiner Partei verbreitete.

Bevor sie zum Fundort ging, blieb Casagrande einen Moment stehen und liess die Stimmung der Einsiedelei auf sich wirken. Trotz ihrer italienischen Wurzeln war sie stets auf Distanz zur römisch-katholischen Konfession geblieben. Wahrscheinlich würden ihre Eltern sich dreimal bekreuzigen und zehn Rosenkränze für sie beten, sollten sie je erfahren, dass ihre Tochter eine Frau liebte.

Mit einem Ruck machte sie sich von diesem Gedanken los und schritt durch einen kleinen Torbogen und dem Bach entlang, der Richtung Stadt floss. Sie sah zur Einsiedlerklause hinüber, wo eine Ordensfrau im Habit der Kapuzinerinnen auf einer Bank vor dem Häuschen sass und betete. Casagrande kannte Schwester Johanna, die seit zwei Jahren die Position der Einsiedlerin innehatte, nur von den Bildern in den Medien. Sie vermutete, dass sie für das Seelenheil des armen Geschöpfes betete, das an diesem heiligen Ort dem Tod begegnet war.

Bevor der Verenaweg sich in südlicher Richtung durch die

Schlucht schlängelte, führte er an einer Felsnische vorbei, in der sich gerade profanere Dinge abspielten. Der Zugang zur Nische sowie eine in den Fels gehauene Fensteröffnung waren mit einer weissen Zeltplane abgedeckt. Ein Kriminaltechniker machte Fotos. Ein anderer in weissem Schutzanzug beugte sich über einen leblosen Körper. Da sie keine Schutzkleidung trug, sah Casagrande aus der Distanz zu, bis jemand ihr von hinten auf die Schulter klopfte.

«Dein Anzug, Angela», sagte Maja Hartmann und reichte ihr einen säuberlich gefalteten weissen Plastik-Overall. «Hallo übrigens.» Der Anflug eines Lächelns huschte über ihr kantiges, mit Sommersprossen übersätes Gesicht.

«Hallo, Maja. Was habt ihr?» Casagrande band ihr dichtes, schulterlanges dunkelbraunes Haar mit einem Gummiband zu einem Pferdeschwanz zusammen, bevor sie den Overall überstreifte.

«Weibliche Leiche, circa Anfang bis Mitte sechzig, keine äusserlichen Anzeichen von Gewalteinwirkung ausser einem frischen Einstich am Hals, Injektion mit einer grossen Spritze. So weit lässt sich der Amtsarzt auf die Äste hinaus.» Sie zeigte auf die weisse Gestalt, die sich über die tote Frau beugte. «Er will, dass sich die Rechtsmedizin die Tote ansieht.»

«Kennt ihr den Namen?»

Maja schüttelte den Kopf, sodass ihr brauner kurzer Zopf links und rechts um den Nacken schlug.

«Sie hatte keine Papiere, kein Handy oder so was bei sich. Wir suchen noch.»

«Wer hat sie gefunden?»

Maja nickte mit dem Kopf zur Klause. «Die Einsiedlerin hat sie entdeckt und uns sofort alarmiert.»

«Todesursache?»

«Das musst du den Doc fragen, da kommt er schon.»

Casagrande drehte sich um, als Amtsarzt Dr. Schmetzer aus der Nische trat und auf sie zukam. Im Gehen streifte er die Handschuhe und die Kapuze seines Anzuges ab und zog den Reissverschluss bis auf Nabelhöhe seines beträchtlichen Bauches herunter.

«Es ist immer wieder schön, Ihnen zu begegnen, Frau Casagrande», sagte er und gab Casagrande die Hand. «Schade nur, dass es stets unter solch traurigen Umständen passiert.»

«Ganz meinerseits, Dr. Schmetzer», erwiderte Casagrande kurz angebunden. «Kann ich die Tote sehen?»

«Bitte sehr.» Er liess sie vor sich in die Nische treten. Casagrande wusste nicht so recht, was sie erwartete, und war erleichtert, ein Bild des Friedens vorzufinden. Auf einer in den Felsen gehauenen, schmalen Sitzfläche lag eine mittelgrosse Frau mit Brille. Sie war zierlich und fand auf der felsigen Unterlage Platz. Augen und Mund waren geschlossen. Es sah aus, als ob sie schliefe. Das graue Haar lag offen über ihrer Brust. Ihre Hände waren auf dem Bauch gefaltet. Hätte sie nicht an diesem Ort gelegen, Casagrande hätte daran gezweifelt, dass es sich um einen aussergewöhnlichen Todesfall handelte. «Die Einsiedlerin hat die Tote so aufgefunden?», vergewisserte sie sich.

«Schwester Johanna schwört, dass sie die Tote weder berührt noch sonst wie verändert hat», bestätigte Maja. «Ich weiss, was du meinst. Sie sieht aus, als ob sie schläft, nicht wahr?»

«Können Sie den Todeszeitpunkt schon in etwa eingrenzen?»

«Die Totenstarre hat sich noch nicht vollständig über den ganzen Körper ausgebreitet. Angesichts der herrschenden Nachttemperaturen würde ich davon ausgehen, dass sie gestern Nacht zwischen neun und Mitternacht gestorben ist.»

Casagrande ging vor der Toten in die Hocke und betrachtete ihr Gesicht. «Was ist das auf ihrer Stirn?»

«Das ist ein Kreuzzeichen. Vermutlich eine Mischung aus Öl und Asche. Als Italienerin müssten Sie das kennen, Frau Casagrande», sagte Dr. Schmetzer.

«Ich bin seit beinahe zwanzig Jahren Schweizerin, Herr Dr. Schmetzer. Und klar kenne ich den Brauch der Katholiken. Das Aschenkreuz wird am Aschermittwoch den Gläubigen auf die Stirn gezeichnet. Es ist die Asche der verbrannten Palmzweige vom Palmsonntag des Vorjahres. Damit sollen die gläubigen Sünder nach den Ausschweifungen der Fasnacht an ihre Vergänglichkeit erinnert werden und Busse tun. Aus Asche geboren, werden sie im Sterben wieder zu Asche.»

«Amen», sagte Dr. Schmetzer.

«Heute ist Mittwoch. Gestern war dagegen nicht Fasnachtsdienstag.»

Dr. Schmetzer hob beide Schultern und breitete die Hände aus.

«Mich müssen Sie nicht fragen. Ich bin Protestant und mit den Gepflogenheiten der römisch-katholischen Kirche nicht vertraut. Womöglich hatte sie einen besonderen Anlass.»

«Oder die Täterschaft hat das Kreuzzeichen auf ihre Stirn gemalt», sinnierte Maja.

«Auch möglich», sagte Dr. Schmetzer. «Die Kriminaltechnik hat Proben genommen und untersucht sie auf mögliche DNS.»

Casagrande nickte einem wartenden Kriminaltechniker zu, der der Toten eine Plastiktüte über den Kopf stülpte. Sie sah sich die Kleidung des Opfers an.

«Wurde sie vergewaltigt oder sexuell missbraucht?»

«Sie sehen es ja selbst», erwiderte der Arzt, «Kleidung korrekt, keine äusserlichen Spuren von physischer Gewalt. Die Obduktion wird darüber Aufschluss geben.»

«Sie haben uns nichts zur Todesursache gesagt, Doc», warf Maja ein.

«Liebe Frau Hartmann, die Tote hat einen Einstich am Hals. Das mag einen Hinweis geben. In Ermangelung anderer einschlägiger Indizien würde ich auf Herzstillstand tippen.»

Maja schnaubte. «Super, danke, Doc. Wir haben eine Tote, deren Herz stillgestanden ist. Ihnen geht die Phantasie nie aus, was?»

Dr. Schmetzer tat so, als ob er die giftige Bemerkung überhört hätte.

«Lassen Sie es mich so sagen, meine Damen: Beim jetzigen Kenntnisstand wäre es verwegen von mir, etwas anderes zu vermuten. Ausserdem», er schälte sich vollends aus dem Schutzanzug und reichte ihn der verdatterten Maja, «bin ich fertig hier und überlasse das Feld den Rechtsmedizinern. Frau Staatsanwältin, Feldweibel Hartmann, ich wünsche Ihnen einen schönen Tag.»

«Ups», sagte Casagrande zu Maja, als sich der Arzt entfernt hatte. «Wenn er die Beamten mit dem Dienstgrad anspricht, ist er sauer. Gratuliere, Maja, Volltreffer.»

«Keine Sorge, bei unserem nächsten Zusammentreffen wickle

ich ihn wieder um den Finger. Ist mir bisher jedes Mal gelungen. In dieser Beziehung sind die Kerle alle gleich gestrickt.»

«Wenn du es sagst.» Casagrande wandte sich erneut der Toten zu, bevor sie das Feld für die beiden Rechtsmediziner räumte, die gerade eingetroffen waren. «Fällt dir an der Kleidung etwas auf?»

«Eine Mode-Ikone war sie nicht gerade», brummte Maja und musterte die Tote von oben bis unten. «Es sei denn, ich hab was verpasst, und der Stil ‹alte Jungfer› ist gerade hip geworden.»

«Du musst es ja wissen», sagte Casagrande und dachte an Majas Bomberjacke und ihre abgewetzten Bluejeans, die sie normalerweise trug. «Sie könnte Ordensschwester gewesen sein.» Sie zeigte hinüber zur betenden Nonne vor ihrer Klause. «Sie tragen das gleiche Braun. Wer läuft heutzutage sonst so herum?»

«Sie trägt keinen Schleier oder wie immer die Nonnen das Tuch nennen, das sie auf dem Kopf haben. Fragen wir die Einsiedlerin.»

Bevor Angela Maja folgen konnte, weckte ein Glitzern in einer tiefen Spalte des felsigen Bodens beim Eingang der Nische ihre Aufmerksamkeit. «Warte, Maja, hast du einen Plastikhandschuh oder ein Säckli?»

Mit Hilfe eines Drehbleistiftes zog sie ein dünnes goldenes Kettchen mit einem Anhänger in der Form eines Kreises mit einem hohen Kreuz aus der Spalte. Casagrandes letzter Gottesdienstbesuch war schon eine ganze Weile her. Die Form des Kreises mit dem Kreuz erinnerte sie an die Prägung einer Hostie, wie sie für die Gabenbereitung der heiligen Messe verwendet wurde. «Unsere Theorie von der Ordensschwester ist möglicherweise nicht so weit hergeholt, was meinst du?»

«Sieht so aus», sagte Maja mit nur schwer unterdrücktem Zorn in der Stimme. «Ich blase den Idioten von der Kriminaltechnik mal den Marsch. Es ist immer dasselbe: Wenn Sebi Tschanz nicht da ist, arbeiten sie nur halb so gründlich, und wir dürfen hinterher nachwischen.»

«Du übertreibst.» Casagrande fasste Majas Arm. «Erst fährst du dem armen Dr. Schmetzer an den Karren, dann feuerst du eine Breitseite gegen die Männer im Allgemeinen ab, und jetzt willst du deine Kollegen zur Schnecke machen. Was ist denn los mit dir?»

«Lass uns die Einsiedlerin befragen», sagte Maja anstelle einer Antwort.

***

Schwester Johanna konnte den Ermittlerinnen nicht mehr sagen, als sie bereits zu Protokoll gegeben hatte. Auf die Kleidung der Toten angesprochen, bestätigte sie, dass sie durchaus die vereinfachte Form eines Ordenshabits sein könnte, obwohl sie weder Skapulier noch Zingulum oder Schleier aufwies. Sicherheitshalber hatte sie auch gleich ihr Alibi für die Todeszeit am vergangenen Abend geliefert, an dem sie einen Vortrag vor der Töpfergesellschaft Solothurn gehalten hatte.

Bevor sie den Fundort verliessen, drückte eine Kriminaltechnikerin Maja eine Plastiktüte mit dem braunen Schleier in die Hand, den sie etwas bachabwärts in einem Gestrüpp am Wasser gefunden hatte.

Nach einem kurzen Imbiss mit Casagrande verstimmte Maja den hungrigen Rolf «Google» Gubler, als sie am frühen Nachmittag in sein Büro stürmte und verlangte, dass er ihr helfen sollte, etwas über das Medaillon herauszufinden, das sie am Tatort gefunden hatten. Sie kam mit dem Bildsuchprogramm nicht klar.

Google blickte auf die Uhr. Er war schon spät dran und hoffte, dass er sein Rendez-vous mit einem türkischen Lammspiess einhalten konnte. «Zeichne es ab, so werden die Konturen deutlicher», sagte er in seinen struppigen Vollbart brummend.

«Wenn ich zeichnen wollte, wäre ich nicht bei der Polizei», blaffte Maja ihn an. «Du bist hier der IT-Künstler. Tu mal was.»

Google seufzte. «Nicht auf nüchternen Magen. Ich will erst was essen, sonst kann ich mich nicht mehr konzentrieren.»

«Einmal eine Mahlzeit aussetzen oder etwas weniger in dich hineinschaufeln täte dir gut.»

«Na und? Ein funktionierendes Gehirn braucht Proteine.»

Maja schaute ihn zuerst von der Seite an und senkte ihren Blick dann auf seinen Bauchansatz, der in den letzten paar Monaten auf Expansionskurs gegangen war. «Deine Proteine setzen eher am Bauch an als im Hirn. – Ja, geh schon essen.»

Beim Hinausgehen stiess Google beinahe mit Sebi Tschanz zusammen.

«Gehen wir einen Döner essen, Google?», sagte Tschanz anstelle einer Begrüssung.

«Da musst du zuerst die Chefin fragen», sagte Google und zeigte mit dem Daumen rückwärts zu Maja, die sich mit der Skizze des Medaillons abmühte. Sie blickte kurz auf und grüsste Tschanz mit einem knappen Kopfnicken.

Tschanz, der sich ihrer Launigkeit ihm gegenüber bewusst war, hob die Hand zum Gruss. «Hallo, Maja, gut aufgelegt heute?»

«Geht so», erwiderte sie mürrisch. «Wenn deine Kollegen auch mal ohne ihren Chef funktionieren würden, ginge es besser.»

«Zeig mal.» Ohne weiter auf ihre Tirade einzugehen, nahm Tschanz das eingetütete Medaillon und betrachtete es eingehend. «Habt ihr eine Lupe?» Er wollte sich zu Google umdrehen, der war weg. Maja musste nicht lange auf dessen Schreibtisch suchen, bis sie Tschanz ein Vergrösserungsglas reichen konnte, das direkt aus dem Nachlass von Sherlock Holmes stammen musste.

Tschanz betrachtete das Medaillon eingehend durch die Lupe und reichte beides Maja.

«Sieh es dir genau an. Fällt dir was auf?»

Trotz der optischen Hilfe dauerte es einige Sekunden, bis Maja bemerkte, dass beidseits der längeren Vertikalachse des Kreuzes jeweils ein Zeichen eingraviert war. Als sie Lupe und Medaillon näher an die Augen führte, erkannte sie links schwach die geschwungene Linie eines einzelnen S. Die Gravur rechts der Achse war schwächer, aber nun wusste sie, was sie suchte, und der Buchstabe war leichter erkennbar. Es war ein G.

«Ein S und ein G», stellte sie fest. «SG.»

«Diese Darstellung hat einen religiösen Ursprung, könnte katholisch sein.»

«Passt zur Toten und dem Fundort. Katholischer geht's wirklich nicht.»

«In Solothurn sind wir ja an der Quelle. Neben dem bischöflichen Ordinariat, der römisch-katholischen Kirchgemeinde und den Pfarreien gibt es noch die klösterlichen Frauengemeinschaften: die Franziskanerinnen im Namen Jesu, die Visitantinnen, das

Seraphische Liebeswerk, und vergessen wir die Spitalschwestern-Gemeinschaft nicht.»

Maja unterbrach Tschanz' Aufzählung. «Karin hat die schon alle abgeklappert. Die vermissen niemanden. Das Kloster ‹Visitation› und das ‹Namen Jesu› haben strenge Ausgangsregeln für ihre Nonnen. Bei denen fällt sofort auf, wenn eine wegbleibt. Ich hab's der Fahndung übergeben. Wenn wir bis heute Abend nichts haben, gehen wir an die Öffentlichkeit. Es ist ja nicht mal gesagt, dass sie aus Solothurn stammt.»

Sie berichtete ihm, was sie von der Einsiedlerin Schwester Johanna in Erfahrung gebracht hatte, und reichte ihm das Medaillon. «Kannst du nicht mal schauen, ob du mit dem hier etwas anfangen kannst? Ich muss rasch weg.»

«Wann kommt Dominik zurück?»

«Der sollte inzwischen in Zürich gelandet sein. Machst du das mit dem Medaillon für mich?» Nach einer kurzen Atempause schob Maja ein «Bitte» nach.

Tschanz hob das Säckli hoch und grinste sie an. «Kein Problem, Maja. Für ein Lächeln von dir mache ich fast alles.»

Sie verzog als Antwort kurz den Mund, und er wandte sich seufzend der Tür zu. «Zum Glück bin ich genügsam.»

***

Pia hatte sich nichts vorzuwerfen, und doch betrat sie den Stadtpolizeiposten neben der Reithalle beim Baseltor mit einem mulmigen Gefühl. Sie wurde gebeten, kurz zu warten, und hoffte, dass Maja es wie versprochen schaffen würde, rechtzeitig da zu sein, um ihr beizustehen.

Sie war überrascht, als Rafik in Begleitung der Frau auftauchte, die sie gestern im «Perron 1» kennengelernt hatte. Was hatte Rafik mit Lori Palmer zu schaffen?

Pia und Rafik begrüssten sich mit drei Freundschaftsküssen, was bei ihr ein innerliches Erdbeben der Stärke sieben verursachte. Rafik machte sie mit Lori Palmer bekannt, die sich an ihre kurze Begegnung vom Vortag erinnerte.

«Lori hat sich bereit erklärt, dich zu vertreten, wenn es zu einer

Anzeige kommt», sagte Rafik. Pia bemerkte, wie er dabei Palmers Hand streichelte, und runzelte die Stirn. Rafik liess schnell die Hand der Anwältin los und beeilte sich zu sagen: «Nur wenn du einverstanden bist.»

Als Pia immer noch nichts sagte, berührte Palmer ihren Arm. «Pia?»

Pia sah sie unverwandt an.

«Ist es in Ordnung, wenn ich dich juristisch vertrete, wenn es zum Prozess kommen sollte?»

«Ja, sicher, auf jeden Fall. Danke. Ich weiss nur nicht, wie ich Sie bezahlen kann.»

«Das regeln wir schon», sagte Palmer nonchalant. «Ich denke eh nicht, dass es eine grosse Sache wird. Die Zeugenaussage von deiner Freundin Manuela scheint klar zu sein. Und dieser …», sie blätterte in ihren Notizen, «Philipp Tüscher ist bei der Polizei kein Unbekannter.» Sie machte eine aufmunternde Geste. «Du wirst nicht gross was zu befürchten haben.»

«Lori ist die Beste», verkündete Rafik, was Pia reichlich unnötig fand, umso mehr, da er wieder begann, Palmers Arm zu streicheln. Pia ärgerte sich darüber, dass ihr das etwas ausmachte.

Kurz darauf stiess Manu zu ihnen und erkundigte sich, wie es Rafik mit seiner Rippenverletzung ging. Pia hätte sich die Zunge abbeissen können, weil sie nicht daran gedacht hatte.

«Geht schon», sagte Rafik. «Eine Rippe ist offenbar geprellt. Der letzte Fusstritt, den die mir verpasst haben, war schon heftig.»

«Feige Schlappschwänze», schnaubte Manu. «Zu viert auf einen allein loszugehen.»

Pia blickte besorgt auf Rafiks Brustkorb. «Du solltest das von einem Arzt untersuchen lassen, wenn die Schmerzen nicht weggehen.»

Rafik schüttelte den Kopf und strahlte sie an, als er sein Hemd anhob, unter dem ein perfekt definierter Waschbrettbauch zum Vorschein kam. «Du kannst ja mal einen Blick drauf werfen.»

«Das würde dir so passen, was?» Pias barsche Stimme passte nicht so richtig zum heiseren Räuspern, das sie sich nicht verkneifen konnte. Was denkt der Kerl sich?, dachte sie wütend. «Wenn du eine Pflegerin brauchst, geh ins Spital. Dort findest du sicher Interessentinnen.»

Manu hingegen konnte ihren Blick nicht von Rafiks Bauchnabel abwenden. «Ich schau mir das gern mal an, wenn –» Weiter kam sie nicht, da ihr Pias vernichtender Blick begegnete.

Die Türe öffnete sich erneut, und zu Pias Erleichterung erblickte sie Maja hinter der Stadtpolizistin, die alle bat, ihr zu folgen.

«Was heisst hier ‹absichtliche schwere Körperverletzung›?», fragte Lori Palmer. «Frau Zenklusen hat lediglich Nothilfe zugunsten von Herrn Mousavi geleistet. Der Aussage von Frau Bürki zufolge hat sie erst versucht, die Situation zu deeskalieren.»

«Da steht Aussage gegen Aussage.» Polizist Mülchi hob die Schultern und nickte François Kohler von Schubiger & Partner zu, der links neben Philipp Tüscher sass, zu dessen Rechter der junge Mann mit den Haaren Platz genommen hatte. Er hiess Sandro Germann und wurde als Chef der «Schutzfront CH» vorgestellt. Er fungierte als Zeuge. Tüschers untere Gesichtshälfte war einbandagiert. Beide hatten ihr «Schutzfront»-Outfit gegen weniger auffällige Strassenkleidung eingetauscht, wobei sie in ihren weissen Hemden und Bluejeans nach wie vor aussahen, als ob sie Uniform tragen würden.

Herr Mousavi und Frau Zenklusen seien unprovoziert und ohne ersichtlichen Grund auf Tüscher und seine Freunde losgegangen. Dabei habe Frau Zenklusen seinen Mandanten erheblich verletzt. Der Kiefer war geprellt, und man könne von Glück reden, wenn ein Hoden nicht bleibend geschädigt sei. Während Kohler die Verletzungen aufzählte, tätschelte Maja in diskreter Anerkennung Pias Oberschenkel.

Nach einigen Minuten weiterer verbaljuristischer Drohgebärden durch Kohler, bei denen sich Pia zunehmend unwohler fühlte, wurde es Palmer zu bunt. «Hören Sie mit Ihrer Einschüchterungstaktik auf, Herr Kollega. Sie wissen genau, dass Sie mit diesem Sachverhalt vor keinem Gericht durchkommen. Wir haben die glaubhaften Zeugenaussagen von Frau Bürki und vor allem von Herrn Mousavi, der von Herrn Tüscher und seinen Gefährten verletzt wurde. Frau Zenklusen hat einen hervorragenden Leumund. Ihr unterstellen zu wollen, sie hätte die vier unprovoziert angegriffen, ist schlicht lächerlich. Ich habe mich erkundigt. Es ist bekannt, dass diese Herren und ihre ‹Schutzfront CH›, welche unter anderem regelmässig von der Patriotischen Fortschrittspartei als Sicherheitspersonal für ihre Manifestationen eingesetzt wird, einschlägig polizeibekannt sind. Für einen Gerichtsprozess werde ich genügend weibliche Zeugen beibringen können, die von diesen Herren in diversen Vorfällen aufs Gröbste belästigt wurden. Wenn Sie es darauf ankommen lassen wollen, bitte, Herr Kollega, es wird mir ein Vergnügen sein.»

Die beiden Männer sassen während der ganzen Zeit ohne ein Wort zu sagen und mit Lämmermienen da. Als Palmer geendet hatte, wollte Germann eine heftige Entgegnung machen, ein warnender Blick Kohlers hielt ihn davon ab.

Die Sitzung war daraufhin rasch beendet. Nach einer kurzen Beratung mit seinem Mandanten verkündete Anwalt Kohler, dass sie von einer Anzeige absehen würden, und er betonte dabei mit einem eindringlichen Blick zu Palmer, dass die Angelegenheit damit in allen Aspekten als erledigt zu betrachten sei.

***

Als Pia und Manu später mit Palmer und Rafik auf der Terrasse des «Landhauses» sassen, fragte Pia: «Willst du denn nicht die anderen Frauen vertreten, Lori?»

«Welche anderen Frauen?»

«Na, die potenziellen Zeuginnen, die du vorhin erwähnt hast und die auch Opfer dieser Rowdys sind.»

«Die müsste ich zuerst finden», sagte Palmer leichthin.

«Wie, finden?», fragte Pia mit grossen Augen. «Du meinst, die gibt es gar nicht? Hast du geblufft?»

Palmer sah Pia offen an. «Ja, es war ein Bluff. Ich wusste oder zumindest war ich mir ziemlich sicher, dass Schubiger es nicht zulassen konnte, dass wir anfangen, in den Machenschaften seines Adlatus Germann und seines Oberschlägers Tüscher zu wühlen.» Sie grinste, als sie Pias offenen Mund sah. «Manchmal muss man pokern.»

Palmer blickte auf die Uhr. «Ich muss euch leider verlassen. Wenn du etwas brauchst, Pia, ruf mich an.» Sie drückte ihr eine Visitenkarte in die Hand und verabschiedete sich mit einer für Pias Geschmack zu innigen Umarmung und drei dicken Küssen von Rafik.

«Hast du was mit Lori?», fragte Pia ihn.

«Wie meinst du das?»

«Seid ihr zusammen?»

Anstelle einer Antwort legte sich ein breites Grinsen auf sein Gesicht. «Sag mal, bist du etwa eifersüchtig?»

«Ich? Wie kommst du darauf?» Pia spürte, wie sie errötete.

Sein Lachen hatte das gleiche dunkle, angenehme Timbre wie seine Stimme und brachte Pias Gefühle erneut in Wallung. «Du bist eifersüchtig, Pia. Das heisst, dass du was für mich empfindest.» Er streckte beide Arme in einer Siegergeste in die Luft. «*Yes*, ich bin der glücklichste Mann auf Erden.»

Pia, die nicht mehr wusste, wo sie hinsehen sollte, stiess ihn in die Seite. «Hör auf, Blödsinn zu quatschen, Rafik Mousavi, und erzähl mir mehr über diese ‹Aktion Maitag›. Machst du bei denen mit? Was läuft dort alles so?»

FÜNF

Der Vernehmungsraum im Keller des Solothurner Untersuchungsgefängnisses roch muffig. Die Luft war stickig, als hätte man seit Tagen nicht gelüftet. Casagrande sehnte sich nach einem Zigarillo. Zu ihrer Erleichterung legte sich ihre Nervosität, als ein Betreuer Erich Marber hereinführte. Marber war ein sportlicher Enddreissiger, der blass und unsicher wirkte, als er Casagrandes Händedruck fahrig erwiderte. Hinter Marber betrat sein Anwalt den Raum. Casagrande hatte das Gefühl, dass die Raumtemperatur um einige Grad fiel, als sie dem Mann in die Augen sah. Sie kannte Dr. Norbert Schubiger von früheren Verfahren und spürte beinahe physisch seinen kalten, stählernen Blick, der sie abschätzig von oben bis unten musterte. Schubiger war ein gross gewachsener, schwerer Mann; nicht dick, aber massig. Das vormals strohblonde Haar auf seinem breiten, fast quadratischen Kopf trug er als silbrig schimmernden Bürstenhaarschnitt. Sein Blick vermochte zu fesseln, und es kostete grosse Anstrengung und Selbstbewusstsein, sich davon zu befreien. Er musterte Casagrande einige Sekunden und streckte ihr seine Hand entgegen.

«Stellvertretende Leitende Staatsanwältin Casagrande, es ist mir eine Ehre, wieder mit Ihnen zusammenzuarbeiten.» Er betonte jedes Wort derart, dass kein Missverständnis darüber aufkommen konnte, was er von der Verbindung von Funktion und Person hielt. Seine schnarrende Stimme und das Lächeln, welches seine Augen nicht erreichte, trugen zur Gefühlskälte bei, die sich im Raum ausbreitete.

Du mich auch, du Arschloch, dachte sie. Sie schenkte ihm ein unbefangenes Lächeln. «Ganz meinerseits, Dr. Schubiger.» Casagrande kannte das Frauenbild, das Schubiger und seine Partei vertraten, und er liess sie spüren, dass sie diesem nicht entsprach. Wenn der wüsste, dass ich mit einer Frau zusammen bin, überlegte sie und stellte sich vor, wie Schubiger sich weigerte, eine Lesbe als Vertreterin der Gegenpartei zu akzeptieren.

«Können wir?», fragte sie und nickte zum protokollführenden

Beamten, der mit seinem Notebook neben ihr Platz genommen hatte.

Schubiger machte eine einladende Geste. «Fangen Sie an, Frau Casagrande.»

«Herr Marber, ich will ein weiteres Mal im Einzelnen die Ereignisse in Ihrem Haus durchgehen, die zum Tod von Masud Bhutto führten. Ich werde sie mit dem Polizeibericht und der Autopsie abgleichen, bevor ich meine Schlussfolgerungen ziehe. Haben Sie das verstanden?»

Nach einem kurzen Blickwechsel mit dem Anwalt nickte Marber, und Casagrande merkte, dass seine Lippen leicht zitterten. Sie forderte ihn auf, genau zu schildern, was an jenem Abend in seinem Haus in Grenchen vorgefallen war.

Mit schwacher, mechanisch klingender Stimme erzählte Marber, wie er mitten in der Nacht vom Geräusch einer umgestossenen Stehlampe geweckt wurde und merkte, dass seine Frau nicht mehr neben ihm lag. Als er zu dem Punkt kam, an dem er seine Frau reglos am Boden liegen sah und eine Gestalt sich über sie beugte, unterbrach ihn Casagrande. «Als Masud Bhutto Sie sah, hat er Anstalten gemacht, Sie anzugreifen?»

Marber öffnete den Mund, um zu antworten. Schubiger legte seine Hand auf dessen Schultern. «Wir verstehen nicht ganz den Sinn Ihrer Frage, Frau Casagrande. Die hochschwangere Frau meines Mandanten wurde von diesem Einbrecher niedergeschlagen. Er musste befürchten, dass der Täter sie schwer verletzt oder gar getötet hatte. Im oberen Stockwerk schliefen seine zwei Kinder. Wozu also sollte er sich zunächst vergewissern, ob er angegriffen wurde, bevor er sich und seine Familie zu verteidigen versuchte?»

Casagrande hielt Schubigers Blick stand. «Wie gesagt, es geht mir darum, ein genaues Bild der Situation zu erhalten. Das sollte im Sinne Ihres Mandanten sein, Dr. Schubiger», sagte sie, bevor sie sich wieder an Marber wandte. «Ihre Frau hat ausgesagt, dass Herr Bhutto von ihr überrascht wurde und fliehen wollte. Sie stand ihm offenbar im Weg. Daraufhin hat er sie weggestossen, sodass sie unglücklich stürzte und mit dem Kopf auf dem Teppich aufschlug. In diesem Moment kamen Sie die Treppe herunter. Schildern Sie bitte, wie sich Herr Bhutto daraufhin verhalten hat.»

Mit einem erneuten, beinahe ängstlichen Seitenblick zu Schubiger sagte Marber: «Ich kann mich nicht mehr genau erinnern. Ich stürmte die Treppe hinunter, weil ich Angst hatte, dass Julia … Sie ist schwanger, im achten Monat, verstehen Sie?»

Casagrande nickte empathisch. «Natürlich, Herr Marber. Gerade deshalb wollen wir den Vorfall richtig einordnen. Fahren Sie bitte fort.»

«Ich sah Julia am Boden liegen, die Tür zur Terrasse war offen. Der Mann wollte fliehen. Er sah mich und ist auf mich zugekommen. Und ich wollte ihn nicht zu nahe kommen lassen.»

«Haben Sie gesehen, ob er eine Waffe hatte?», fragte Casagrande.

«Meinen Sie, ob er eine Pistole hatte oder so was?»

«Oder ein Messer oder einen Schlagstock.»

Schubiger warf Marber einen mahnenden Blick zu, bevor dieser antwortete: «Ich … ich weiss es nicht mehr. Er ist auf mich zugerannt, und ich geriet in Panik.»

«Sie haben mit Ihrem Baseballschläger zugeschlagen?»

Marber nickte.

«Wie oft haben Sie zugeschlagen?»

Wieder ein warnender Blick des Anwalts.

«Ich habe einfach zugeschlagen, ich weiss nicht, wie oft. Ich war blind vor Angst und dachte nur an Julia, die da am Boden lag.»

«Wie oft?», insistierte Casagrande.

Marber blinzelte unsicher. «Wie …?»

«Ich frage Sie, ob Sie mehr als einmal auf Herrn Bhutto eingeschlagen haben?»

«Vielleicht … ich meine, vielleicht habe ich vier- oder fünfmal zugeschlagen.»

«Auf welche Körperstellen haben Sie eingeschlagen?»

Marber sagte nichts und blickte auf seine Hände.

Schubiger intervenierte erneut. «Frau Casagrande, ich verstehe nicht, weshalb Sie meinen Mandanten mit Fragen quälen, deren Antworten Sie bereits in Ihren Akten haben.» Schubiger sah demonstrativ auf seine Armbanduhr. «Kommen Sie heute zu einem Punkt?»

Casagrande räusperte sich. «Gleich, Dr. Schubiger», antwortete sie und sah zu Marber. «Sie haben mehr als einmal mit dem Baseballschläger auf Herrn Bhutto eingeschlagen. Stand er vor Ihnen, als Sie zugeschlagen haben?»

«Ja, sicher stand er vor mir. Er hat mich ja angesehen, und als er näher kam, habe ich mich halt gewehrt.»

Casagrande blätterte in ihren Unterlagen. Als Schubiger ungeduldig mit den Fingerspitzen auf die Tischplatte trommelte, hob sie ihren Kopf und sah Marber scharf an. «Herr Marber, es ist unbestritten, dass Masud Bhutto in Ihr Haus eingedrungen ist und eine klare und unmittelbare Bedrohung für Sie und Ihre Familie darstellte. Es ist legitim, dass Sie versuchten, sich und die Ihren zu schützen. Das Gesetz nimmt bei entsprechender Bedrohung in Kauf, dass ein Übeltäter getötet werden kann. Allerdings müssen die Umstände genau in Betracht gezogen werden. Stellt der Täter wirklich eine unabwendbare Bedrohung dar? Greift er direkt an? Könnte er mit anderen Mitteln ausser Gefecht gesetzt werden?» Sie hielt einen Moment inne, als warte sie auf ein Zeichen von Marber, dass er das Prinzip der Notwehr verstanden habe. Dieser schaute lediglich auf seine Hände.

«Ich habe den vorläufigen Bericht der Autopsie vor mir, die vom Institut für Rechtsmedizin der Universität Bern unverzüglich durchgeführt wurde. Ihr Anwalt hat eine Kopie.»

Schubiger nickte, und Casagrande fuhr fort: «Herr Marber, Sie haben ausgesagt, dass Herr Bhutto auf Sie zukam, bevor Sie zuschlugen. Dem Bericht der Rechtsmedizin zufolge haben Sie mehrmals auf ihn eingeschlagen.» Casagrande machte eine kurze Pause, um das Gesagte wirken zu lassen. «Hat sich Herr Bhutto umgedreht, als Sie zuschlugen, oder wollte er fliehen, als er sah, dass Sie mit dem Baseballschläger ausholten?»

Keine Antwort.

Casagrande schlug das Dossier zu und sah Marber direkt in die Augen. «Aus diesen Berichten folgere ich, dass Herr Bhutto vor Ihnen die Flucht ergriffen hat. Damit stellt sich mir die Frage, warum Sie dennoch auf seinen Kopf geschlagen haben – von hinten.»

***

Dornachs allererste Handlung in seinem Büro in der Schanzmühle war die Betätigung des Einschaltknopfs seiner geliebten Bezzera. Den letzten Kaffee, der diese Bezeichnung verdiente, hatte er zum Frühstück in Janas Wohnung getrunken. Die Nacht war kurz gewesen und Schlaf Nebensache. Als sie zwischendurch einmal wegdösten, war Dornach erwacht, weil Jana im Schlaf geschrien hatte. Er hatte sie in den Arm genommen und getröstet, bis sie ihm mit einem fordernden Handgriff klargemacht hatte, dass sie etwas anderes von ihm wollte.

Am Morgen waren sie spät dran gewesen, und Jana, die ihn selbst zum Wiener Flughafen fuhr, musste auf Blaulicht und Sirene ihres BMW Z4 zurückgreifen, damit Dornach seinen Flieger rechtzeitig erwischen konnte. Sie hatten den Abschied am Flughafen kurz gehalten, auch wenn beide nicht wussten, wann sie sich das nächste Mal sehen würden. Jana selber würde am gleichen Tag nach Den Haag fliegen und ihre Arbeit im Europol-Hauptquartier unverzüglich antreten. Einzig die Tatsache, dass sie ihn bei der Umarmung länger und stärker gedrückt hatte als sonst, hatte ihm gezeigt, dass ihr dieser Abschied mehr zu schaffen machte, als sie zugeben wollte.

Er hatte kaum Zeit, sich mit der dampfenden Espressotasse in der Hand in seinen Stuhl zu setzen, als es klopfte und Maja den Kopf hereinsteckte. «Hallo, Chef! Schön, dass du zurück bist. Kann man dich schon ansprechen?»

«Schiess los», sagte Dornach seufzend und leerte seine Tasse in einem Zug.

«Alles gut bei dir? Du siehst etwas blass aus.»

«Nur zu wenig Schlaf. Das kommt davon, wenn man mit Wiens oberen Zehntausend feiert.»

Maja zog die Augenbrauen hoch. «War wohl ganz schön was los, wenn man dich so ansieht. Wie geht's meiner Nemesis?»

Maja hegte keinen Groll gegen Jana. Diese hatte sie im Frühling versehentlich niedergeschlagen und derart verletzt, dass sie mehrere Tage im Spital lag. Inzwischen hatten sie sich angefreundet und massen sich freundschaftlich im Kampfsport.

«Sie lässt dich grüssen und freut sich auf die nächste Revanche.» Dornach nickte Maja auffordernd zu. «Was liegt denn an?»

«Ein neuer Fall, für den ich dringend Unterstützung brauche.» Sie berichtete ihm von der Toten in der Verenaschlucht und was sie bereits wussten.

«Hat die Anfrage bei der Vermisstenfahndung schon etwas gebracht?»

«Läuft. Ich erwarte jeden Moment das Resultat.»

«Und von der Rechtsmedizin?»

Maja schlug sich die Hand vor die Stirn. «Genau, die wollte ich anrufen.»

«Lass nur, ich kümmere mich darum. Schau du inzwischen mit Karin, ob ihr mehr über die Identität der Toten herausfinden könnt.»

Maja lächelte müde, und Dornach merkte gleich, dass es gezwungen war.

«Sonst alles gut, Maja?»

«Ist einiges los im Moment. Zuerst der Totschlag in Grenchen und jetzt die Tote in der Einsiedelei. Ohne Mike ist unsere Kapazität eingeschränkt.» Sie sprach Mike Lüthis Namen mit einer wegwerfenden Handbewegung aus, deren Lässigkeit er ihr nicht ganz abnahm.

«Ich sehe nachher Angela und checke mit ihr, was sie für den Fall Bhutto braucht.»

«Hast du schon mit Pia gesprochen?», fragte sie vorsichtig.

«Ich habe versucht, sie zu erreichen. Sie geht nicht an ihr Handy. Ist was mit ihr?»

Maja schilderte ihm den Vorfall von voriger Nacht und die Befragung auf der Stadtpolizei.

Dornach hörte ihr aufmerksam zu und unterbrach sie nur, um etwas nachzufragen. «Diese Trucke bringt es wirklich fertig, immer zum falschen Zeitpunkt am falschen Ort aufzutauchen, um für eine bessere Welt zu kämpfen. Das kann sie nicht von mir haben. Danke, dass du dich um sie gekümmert hast.»

«Sehr gern geschehen. Immerhin fühle ich mich mitverantwortlich. Schliesslich habe ich ihr beigebracht, wie sie sich wehren und diesen Typen wehtun kann.»

«Pia hat nicht nur diesem Tüscher wehgetan, mindestens im übertragenen Sinn», sagte Dornach nachdenklich. «Du weisst, aus welcher Ecke der andere, dieser Sandro Germann, kommt, nicht wahr?»

Maja verzog den Mund und rümpfte die Nase. «Ich glaube zu verstehen, dass er der Chef von dieser privaten Gorillatruppe ist, die sich um die Sicherheit von Norbert Schubiger und seiner Patriotischen Fortschrittspartei kümmert, ein richtig unappetitlicher Haufen.»

Dornach nickte. «Sandro Germann ist nicht nur der Chef dieser luschen ‹Schutzfront CH›, sondern auch der Adoptivsohn von Richard und Katharina Germann. Richard Germann ist Direktionspräsident der Solothurn-Jura Bank und Verwaltungsratspräsident der Gondelbahn Weissenstein. Katharina Germann ist eine Cousine von Norbert Schubiger. Du weisst, was das heisst?», fragte er mit hochgezogenen Augenbrauen.

«Gopfverdami! Das passt zum Ohrfeigengesicht von Anwalt, den die beiden Schläger bei sich hatten. Typischer Fall von Filz.»

«Plus die braunen Läuse, die sich darin tummeln. Zum Glück sind nicht alle so», sinnierte Dornach.

«Du gehörst ja auch zum wohlhabenden ‹Kuchen›», versuchte Maja ihn zu provozieren.

Dornach hob bedauernd beide Hände. «Das Gewicht meiner Herkunft lastet schwer auf mir. Sehen wir mal, was davon übrig bleibt. Meine Eltern erfreuen sich nach wie vor und hoffentlich noch lange bester Gesundheit. Sie bauen gerade ihre Finca in Spanien aus. Ich wohne zwar gratis am Grafenfelsweg, doch der Unterhalt der Villa geht auf mich, und den muss ich von meinem bescheidenen Beamtengehalt bestreiten.»

Maja grinste. «Tragisch! Wenn ich mal die Zeit aufbringe, zweige ich ein paar Sekunden Bedauern für dich ab.»

Es klopfte erneut, und Sebi Tschanz kam herein. Er begrüsste Dornach und wandte sich an Maja. «Dich habe ich gesucht. Ich habe was zu unserem Medaillon ausgegraben.» Er gab ihr das eingetütete Schmuckstück. Maja reichte es Dornach weiter und setzte ihn kurz ins Bild. Daraufhin begann Tschanz mit seinen Erläuterungen.

«Die Suche mit Fotos hat nichts gebracht, also habe ich eine Skizze angefertigt und sie durch den Computer laufen lassen.»

«Mach's nicht so spannend, Sebi», drängte Dornach.

«O.S.G. Die Kreisform des Medaillons entspricht dem O.»

«Was heisst O.S.G.?», fragte Maja verblüfft.

«O.S.G. steht für ‹Opus Sanctae Gratiae›, oder auf Deutsch: das ‹Barmherzige Werk der Heiligen Gnade›, im Volksmund als Gnadenwerk bekannt», sagte Tschanz.

«Und was stellt dieses Opus Dingsda dar?», fragte Maja. «Eine Sekte oder einen Orden oder was?»

«Das Gnadenwerk ist kein Orden. Eher so etwas wie eine katholische Sektengemeinschaft, die ihr wohlgesinnte Kleriker und Nichtkleriker, Männer und Frauen aufnimmt», sagte Tschanz. «Was es mit dem Opus Dei oder der Piusbruderschaft gemeinsam hat, ist eine erzkonservative und ablehnende Haltung gegenüber jeglichen Reformen der römisch-katholischen Kirche. Die Gnadenwerkler lehnen das Zweite Vatikanische Konzil ab und propagieren wie die Piusbrüder ausschliesslich die lateinische Messe. Damit sind sie auf hartem Kollisionskurs mit dem Vatikan, vor allem mit dem gegenwärtigen Papst und seinen Reformen. Der Generalobere der Gnadenwerkler ist Kardinal Nicolas de Leuven, ein Belgier. Das Mutterhaus der Sekte befindet sich in der Nähe der belgischen Stadt Brügge. Der Schweizer Provinzialobere der Gnadenwerkler heisst Bischof Claudio Abgottspon und residiert in Zürich. Ich habe euch hier ein Interview mit ihm ausgedruckt, das vor drei Monaten in einer Sonntagszeitung erschienen war.» Er streckte Maja und Dornach je eine A4-Seite hin.

«Sieh an», sagte Dornach. «Eine erzkatholische Organisation in der Zwinglistadt, einer der Hochburgen der Reformation.»

«In der Diaspora gibt es eben richtige Hardcore-Katholiken», sagte Tschanz trocken.

«Und du meinst, unsere Tote war so eine Gnadennonne?», fragte Maja.

«Oder so was in der Art. Das wäre zumindest ein Ansatz.»

«Geh dem bitte nach, Maja», sagte Dornach. «Du kannst ja das Provinzialhaus in Zürich anrufen.»

«Muss das sein, Dominik? Ich bin reformiert und gehe höchstens einmal pro Jahr am Heiligen Abend in den Mitternachtsgottesdienst. Ich verstehe nichts von diesem katholischen Firlefanz.»

Tschanz klopfte ihr auf die Schulter. «Eine gute Gelegenheit, dich weiterzubilden, Maja. Ein bisschen interkonfessioneller Weitblick kann euch protestantischen Bucheggbergern nicht schaden.» Er zwinkerte Dornach mit einem Seitenblick auf Maja zu. «Ich muss mal wieder», sagte er und ging hinaus, bevor Maja ihm eine Antwort an den Kopf werfen konnte.

«Idiot», murrte sie, als Tschanz die Tür hinter sich geschlossen hatte. «Kommt her, hängt sein Zürcher Grossmaul heraus und verschwindet wieder. Arbeiten dürfen die anderen.»

«Komm, Maja», beschwichtigte Dornach. «Sebi ist nicht so. Ermittlung ist nun mal unser Ressort. An die Arbeit.»

«Schon gut, bin ja schon weg.»

***

Nach der Befragung im Untersuchungsgefängnis war Casagrande nicht mehr in der Stimmung, ins Büro zurückzukehren. Sie schlug Dornach am Telefon vor, in der «Grünen Fee» etwas zu trinken.

Dornach traf als Erster in der zu dieser frühen Abendstunde mehr als halb leeren Bar ein. Wie der Name verhiess, hatte sie eine beeindruckende Anzahl verschiedener Absinthe im Angebot. Dornach, der das Kräuterdestillat ansonsten zu schätzen wusste, verzichtete angesichts seines Zustands darauf und liess sich stattdessen von der brasilianischen Bardame Jackie ein Bier einschenken. Er war ihr vor Jahren bei einer fremdenpolizeilichen Angelegenheit behilflich gewesen. Seither war sie ihm wohlgesinnt. Mit dem untrüglichen Instinkt der Frauen aus ihren Breitengraden für männliche Befindlichkeiten erriet sie rasch die Ursache seiner Verfassung. «Willst du wirklich keinen Absinth, Dominik? Ich hätte da eine Fee, die garantiert Tote aufweckt.»

«Sehr fürsorglich von dir, Jackie. Das Einzige, was ich demnächst brauche, sind mindestens acht Stunden Schlaf.»

Zwei Hände legten sich von hinten auf seine Schultern und drückten sie sanft. Überrascht sah er hoch.

«Hallo!», sagte Casagrande, als er aufstand und sie umarmte. Sie hauchte drei Begrüssungsküsse auf seine Wange. Er fühlte, dass sie ihn länger und fester umarmte als üblich, wenn sie sich privat trafen.

«Machst du mir eine Bohème, Jackie?», rief Casagrande der Bardame zu, die ihr winkte, als sie sich zu Dornach setzte und sich eine Haarsträhne aus dem Gesicht wischte. Er sah, dass sich die Falten um ihre Mundwinkel und am Kinn eingegraben hatten. Ihr Ausdruck hatte sich in den letzten Tagen verhärtet. Sie sah nicht glücklich aus. Seit letztem Frühling war Casagrande nicht mehr dieselbe. Lange hatte er vermutet, sie habe einen Freund, inzwischen war er sich nicht mehr sicher. Sie hatte sich ihm nie anvertraut. Beide warteten, bis Jackie den Absinth zusammen mit der Fontäne auf den Tisch gestellt hatte.

«Siehst müde aus, Angie. Kriegst du genug Schlaf?», fragte er.

Der Blick, den sie ihm zuwarf, hätte einen Glühofen gefrieren lassen. «Oh, danke, du warst auch schon grosszügiger mit deinem Charme. Den hast du wohl bei unserer österreichischen Freundin verpufft. War's denn schön mit Jana?» Die giftige Note in der Frage war unüberhörbar.

«Anstrengend», sagte er nur und erzählte ihr von der feierlichen Zeremonie in der Wiener Hofburg und dem anschliessenden Empfang. Als er Janas prominente Verwandtschaft erwähnte, zog sie die Augenbrauen hoch.

«Jana ist wirklich eine gute Verstellungskünstlerin», sagte sie. Ihm war klar, worauf sie anspielte. «Und mit euch beiden? Läuft da was? Ihr habt ja nun offiziell freie Bahn.»

Dornach lächelte. «Wir sind uns nähergekommen», sagte er nur.

Sie presste kurz frustriert die Lippen zusammen, weil es ihm wieder gelungen war, das heikle Thema zu umschiffen. In knappen Sätzen erläuterte sie, was die Befragung von Marber ergeben hatte und wer sein Strafverteidiger war.

«Aufgrund der vorliegenden Indizien habe ich einen Haftantrag gestellt», schloss sie.

«Norbert Schubiger verteidigt Marber persönlich?», fragte Dornach erstaunt. «Für gewöhnlich kümmert der sich nur um die ganz grossen Tiere.»

«Ausser es steckt etwas Politisches dahinter», sagte Casagrande.

«Du meinst, er nimmt diesen Fall zum Anlass, um Stimmen für

seine Partei in den kommenden Wahlen zu gewinnen?» Dornach rieb sich nachdenklich das Kinn. «Das Timing könnte stimmen, vor allem in der gegenwärtigen wirtschaftlichen Situation und mit der epidemischen Verbrechensserie, die uns heimsucht. Die Fortschrittspartei will ja im Kantonsrat mindestens Fraktionsstärke und einen der fünf Regierungsratssitze gewinnen.»

«Armes Solothurn», sagte Casagrande.

«Wie gedenkst du bei Marber vorzugehen?»

Sie zuckte die Achseln. «Ich werde Anklage wegen Totschlag im Affekt erheben.»

«Das ist hart, Angie. Immerhin hat er lediglich seine Familie verteidigt. Gibt es denn gar nichts, das ihn entlasten könnte?»

«Sag mir, was, Dominik. Masud Bhutto hat von hinten zwei massive Schläge mit einem Baseballschläger auf den Kopf erhalten. Die Hiebe gegen die Beine hätten gereicht, um ihn auszuschalten. Nicht gerade die typische Notwehrsituation, würde ich meinen.»

Dornach war klar, dass Casagrande unter massivem Druck stand. Für manche war Marber ein Held, der endlich einen dieser skrupellosen Einbrecher zur Strecke gebracht hatte, nach all der Zeit, in der diese unverschämten Banden anscheinend unbehelligt die Wohngebiete der Region unsicher machen konnten. Niemand, ausser seiner Familie, trauerte um Masud Bhutto.

Dornach machte sich Sorgen um Casagrande. Sie war nicht nur seine fachliche Vorgesetzte und Sparringpartnerin, die er über alles schätzte, sondern auch eine gute Freundin, die er um keinen Preis verlieren wollte.

«Hat man den Hintergrund des jungen Bhutto schon gecheckt?», fragte er.

«Was meinst du?»

«Im Bericht stand, dass Masud bisher nie strafrechtlich auffällig war. Nach der obligatorischen Schulzeit machte er eine Lehre als Detailhandelsangestellter mit Bestnoten. Das entspricht nicht dem Charaktermuster eines Einbrechers. Die Eltern sind aus allen Wolken gefallen, als sie erfuhren, dass er an einem Einbruch beteiligt war.» Dornach machte ein nachdenkliches Gesicht. «Wir sollten noch mal sein Umfeld und das der Familie unter die Lupe nehmen.»

«Wir stehen ziemlich am Anfang. Du glaubst, wir haben was übersehen?»

«Wir müssen Bhuttos Umfeld unbedingt genauer anschauen. Hat sich bisher niemand darum gekümmert?»

Casagrande zuckte mit den Achseln.

«Warum nicht?»

Sie hob ratlos beide Hände und liess sie wieder fallen.

«Ich weiss es nicht, Dominik. Weil ich nicht aufgepasst habe. Oder weil es zuerst nach Notwehr aussah und der Fall klar war. Marber hat gestanden, und die Spurenlage war eindeutig.» Ihre Schultern fielen zusammen, und sie fuhr sich über die Augen. «Ich spüre mich nicht mehr, Dominik. Vielleicht haben Schubiger und die Medien recht, wenn sie mich hängen sehen wollen.»

Dornach fasste sie mit beiden Händen an den Schultern.

«Es tut weh, dich so reden zu hören, Angie. Da ist es mir lieber, du machst mich zur Schnecke wie damals auf dem Weissenstein, wegen Jana.» Er sah, dass sie den Tränen nahe war. «Wir setzen das ganze Puzzle neu zusammen, Stück für Stück.»

«Habt ihr denn genügend Kapazität? Mike steht ja vorläufig nicht zur Verfügung.»

Dornach hob sein Glas. «Mach dir darüber keinen Kopf, Angie. Mike ist noch zwei Wochen für das Lehrmandat in Hitzkirch an der Polizeischule. Maja kümmert sich mit Karin um die tote Nonne, und wir beide konzentrieren uns auf den Fall Bhutto.»

***

Dornach betrat den Grand Salon der Villa Dornach, wo er Pia und Manu antraf. Pia las in einem Buch. Manu hörte Musik über ihr Smartphone.

«Hast du mich gesucht, Paps?», fragte Pia mit schwach verhehltem schlechten Gewissen. Manu entfernte sich nach der Begrüssung mit einer gemurmelten Entschuldigung.

«Ich weiss nicht, wie du auf diese Idee kommst», sagte Dornach lakonisch. «Ich hab in den letzten zwei Stunden nur etwa zwanzigmal versucht, dich zu erreichen.»

«Zwanzigmal? Ich habe nur acht verpasste Anrufe von dir.»

«Siehst du. Ich habe mir halt nur gedacht, ich rufe mal Pia an. Das ist interessanter, als Zeitung zu lesen oder die Tagesschau zu gucken. Bei der passiert immer etwas, denn sie hat einen untrüglichen Instinkt, sich in die gefährlichsten und spannendsten Situationen hineinzureiten. Immer mal wieder wird sie fast erwürgt, erschossen oder zusammengeschlagen. Als Vater kannst du dir nichts Besseres wünschen als so eine Tochter.»

«Nicht lustig, Paps. In dem Fall weisst du Bescheid. Ich kann diesmal echt nichts dafür. Echt. Die sind zu viert auf Rafik losgegangen, und ich konnte nicht –»

«Halt, halt, wer ist Rafik?», unterbrach Dornach.

«Na, mein … ich meine, der Junge, dem ich helfen musste, weil diese hirnamputierten Wichser ihn sonst zusammengeschlagen hätten.»

«Weisst du was?», sagte Dornach. «Ich hole mir ein Glas Wein, und du erzählst mir alles von vorne. Willst du auch eins?»

Pia bejahte, und wenig später sassen sie auf dem Sofa und nippten Walliser Cornalin, zu dem ihm Pia haarklein schilderte, was geschehen war.

«Und Lori Palmer hat dich bei der Stadtpolizei rausgehauen?», fragte Dornach.

«Stell dir vor, sie hat geblufft und diesen Anwalt Kohler eingeschüchtert. Es hat geklappt.»

«Ja, das kann sie anscheinend gut.»

«Warum sagst du das? Kennst du sie etwa?»

«Persönlich habe ich sie nie getroffen. Bei der Sicherheitsabteilung ist sie bestens bekannt. Dort nervt sie die Kollegen bisweilen ganz schön mit ihrem Aktionismus zugunsten der Asylsuchenden.»

«Wahrscheinlich zu Recht, so wie deine sogenannten Kollegen diese Leute behandeln. Rafik hat mir ein paar Geschichten erzählt, wo sie –»

Dornach hob die Hand. «Das können wir später diskutieren. Erzähl mir mal was von diesem Rafik.»

Pia bemühte sich um einen gleichgültigen Ausdruck. Dornach bemerkte amüsiert, dass sie errötete.

«Da gibt's nicht viel zu erzählen. Rafik ist aus dem Irak. Seine Eltern sind mit ihm und seiner älteren Schwester als politische

Flüchtlinge in die Schweiz gekommen, als er drei Jahre alt war. Der Vater war in Bagdad Rechtsprofessor oder so was, bis die Familie vor der Verfolgung durch das damalige Regime fliehen musste. Rafik studiert International Management an der Wirtschaftshochschule in Olten. Nächstes Jahr will er seinen Abschluss als Master of Science machen. In seiner Freizeit arbeitet er bei der ‹Aktion Maitag› mit.»

«Und?»

«Was, und?» Pia beugte sich mit einem giftigen Blick vor. «Nichts und, Paps, zumindest nichts, was dich interessieren müsste.» Ihr Blick erhellte sich unvermittelt. «Doch, da ist was: Kann sein, dass ich eine Idee habe, was ich bis zum Studium machen werde.»

«Schön, und die wäre?»

«Noch nicht ganz spruchreif. Ich sag's dir beizeiten.» Sie starrte eine Weile in das Cheminéefeuer. «Gestern Morgen war eine Frau hier und hat nach dir gefragt.»

«Was für eine Frau?»

Pia sah ihn schräg an. «Sie sah aus wie eine … eine Nonne, oder jedenfalls so was Ähnliches.»

Schlagartig setzte sich Dornach auf. «Eine Nonne? Kannst du sie beschreiben?»

Pia rief sich die Merkmale der Frau ins Gedächtnis. Dornach zog sein Smartphone hervor und suchte das Bild von der Toten in der Einsiedelei.

«War es etwa diese Frau?», fragte er.

Pia sah sich das Foto kurz an und nickte. «Ja, die war's, aber sie sieht hier so komisch aus. Ist sie etwa …?»

«Tot, ja. Sie wurde heute Morgen in der Einsiedelei aufgefunden.»

Pia schilderte die Begegnung ausführlich und ging ins Bett. Dornach blieb vor dem Cheminée sitzen und zermarterte sich den Kopf, was die Frau von ihm gewollt haben könnte und woher er sie kennen könnte.

Zur Ablenkung holte er aus seiner Jacketttasche das Interview mit Claudio Abgottspon. Auf dem Foto trug der Bischof einen dunklen Anzug mit dem üblichen Priesterkollar über einem violetten Hemd. Dornach fiel die Anstecknadel am Revers seines Jacketts auf mit dem Symbol, wie er es beim Medaillon der Toten gesehen hatte. Abgottspon hatte volles weisses Haupthaar und einen Vollbart, mit dem er problemlos als Weihnachtsmann durchgehen konnte.

Sonntagsblatt: *«Was bedeuten die Initialen O.S.G.?»*
Abgottspon: *«Das Kreuz und die Initialen sind das Emblem unserer Gemeinschaft, des ‹Opus Sanctae Gratiae›. Das ‹Barmherzige Werk der Heiligen Gnade›.»*
Sonntagsblatt: *«Das im Zwist mit dem Vatikan steht?»*
Abgottspon (seufzt): *«Es ist bedauerlich, dass sich der Heilige Vater nicht von unserem Streben überzeugen liess, dem einzig wahren Glauben zu einem neuen Durchbruch zu verhelfen. Das Schisma ist vollzogen. Trotzdem erhalten wir Zuspruch von vielen Menschen auf der Suche nach dem wahren Glauben, den sie bei uns suchen und auch finden, gerade hier in der Schweiz, wo ich von Gott zum Pater Superior Provincial des Werkes berufen bin. Unser Gemeinschaftshaus befindet sich in Zürich.»*
Sonntagsblatt: *«Was hat eine katholische Sekte mit der Patriotischen Fortschrittspartei zu schaffen?»*
Abgottspon: *«Wir nennen uns selbst nicht Sekte, sondern Gemeinschaft. Nun, wir haben uns als Mission auferlegt, die traditionellen Werte der Kirche wieder in einer nicht nur nach laizistischen Werten, sondern auch nach dem römisch-katholischen Glauben geleiteten Gesellschaft einzubringen.»*
Sonntagsblatt: *«Glauben Sie wirklich, dass sich die Menschen nach den alten Zöpfen der römischen Kirche sehnen?»*
Abgottspon: *«Welche Werte hat denn die Gesellschaft von heute noch? Die Menschen identifizieren sich nur noch über ihr materielles Gut. Sie geben ihr Vermögen aus, um sich die Gesundheit zurückzukaufen, die sie auf ihrer Jagd nach Reichtum verloren haben. Dazwischen werden sie geplagt von Ängsten um Arbeitsplätze, Ansehensverlust, Krankheit und der islamistischen Bedrohung. Die einzig wahre Kirche vermittelt einen universellen Glauben mit Werten, die Jahrtausende überstanden haben.»*
Sonntagsblatt: *«Blutig und brutal erkämpft mit Kreuzzügen,*

Hexen- und Ketzerverbrennungen, Kinderschändungen und einer rückständigen Familienanschauung?»
Abgottspon: *«Jede Herde hat ihre schwarzen Schafe. Aber wenn man sie von der Ferne betrachtet, herrscht das Weiss vor.»*
Sonntagsblatt: *«Also sollte man der Kirche nicht zu nahe kommen, wenn man seinen Glauben nicht verlieren will. – Aber nochmals, was haben Sie mit der Fortschrittspartei am Hut?»*
Abgottspon: *«Die Fortschrittspartei hat vieles mit dem Gnadenwerk gemeinsam, vor allem die alten Werte. Das Fundament der Eidgenossenschaft basiert auf dem Glauben der römischen Kirche. Dieser tiefe Glauben der alten Eidgenossen hat ihnen die Kraft gegeben, gegen jeden Feind siegreich aus der Schlacht zu gehen.»*
Sonntagsblatt: *«Indem sie während Jahrhunderten als Söldner in fremden Ländern und Kriegen plünderten, brandschatzten und Frauen und Kinder schändeten und massakrierten?»*
Abgottspon: *«Die Urkraft der Schweiz liegt in ihrem Glauben. Die Fortschrittspartei weiss das und will mit unserer Hilfe eine starke Schweiz mit einem neuen, unverrückbaren katholischen Glauben schaffen.»*
Sonntagsblatt: *«Sie vergessen eines: Die Katholiken mögen die grösste konfessionelle Gruppe in der Schweiz sein, aber es gibt auch über anderthalb Millionen Protestanten in diesem Land.»*
Abgottspon: *«Die Kraft unseres Glaubens wird diejenigen überzeugen, die wirklich mit Gott sind.»*

Dornach knüllte das Papier zusammen und warf es ins Feuer. Es war Zeit, ins Bett zu gehen.

ANKUNFT

Als wir zum ersten Mal an der Stelle am See sassen, die wir beide so lieben, erzählte sie mir von der Hoffnung, die vor der Verzweiflung liegt.

Sie zeigte mir den Himmel, der blau und wolkenlos strahlte. Sie erzählte, wie es damals, bei ihrer Ankunft in der Hölle, seit Tagen geregnet hatte, sodass die Wolken tief und grau am Himmel standen und der Erde so nah waren, als wollten sie sie für alle Zeit im grauen Dunst einhüllen. Die Luft war feucht und kalt gewesen, als sie vor dem riesigen grauen Bau aus dem Wagen gestiegen war. Alles hatte sich klamm angefühlt, als ob die Kälte jedes Quäntchen Wärme um sie herum verbannen wollte. An der Türe warteten schon die höllischen Bestien, die aussahen wie Menschen. Sie musste draussen in Kälte und Regen warten, bevor man ihr erlaubte, ins Innere zu treten.

Die Frau, die sich als Hausmutter vorstellte, erwiderte ihr scheues Lächeln nicht. Ihre Augen waren so grau wie der Himmel, und ihr Blick war so kalt wie der Regen, der auf sie niederprasselte. Ihr wurde klar, dass sie nicht willkommen war, nur geduldet.

Sie liess alles über sich ergehen, die Untersuchung ihres ganzen Körpers, einschliesslich aller seiner Öffnungen.

Manche Mädchen hätten schon schlimme Dinge hineingeschmuggelt, hatte man ihr gesagt. Drogen, Zigaretten, sogar Kondome. Einige hätten Tampons mitgebracht. Das war an jenem Ort der Reinheit des Geistes und des Körpers verpönt. Man duldete nicht, dass die Mädchen sich Dinge «dort unten» hineinsteckten. Sie durfte nur Binden benutzen, die sie jeweils selbst waschen und falten musste, damit sie bei Wiedergebrauch bereit waren. Das kümmerte sie wenig, da sie ohnehin für einige Zeit keine benötigte. Zumindest diese Demütigung war ihr vorerst erspart geblieben.

Sie erzählte, wie sie ins Bad geführt wurde, wo sie in einer nasskalten Ecke stehend von einer Betreuerin mit kaltem Wasser abgespritzt wurde, bevor sie sich mit Kernseife waschen durfte, die sich mit dem eiskalten Strahl fast nicht abspülen liess.

In der Nacht nach jenem ersten Tag, als sie endlich in ihrem Bett im Fünferzimmer lag, hatte sie sich in den Schlaf geweint. Es hatte sie getröstet, dass sie an ihn denken konnte, an sein Lächeln, das Einzige, das er ihr je geschenkt hatte, damals, bevor sie in das finstere Tal kam.

Einige Wochen vor der Hölle, als er ihr dieses Lächeln geschenkt hatte, war das Wetter auch grau und regnerisch gewesen. Es war nicht das dumme Grinsen gewesen, das er immer aufsetzte, wenn er mit einem der anderen Mädchen anbandelte. Ihr war sogar gewesen, als hätte er einen Moment gezögert, als er an ihr vorbeiging. Sie war weitergegangen und hatte sich nach ein paar Schritten mit geschlossenen Augen umgedreht. Sie hoffte, dass, wenn sie sie öffnete, er sich zu ihr umgedreht haben würde.

Als sie die Augen aufschlug, weinte der Himmel, und die Sonne in ihrem Herzen lachte.

SECHS

Am nächsten Morgen kam Dornach auch nach dem zweiten Espresso nicht in die Gänge. Er zweifelte, dass eine dritte Tasse das dumpfe Pochen in seinem Kopf vertreiben konnte. Ob es der Rotwein war, den er mit Pia getrunken hatte, oder die Nachwehen der stürmischen Nacht mit Jana?

Schliesslich liess er trotzdem einen dritten Kaffee aus der Bezzera laufen und machte sich daran, seine Dossiers zu ordnen. Dabei bekam er einen Hefter mit einer Zusammenfassung von Berichten der Polizeikorps der benachbarten Kantone über die Sicherheitslage in Asylzentren in die Finger. Offensichtlich war es erneut an verschiedenen Orten zu Übergriffen durch rechtsextreme Gruppen gekommen. Bisher war es in Solothurn ruhig geblieben. Dornach wusste, dass das nicht zwingend so bleiben musste. Mit der Kampagne, welche die Fortschrittspartei über alle Medien und mit provokativen Plakaten verbreitete, fühlten sich einige Hitzköpfe legitimiert, sämtliche moralischen und humanitären Barrieren niederzureissen.

Drei Jahre zuvor hatte der rechts stehende Fundamentalkatholik Norbert Schubiger in Solothurn die Patriotische Fortschrittspartei der Schweiz ins Leben gerufen. Sie setzte sich mehrheitlich aus rechtsradikalen und fundamentalistischen Parlamentariern zusammen, welche der Gewerbepartei beziehungsweise der Christlich-Konservativen Union aus Frustration über den liberalen und reformatorischen «Kuschelkurs» der etablierten Politik den Rücken gekehrt hatten.

Die neue Partei profilierte sich rasch auf nationaler Ebene mit einer populistischen Politik, die vehement gegen die Politik der EU-Annäherung des Bundesrates, die zunehmende Einwanderung sowie die virulente Ausländerkriminalität wetterte. Zum eingeschworenen Feindbild der Partei gehörten vor allem die links-grünen Gutmenschen, welche ihres Erachtens die traditionellen christlichen Werte zerstörten, indem sie Schwule und Lesben heiraten und Kinder haben liessen. Zudem verorteten die Fortschrittspatrioten in der zunehmenden Islamisierung der Gesellschaft den Zerfall der westlichen Zivilisation und sahen sich nach eigener Darstellung als das letzte Bollwerk schweizerischer Werte gegen die barbarischen Horden des Islamismus.

Dornach hatte mit Politik nichts am Hut. Sein Vater sass vor Jahren für die Liberale Partei im Kantonsrat, bis er zurücktrat, als man ihn unter Druck setzte, für den Nationalrat zu kandidieren. Was Dornach nicht behagte, war die Aussicht, dass eine Bande zynischer Politdespoten die Schweiz und ihre Menschen in ein politisches und gesellschaftliches Abenteuer stürzen wollte. Er hoffte, dass es dem bisher umsichtig agierenden Souverän gelingen würde, diese extremen Tendenzen an der Abstimmungsurne auszubalancieren.

Er war dermassen in Gedanken versunken, dass er das Klopfen an der Türe nicht hörte und überrascht aufblickte, als Maja vor ihm stand.

«Morgen, Dominik. Sorry, ich habe geklopft.»

Dornach winkte ab und bedeutete ihr, sich zu setzen.

«Wir haben vermutlich die Identität unserer Toten aus der Verenaschlucht», begann sie. «Heute Morgen kam eine Vermisstenanzeige herein. Das Pfarramt St. Ursen vermisst eine Mitarbeiterin, Felicitas Richner, eine ehemalige Nonne des Kapuzinerordens.»

«Was hat sie mit der Stadtpfarrei zu tun?»

«Sie half, den Pfarrhaushalt zu führen. Gestern hatte sie offenbar ihren freien Tag. Heute Morgen ist sie nicht erschienen, und sie haben die Vermisstenanzeige aufgegeben.»

«Ich zerbreche mir den Kopf darüber, warum mich diese Frau vorgestern sprechen wollte, und komme nicht drauf.» Er hatte Maja am Vorabend telefonisch weitergegeben, was ihm Pia erzählt hatte. «Sieh dich mit Karin im Pfarramt um und befragt die Leute dort. Möglich, dass wir hinterher schlauer sind.»

***

Maja und Karin verzichteten auf den Dienstwagen und gingen zu Fuss zum Pfarramt St. Ursen, das unterhalb der Kathedrale an der Probsteigasse lag. Nach dem ersten Klingeln öffnete ihnen eine Frau von etwa Mitte vierzig, die sich als die Pfarramtssekretärin

Theres Trachsel vorstellte. Sie führte die beiden in ein kleines Besprechungszimmer mit Blick auf den Garten des Pfarrhauses und die dahinterliegende Peterskapelle.

Maja lehnte das Angebot für Kaffee oder Tee höflich ab. Karin verzichtete ebenfalls. Als Erstes zeigte Maja Frau Trachsel ein Foto der Toten auf ihrem Smartphone.

«Ist das Frau Richner?»

Trachsel hatte das Bild kaum eine Sekunde angeschaut, als sie entsetzt die Hände vors Gesicht schlug. «Oh mein Gott, ja, das ist Schwester Felicitas. Ist sie … hat man sie …?»

«Zur Todesursache können wir Ihnen nichts sagen. Wir behandeln es als aussergewöhnlichen Todesfall.»

«Furchtbar, Gott sei ihrer armen Seele gnädig», sagte Trachsel und bekreuzigte sich.

«Welche Funktion hatte Schwester Felicitas im Pfarramt?»

Trachsel war angesichts der zwei selbstbewusst auftretenden Polizistinnen verunsichert und hatte sich so auf ihren Stuhl gesetzt, dass ihr Hinterteil auf der Kante der Sitzfläche ihres Stuhles lag. Sie hatte ihre Hände im Schoss gefaltet und sah mit unstetem Blick von der einen Polizistin zur anderen.

«Pfarrer Wartenfels, der Vorgänger von Pfarrer Falkner, hat Schwester Felicitas damals aufgenommen. Seither hat sie im Pfarrhaushalt mitgeholfen und Reinigungs- und Aufräumarbeiten verrichtet. Manchmal ist sie der Pfarrköchin zur Hand gegangen, und zwischendurch hat sie Büroarbeiten erledigt. Pfarrer Wartenfels ging vor fünf Jahren in Pension. Ich kenne ihn nicht, weil ich erst danach hier angefangen habe. Er hat dafür gesorgt, dass Pfarrer Falkner Schwester Felicitas übernimmt und hier wohnen lässt.»

«Wie lange hat Schwester Felicitas hier gearbeitet?»

Trachsel dachte kurz nach. «Das müssten etwa zehn Jahre sein. Es könnten auch elf oder zwölf sein.»

«Wie muss ich das verstehen: Sie wurde aufgenommen?», hakte Maja nach. «Das tönt, als ob sie in Not gewesen wäre. Hatte sie keine Angehörigen oder Verwandten?»

«Meines Wissens nicht. Sie hatte mal erwähnt, dass sie Einzelkind gewesen sei. Von einer Familie hat sie nie gesprochen.»

«Pfarrer Wartenfels hat sie aus Barmherzigkeit hier wohnen lassen?»

«Das kann ich Ihnen nicht beantworten. Schwester Felicitas und ich hatten nicht so engen Kontakt zueinander. Sie lebte eher zurückgezogen. Meistens war sie auf ihrem Zimmer, wenn sie nichts zu tun hatte.»

«Das müssten wir uns nachher ansehen», bemerkte Maja. «Ist Pfarrer Falkner denn da? Könnten wir ihn sprechen?»

«Tut mir leid, der Pfarrer ist auf einem Seelsorgekongress in Luzern und kommt erst übermorgen wieder.» Trachsel setzte eine Miene auf, als hätte sie einen tragischen Verlust erlitten.

«Wir können ihn später befragen. Sagen Sie uns, wie Sie Frau Richner als Mensch einschätzten.»

Trachsel dachte angestrengt nach. Maja und Karin tauschten verstohlene Blicke aus. «Ich kann nur sagen, dass sie immer freundlich und hilfsbereit war, wenn auch sehr zurückhaltend. Sobald man ein persönliches Wort mit ihr reden wollte, wich sie aus. Hingegen machte sie immer den Anschein, dass sie dankbar war, hier wohnen zu dürfen.»

«Das tönt, als ob sie einen Zufluchtsort gefunden hätte», mutmasste Maja. «Hat Schwester Felicitas jemals erwähnt, warum sie den Kapuzinerinnenorden verlassen hat?»

Trachsel rutschte unbehaglich auf ihrem Stuhl vor und zurück. «Sie hat nie darüber gesprochen, aber ich habe einen Verdacht.»

Maja und Karin warteten vergeblich, dass die Frau weiterfuhr.

«Ihr Verdacht, Frau Trachsel?», fragte Maja schliesslich.

«Ich glaube, sie musste bereits als junge Nonne den Orden verlassen, weil sie zu den Gnadenwerklern ging. Damit war sie für die Kapuzinerinnen nicht mehr tragbar.»

«Sie sprechen vom Barmherzigen Werk der Heiligen Gnade?», vergewisserte sich Maja.

«Das Opus Sanctae Gratiae, ja.» Trachsel sprach den Namen verächtlich aus und bekreuzigte sich hastig. «Die Gnadenwerkler lehnen das kanonische Recht und das Zweite Vatikanische Konzil ab. Deshalb will kein etablierter Orden oder die Weltkirche etwas mit ihnen zu tun haben. Schwester Felicitas hat nie versucht, für diese Sekte Propaganda zu machen. Deshalb hat Pfarrer Falkner sie auch weiterhin hier wohnen lassen. Wir wussten nur wegen des Medaillons, dass sie dazugehörte.»

«Sie haben das Medaillon an ihr gesehen?»

Trachsel nickte.

«Hat Schwester Felicitas Ihnen gegenüber jemals den Namen Dominik Dornach in einem Zusammenhang erwähnt?»

Trachsel schüttelte den Kopf. «Nein, wer soll das sein?»

«Ist nicht weiter von Bedeutung.» Maja machte eine nachlässige Handbewegung. «Besass Schwester Felicitas ein Handy?»

«Ich habe nie gesehen, dass sie eines benutzt hat. Schwester Felicitas telefonierte fast nie, höchstens in Angelegenheiten des Pfarramts.»

«Gibt es eine Personalakte?»

Trachsel machte ein bekümmertes Gesicht. «Bei uns wurde vor einigen Tagen im Büro eingebrochen. Die Akten wurden alle gestohlen.»

«Wie bitte?», fragte Maja verblüfft. «Man hat Ihre Personalakten gestohlen?»

«Also, nicht nur die Akten. Wir haben eine Portokasse, in der sich glücklicherweise nur wenig Bargeld befand, keine hundertfünfzig Franken. Der Computer, ein Notebook, wurde auch entwendet.»

«Und die Akten?», hakte Maja nach.

Trachsel nickte.

Maja sah zu Karin, die nur die Schultern hob. «Ich kann ja verstehen, dass ein Einbrecher auf Geldsuche ein Notebook entwendet. Aber Akten? Wozu?»

«Haben Sie den Einbruch gemeldet?», fragte Karin.

«Gleich am nächsten Tag.»

«Ist Ihnen in den Tagen vor dem Einbruch und vor Schwester Felicitas' Tod etwas aufgefallen?», nahm Maja den Faden wieder auf. «Hat sich Schwester Felicitas sonderbar benommen, war sie beunruhigt, oder hat sie verängstigt gewirkt?»

Trachsel verneinte. Maja insistierte und wollte wissen, ob sie in letzter Zeit fremde Personen in der Umgebung des Pfarramts bemerkt habe.

Trachsel dachte nach. «Nicht dass ich wü… oder doch! Da war jemand, vor etwa zwei Wochen, ja, genau.»

Karin und Maja beugten sich vor.

«Wer war da?», fragte Karin.

Trachsel hatte die Augen geschlossen, als ob sie damit die Erinnerung heraufbeschwören könnte. «Es war ein grosser, hagerer Mensch. Das Gesicht war sehr schmal mit tief liegenden Augen und dunkelbraunem Haar, und er trug einen Vollbart. Er sah aus wie der heilige Niklaus von Flüe oder mindestens so, wie er immer dargestellt wird. Der Mann fiel mir auf, weil ich ihn zwei Tage hintereinander drüben bei der ‹Chatzeschtäge› vor dem alten Pfarreiheim gesehen habe. Er hat zur Kathedrale hochgeschaut und mit einer dieser grossen modernen Kameras Fotos gemacht. Einige Male stand er auch oben auf der Terrasse bei der Kathedrale.»

«Ist Ihnen sonst etwas an ihm aufgefallen?», fragte Karin, die sich eifrig Notizen machte.

Trachsel wollte schon verneinen, als sie sich eines Besseren besann. «Doch, ja.» Sie legte den Zeigefinger unter ihr linkes Auge. «Er hatte hier so eine Narbe, etwa in der Form eines Halbmondes.»

«Haben Sie mit ihm gesprochen?»

«Ja, am zweiten Tag habe ich gefragt, ob ich ihm helfen könne. Er war sehr freundlich und hatte einen starken französischen Akzent. Er sagte, er sei Autor aus Belgien und arbeite an einem Bildband über die Stadt und die Kathedrale. Er interessierte sich vor allem für die Periode vor der Französischen Revolution, als die Ambassadeure der französischen Krone in Solothurn residierten. Natürlich habe ich ihm meine Hilfe angeboten. Er sagte, er sei schon so gut wie fertig. Er fragte mich darüber aus, wie die Pfarrei funktioniere und wer alles hier wohne und so. Ich habe ihm gesagt, was ich sagen konnte, worauf er sich verabschiedete. Seither habe ich ihn nicht mehr gesehen.»

«Hat dieser Mann konkret nach Schwester Felicitas gefragt?», wollte Karin wissen.

Trachsel beantwortete die Frage mit einem Kopfschütteln. Maja bat Trachsel, schnellstmöglich auf das Polizeikommando zu kommen, damit ein Phantombild des Mannes mit der Halbmondnarbe angefertigt werden konnte. Schliesslich forderte sie die Pfarreiassistentin auf, ihnen das Zimmer von Schwester Felicitas zu zeigen.

Die Bezeichnung Klosterzelle wäre zutreffender, dachte Karin, als sie den Raum betraten. Er war lang gezogen und schmal, gerade so breit, dass an der Stirnseite gegenüber der Tür ein schmales Bett neben einem kleinen Fenster Platz hatte, welches ebenfalls Sicht auf den Garten darunter erlaubte. Links von der Tür stand ein alter, grob gezimmerter Holzschrank. Der Boden war mit polierten Holzdielen ausgelegt, die beim Auftreten knarrten, was bei Karin ein anheimelndes Gefühl hervorrief. Ein schlichtes Holzkreuz über dem Kopfende des Bettes und ein gerahmter Farbdruck einer Darstellung Jesu als gutem Hirten mit einem Lamm im Arm waren der einzige Schmuck an der weiss getünchten Wand. Gegenüber dem Schrank, zwischen Bett und Tür, stand eine kleine Kommode, deren Platte gerade gross genug war, dass ein Handwaschbecken aus weisser Emaille darauf Platz hatte. Das Becken war sauber und trocken. Anstelle des Spiegels hing ein kleines Kruzifix an der Wand darüber.

«Hier hat sie sich gewaschen?», fragte Maja ungläubig. «Keine Dusche und kein WC? Und kein Spiegel? Wahnsinn.»

«Wozu?», fragte Karin. «Schwester Felicitas betrachtete sich als Nonne, auch wenn sie keinem Orden mehr angehörte. Und Nonnen brauchen das nicht. Für wen auch? Es sind die Bräute Christi, und der macht sich scheint's nichts aus Make-up und schönen Frisuren. Die verstecken eh alles unter dem Schleier.»

«Kann ich ja verstehen. Trotzdem, wie kann es denen total gleich sein, wie sie aussehen? Die hat sich auf das Nötigste reduziert, und das alles aus Enthaltsamkeit?»

«Oder sie tat damit Busse», sagte Karin, die im Gegensatz zu ihrer Kollegin katholisch erzogen worden war.

Sie öffneten Schrank und Kommode, die nichts anderes enthielten als einige Kleidungsstücke in der gleichen Art wie diejenigen, welche die Tote getragen hatte, sowie schlichte Baumwollunterwäsche. In der Schublade der Kommode lagen eine Bibel und ein Gebetbuch. Im Schränkchen darunter befanden sich ein Stück Seife, ein Döschen Feuchtigkeitscrème, eine Tube Zahnpasta und eine Zahnbürste in einem Plastikbecher. Karin hielt Bibel und Gebetsbuch in die Höhe und blies durch die Seiten, zwischen denen sich nichts befand.

«Die hat richtig armselig gelebt», sagte Maja. «Die Suche nach einem Rechner oder einem Handy können wir uns wohl sparen. Hier gibt's nicht mal eine Steckdose.»

Beim Hinausgehen trat Karin mit dem vollen Gewicht ihres Körpers auf den Dielen auf, weil sie das sanfte Knarren noch mal hören wollte, das sie an ihr Zimmer auf dem Bauernhof ihrer Grosseltern erinnerte, wo sie als kleines Mädchen oft die Frühlings- und Herbstferien verbracht hatte. Eine Diele auf Höhe des Schrankes knarrte nicht nur, sie gab nach, als Karin den Fuss darauf setzte. Karin stutzte und verlagerte ihr Gewicht auf den anderen Fuss und spürte, wie sich die Diele wieder anhob. Sie ging in die Hocke, prüfte die betreffende Stelle und hob die Diele leicht an. Die etwa dreissig Zentimeter lange Holzlatte liess sich leicht herausheben. Darunter befand sich ein Hohlraum. Nach kurzem Abtasten zog sie ein schmales schwarzes Notizbuch heraus, das mit einem Gummiband zusammengehalten wurde. Sie reichte es Maja und tastete weiter. Ansonsten war die Nische leer.

«Unsere Nonne selig hatte ein kleines süsses Geheimnis», sagte Maja, während sie in dem Büchlein blätterte und Karin ihr über die Schultern blickte.

Zu ihrer Enttäuschung wurden sie beide auf Anhieb nicht schlau aus dem, was in enger, spitzer Handschrift darin geschrieben war. Bis auf zwei beschriebene Seiten waren alle weiss.

Auf der ersten Seite befand sich eine Tabelle mit Buchstaben und Zahlen:

O.S.G.I.V.S.

E.	T.	Ei.	*	Bem.	Akt
J.+A.K.	M.K.	3.84		†/10.11.84	84-03/1
M.+K.L.	D.L.	4.83		†/23.9.16	83-04/1
M.L.	A.D.L.	7.83			83-07/2
J. + L. A,	L. A.	5.84	25.11.84	♂ R.+K.G.	84-05/1
L.+C.W.	M.W.	1.84	25.9.84	♀ S.+F.A. †/11.10.16	84-01/1

Die nächste Seite zeigte lediglich eine kurze Liste in derselben Handschrift:

D.L.	† 23.9.2016
M.W.	† 11.10.2016
A.D.L.	?
B.S.	?
L.A.	?
N.V.D.	?
P.F.W.	?
S.F.R.	?

«Sieht aus wie Initialen und Daten», sagte Karin.

«Das sind die Symbole für männlich und weiblich.» Karin deutete auf die Stellen. «Die Kreuze stehen offensichtlich für Todesdaten, und der Asterisk oben am Tabellenkopf steht für den Tag der Geburt.»

«Die Initialen auf der zweiten Seite weisen auf Leute hin, die gestorben sind.» Karin zeigte auf die Todeskreuze. «Sieh mal, die Buchstaben stimmen zum Teil mit denjenigen auf der vorderen Seite überein.»

«Das schauen wir uns in der Schanzmühle genauer an.» Karin zog eine Plastiktüte aus ihrer Jackentasche und hielt sie Maja hin, die das Büchlein hineinfallen liess und einsteckte.

***

Am Emmenspitz, dem Zusammenfluss von Aare und Emme, und in den angrenzenden Wohngebieten der Gemeinden Feldbrunnen, Zuchwil und Luterbach hielt sich der Nebel um diese Jahreszeit besonders hartnäckig. Dornach tastete sich mit seinem Volvo durch den Zuchwiler Lerchenweg zum hintersten Wohnblock vor, der unmittelbar neben dem Parkplatz des Sportzentrums lag. Casagrande sass schweigend neben ihm. Ausser einer knappen Begrüssung, als sie beim Franziskanerhof eingestiegen war, hatte sie bisher kein Wort gesprochen. Das bevorstehende Gespräch mit Masuds Eltern machte ihr zu schaffen. Deshalb hatte er sich anerboten, sie zu begleiten, was sie dankbar angenommen hatte.

Im Hinblick auf diesen Besuch bei der gläubigen Familie Bhutto hatte sich Casagrande entsprechend gekleidet. Sie trug einen ihrer älteren Hosenanzüge, der etwas weiter geschnitten war und ihre Konturen mehr als üblich verbarg. Dornach konnte sich erinnern, dass sie den Anzug ausgefüllt hatte, als er sie das erste Mal darin gesehen hatte, und seiner Ansicht nach hatten die Pfunde damals genau da gelegen, wo sie sein sollten. Nun wirkte sie schmal und verloren in dem Kleidungsstück, und er fragte sich einmal mehr, ob er sich Sorgen um sie machen musste. Anstelle des üblichen weissen Hemdes aus edler Baumwolle oder Seide trug sie einen Kaschmir-Rollkragenpullover, der vom Hals abwärts kein Fleckchen Haut zeigte. Das goldene Kettchen mit dem Kreuz, das sie normalerweise über dem Stoff trug, war darunter verborgen. Dornach selbst trug seinen üblichen dunklen, italienisch geschnittenen Anzug mit Hemd und ohne Krawatte.

Herr Bhutto erwartete sie an der offenen Wohnungstür im vierten Stock und bat sie einzutreten. Vorher mussten sie ihre Schuhe ausziehen. Casagrande atmete diskret auf, als sie ihre dünn bestrumpften Füsse vom kalten Linoleumboden im Korridor auf den weichen Perserteppich im hellen Wohnzimmer stellen konnte.

Das Fenster wies nach Osten und gab den Blick frei auf die in einiger Entfernung liegende Kehrichtverbrennungsanlage, aus deren Kamin eine dicke weisse Rauchwolke in den nebelverhangenen Himmel stieg. Die herbstgraue Stimmung entsprach der Atmosphäre in der Wohnung, wo die Trauer beinahe physisch spürbar war. Der Raum wurde von einer grossen Sitzgruppe beherrscht, die problemlos einem Dutzend Leute Platz bot, was der orientalischen Gepflogenheit des familiären Beisammenseins entsprach.

Casagrande und Dornach sassen den Bhuttos gegenüber und fühlten sich auf dem grossen, breiten Sofa etwas verloren. Herr Bhutto trug eine dunkle Hose und ein weisses langärmliges Baumwollhemd. Seine Frau Arifa war in ein gleichfarbiges, langes Sari-ähnliches Kleid gekleidet, das ausser Händen und Hals alles verbarg. Ein Hidschab bedeckte ihren Kopf. Casagrande war Arifa Bhutto bereits einige Tage zuvor begegnet und erschrak, als sie sah, wie tief sich Trauer und Gram in ihren Gesichtszügen eingegraben hatten.

Sie schlürften dunklen, süssen Tee aus kleinen Tassen, bis Dornach das Wort ergriff und den Eltern Casagrandes und seine tief empfundene Anteilnahme am Tod ihres einzigen Kindes entbot. «Es tut uns leid, dass wir Sie in Ihrer Trauer erneut mit diesen Fragen behelligen müssen, aber wir befassen uns näher mit den Umständen, die zum Tod von Masud führten. Es erscheint uns merkwürdig, dass ein junger Mann, der so gut integriert war, sich dazu hinreissen lässt, in ein fremdes Haus einzudringen und seine Bewohner zu bedrohen.»

Herr Bhutto machte eine verzweifelte Geste mit beiden Händen. «Wir verstehen es auch nicht, Herr Dornach. Wir sind seit fast zwanzig Jahren in der Schweiz. Ich arbeite als Gruppenführer in einem Logistikbetrieb für Autobestandteile in Subingen und habe mir nie etwas zuschulden kommen lassen.»

Dornach nickte. Er hatte den einwandfreien Leumund Herrn Bhuttos geprüft. «Ihr Sohn war zuvor weder in seinem Lehrbetrieb noch in der Schule negativ aufgefallen. Haben Sie eine Veränderung in seinem Verhalten festgestellt? Ist er zu ungewöhnlichen Zeiten fortgeblieben? Hat sich sein Verhalten Ihnen gegenüber verändert oder etwas in der Art?»

Casagrande beobachtete Arifa Bhutto, die ihre Augen gesenkt hielt und den Blickkontakt mit den Besuchern vermied. Als Dornach seine Fragen stellte, war es Casagrande, als würde Arifa zusammenzucken.

Herr Bhutto fuhr fort: «Seit etwa vier oder fünf Wochen ist Masud regelmässig später von seiner Arbeit nach Hause gekommen und nachts, vor allem an den Wochenenden, lange fortgeblieben. Zuerst haben wir uns nichts dabei gedacht. Die jungen Leute müssen sich austoben. Kurz bevor …» Herr Bhutto räusperte sich, weil seine Stimme zu brechen drohte, und auch Arifas Augen füllten sich mit Tränen. «Kurz bevor das passiert ist, ist er stiller geworden, und wenn ich oder seine Mutter mit ihm reden wollten, wurde er aggressiv.»

«Haben Sie ihn je direkt auf sein Verhalten angesprochen?», fragte Dornach.

«Einmal. Wie gesagt, er wurde ausfällig. Und ein anderes Mal, als ich nachhakte, wollte er auf mich losgehen.»

«Verstehe. Hatte Masud eine Freundin?»

Nun zeigte Arifa eine erste Reaktion. Sie stiess ihren Mann mit den Ellenbogen leicht in die Seite. Dieser sah seine Frau vorwurfsvoll an und räusperte sich erneut. «Ja, er hatte vor Kurzem ein Mädchen kennengelernt. Eine Schweizerin. Ich kenne sie nicht. Er hat mit mir nie über sie gesprochen.»

Dornach wandte sich an Arifa. «Hat Masud mit Ihnen über seine Freundin gesprochen, Frau Bhutto?»

Anstatt zu antworten, sah Arifa zu ihrem Mann, der den Kopf schüttelte und an ihrer Stelle antwortete: «Ich habe Masud klargemacht, dass eine Beziehung zu einer Schweizerin nicht in Frage kommt. Er sollte eine von uns heiraten. Ich hatte das bereits arrangiert mit einem Freund in Pakistan, der eine gute Tochter hat.»

Dornach merkte, dass Casagrande neben ihm hörbar die Luft einsog, und stiess sie mit seinem Knie leicht an. Sie verstand die Geste und verkniff sich eine Bemerkung.

«Ihr Sohn war mit diesem Arrangement nicht einverstanden?»

Herr Bhutto hob beide Hände in die Höhe. «Sie wissen, wie die jungen Leute sind, heutzutage. Natürlich war er nicht einverstanden. Sehen Sie uns an.» Herr Bhutto zeigte auf sich und seine Frau. «Arifa und ich wurden einander versprochen, als ich sechzehn und sie vierzehn war, und wir sind glücklich, weil Allah es so wollte.» Bei dem Wort «Allah» hob er beide Hände und blickte an die Decke, als rufe er den Allmächtigen an.

Dornach sah zu Arifa hinüber, die ihn nach wie vor nicht ansah und sich verstohlen eine Träne aus den Augen wischte. Sie hatte die ganze Zeit kein Wort gesagt. Hingegen sprach ihre Haltung Bände. Es war klar, dass sie mit ihrem Mann alles andere als einverstanden war.

«Wann hatten Sie das Gespräch mit Ihrem Sohn, in dem Sie ihm eröffneten, dass Sie ihn mit einem Mädchen in Pakistan verheiraten wollen, Herr Bhutto?»

Herr Bhutto dachte kurz nach. «Vor vier Wochen, etwa zum gleichen Zeitpunkt, als er anfing nicht mehr nach Hause zu kommen.»

«Und Sie kennen den Namen seiner Freundin wirklich nicht?»

Herr Bhutto verneinte.

Schliesslich bat Dornach, ob er und Casagrande Masuds Zimmer sehen könnten. Herr Bhutto hatte nichts dagegen, und Dornach und Casagrande sahen sich darin um. Es war ein Zimmer, wie es Jungen in Masuds Alter haben. An den Wänden hingen neben Bildern von Fussballern und westlichen Popstars auch solche von orientalisch aussehenden jungen Männern und Frauen, bei denen es sich um Idole aus seiner Heimatregion handeln musste. Das Zimmer war peinlich aufgeräumt, was wohl Arifa zuzurechnen war. Sie entdeckten nichts Auffälliges, aber etwas vermissten sie in dem Raum. «Nirgends ein Rechner», sagte Casagrande. «Und ein Handy hat man auch nicht bei ihm gefunden.»

«Die Kriminaltechnik hat nichts sichergestellt?», fragte Dornach.

«Niente.»

«Findest du das normal?»

«Nicht bei einem Jungen wie Masud.»

Als sie fertig waren und sich verabschiedeten, fragte Dornach Herrn Masud nach dem Rechner seines Sohnes.

«Mein Sohn hatte keinen, und er brauchte auch keinen», antwortete Herr Bhutto bestimmt bei der Verabschiedung. Arifa sah Dornach nicht in die Augen, als sie ihm die Hand gab.

«Masud hatte einen Rechner, und die Mutter weiss es», sagte Casagrande auf dem Weg zum Auto. «Als du den Vater gefragt hast, hat sie mich angesehen und kurz genickt.»

«Wir müssen mit Arifa Bhutto sprechen. Alleine. Ich lasse sie in die Schanzmühle aufbieten. Ausserdem müssen wir Masuds Freundin finden und mit ihr reden.»

«Warum lässt du Karin nicht mit Arifa reden? Mit ihrer töchterlich-fürsorglichen Art findet sie sicher einen Zugang zu ihr.»

«Lass das bloss Karin nicht hören», sagte Dornach grinsend. «Die reagiert ohnehin empfindlich, weil sie ein paar Komiker bei uns ständig als ‹die Kleine› hänseln.»

«Du wirst schon die richtigen Worte bei ihr finden», sagte Casagrande, als sie einstiegen.

***

Mit drei dampfenden Tassen Espresso trat Dornach ins Büro, das sich Maja mit Karin teilte. Karin war nicht da, und Maja sprach ins Telefon. Ihrer Mimik war anzusehen, dass sie wütend war.

«Verdammt, Mike. Das kannst du nicht alleine entscheiden», rief sie und knallte den Hörer auf den Apparat.

«Probleme?», fragte Dornach.

Maja winkte ab, als wollte sie das Gesagte aus dem Raum wischen. «Nur eine Meinungsverschiedenheit.»

«Mit Mike? Worum ging's?»

«Es ist nur … nichts Dienstliches.» Maja liess ihre Hände in den Schoss fallen und blickte angestrengt zum Fenster hinaus. Dornach stellte das Tablett hin, reichte Maja eine Tasse und setzte sich auf die Kante ihres Arbeitstisches.

«Wie lange wollt ihr euer Verhältnis vor mir und den anderen geheim halten? Es wissen eh schon alle.»

Mit einem trotzigen Ausdruck sah sie ihn an. «Na schön. Dann wisst ihr auch, dass euch das nichts angeht. Das ist unsere Privatsache.»

Dornach schürzte die Lippen. «Das stimmt so nicht ganz, Maja. Du kennst die Vorschriften und –»

«So eröffne ein Disziplinarverfahren gegen mich oder gegen Mike. Worauf wartest du?»

«Komm mal runter. Wenn ich euch den Kopf abreissen wollte, hätte ich das schon lange getan, so wie ihr in aller Öffentlichkeit herumgeturtelt habt.»

Maja schnaubte. «Wie lange wisst ihr hier alle schon von uns und sagt nichts? Ich komme mir echt dämlich vor.» Sie verwarf frustriert die Hände. «Egal, es ist ja eh vorbei.»

«Wie wär's, wenn du mir mal sagst, wo euch der Schuh drückt?»

Maja winkte resigniert ab. «Mike, der Idiot, hat ein schlechtes Gewissen, dass wir hier so nah zusammenarbeiten und weil wir dir nichts gesagt haben. Er will sich in die Region Nord versetzen lassen, nach Breitenbach. Ausgerechnet!»

Dornach nickte. Er konnte Maja verstehen. Breitenbach, der Hauptort des Bezirks Thierstein im Norden des Kantons, lag näher bei Basel als bei Solothurn. Egal, ob man quer durch den Jura, über den Passwang oder die A 2 via Basel fuhr, mindestens eine

Fahrstunde musste man für die Strecke in Kauf nehmen. Mit den unregelmässigen Arbeitszeiten würden sich die beiden kaum sehen. Von daher könnte sich Mike genauso gut in den Tessin oder die äusserste Ostschweiz versetzen lassen.

«So wie's aussieht, ist es zwischen euch beiden ernst.»

«Ja, stell dir vor, es gibt Leute, die wechseln nicht alle paar Monate die Bettgefährten», giftete Maja und bemerkte sofort, wie sich Dornachs Gesichtsausdruck versteinerte. Sie biss sich auf die Lippen.

«Sorry, Dominik. Das … das war doof von mir. Ich wollte dich nicht … ich meine, das geht mich nichts an … verdammt, ich bin nicht gut in diesem Beziehungsscheiss.»

«Etwas mehr Diplomatie würde dir gut anstehen, wenn du nicht alle gegen dich aufbringen willst», sagte er, nachdem er ihre verbale Ohrfeige geschluckt hatte. «Wirf die Flinte nicht gleich ins Korn. Ich kenne Mike schon lange. Ihm geht's sicher genauso wie dir. Sprecht das in Ruhe zusammen durch und auf keinen Fall am Telefon. Es diskutiert sich schlecht mit dir, wenn man dir nicht in die Augen sehen kann.»

Das brachte sie zum Lachen.

Karin kam durch die Türe und war überrascht, Dornach zu sehen. Er hob die Tasse, die für sie bestimmt gewesen war. «Dein Kaffee ist kalt geworden. Ich hole dir einen neuen.»

Etwas verlegen nahm Karin die Tasse entgegen und trank einen Schluck. «Nein, nein, er ist trinkwarm. Entschuldigt, ich habe mit einer Kollegin von der Fahndung geplaudert und die Zeit vergessen.»

Mit einer nachsichtigen Geste erkundigte sich Dornach nach dem Ergebnis der Befragung im Pfarramt.

«Frau Trachsel kommt später vorbei und hilft uns beim Erstellen des Phantombildes von diesem Belgier», schloss Karin ihren Bericht.

«Ihr müsst den alten Stadtpfarrer aufstöbern», sagte Dornach. «Fragt am besten beim bischöflichen Ordinariat an der Baselstrasse nach.»

«Ich erledige das.» Maja griff zum Hörer.

«Für dich habe ich auch was», sagte Dornach zu Karin und schilderte ihr das Gespräch beim Ehepaar Bhutto in Zuchwil.

«Kein Problem. Ich kann mit Frau Bhutto sprechen, sonst noch was?»

«Ja, Masud Bhutto hatte eine Freundin. Sie könnte uns einige Fragen zu ihm beantworten. Wir haben keinen Namen, also kämm das Falldossier durch und hör dich in seinem Lehrbetrieb und bei seinen Freunden um.»

***

Casagrande sah verstohlen auf die Armbanduhr. In zwanzig Minuten war sie mit Ines in der «Grünen Fee» zum Apéro verabredet, und Hofmann hing am Telefon. Sicher führte er wieder eines dieser Gespräche mit Bern. Seit Monaten schon laborierte er an seiner Berufung zum Bundesanwalt. Casagrande beschlich das Gefühl, dass das nie passieren würde und dass Hofmann einem Hirngespinst nachjagte. Er mochte ein phlegmatischer und arroganter Emporkömmling sein, der die eigene Inkompetenz mit geschicktem Delegieren kaschieren konnte. Aber er war nicht dumm. Wenn ihm offene Opposition oder gar Feindschaft entgegenschlug, hatte er Mittel und Wege, die unliebsame Person nachhaltig zu neutralisieren. Nur wenige wagten es, sich ihm offen in den Weg zu stellen. Einer davon war Dornach. Casagrande hielt sich aus diesem Hahnenkampf heraus und hatte es bisher geschafft, ihre Unabhängigkeit und die Funktionsfähigkeit ihrer Abteilung zu gewährleisten. Diese Tatsache stiess weder auf blinde Augen noch auf taube Ohren. Sie war sich des grossen Rückhalts bewusst, den sie von verschiedenen Stellen bei Polizei, Verwaltung und sogar der Exekutive des Kantons erhielt.

Heute Abend, fürchtete sie, würde dieser Rückhalt einer Nagelprobe unterzogen werden. Der Fall Marber hatte sie ins Visier der Medien gerückt. Die Stimmung in der Bevölkerung angesichts der dreisten Einbruchsserie der letzten Monate war umgeschlagen, und die Region Solothurn befand sich in einer Art Belagerungszustand. Wie das Aas die Geier rief diese Atmosphäre jene Kreise auf den Plan, die den Menschen immer sofort sagen konnten, wovor sie Angst zu haben hatten und wer daran schuld war. Ein altes und hässliches Vokabular war wiederauferstanden, eines, von dem man geglaubt hatte, dass es seit Mitte des vorigen Jahrhunderts in Europa begraben und vergessen war. Ausdrücke wie «Elimination», «minderwertiges Pack», sogar «Ausrottung» und «Säuberung» wurden in gewissen Kreisen wieder salonfähig. Die Medien oder auch die Bürger, die es wagten, gegen rechte Parolen zu opponieren, wurden von diesen Kreisen als Asylantenverhätscheler und Kuschelbürger verschrien.

Ihre Gedanken wurden durch ein trockenes Klacken unterbrochen, als Hofmann den Hörer auf den Apparat legte.

«Entschuldige, Angela, du weisst ja, die in Bern.»

«Schon in Ordnung, Martin», sagte sie und bemühte sich um einen mitfühlenden Gesichtsausdruck. Gleichzeitig blickte sie demonstrativ auf ihre Uhr. «Ich habe leider nur wenig Zeit. Wenn wir es kurz machen könnten.»

«Dauert nicht lange. Ich wollte mich vergewissern, ob es dir gut geht.»

Casagrande blinzelte, als ob sie sich verhört hätte. Bisher hatte sich Hofmann nie nur einen Deut um ihre Befindlichkeit geschert.

«Ich bin in Ordnung, danke der Nachfrage. Im Moment ist gerade einiges auf der Platte, das ist ja nicht neu.»

«Wem sagst du das», seufzte er. «Manchmal weiss ich selbst wirklich nicht, wo mir der Kopf steht.»

Casagrande hoffte, dass ihr mühevoll zustande gebrachtes empathisches Lächeln überzeugend genug wirkte. Hofmann hatte wieder zugenommen, sein Hemd spannte sich bereits beträchtlich über dem Hosenbund. Das war ziemlich sicher nicht auf auszehrende Arbeitssitzungen oder mit Aktenstudium durchwachte Nächte zurückzuführen. Trotzdem war es ihr lieber, dass er sich mit «Arbeitsessen» seinen Wanst vollstopfte. Casagrande schlug sich lieber mit Akten herum als mit überflüssigen Kalorien.

«Angesichts der besonderen Situation überlege ich mir, ob ich dich entlasten soll», sagte Hofmann geradeheraus.

«Entlasten? Wovon willst du mich denn entlasten. Ich wüsste nicht, wo –»

«Ich möchte dir den Fall Bhutto abnehmen und dich damit aus dem Rampenlicht der Medien nehmen. Du befasst dich mit der toten Nonne. Die wird uns genug Kopfzerbrechen bereiten.»

Es ist raus, dachte Angela. Hofmann würde sich nie dafür hergeben, das Risiko von Negativschlagzeilen einzugehen, wenn nicht etwas Grösseres dahintersteckte.

«Du brauchst dir diesbezüglich um mich keine Sorgen zu machen, Martin. Ich habe es im Griff. Du weisst ja selbst, dass ich mir nichts vorzuwerfen habe.»

«Absolut», beeilte er sich zu versichern. «Darum geht es auch nicht. Du bist eines meiner besten Pferde im Stall, und ich will nicht, dass du dich in dieser Sache aufreibst. Damit ist keinem gedient.»

Vor allem dir nicht, du falscher Hund, dachte sie. Sollte ich es nämlich nicht packen, müsstest du tatsächlich mal was arbeiten.

«Deine Fürsorge rührt mich. Wie gesagt, ich bin bereits bestens in beide Fälle eingearbeitet, und ich habe mit Hartmann, Karin Jäggi und Gubler ein hervorragendes Team, das mich unterstützt.» Sie vermied es, mit dem roten Tuch in Gestalt von Dornach zu winken. «Ausserdem», fügte sie leichthin an, «haben mir der Kripo-Chef und der Kommandant jedwede weitere personelle Unterstützung zugesichert. Ich brauche sie nur anzufordern.» Das war gelogen. Sie wusste aber, dass ihr die Unterstützung der beiden Polizeioffiziere sicher war, wenn sie darum bäte. Hofmanns Mundwinkel zuckten leicht, ein untrügliches Zeichen, dass ihm etwas nicht behagte. Nicht nur Dornach, auch Polizeikommandant Wille war in letzter Zeit nicht gut auf Hofmann zu sprechen.

Hofmann räusperte sich. «Nun ja, wenn du meinst, dann fahren wir halt vorerst so weiter. Wenn du irgendetwas von mir brauchst, zögerst du nicht, zu mir zu kommen, ja?»

Casagrande eilte über den Zeughausplatz, um rechtzeitig zu ihrer Verabredung zu kommen. Sie zerbrach sich den Kopf darüber, was dieser Vorstoss ihres Chefs zu bedeuten hatte.

Das Klingeln ihres Handys riss sie aus ihren Gedanken. Das Display zeigte eine Nummer, die sie nicht kannte.

«Casagrande.»

«Frau Staatsanwältin, hier spricht Erich Marber.» Seine Stimme klang nervös und zitterte leicht.

Casagrande presste ihr Handy fester an ihr Ohr. «Herr Marber, was kann ich für Sie tun?»

«Ich … ich möchte Sie sprechen. Es ist wichtig.»

«Kein Problem, ich komme morgen zu Ihnen.»

«Gut.» Marber klang fast erleichtert. «Ich möchte Sie um etwas bitten.»

«Ich höre.»

«Ich möchte Sie alleine sprechen, ohne meinen Anwalt.»

Abrupt blieb Casagrande stehen. «Verstehe ich Sie richtig, Herr Marber? Sie möchten mich unter vier Augen sprechen, ohne die Gegenwart von Dr. Schubiger?»

«Ja.»

«Können Sie mir sagen, worum es geht?»

«Nicht am Telefon», sagte er gehetzt.

«Gut. Herr Marber, Ihnen ist klar, dass sämtliche Aussagen, die sie bei mir unter vier Augen machen, nicht vor Gericht zulässig sind, auch nicht zu Ihren Gunsten.»

«Ich weiss das. Es ist wirklich wichtig, dass ich mit Ihnen spreche, Frau Casagrande, alleine.»

«Also gut, ich werde morgen so früh wie möglich bei Ihnen sein.»

«Danke, Frau Casagrande, bis morgen.»

Casagrande steckte ihr Handy ein. War das eine Wendung im Fall? Sie wagte es nicht, zu hoffen.

SIEBEN

Doro Schubiger lenkte ihren Renault Clio in die Garage ihres Elternhauses in Günsberg und parkierte neben dem Volvo XC90 ihres Vaters. Sie hätte es vorgezogen, auf dem Vorplatz des Hauses zu parkieren. Dort standen bereits zwei Fahrzeuge, ein VW Phaeton mit Zürcher Nummernschild und ein Mercedes Benz Geländewagen mit Genfer Kennzeichen. Ein Solothurner 7er BMW war etwas weiter vorne am Strassenrand abgestellt. Doro vermutete, dass die Autos den Besuchern gehörten, die auch der Grund ihres Hierseins waren. Seit dem Tod ihrer Mutter nahm Doro die weibliche Repräsentationsfunktion der Familie Schubiger wahr. Allerdings nur, wenn es sich nicht um einen Parteianlass handelte. Sie wollte um nichts in der Welt mit der Patriotischen Fortschrittspartei in Verbindung gebracht werden. Ihre Liebe und Loyalität galten dem Vater, nicht der Partei, von deren Prinzipien sie so viel wie gar nichts hielt.

Als sie den Motor abgestellt hatte, sah sie zu Sandro Germann, der brütend auf dem Beifahrersitz sass. Doro war wütend und enttäuscht über ihn und hatte ihm an den Kopf geworfen, was für ein Idiot er sei. Sie hatte so sehr gehofft, dass er es fertigbringen würde, sein Versprechen zu halten und aufzuhören, den Macker zu spielen. Vor allem wollte sie, dass er es unterliess, ihrem Vater ständig beweisen zu wollen, was für ein Alphatier er sei.

Als Sandro vor einigen Monaten um sie geworben hatte, hatte sie ihn zunächst schroff abgewiesen, weil sie ihn für nichts anderes als einen primitiven Schlägertyp hielt. Daraufhin hatte er begonnen, ihr seine andere Seite zu offenbaren, die eines feinfühligen und verunsicherten jungen Mannes. Doro hatte sich auf ihn eingelassen, weil etwas sie zu ihm hinzog, das sie sich nicht erklären konnte. Sie hatte gehofft, dass ihre Liebe ihn auf einen anderen Weg führen würde. Anfänglich war das auch der Fall gewesen. Bis vorgestern, als er wieder mit seinen Kumpels zugeschlagen hatte.

«Geh schon voraus», sagte sie kurz angebunden, «ich brauche eine Minute.»

Betreten sah er sie an. «Wir wollten doch gemeinsam auftreten und damit deinem Vater endlich zeigen, dass wir zus–»

«Wir zeigen heute gar nichts, Sandro. Nicht bevor du mit dem Scheiss endlich aufhörst und mir beweist, dass du es wert bist, dass ich dich überhaupt weiterhin anschaue.»

«Baby, ich habe es nur für uns getan, weil dein Vater mich –»

«Lass Päpu aus dem Spiel und hör endlich auf, mich so zu nennen, sonst kannst du's gleich vergessen. Du weisst, dass ich das hasse.»

Das hatte gesessen. Sie sah, wie es in seinen Augen aufblitzte und sich sein Gesichtsausdruck verfinsterte. Das verwundete Kind begann sich im harten Macho einzukapseln. Er packte ihren Arm und zog sie zu sich. «Verdammt, so kannst du nicht mit mir reden. Immerhin sind wir zusammen, also hörst du mir auch zu.»

Doro riss sich los und rieb sich die Stelle, wo er sie so kräftig gepackt hatte, dass es einen blauen Fleck absetzen würde.

«Das ist alles, was du kannst, wenn du nicht mehr weiterweisst, was? Zupacken und zuschlagen. Du bist ein Schlappschwanz, Sandro Germann.»

Sandros Gesicht verzerrte sich zu einer hässlichen Fratze. Er holte mit der Faust aus. Doro starrte ihn fassungslos an. Sie realisierte, dass sie ihn zum ersten Mal richtig in Wut versetzt hatte. Sandro hatte bisher nie die Hand gegen sie erhoben.

«Du willst mich wirklich schlagen?», fragte sie ungläubig. Sie hielt ihm das Gesicht hin. «Na los, tu es. Hau mir eine rein, du Feigling, wenn du dich hinterher besser fühlst.»

Sandro holte aus. Doro schloss die Augen und wartete. Der Schlag kam nicht. Sie spürte eine Bewegung auf dem Beifahrersitz und hörte, wie sich die Autotür öffnete und gleich darauf zugeschlagen wurde.

Langsam öffnete Doro die Augen. Der Sitz neben ihr war leer. Sie atmete tief durch, und ein kurzer Schluchzer ging über ihre Lippen. War es ihre Schuld, dass sie ihn so weit gebracht hatte? Sie hatte nie geglaubt, dass dieser Mann, der so zärtlich sein konnte und unter ihren Händen dahinschmolz, dazu fähig war. Was hatte sie getan?

Doro stieg aus und stand für einen Moment da. Sandro war

verschwunden. Eine unendliche Müdigkeit breitete sich in ihr aus. Sie hatte weder Lust, noch fühlte sie sich in der Lage, die beiden auswärtigen Gäste und den Leitenden Staatsanwalt Hofmann zu unterhalten, welche ihr Vater eingeladen hatte. Sie blickte über die Ebene des Aaretals mit den Dörfern des Wasseramts. Schliesslich wischte sie sich die Tränen aus dem Gesicht und ging ins Haus.

***

Es war bereits halb acht, und Dornach war überrascht, wie viele Leute sich nach Ladenschluss in der Stadt tummelten, bis ihm einfiel, dass es Donnerstag war und die Läden bis neun geöffnet waren. Es war lange her, seit er das letzte Mal um diese Uhrzeit durch die Stadt geschlendert war. Die milden Temperaturen hielten die Menschen draussen. Die Terrasse der Brasserie Fédérale auf dem Marktplatz war bis auf den letzten Tisch mit warm angezogenen Gästen besetzt. Gruppen von Teenagern zogen schnatternd und lachend an ihm vorbei. Er schnappte auf, wie drei junge Männer, offenbar Schüler, lauthals beratschlagten, wo sie als Minderjährige am einfachsten billiges Bier beschaffen konnten.

Dornach war froh, dass Pia keine Rumhängerin war. Nur zuweilen vermisste er den trotzigen und ungelenken Backfisch mit Babyspeck, der sie bis vor einigen Jahren gewesen war.

Sie hatte ihn am Nachmittag angerufen und vorgeschlagen, zusammen eine Pizza essen zu gehen. Als Begründung gab sie an, etwas besprechen zu wollen.

Als er in die Gerberngasse einbog, war er etwas zu früh dran. Er warf einen Blick durch das Fenster in die voll besetzte Gaststube des Wengihauses.

Dornach sah Pia im vorderen Teil des Raumes an einem Tisch an der Wand. Sie war nicht allein, sondern unterhielt sich mit einem auffallend attraktiven jungen, dunkelhäutigen Mann. Die Mimik und Gestik der beiden hatte etwas Vertrautes, und die Art, wie Pia ihn ansah, verriet, dass er ihr gefiel. Dornach überlegte sich, ob er die beiden stören oder eine Zusatzrunde drehen sollte. Die Entscheidung wurde ihm abgenommen, als Pia den Kopf zum

Fenster wandte und ihn erblickte. Lebhaft bedeutete sie ihm, hereinzukommen. Sie sagte etwas zu ihrem Gegenüber, das prompt den Kopf drehte und aufstehen wollte. Pia hielt den Mann am Arm zurück.

Sie stellte die beiden Männer einander vor. Dornach wollte mehr über Rafik erfahren. Er bemühte sich, nicht den Polizisten heraushängen zu lassen. Der warnende Blick seiner Tochter verriet ihm, dass ihm das nicht ganz gelang. «Wenn ich richtig verstanden habe, kennen Sie Frau Palmer?», fragte er.

Rafik nickte und erzählte ihm von einem Vorfall vor einiger Zeit, als ihm ein Polizeibeamter Drogen unterschieben wollte.

«Ich erinnere mich», sagte Dornach schliesslich. «Der Beamte wurde entlassen, weil er sich schon mehrere Verfehlungen hatte zuschulden kommen lassen.» Rafik wollte etwas dazu sagen. Dornach kam ihm zuvor. «Das war Amtsmissbrauch und Vortäuschung einer Straftat. Sie brauchen sich vor mir nicht zu rechtfertigen, auch wenn es ein ehemaliger Kollege ist.»

Daraufhin verabschiedete sich Rafik, weil er zu lernen hatte. Während Pia ihn hinausbegleitete, bestellte Dornach für beide eine Platte gemischter Antipasti, eine kleine Pizza Frutti di Mare für Pia und eine grosse Al Tonno für sich.

«Sympathisch, dein Freund», bemerkte er beiläufig, als Pia zurückkam, und studierte die Weinkarte.

«Er ist nicht mein Freund, einfach … ein guter …»

«Freund eben», ergänzte Dornach.

«Paps!»

«Das wolltest du mir sagen, oder?», sagte er und lachte sie über den Rand der Karte hinweg an. «Was möchtest du trinken?»

«Rafik und ich haben mit Lambrusco angefangen. Der ist ganz gut.»

«Lambrusco sei es.» Dornach gab der Bedienung ein Zeichen. «Wie kommt es, dass Rafik Alkohol trinkt? Ich dachte, er ist Muslim.»

«In welcher Welt lebst du? Klar ist er Muslim. Das heisst nicht, dass er sich zwischendurch nicht auch ein Glas genehmigen kann. Du als Katholik nimmst es ja auch nicht so genau mit den Zehn Geboten, vor allem nicht mit dem sechsten.»

Er hob den Zeigefinger. «Dünnes Eis, Töchterchen. Das ist ja wohl etwas anderes.»

«Ist es das nicht immer?»

Wo Pia recht hatte, hatte sie recht. Und ausserdem wollte er sich heute Abend nicht mit ihr streiten. «Themenwechsel?»

«Mir recht. Ich wollte was anderes mit dir besprechen.»

«Ich höre.»

«Ich weiss, wie ich die Zeit bis zum Studium überbrücke», sagte sie mit einem Blick, als ob sie das Erbe der Jeanne d'Arc antreten und die Welt von allem Bösen befreien wollte.

«Löblich», sagte Dornach vorsichtig. Er fragte sich, ob er eine von Pias Ideen auf nüchternen Magen vertrug. «Was hast du dir überlegt?»

«Ich will in Loris ‹Aktion Maitag› mithelfen und Asylbewerber betreuen, an den Mittagstischen mithelfen und sie begleiten, wenn sie zu Behörden müssen und so.»

Die Art, wie sie es sagte, und ihr Gesichtsausdruck erlaubten keine Entwarnung. «Okay, ab wann?»

«Sie ruft mich morgen an. Wenn alles klappt, kann ich sofort anfangen. Sie meinte, dass sie meine Hilfe gut gebrauchen könnten.»

«Soso.» Unbewusst musste er seine Augenbrauen zusammengezogen haben, was Pias fein eingestelltes Sensorium sogleich als Missfallen interpretierte.

«Passt dir daran etwas nicht?» Der auf Konfrontation gebürstete Ton in ihrer Stimme war unüberhörbar.

«Hast du dir das gut überlegt? Das wird kein Zuckerschlecken. Die meisten dieser Leute haben schwere Zeiten hinter sich. Sie sind traumatisiert und finden sich kaum zurecht. Ausserdem gibt es darunter auch Personen, die nicht ganz sauber sind.»

Sie blitzte ihn an. «Das war ja klar, dass der Herr Polizist das sagen musste. Damit habt ihr eure Entschuldigung, diese Leute zu schikanieren.»

«Ich schikaniere niemanden, Pia.»

«Du nicht. Einige deiner Kollegen schon. Rafik hat mir ein paar Beispiele erzählt. Eure Patrouillen halten Asylsuchende, vor allem Männer, auf der Strasse an und nehmen ihnen ohne Grund Handys und Geld ab. Letzthin wurde vor der Gemeindeverwaltung eine Gruppe festgehalten, nur weil die Männer ihren Nothilfezuschuss abholen wollten. In Wirklichkeit wolltet ihr verhindern, dass sie an einer Informationsveranstaltung der ‹Aktion Maitag› teilnehmen, die sie über ihre Rechte aufklären sollte.»

Dornach bemühte sich um Gelassenheit. Jeanne d'Arc hatte die Rüstung angelegt und schwenkte schon Banner und Schwert im Kampf gegen Satans Heerscharen. «Woher weisst du das schon wieder?»

«Rafik hat's mir erzählt. Er war mit Lori dabei, um zu dolmetschen, als sie die Leute raushauen musste.» Sie schlug mit der Hand auf den Tisch, sodass die Gäste an den Nebentischen überrascht herübersahen. «Es gab gar keinen Grund, sie festzuhalten. Sie waren nur dort, um das zu bekommen, was ihnen zustand.»

Er hob abwehrend die Hände. «Moment mal, Pia. Du warst nicht dabei und ich auch nicht. Du kennst die Hintergründe nicht. Es sind immerhin abgewiesene Asylbewerber, die sich illegal hier aufhalten. Die werden intensiver kontrolliert.»

«Kontrolliert? Ha! Schikaniert werden sie.» Pia redete sich in Eifer. «Die Zivilstandsämter weigern sich sogar, die Neugeborenen von Eltern mit Nichteintretensentscheid zu registrieren, damit sie keine Ausweispapiere erhalten. Das ist so megaoberfies von euch, Paps.»

«Lass mich mal aus dem Spiel, bevor du mir die Augen auskratzt. Ich habe nichts mit dem Standesamt zu tun. Und für die Kontrollen ist die Stadtpolizei zuständig.»

«Es ist dein Verein.» Sie lehnte sich mit verschränkten Armen zurück und sah ihn trotzig an. Wenn sie so war, glich Pia auf verblüffende Art ihrer Mutter, bei der es auch nur Schwarz oder Weiss gab.

«Pia, die Kollegen machen ihren Job. Sie müssen diese Leute überprüfen. Es geht auch um die Sicherheit.»

«Ja, klar. Wegen der Sicherheit nehmen die uniformierten Machos den armen Leuten das wenige ab, was sie besitzen dürfen. Dazu haben sie kein Recht. Das hat sogar das Bundesgericht bestätigt.»

Dornach seufzte innerlich. Er musste sie etwas runterkommen lassen. Das war nur zu schaffen, wenn er nicht gleich auf die Tirade reagierte. Pia wusste genau, welche Knöpfe sie bei ihm drücken musste. Im Gegenzug wusste er, welche er bei ihr zu vermeiden hatte. Der Kellner baute eine Brücke für einen Themenwechsel, als er den Wein brachte.

Nachdem sie einen Schluck von dem süsslich-fruchtigen, leicht perlenden Wein genommen hatte, sank Pias Konfrontationslust auf eine Ebene, auf der sie dialogfähig war.

«'tschuldige, Paps. Ich meine natürlich nicht dich oder die Leute, die ich bei euch kenne. So was bringt mich halt auf die Palme. Die armen Schlucker werden in ihrer Heimat gequält und gefoltert, sodass sie keinen anderen Ausweg sehen, als auf der Flucht ihr Leben und das ihrer Familie zu riskieren. Und hier schikaniert und bedroht man sie genauso. Das ist nicht gerecht.»

«Da gebe ich dir recht. Und du kannst sicher sein, dass ich einschreite, wenn ich so etwas bei uns feststellen würde.»

«Weiss ich ja, Paps. Wenn es nicht so wäre, wäre ich schon lange weg.» Sie berührte seine Hand. «Weisst du, was wirklich ungerecht ist?»

«Du wirst es mir gleich sagen.»

«Dass solche Vollpfosten wie die Typen von dieser idiotischen ‹Schutzfront› frei herumlaufen und auf offener Strasse Leute verprügeln dürfen, nur weil denen gerade mal die Hautfarbe oder der Gesichtsausdruck nicht passt. Und wenn sie einen wohlverdienten Tritt in die Eier kriegen, heulen sie auf und rennen zu Mami, Papi und den besten Rechtsanwälten.»

Dornach hatte ihre Hand festgehalten und drückte sie. «Das ist unser Rechtsstaat, Pia. Hier haben auch diejenigen Rechte, die sich nicht an das Gesetz halten. Justitia ist blind.»

«Eben, leider. Sonst würde sie sehen, dass ihre Waage in prekärer Schieflage hängt.»

«So wie ich dich kenne, wirst du ihr sicher helfen, die Balance wiederherzustellen», erwiderte er lachend.

«Darauf kannst du Gift nehmen, Paps.» Sie hielt ihr Glas hoch, um mit ihm anzustossen.

«Ich nehme lieber die Pizza, wenn's recht ist?»

Ihr Lachen sagte ihm, dass das Thema erledigt war.

«Willst du mit mir nach Hause fahren, oder hast du noch was vor?», fragte Dornach Pia, als sie später auf der Hauptgasse Richtung Markplatz gingen.

Pia warf einen Blick auf ihr Handy. «Fahr nur. Ich schaue schnell im ‹Solheure› vorbei.»

«Auch gut. Tu mir den Gefallen und versuche für einmal, allfälligen Schlägereien oder anderen Querelen aus dem Weg zu gehen.»

«Das hängt ja nicht nur von mir ab. Dazu braucht es immer –»

Sie waren auf der Höhe der Eingangspassage vom Hotel Roter Turm, als Pia abrupt stehen blieb.

«Was ist?», fragte Dornach.

Pia zog ihn am Arm von der Strasse in die Passage hinein und zeigte zur gegenüberliegenden Seite des Marktplatzes. Dornach blickte in die Richtung und sah zwei Frauen, die aus der Vigierhofpassage herauskamen und den Platz Richtung Barfüssergasse überquerten. Die grössere der beiden erkannte er sofort an ihrem energischen Gang und den langen schwarzen Haaren, die sie im Dienst entweder als Pferdeschwanz oder als kunstvollen Knoten trug. Casagrande umfasste die Hüfte einer schlanken Frau mit rostrotem Bubikopf, die etwa einen halben Kopf kleiner war. Die beiden redeten und lachten mit angeschmiegten Köpfen. Dornach wollte sich bemerkbar machen, um sie zu grüssen. Pia hielt ihn zurück.

«Warte, Paps. Das ist nicht der Moment, glaube ich.»

«Was meinst du?»

«Du kennst die Casagrande besser als ich. Ich sage mal, die beiden sehen aus wie ein Liebespaar.»

«Wie kommst du denn auf so was?»

Ohne die Augen von den beiden zu lassen, hob Pia die Schultern. «Weiss nicht. Erfahrung.»

«Erfahrung?» Dornach fragte sich, ob er bei der Entwicklung seiner Tochter etwas nicht mitbekommen hatte.

«Nenn es weibliche Intuition, bevor die Phantasie mit dir durchgeht. Sieh selbst.» Sie nickte in Richtung der beiden Frauen, die nun mitten auf dem Marktplatz stehen geblieben waren und sich an den Hüften umarmt hielten. Sie tuschelten miteinander wie zwei Schulmädchen. Dornach hatte seine Kollegin nie so gesehen. Er stufte Casagrande keineswegs als verklemmt oder prüde ein, im Gegenteil: Sie war temperamentvoll und lachte gerne. Er sah, wie Casagrande rasch nach links und rechts schaute, bevor sie den Kopf der anderen Frau umfasste und sie auf den Mund küsste. Trotz der Entfernung war zu erkennen, dass es ein leidenschaftlicher Kuss zwischen Liebenden war, der von der anderen erwidert wurde.

«Was habe ich gesagt?», raunte Pia ihm zu, als die beiden Frauen wieder voneinander abliessen und in die Barfüssergasse einbogen. «Wusstest du, dass Angela auf Frauen steht?»

«Ich hatte keine Ahnung.»

«Ich dachte immer, ihr beide würdet gut zusammenpassen. Auf jeden Fall machte sie mir den Eindruck, dass sie interessiert ist.»

Verblüfft sah er sie an. «Wie kommst du darauf? Angela und ich waren nie etwas anderes als gute Freunde.» Er musste an das Gespräch mit Casagrande denken, das sie Monate zuvor gehabt hatten. Damals war beiden klar geworden, dass zwischen ihnen mehr sein könnte, würde ihr Beruf nicht dazwischenstehen.

Pia tippte mit dem Zeigefinger auf seine Stirn. «Hallo, Paps, hier spricht deine Tochter. Meinst du, ich bin blind oder was? So wie Angela dich zwischendurch angesehen hat. Als Jana während ihrer Rekonvaleszenz im Sommer ein paar Wochen bei uns zu Hause wohnte, hat sich Angela kein einziges Mal blicken lassen. Sonst kam sie immer mal abends zum Essen. Dieses Jahr: nada.»

Pia hatte recht. Angela hatte sich zurückgezogen, wenn Jana in der Nähe war, oder sie hatte sich gar nicht erst gezeigt.

«Ich dachte, wir hätten das zwischen uns geklärt», sagte Dornach.

«Was geklärt?»

«Unsere Beziehung. Wir haben mal darüber gesprochen, wie wir zueinander stehen, und waren uns einig, dass wir uns nicht aufeinander einlassen sollten, weil das nicht …» Er wollte einen geeigneteren Ausdruck finden. Ihm fiel gerade nichts Passenderes ein. «Es wäre nicht professionell», sagte er schliesslich.

«Und deshalb seid ihr nicht zusammen?»

«Wenn du das so zusammenfassen willst, ja.»

Pia sah ihn erst sprachlos an, bevor sie anfing zu lachen. «Ich glaub's nicht. Trotz deinem Verschleiss kennst du die Frauen so schlecht? Seit wann kann man denn Gefühle wegreden?»

«Das war eine nüchterne und professionelle Entscheidung, Pia. Es gibt Regeln bei uns. Was meinst du, was los wäre, wenn –»

«Halt, halt! Komm mir nicht mit den Scheissregeln in deinem Verein. Hast du tatsächlich gedacht: ‹Lass uns mal darüber reden, es passt dann schon›? Ehrlich, Paps!»

Das Gespräch entwickelte sich zu einer Auseinandersetzung, die Dornach weder mit seiner Tochter noch hier und in diesem Moment führen wollte. «Seit wann interessierst du dich denn für meine Beziehungen? Ich dachte immer, du hättest etwas gegen –»

«Stopp mal. Das hier geht mich nichts an. Du kannst ins Bett gehen, mit wem und wo und wann du willst. Dein Sexleben ist deine Sache. Ich halte mich raus, und du tust bei mir bitte dasselbe.»

«Mit Jana hast du doch –»

«Meine Freundschaft mit Jana hat damit zu tun, dass sie mich wie eine Erwachsene behandelt und mir von Anfang an auf Augenhöhe begegnet ist. Ausserdem hat sie mir dreimal das Leben gerettet, das verbindet. Mir ist es wurscht, dass du mit ihr schläfst, solange es unsere Freundschaft nicht tangiert.»

Dornach wusste nicht, was er dazu sagen sollte.

Pia umarmte ihn und drückte ihm einen Kuss auf die Wange. «Wir sind hier fertig. Du solltest die Beziehungen zu deinen Frauen nicht mit mir klären. Ich muss weiter, Manu wartet. Nacht, Paps.»

Dornach sah Pia einen Moment nach, als sie auf der Hauptgasse Richtung Kronenplatz davonmarschierte, und fragte sich, wann seine Tochter angefangen hatte, ihm über den Kopf zu wachsen.

***

Casagrande stand auf und kleidete sich an. Ines war nur kurz aus ihrem Tiefschlaf erwacht und hatte ihr im Halbschlaf einen Kuss zugehaucht. Casagrande bezwang die Versuchung, wieder zu ihr ins warme Bett zu steigen. Sie wollte nach Hause. Die Duftmischung von Bardunst und Tabakrauch, die ihr Anzug verströmte, war mit nichts zu überdecken. Sie musste sich vor der Arbeit umziehen.

Für den Weg zu Fuss von der Barfüssergasse zu ihrer Altstadtwohnung am Friedhofplatz brauchte sie in der Regel etwa fünf Minuten. Trotz des trockenen Wetters filterten Nebelschwaden das Licht der Strassenlaternen, und die Stille in den Gassen verstärkte jedes Geräusch.

Unvermittelt glaubte sie, neben dem Echo ihrer Schritte auf dem Klopfsteinpflaster ein weiteres zu hören. Abrupt blieb sie stehen und horchte. Da war nichts. Jetzt werde ich zu allem hinzu auch noch paranoid, schalt sie sich und beschleunigte ihren Gang. Sie hoffte, sich eine weitere Stunde hinlegen zu können, bevor sie zur Arbeit musste.

Wieder hörte sie das Echo. Sie stoppte und horchte erneut. Wieder nichts. Als sie weiterging, versuchte sie, an etwas anderes zu denken. Sie fragte sich, ob Marber beim bevorstehenden Gespräch seine ursprüngliche Aussage widerrufen und die Tötung des jungen Masud bestreiten würde.

So leise wie möglich stieg sie die knarrenden Holzstufen zu ihrer Wohnung hinauf. Ines hatte ihr wiederholt angeboten, zu ihr zu ziehen, da ihre Wohnung grösser war. Sie könnten sich die Miete teilen. Ausserdem waren sie bald schon ein Jahr zusammen. Casagrande zögerte. Ein Umzug hatte etwas Endgültiges, Verpflichtendes. Sie liebte Ines, aber war sie wirklich bereit, mit ihr zusammenzuziehen?

Und Dominik? Was war er für sie? Ein Freund? Die heimliche grosse Liebe? Vor allem war er ihr ein Rätsel. Die Frauen flogen ihm zu, ohne dass er gross etwas dafür tun musste. Er war kein Macho wie Franco, ihr Ex. Dominik war da, präsent, zuverlässig. Das allein machte ihn nebst seinem Aussehen begehrenswert für Frauen, die grosszügig über seine offensichtliche Bindungsangst hinwegsehen konnten. Sie würde ihm das mit Ines sagen müssen, bevor er es von anderer Seite erfuhr.

Als sie die Tür öffnete, sah sie einen rosafarbenen Briefumschlag auf dem Boden, den jemand unter der Tür durchgeschoben haben musste.

Sie hob den Umschlag auf. Nur ihr Vorname war als Anschrift vermerkt. Anstelle eines Absenders war eine schwarze Rose eingraviert. Im Umschlag steckte eine rosafarbene Karte, auf der nur ein Satz stand.

«Die Schönheit der Blumen wie die der Menschen verwelkt unsere Liebe blüht ewig.»

Casagrande wusste nicht, ob sie amüsiert oder besorgt sein sollte. Hatte sie einen Stalker? Sprach der anonyme Bewunderer mit «Verwelken» etwa ihr Alter an? Sie schaute in den Garderobenspiegel. Ihre Haare waren zerzaust, was sie nach dem, was Ines mit ihr gemacht hatte, nicht weiter verwunderte. Sie hatte sie zu einem losen Rossschwanz zusammengebunden. Einige Strähnen umrahmten ihr vor Müdigkeit blasses Gesicht. Der Farbton ihrer fast schwarzen Augen konkurrierte mit den Ringen darunter. Ohne Bemalung waren ihre Lippen schmal und hoben die Kerben um ihre Mundwinkel und ihr markantes Kinn hervor.

«Etwas Wellness würde dir guttun, meine Liebe», murmelte sie. Ansonsten fand sie nicht, dass sie verwelkt wirkte – für ihr Alter.

Sie gähnte und streckte sich. Nach einem kurzen Blick auf ihre Uhr, die keine halb fünf anzeigte, beschloss sie, sich hinzulegen. Bevor sie ins Bett ging, zerriss sie Karte und Briefumschlag und warf beides weg.

SCHANDE

Es war ein schöner Tag im August, ein Sonntag, bei einem Spaziergang am Fluss, als ich sie zum ersten Mal nach dem Grund für ihre Zeit in der Hölle fragte. An jenem Tag hatte sie nicht geantwortet.

Es dauerte einen ganzen Monat, bevor der nächste Sonntag kam, der einen Ausflug zum Fluss erlaubte, und ich die Frage erneut vorbrachte. Daraufhin hatte sie mich lange und prüfend angesehen.

«Bist du sicher, dass du es wissen willst?», fragte sie.

«Ich muss es wissen», sagte ich. «Ich will es verstehen können.»

Sie begann zu erzählen, und in der darauffolgenden Nacht hatte ich kein Auge zugetan. Das Echo ihrer Worte widerhallte in meinem Kopf und ihre Ungeheuerlichkeit drohte, ihn zerbersten zu lassen.

Die Bilder ihrer Geschichte blieben mir lange vor Augen. In meiner Brust dröhnten die qualvollen Schreie ihres verwundeten Herzens. Den brennenden Schmerz, den sie in und an sich gespürt haben musste hingegen, spürte ich nur dumpf. Das wirkliche Leid konnte nur sie empfinden, in der Erinnerung, als er sie an ihren Armen und Schenkeln gepackt und niedergedrückt hatte. Er nahm ihre Unschuld, die sie für den anderen aufgehoben hatte. Sie musste sich schmutzig und stinkend gefühlt haben. Ich konnte mir ihre Demütigung vorstellen, wie sie sich selbst verabscheut haben musste.

Als ich mir die Hände vor die Augen hielt, sah ich das Blut, das sie gesehen haben musste, vermischt mit diesem weisslichen Schleim, der sie so erschreckt hatte und von dem sie gewusst hatte, was es war, es jedoch nie auszusprechen gewagt hatte.

Der Hass in ihren Worten war nicht mehr da, als sie von dem Scheusal sprach. In mir stieg er immer wieder auf, wenn ich an ihn dachte. Beinahe hatte er auch mein Leben zerstört. Sie hasste ihn damals, ich hasse ihn heute.

Der letzte Satz ihrer Geschichte hallt in meinen Ohren nach, als sie mir mit einem Lächeln sagte: «Die Schande hat auch etwas Gutes und Schönes: In jener Nacht bist du entstanden.»

ACHT

Als sie den Eingang zum Europol-Gebäude in Den Haag an der Eisenhowerlaan im Blickfeld hatte, ging Jana vom Laufschritt in Gehen über, bevor sie anhielt. Sie machte ihre Dehnungsübungen, bis ihr hämmernder Puls auf eine normale Frequenz heruntergekommen war. Als sie den ziehenden Schmerz der vernarbten Schusswunde an ihrer Brust spürte, massierte sie die Stelle.

Sie blickte auf ihre Hände. Das Zittern, das vor einigen Wochen angefangen hatte, war wieder da. Jana fühlte erneut die Angst, nie mehr dieselbe zu sein. Um diese zu überwinden, wollte sie ihre Schiessübungen demnächst wieder aufnehmen. Das Lauftraining zwischen ihrem Apartment im Hilton und ihrem Arbeitsplatz und das Training im Kraftraum genügten nicht.

Bei der Kontrollschleuse übergab sie ihren kleinen Sportrucksack mit ihrer Dienstwaffe einem Wachmann und hielt ihren Ausweis an den Leser.

Auf der anderen Seite wurde sie von Horacek erwartet. Bei aller Beherrschung konnte er sich einen vorwurfsvollen Gesichtsausdruck nicht verkneifen.

«Servus, guten Morgen, Stephan», sagte Jana munter. «Wollen S' mich jeden Morgen hier in Empfang nehmen?»

«Warum haben Sie nicht gesagt, dass Sie laufen gehen, Oberstleutnant? Ich hätte Sie begleitet.»

«Genau deswegen. Zwischendurch muss eine Frau alleine sein, das verstehen S' schon, oder?»

«Ich wurde unter anderem zu Ihrer Sicherheit abkommandiert. Wenn Ihnen etwas zustösst, ist es meine Verantwortung und ich –»

Jana drehte sich zu ihm um. «Für meine Sicherheit sorg ich selbst. Ihr Job ist es, mir den Rücken freizuhalten. Erinnern S' sich an unser Gespräch an Ihrem ersten Arbeitstag bei mir?»

Wohl wissend, dass ihr Adoptivvater und ihr Onkel dafür gesorgt hatten, dass Horacek, einer der besten Beamten des Einsatzkommandos Cobra, zu ihrem Schutz abgestellt worden war, hatte Jana ihn gleich bei ihrer ersten Begegnung ins Gebet genommen und ihm klargemacht, von wem er künftig die Befehle entgegenzunehmen hatte, wenn er an einer langen und erfolgreichen Laufbahn bei der Polizei interessiert war.

«Jawohl, Oberstleutnant.» Um ein Haar hätte er Haltung angenommen, wenn ihm Jana nicht freundschaftlich auf die Schultern geklopft hätte.

«Schön, sagen S' mir, warum Sie Empfangskomitee spielen?»

«Sir Andrew erwartet Sie.»

Jana sah auf ihre Uhr. «Der Direktor? Jetzt?»

«In fünfundvierzig Minuten. Er hat von einer wichtigen Lageentwicklung gesprochen, die er mit Ihnen besprechen will.»

«Passt eh, bleibt mir Zeit, zu duschen und zu frühstücken. Hatten S' schon einen Kaffee, Stephan?»

«Nein, Oberstleutnant. Sie müssten sich wirklich zuerst die Unterlagen anschauen, die Ihnen Sir Andrew geschickt hat. Ich weiss nicht, ob Zeit bleibt, zu frühst–»

«Wie lange arbeiten wir schon zusammen, Stephan?»

Die Frage brachte ihn aus dem Konzept. «Ähm, knapp zwei Monate, Oberstleutnant.»

«Genau, also sollten S' wissen, dass ich grantig werd, wenn ich Hunger hab. Und ich hab immer Hunger. Deshalb wird zuerst geduscht und gefrühstückt. Sie können mich ins Bild setzen, während ich esse.»

Inzwischen standen sie vor dem Dusch- und Umkleideraum für Frauen. Jana öffnete die Türe und drehte sich nach Horacek um, der keine Anstalten machte, draussen zu warten.

«Oder wollen S' mich etwa schon unter der Dusche briefen?», fragte Jana und lächelte spitz, als sie sah, wie er rot wurde.

«Verzeihen Sie, Oberstleutnant, ich wollte nicht –»

«Das wär ein Anlass für Sie, aufzuhören, mich mit dem depperten ‹Oberstleutnant› anzureden, meinen S' ned?»

«Ja … nein. Ich meine, ich würde es vorziehen, Sie weiterhin mit ‹Oberstleutnant› anzusprechen, wenn Sie gestatten.»

«War immerhin einen Versuch wert.»

***

Gegenüber Dornachs Büro befand sich eine Grossbaustelle. Der Kanton errichtete beim Kunstmuseum einen unterirdischen Schutzraum für Kulturgüter. Bei den Bauarbeiten waren Risse im Mauerwerk aufgetreten. Nun musste die Fassade speziell abgestützt werden, damit das Gebäude nicht über der Baugrube einstürzte.

Dornach stand am Fenster und schaute dem Treiben auf der Baustelle zu, ohne es wahrzunehmen. Heute wie gestern kam er nicht in den gewünschten Arbeitsrhythmus. Er hatte bereits die zweite Nacht in Folge praktisch nicht geschlafen, die dritte, wenn er das Intermezzo in Wien dazuzählte. Die Pizza war ihm schwer auf dem Magen gelegen und machte ihm immer noch zu schaffen.

Als er wach im Bett gelegen hatte, war ihm durch den Kopf gegangen, was Pia über seine Beziehungen zu Frauen gesagt hatte. Er gestand sich ein, dass es ihn beschämte, dass ausgerechnet seine Tochter ihm einen Spiegel vorhielt und sein Selbstverständnis im Umgang mit Frauen schonungslos in Frage stellte. Die Botschaft, die Pia ihm damit übermittelt hatte, war eindeutig: «Leg endlich mal fest, mit wem du dein Leben teilen willst. Ich will und werde mein eigenes führen.»

Er erinnerte sich an seine wilde Jugendzeit. Damals hatten er und seine Freunde untereinander Wetten abgeschlossen, wer die meisten Mädchen in möglichst kurzer Zeit ins Bett kriegte. Nicht selten hatten diese Schäferstündchen in Tränen geendet. In der Retrospektive gab es für ihn wenig Anlass, stolz zu sein.

Seine Gedanken drifteten zu Casagrande. Er freute sich ehrlich für Angela, die nach dem turbulenten Ende ihrer Beziehung zu Franco Tiziani, einem Zuger Investmentbanker, eine neue Liebe gefunden zu haben schien. Gleichzeitig beschäftigte ihn die Frage, wie die Kollegen und Vorgesetzten reagieren würden, wenn herauskam, dass sie mit einer Frau zusammen war. Würde Casagrande einem Ansturm von Häme und Intoleranz trotzen können, den die Fortschrittspartei gegen sie in Gang setzen könnte? Angesichts ihrer gegenwärtigen Verfassung bezweifelte Dornach das. Von Hofmann war keine Unterstützung zu erwarten. Für den war Loyalität eine Einbahnstrasse, die zu ihm hin-, jedoch nie von ihm wegführte.

Majas Eintreten unterbrach seine Grübelei. Sie hielt ihm einen Papiersack mit dem letzten Croissant hin. «Gruss von Karin.»

Dornach revanchierte sich, indem er sie zu einem Espresso einlud. Solange der Kaffee in die Tasse tröpfelte, berichtete Maja: «Nach Auskunft des bischöflichen Ordinariats wohnt Alt-Stadtpfarrer Wartenfels gegenwärtig im Kloster Beinwil, wo er Pilgergruppen betreut, die auf dem Jakobsweg dort vorbeikommen. Er soll sich heute in Solothurn aufhalten. Ist mir recht, so spare ich mir die Fahrt ins Schwarzbubenland. Wartenfels sollte mich demnächst zurückrufen.»

Dornachs Handy klingelte. Es war Casagrande, die ihn aus dem Untersuchungsgefängnis anrief. Als er hörte, worum es ging, schluckte er leer. «Ich bin gleich bei dir, Angie.»

***

Jana sass mit Horacek in der Europol-Cafeteria, wo sie gerade einen French Toast und ein Früchtemüesli verdrückt hatte und mit zwei grossen Tassen Kaffee nachspülte. Dabei sah sie sich die Bilder an, die Horacek ihr auf seinem Tablet zeigte.

Er zeigte auf das Foto einer Frau im mittleren Alter. «Anneke de Leenheer, achtundvierzig Jahre, belgische Staatsbürgerin. Sie wurde vorgestern Nacht tot vor der Haustüre ihres Apartmenthauses in Antwerpen aufgefunden, ermordet. Ihr Mörder muss dort auf sie gewartet haben, und er hat ihr mit einer Spritze Luft in die Halsvene injiziert.»

«Und das ist ein Fall für Europol, weil …?»

«Offenbar ist es in den Niederlanden und in Deutschland zu ähnlichen Mordfällen gekommen. Die zuständigen nationalen Behörden haben uns um Hilfe gebeten.» Horacek zeigte ihr drei Frauenporträts. Eines war Anneke de Leenheer. Horacek vergrösserte das nächste Bild.

«Doutzen Lubbers, siebenundvierzig Jahre, aus Maastricht, wurde am 23. September ebenfalls in unmittelbarer Nähe ihrer Wohnung gefunden.» Er scrollte weiter. «Marina Wagner, auch siebenundvierzig Jahre, aus München. Sie wurde am 11. Oktober getötet. Auch bei ihr liegt der Fundort ganz in der Nähe ihrer

Wohnung. In allen drei Fällen muss man nach bisherigem Kenntnisstand vom gleichen Tatvorgehen und der gleichen Todesursache ausgehen.»

«Hinweise auf ein gemeinsames Motiv?», fragte Jana. Sie betrachtete die Bilder der drei toten Frauen eingehend. Anneke de Leenheer war sehr attraktiv, die anderen beiden eher durchschnittlich. Marina Wagner war Mutter eines achtzehnjährigen Jungen gewesen. Lubbers und de Leenheer hatten keine Kinder gehabt.

«Die Ermittlungen der Polizeibehörden in Belgien, Holland und Deutschland laufen auf Hochtouren. Bisher ohne neue Erkenntnisse.»

«Ihre Meinung, Stephan?»

Horacek überlegte einen Augenblick. «Alle drei Taten wurden präzise und schnell durchgeführt. Die Täterschaft ist professionell vorgegangen.»

«Und grenzüberschreitend», ergänzte Jana. «Drei tote Frauen innerhalb von sechs Wochen in drei verschiedenen europäischen Städten, ermordet auf die gleiche Art und Weise, systematisch.»

«Sie denken an eine Serie, ausgeführt von einem Profi, Oberstleutnant?»

«Ja, und Sie?»

«Ging mir auch als Erstes durch den Kopf.»

«Ich will minutiöse Lebensläufe der drei Frauen», sagte Jana und leerte ihre dritte Tasse. «Irgendwo muss es eine Gemeinsamkeit geben.» Sie dachte einen Moment nach. «Und bitte, Stephan, sorgen Sie ausserdem dafür, dass sämtliche Hinweise und Anfragen über ähnliche Fälle europaweit geflaggt werden. Es könnte sein, dass die drei nicht die Einzigen sind.»

Horacek nickte.

Jana stand auf. «Gehen wir mal und hören uns an, was Direktor Boyle uns dazu sagen will.»

***

Casagrande wartete vor Marbers Zelle im Solothurner Untersuchungsgefängnis auf Dornach. Ihre Verzweiflung und Fassungslosigkeit, die er am Telefon herausgehört hatte, standen ihr ins Gesicht geschrieben, als sie sprach.

«Er hat sein Hemd in Streifen gerissen und wollte sich damit am Radiator strangulieren.»

«Kommt er durch?», fragte Dornach.

Casagrande machte eine ratlose Geste. «Der Notfallarzt sagt, dass er gute Chancen habe. Im Moment liegt er auf der Intensivstation drüben.» Sie wies mit dem Finger in Richtung des Bürgerspitals, das in unmittelbarer Nachbarschaft lag.

«Ist es sicher, dass er es selber gemacht hat, oder könnte jemand nachgeholfen haben?»

«Ich konnte keine Abwehrverletzungen erkennen. Das soll die Rechtsmedizin abschliessend feststellen.»

«Wann ist es passiert?»

«Die zuständige Betreuerin hat mir versichert, jede Stunde bei ihm hineingeschaut zu haben. Vor zwei Stunden war noch alles in Ordnung. Er muss es zwischen acht und neun Uhr früh getan haben.»

«Die Zelle wurde nicht permanent videoüberwacht?»

Casagrandes Ausdruck konnte schmerzhafter nicht sein. «Wir waren der Ansicht, dass es dafür keinen Anlass gibt. Ausserdem hat er eine schwangere Frau und zwei Kinder. Warum sollte er sich umbringen?»

Dornach ging nicht weiter darauf ein. Er sah den flehenden Ausdruck in ihren Augen, als ob sie sich von ihm erhoffte, dass er ihr sagen würde, dass das alles nur ein böser Traum sei.

«*Dio mio*, Dominik, warum hat er das getan? Zuerst ruft er mich an und sagt, dass er unbedingt mit mir unter vier Augen sprechen will, heute Morgen. Und bevor wir uns sehen können, versucht er, sich umzubringen, einfach so? Das ist Wahnsinn.» Sie vergrub den Kopf in beide Hände. «Es ist meine Schuld. Ich hätte gestern Abend sofort zu ihm gehen sollen.»

«Unsinn, Angie, wie hättest du das voraussehen sollen?»

«Und wenn es trotzdem so war, bin ich erledigt», sagte sie leise.

«Wie kommst du darauf?»

«Ich sehe die Schlagzeilen schon vor mir: ‹Staatsanwältin treibt

Familienvater in den Selbstmord› oder ‹Staatliche Inquisitorin zerstört Familie eines Helden›.»

«Bullshit!»

Casagrande lachte bitter. «Genau! Bullshit, den Schubiger und die Fortschrittspatrioten genüsslich über mir ausschütten werden.»

Dornach setzte sich neben sie und ergriff ihren Arm. «Das ist lächerlich, Angie. Natürlich wird die Presse über uns herfallen. Wir sind uns das gewohnt. Was soll denn diesmal anders sein?»

«Bist du so naiv, oder tust du nur so, Dominik? Die Öffentlichkeit wird mich in der Luft zerreissen. Und sie haben nicht einmal ganz unrecht.»

Das war nicht gut. Dornach spürte, dass er einen anderen Ton bei ihr anschlagen musste. «Komm, Angie. Wir haben Arbeit. Bist du fit genug, um mit mir die Betreuer zu befragen?»

Sie nickte bestimmt. «Ich tu alles, um meinen Kopf aus der Schlinge zu ziehen.»

***

Als ihr Telefon klingelte, erwartete Karin, dass ihr der Empfang Arifa Bhutto ankündigen würde.

«Eine Schülerin namens Sabrina Demuth will dich sprechen, Karin», sagte Rita vom Empfang.

Der Name sagte Karin nichts. «Worum geht es?»

«Sie gibt an, die Freundin von Masud Bhutto gewesen zu sein. Eine Arifa Bhutto hätte sie geschickt.»

«Bin sofort unten.»

Wenig später sass sie einem molligen Schulmädchen gegenüber, das älter aussah als die fünfzehn Jahre, die ihre Identitätskarte vorgab. Sie hatte ein hübsches offenes Gesicht mit Sommersprossen und das dazu passende rostrote lockige Haar. Karin schenkte ihr Cola ein, die sie am Automaten gezogen hatte. Um das Eis zu brechen, hatte ihr Karin das Du angeboten und hoffte, dass sie keinen Ärger damit bekam, wenn Maja oder Dornach das herausfinden sollten. Die Geste erzielte die gewünschte Wirkung. Sabrinas Nervosität legte sich.

«Es ist gut, dass du von dir aus gekommen bist», sagte Karin. «Wir haben bereits nach dir gesucht.»

Beschämt schlug Sabrina die Augen nieder. «Arifa, ich meine Frau Bhutto, hat mich gestern angerufen und erzählt, dass ihr bei ihnen zu Hause wart und über Masud gesprochen habt.»

«Warum hast du dich nicht früher bei uns gemeldet?»

«Weiss nicht, als Masud …» Sabrina schluckte leer. «Als das passierte, haben alle gesagt, dass Masud ein gemeiner Einbrecher war und sterben musste, weil er diese schwangere Frau niedergeschlagen hatte. Der Fall war klar gewesen, und niemand hat weiter gefragt. Ich habe mich geschämt.»

«Du brauchst dich dafür nicht zu schämen. Für uns ist deine Sicht wichtig, weil du Masud sicher anders gekannt hast als seine Eltern. Zudem sind neue Fragen aufgetaucht.»

«Arifa hat mir gesagt, dass die Polizei Masuds Computer sucht.»

«Hatte er einen? Wir haben keine Hinweise auf einen Rechner bei ihm gefunden.»

«Weil ihm sein Vater keinen erlaubte. Deshalb hat er ihn bei mir aufbewahrt und auch nur bei mir zu Hause damit gearbeitet.» Sabrina nahm ihre Umhängetasche hoch, die sie neben sich auf den Boden gelegt hatte, zog ein Notebook hervor und überreichte es Karin. «Das Passwort weiss ich nicht.»

Karin bedankte sich und legte das Gerät auf die Seite. «Arifa war einverstanden, dass du und Masud ein Paar wart?»

«Die ganze Zeit. Wir haben auch schon zu dritt in der Stadt Kaffee getrunken, als der Vater auswärts bei einer Weiterbildung war.»

«Masuds Vater hatte keine Ahnung davon?»

Sabrina schüttelte vehement den Kopf. «Auf keinen Fall. Er wollte ja unbedingt, dass er eine entfernte Cousine in Pakistan heiratet. Masud wollte das nicht.»

«Und seine Mutter?»

«Arifa liebte ihren Sohn über alles und hätte ihn nie zu etwas gezwungen. Mohammed, der Vater, ist sehr traditionsbewusst. Er wollte nicht, dass ich und Masud …» Sabrinas Stimme brach, als grosse Tränen über ihre Wangen kullerten.

Karin legte ihre Hand auf Sabrinas.

«Arifa hat immer zu uns gehalten», sagte Sabrina schniefend und nahm das Papiertaschentuch, dass ihr Karin reichte.

«Wie habt ihr euch unterhalten? Arifa kann kein Deutsch. Sprichst du Englisch?»

Sabrina kicherte. «Arifa kann sehr gut Deutsch, nur nicht vor ihrem Mann.»

«Hat sie Angst vor ihm?»

«Nein, weshalb sollte sie? Arifa liebt Mohammed. Sie will nicht dass er ihretwegen das Gesicht verliert.»

«Hast du eine Ahnung, wie Masud dazu kam, sich an diesem Einbruch zu beteiligen?»

Sabrina hob ratlos die Schultern. «Glaub mir, ich habe mir seit letzter Woche jeden Tag den Kopf darüber zerbrochen. Er hatte nie davon gesprochen.»

«Wie lange wart ihr zusammen?»

«Etwa sechs Monate.»

«War Masud vor seinem Tod anders als sonst, nervös, bedrückt oder so was?»

«Nicht wirklich. Er hat mir nur gesagt, dass er bald genug Geld haben würde, damit er mit mir weggehen könne, bevor ihn sein Vater zum Heiraten nach Pakistan zurückschicken würde.»

Karin wollte sich den Ärger nicht vorstellen, den die beiden sich damit eingehandelt hätten. Vermutlich hatte Masud damit gerechnet, sein Diebesgut zu Geld machen zu können. Vielleicht hatte er bereits Abnehmer gehabt. Das wollte sie mit der Fahndung abklären. «Eine letzte Frage: Hat er dir wirklich nie gesagt, was er konkret vorhatte?»

«Nie.»

Karin bat Sabrina, am Nachmittag mit einem Elternteil zurückzukommen, um das Protokoll ihrer Aussage zu unterschreiben, und begleitete sie zum Ausgang. Sie sah dem Mädchen nach, als es hinüber zur Bushaltestelle beim Kunstmuseum ging. Sie dachte über die Grausamkeit des Schicksals nach, das Sabrina und Masud keine Chance gegeben hatte.

***

Es war bereits kurz nach elf Uhr, als Pfarrer Wartenfels Maja anrief. «Es tut mir leid, dass ich Sie so spät anrufe, Frau Hartmann. Ich habe erst heute Morgen vom Ordinariat erfahren, dass Sie mich wegen der armen Schwester Felicitas sprechen wollen. Mein Gott, es ist furchtbar, was ihr zugestossen ist. Kurz nach Mittag muss ich zurück nach Beinwil. Ich denke, wir sollten uns vorher in der Stadt treffen.»

«Ich bin froh, dass Sie sich melden, Herr Pfarrer», unterbrach ihn Maja. «Es ist wichtig, dass wir mit Ihnen sprechen. Sie sind der Einzige, der Schwester Felicitas gut gekannt hat.»

«Wir kannten uns sogar sehr gut. Immerhin durften wir über zehn Jahre in Val Sinestra zusammenarbeiten. Deshalb habe ich sie nach der Schliessung des Instituts in der Pfarrei aufgenommen. Wir müssen unbedingt darüber sprechen, Frau Hartmann. Lieber nicht am Telefon.»

«Sicher», antwortete Maja etwas verwirrt. Sie wusste nicht, was er meinte. Es war das erste Mal, dass sie von Val Sinestra und einem Institut hörte.

«Warum treffen wir uns nicht bei der Voliere im Chantier-Areal? Das ist mein Lieblingsplatz, wenn ich in Solothurn bin.»

«Kenne ich.»

Sie vereinbarten, sich in zwanzig Minuten zu treffen. Somit hatte Maja Zeit, rasch in ihren Unterlagen zu prüfen, ob sie etwas zu diesem Val Sinestra fand. Da war nichts. Die verschwundenen Personalakten wären aufschlussreicher gewesen. Sie hoffte, dass Wartenfels ihr mehr dazu sagen könnte.

Sie befand sich bereits auf dem Bastionweg, als sie feststellte, dass sie vergessen hatte, ihre Dienstwaffe einzustecken. Sie erwog kurz, zurückzugehen und sie zu holen. Schliesslich entschied sie sich dagegen. Ein pensionierter Pfarrer dürfte ihr nicht gefährlich werden.

Beim Passanteneingang des Baseltorparkhauses bog sie in den Fussweg zur Voliere ein und sah von Weitem einen älteren Herrn in dunklem Mantel und mit Hut auf der Parkbank sitzen. Als sie sich ihm von hinten näherte, bemerkte sie seine eigenartige Haltung. Ihre Nackenhaare sträubten sich, ein untrügliches Zeichen, dass etwas nicht stimmte. Sie beschleunigte ihre Schritte.

Als sie zwei Meter von ihm entfernt war, sprach sie ihn an, ohne eine Antwort zu erhalten. Der Kopf des Mannes war vornübergekippt, als ob er schlafen würde. Maja fasste ihn an der Schulter. Das genügte, seinen ganzen Körper von der Parkbank zu Boden rutschen zu lassen. Sie konnte ihn auffangen, bevor er hart aufschlug. Beim Fallen verlor der Mann den Hut, und Maja sah das Aschenkreuz auf der Stirn des alten Pfarrers. Sie prüfte den Puls an seiner Halsschlagader. Der Körper war noch warm. Maja hatte den Mörder möglicherweise nur um wenige Minuten, wenn nicht Sekunden, verpasst.

Sie blickte sich im menschenleeren Park um. Bei der Voliere stand eine hagere und hochgewachsene männliche Gestalt in einem schwarzen Trenchcoat mit Wollmütze und Sonnenbrille. Sie ging auf ihn zu. Als er sah, dass sie auf ihn aufmerksam geworden war, entfernte er sich Richtung Rötistrasse.

«Sie dort! Polizei! Bleiben Sie stehen!»

Der Mann machte keine Anstalten, ihrer Aufforderung Folge zu leisten. Maja setzte ihm nach.

«Stehen bleiben!»

Der Verfolgte stoppte unvermittelt und drehte sich um. Er hatte die Mütze tief in die Stirn gezogen. Zusammen mit der Sonnenbrille verdeckte sie zwei Drittel seines Gesichts. Seine Hand fuhr in die Innentasche seines Trenchcoats, und er zog eine Pistole mit Schalldämpfer hervor.

Majas Hand schnellte reflexartig zu ihrem Holster und griff ins Leere. Sie hob die Hände. «Machen Sie keine Dummheiten! Ich bin von der Polizei. Legen Sie die Waffe nieder.»

Der Mann verzog bedauernd den Mund, bevor er abdrückte.

***

Der Duftcocktail aus verschiedenen Currys, Kardamom, Thymian und Chili überforderte für einen Moment ihre Geruchsnerven, als Pia und Manu in die Wirtsstube des Restaurants Falken traten. Tabakrauch und der Geruch von alten Kleidern und Schweiss mischten sich unter die olfaktorische Kakofonie, die mit weiteren Substanzen angereichert war, deren Natur Pia nicht näher erörtern wollte.

Die Anzahl Menschen, die sich im Schankraum des Vorstadtrestaurants tummelte, war beeindruckend, und Pia schätzte, dass es an die achtzig bis hundert Personen sein mussten, wobei die Männer eindeutig in der Überzahl waren. Die Frauen sassen alleine oder in Gruppen, mit oder ohne Kinder, und diskutierten angeregt miteinander. Auffallend viele männliche Afrikaner befanden sich im Raum, die sich sofort nach den beiden Neuankömmlingen umdrehten und sie taxierten, wobei schwierig zu ergründen war, was in ihren Köpfen vorgehen mochte.

Manu schien der Testosteronüberhang nichts auszumachen. «Sind ein paar ansehnliche Exemplare hier», raunte sie Pia ins Ohr.

Pia war empört. «Hallo! Was glaubst du, wo du hier bist? Du benimmst dich geradeso wie die Typen, die sich die Frauen im Puff holen.»

«Dazu kann ich nichts sagen. Ich war nie in einem Puff», erwiderte Manu spitz. «Ich habe lediglich gesagt, dass die Männer dort drüben ganz gut aussehen.»

Pia schaute sich nach Rafik und Lori um.

Manu zeigte zur Theke. «Rafik ist dort.»

Pia drehte den Kopf in die angegebene Richtung und sah Rafik mit zwei jungen Frauen reden. Offenbar hatte er den beiden Südasiatinnen etwas Erheiterndes zu erzählen, denn sie kicherten zwischendurch und hielten sich gleichzeitig verschämt die Hand vor den Mund. Offenbar war sie nicht die Einzige, die auf seinen Charme ansprach, dachte sie sich. Am Wochenende wollten sie etwas zusammen unternehmen, damit sie sich besser kennenlernen konnten. Der Gedanke daran machte sie beinahe schwindlig vor Vorfreude. Mann, Alte, dich hat's wirklich gepackt, schalt sie sich selbst. Sie genoss das leichte Gefühl der Verliebtheit und beschloss, es sich nicht durch ihre latente Eifersucht verderben zu lassen.

Sie wollte sich gerade bei ihm bemerkbar machen, als sie sah, wie Lori Palmer von hinten zu Rafik hintrat und mit einer Hand seine Brust umfasste und die andere an seinen Hintern presste. Pia war, als ob jemand einen Kübel mit Eis über ihr ausschüttete, gleichzeitig begann sie innerlich zu kochen. Zu allem Überfluss war Manu die Szene nicht entgangen. «Es scheint, du hast Konkurrenz.» Sie boxte Pia mit dem Ellbogen in die Seite. «Pass auf, dass deine Felle nicht davonschwimmen.»

«Schauen wir mal», raunte Pia ihr zu und setzte sich Richtung Theke in Bewegung.

Als Palmer Pia auf sich zukommen sah, nahm sie schnell ihre Hand von Rafiks Gesäss und ging auf Pia zu. «Gut, dass ihr da seid, ihr beiden. Wir können Hilfe gebrauchen.»

Pia musterte die Anwältin. Zu ihrem Leidwesen musste sie sich eingestehen, dass sie anziehend wirkte. Auch wenn sie eine etwas füllige Figur hatte, war sie gut trainiert. Pia betrachtete sich als gewarnt. Rafik hin, Verliebtheit her. Sie hatte kein Interesse, am Ende des Tages als Sextrophäe für primitives Männergequatsche beim Feierabendbier herzuhalten.

Ihre Begrüssung von Rafik war entsprechend kühl. Zu seiner Verwirrung zog sie den Kopf zurück, als er sie auf die Wange küssen wollte.

Palmer ignorierte Pias Abkühlung und teilte ihr und Manu die Aufgaben zu. Manu sollte in der Küche helfen, was bei ihr für einen erheblichen Motivationsschub sorgte, als sie den gut aussehenden jungen Mann sah, der ihr als Partner für die Aufgabe vorgestellt wurde. Pia und Rafik sollten bei der Essensausgabe helfen.

Das Mahlzeitenangebot war einfach und reichhaltig. Es gab Curry mit Rindfleisch und Lamm, Reis und Kartoffeln, dazu verschiedene Gemüse.

Flüchtlinge, Randständige und Obdachlose gehörten zu den regelmässigen Gästen des Mittagstisches, der jeden Freitag im «Falken» durchgeführt wurde. Gerade für die alleinstehenden afrikanischen und arabischen Männer, welche aufgrund abgelehnter Asylanträge illegal im Land waren, bot diese von der «Aktion Maitag» mit Spenden und Zuschüssen finanzierte Aktion die einzige warme Mahlzeit für Tage. Daneben wurden die Menschen von Palmer und ihren Helfern in juristischen, sozialen und administrativen Dingen unentgeltlich beraten und unterstützt. Die meisten bezogen lediglich ein paar Franken Nothilfe pro Tag und mussten für das Essen hier nichts bezahlen. Die Asylsuchenden, die offiziell anerkannt waren, bezahlten einen kleinen Unkostenbeitrag in Form einer Spende, die ihren Einkünften angemessen war.

Pia hatte mit der Essensausgabe alle Hände voll zu tun und keine Gelegenheit, sich mit Rafik auseinanderzusetzen. Sie spürte, dass jemand an ihrer Schürze zog, und blickte an sich herunter. Ein etwa fünfjähriges afrikanisches Mädchen stand vor ihr und hielt ihr seinen Teller hin.

«Was möchtest du denn?», fragte Pia auf Englisch. «Reis mit Curry?» Das Mädchen nickte und sah Pia mit grossen Augen zu, wie sie schöpfte.

«Hier», sagte sie lächelnd und reichte dem Mädchen den gefüllten Teller. Dieses ging nicht weg und glotzte Pia weiterhin an. Pia wusste nicht recht, was sie sagen sollte, bis das Mädchen auf ihren Kopf und auf sich selbst zeigte und dabei seine langen lockigen Haare anfasste. Da begriff Pia, dass ihre Bubikopf-Frisur die Kleine faszinierte. Sie kauerte sich zu ihr hinunter und nahm ihr den Teller ab. «Willst du anfassen – *You want to touch?*», fragte sie das Mädchen, das als Antwort heftig nickte. Pia hielt ihren Kopf hin und spürte, wie die warme, leicht klebrige Kinderhand sanft durch ihr Haar strich. Dabei kicherte die Kleine, was auch Pia zum Lachen brachte. Als das Mädchen mit der Erforschung von Pias Haarschopf fertig war, schlug es die Hände zusammen und schnippelte mit den Fingern an seinen eigenen Locken. Pia wusste nicht, warum, die Kleine rührte sie zu Tränen. Die Mutter, eine grosse Frau mit traditioneller afrikanischer Kopfbedeckung, kam dazu und nahm die Kleine hoch. *«Does she bother you?»*, fragte die Frau scheu. *«She is impossible, you know.»*

«Nein, sie stört mich keineswegs, und sie ist auch nicht unmöglich.» Pia erklärte ihr, was die Kleine wollte, und beide mussten herzlich lachen. Pia nahm ihre Freitag-Tasche, die sie hinter sich abgestellt hatte, und zog ein Kägi fret aus ihrem Notvorrat gegen Hungerattacken hervor. Sie hielt die Schokoladenwaffel der Kleinen hin, deren Augen beinahe die Grösse ihrer Handteller annahmen. Zuerst sah sie Pia an, dann ihre Mutter. Erst als diese ihr aufmunternd zunickte, klaubte sie die weiss-rote Packung aus Pias Händen. Sie erkannte sofort, was für einen Schatz sie da bekommen hatte. Pia hatte nie einen glücklicheren Ausdruck in einem Kindergesicht gesehen.

«Du hast dir eine Freundin fürs Leben gemacht», sagte Rafik

neben ihr, als sich die Afrikanerin mit ihrer Tochter dankend verabschiedet hatte. «Du wirst einmal eine gute Mutter.»

Pia feuerte einen scharfen Blick auf ihn ab. «Dafür bräuchte ich zuerst mal den richtigen Mann, und ich bin mir nicht sicher, ob ich dafür eine glückliche Hand habe.»

«Ist was?», fragte er, erschrocken ob der Vehemenz ihrer Antwort. «Habe ich was falsch gemacht?»

«Warum? Du kannst ja nichts dafür, wenn dir die Weiber an den Hintern fassen, als wärst du ein Stripper von den Chippendales.»

«Ach, du meinst Lori? Das darfst du nicht so ernst nehmen. Sie ist halbe Amerikanerin. Die sehen das nicht überall so eng dort.» Er grinste. «Hey, du bist ja schon wieder eifersüchtig.»

Pia war für einen Moment sprachlos und lief hochrot an. «Weisst du was?», rief sie wütend. «Lass mich in Ruhe.» Sie band sich die Schürze ab und warf sie ihm hin. «Du kannst alleine aufräumen.»

Auf dem Weg zum Ausgang warf sie einen Blick in die Küche und sah, dass Manu keine Lust hatte, ihren Kompagnon alleine zu lassen.

Sie war schon fast draussen, als eine Stimme sie zurückrief. «Pia!»

Palmer kam auf sie zu. «Wo willst du hin?» Sie fasste Pia sanft am Arm. «Ich habe gesehen, wie du mit Rafik gestritten hast. Doch nicht etwa wegen mir?»

Pia wurde röter.

«Ich, nein … Ich wollte nur …», stammelte sie.

«Ach, Pia, es tut mir leid, wenn ich dir mit meiner Vertrautheit zu Rafik zu nahe getreten bin. Ich bin manchmal etwas zu locker mit Männern, entschuldige. Du kannst sicher sein, dass Rafik definitiv zu jung für mich ist. Ich kenne ihn schon lange, und wir sind nur gute Freunde, ehrlich.»

Palmers Ausdruck war so aufrichtig, dass Pia sich blöd vorkam. «Wirklich?», entfuhr es ihr, und sie tönte dabei so erleichtert, dass sie sich selbst am liebsten geohrfeigt hätte.

«Ja, sicher», sagte Palmer sanft. Mütterlich streichelte sie Pias Wange. «Lass uns über deine Arbeit reden. Danach kannst du dich mit Rafik aussprechen, okay?»

Pia nickte zaghaft.

«Am nächsten Dienstag organisieren wir eine bewilligte Demo, an der wir gegen die Missstände protestieren, die im Solothurner Asylwesen grassieren. Machst du mit?»

Pia war sofort Feuer und Flamme, vor allem nach den Geschichten von behördlichen Übergriffen und Willkür. Die Gelegenheit, ihre Meinung als Jungbürgerin kundgeben zu können, wollte sie sich nicht entgehen lassen nach all dem, was sie gehört hatte. Palmer lud sie zur Vorbereitungssitzung des Demo-Komitees ein, die am kommenden Montagnachmittag stattfinden würde.

Als Pia die Gaststube verlassen wollte, sah sie Rafik an der Theke stehen und zum Fenster hinausstarren. Sie nagte nachdenklich an ihrer Unterlippe. Jetzt oder nie, würde Manu sagen. Pia fasste sich ein Herz. Sie ging zu Rafik und nahm ihn bei der Hand. «Wir müssen reden», sagte sie, und bevor er in seiner Verblüffung antworten konnte, zog sie ihn zur Tür hinaus.

NEUN

Dornach stellte seinen Wagen vor dem Stadtwerkhof ab und ging die paar Schritte hinüber zur Voliere. Die Kriminaltechnik hatte die Sitzbank mit weissen Planen umspannt, damit die Spurensicherer und der Rechtsmediziner in Ruhe arbeiten konnten. Tschanz kam auf ihn zu.

«Gleiche Todesart wie bei der Nonne», sagte er. «Dem armen Kerl hier wurde ebenfalls mit einer Spritze Luft in die Halsvene injiziert. Er war innert kurzer Zeit tot.»

«Das Aschenkreuz?»

Tschanz nickte. «Das gleiche wie bei der Nonne.»

Dornach sah sich um. «Was ist mit Maja?»

Tschanz zeigte zu einer Mauer neben der Voliere, wo Dornach eine Gestalt sah, die in eine Wolldecke gewickelt dasass und mit einem dampfenden Pappbecher in der Hand vor sich hin starrte. Maja reagierte nicht sofort, als er sie ansprach und sich neben sie setzte. Wäre sie Karin gewesen, hätte er sie mit aufbauenden Worten über den ersten Schock hinwegtrösten können. Maja würde ihn anblaffen, sobald er sie anfasste.

Ihre Hand zitterte, als sie den Becher zum Mund führte. «Er hat auf mich geschossen», sagte sie leise. «Ohne Vorwarnung.»

«Sagst du mir, was passiert ist?»

Maja zog fröstelnd die Schultern zusammen. «Er hat absichtlich vorbeigeschossen. Die Kugel schlug etwa einen halben Meter neben mir in den Boden. Ich ging in Deckung, und als ich wieder aufblickte, war der Kerl schon über die Rötistrasse Richtung Schützenmatt geflüchtet. Ich wollte ihm nach, und als ich die Strasse überqueren wollte, hätte mich beinahe das Bipperlisi überfahren. Ich hab's nicht mal kommen sehen. Ein Passant hat mich gewarnt. Als ich endlich über die Strasse kam, war der Schütze über alle Berge.» Majas Augen waren feucht, als sie aufblickte. «Ich versteh's nicht, er hätte mich ohne Weiteres abknallen können. Warum hat er es nicht getan?»

«Er wollte dich nicht erschiessen, nur stoppen», sagte Dornach.

Maja hob frustriert beide Hände. «Ich habe meine Waffe im Büro liegen lassen. Wenn ich sie mitgehabt hätte, hätt ich ihn gekriegt.»

«Oder er dich, Maja. Er muss ein Profi sein. Er hat realisiert, dass du nicht bewaffnet bist, und hat dich auf Distanz gehalten, um wegzukommen.»

Sie lachte hart. «Muss ich dem Arschloch etwa dankbar sein? Spaziert hier rum und bringt am heiterhellen Tag einen Menschen um, quasi vor meinen Augen.» Maja beugte sich vor und vergrub das Gesicht in ihren Händen.

Dornach klopfte ihr auf die Schulter.

Als sie zu ihm hochsah, waren ihre Augen feucht. «Ich hatte Angst, Dominik», sagte sie stockend. «Vorhin, als der Kerl auf mich zielte, hatte ich Mordsschiss. Ich musste daran denken, dass Mike und ich … wir hatten uns im Streit getrennt, und wenn mir was passiert wäre, wir hätten uns gar nicht mehr …»

Sie begann zu schluchzen, und Dornach legte seinen Arm um sie.

***

Dornach hatte den Anruf von Professor Dr. Sandra Bodmer, der Leiterin der Forensischen Medizin in Bern, erwartet, als sie sich kurz vor dem Rapport mit seinen Leuten bei ihm meldete. Er hatte sie am Morgen vom Untersuchungsgefängnis aus angerufen und sie gebeten, den Fall Marber dringlich zu behandeln.

Dornach kannte Bodmer seit Langem. Sie hatten vor Jahren eine kurze Affäre gehabt, als Dornach Vorlesungen in Kriminalistik an der Uni Bern hielt. Bodmer war verheiratet und hatte zwei mittlerweile erwachsene Söhne. Zu jener Zeit befand sich ihre Ehe in einer Krise, und Dornach war für sie ein willkommenes Trostpflaster gewesen. Das Ganze hatte sechs Wochen gedauert, bis Bodmer zu Mann und Familie zurückkehrte.

Den freundschaftlichen Umgangston hatten sie bewahrt, auch wenn sie sich nur selten begegneten.

«Ich sollte dir erst Auskunft geben, wenn du deine alte Schuld eingelöst hast, mein lieber Dominik.» Bodmer hatte eine angenehm sonore Stimme mit einem breiten Berner Dialekt.

«Welche alte Schuld?»

«Das Essen, das du mir seit meinem letzten Gefallen schuldig bist.»

«Ich schulde dir zwei Essen, Sandra. Oder ein ganz grosses in einem Luxusrestaurant deiner Wahl, mindestens fünf Gänge.»

«Lassen wir es mal bei dem einen, sonst hält das meine Linie nicht aus. Ausserdem wäre die Information, die ich dir geben kann, kein Essen wert.»

«Ihr habt keine Hinweise auf Drittverschulden gefunden?»

Er hörte, dass Bodmer auf ihrer Computertastatur tippte, und erinnerte sich nicht ungern daran, wie zärtlich ihre schönen, immer perfekt manikürten Hände sein konnten.

«Also», sagte sie schliesslich, «geradeheraus: Die Untersuchung von Erich Marber lässt auf keine Einflussnahme Dritter bei seinem Selbstmordversuch schliessen.»

Gut für Marber, schade für Angie, dachte Dornach. Casagrande musste sich warm anziehen.

«Wir haben auch keine Rückstände von allfälligen Beruhigungs- oder Betäubungsmitteln gefunden, die man ihm mit dem Essen oder den Getränken hätte verabreichen können», sagte Bodmer.

Das stimmte mit den Ergebnissen der Lebensmittelproben überein, welche die Kriminaltechnik im Eilverfahren hatte untersuchen lassen.

Dornach lehnte sich im Sessel zurück. Die Frage, warum sich Marber töten wollte, blieb im Raum.

«Danke, Sandra, das war super Arbeit von euch, auch wenn es uns nicht in die Richtung bringt, die ich mir erhofft hatte.»

«Sag bloss, dir wäre es lieber gewesen, wenn der arme Tropf umgebracht worden wäre», sagte Bodmer mehr erstaunt als schockiert.

«Das ist eine lange Geschichte, die ich dir lieber mal bei dem Essen erzähle, das ich dir schulde.»

«Gleich am Montag, Dominik?»

«Montag?»

«Wenn ich dich schon mal am Haken habe. Wann sonst?»

Dornach seufzte. «Du hast mich erwischt, Sandra. Also gut,

Montag. Vorher komme ich im Institut vorbei. Ich muss mir die Leiche von Masud Bhutto ansehen.»

«Abgemacht. Ich freu mich auf dich. Salut, Dominik.»

Das ganze Team war um den Tisch versammelt. Casagrande, die sonst immer die Erste war, fehlte. Eine tiefe Furche auf Majas Stirn, die sich vom Haaransatz bis zur Nasenwurzel zog, zeigte, dass der Vorfall vom Vormittag an ihr nagte.

«Warum bist du nicht zu Hause, Maja?», fragte Dornach. «Man hat auf dich geschossen, das ist nicht nichts.»

«Na und, man hat mir auch schon fast den Kopf eingeschlagen, und ich hab's überlebt. Du weisst ja, wie es ist mit dem Unkraut.»

Dornach sagte nichts mehr. Eigentlich sollte er Maja einen Rüffel geben. Das brachte aber nichts als eine Riesenauseinandersetzung, ausserdem brauchte er sie jetzt mehr denn je.

Er erinnerte sich an ein Detail, das ihm während des Gesprächs mit Bodmer in den Sinn gekommen war, und wandte sich an Tschanz. «Wissen wir, ob Marber Gespräche geführt oder Besuch bekommen hat, nachdem er mit Angela telefoniert hatte?»

«Keine Anrufe und kein Besucher», bekräftigte Tschanz. «Aber wir haben das hier.» Er hielt triumphierend ein Handy in die Höhe.

«Sag bloss …», begann Dornach.

«Genau, Marber hatte das in der Zelle im Innern seiner Matratze versteckt.»

«Wie ist er zu dem Ding gekommen?»

«Wenn die Betreuer so loyal und ehrlich sind, wie du sie nach eurer Befragung einschätzt, gibt es zwei Möglichkeiten – nein, eine … Ich denke, Angela Casagrande können wir mit gutem Gewissen ausschliessen.»

«Du meinst, sein Anwalt, Schubiger, hat ihm das Ding zugesteckt.»

«Beweis ihm das mal.»

Dornach winkte ab. «Was habt ihr im Anrufspeicher gefunden?»

«Nichts. Alles fein säuberlich gelöscht. Es ist eine Prepaidkarte. Da dauert die Rückverfolgung etwas länger. Ich bin mit dem Provider dran.»

«Mach denen Dampf, Sebi, bitte. Angela ist in der Schusslinie und –»

Casagrande kam durch die Tür. Ihre ansonsten aufmunternde Art der Begrüssung fiel dumpf aus, als sie sich setzte. Anstatt die Runde zu mustern, wie es bei ihr Gewohnheit war, richtete sich ihr grübelnder Blick auf die Tischplatte vor ihr. Sie wirkte grau und eingefallen.

Tschanz informierte sie über das Ergebnis der Rechtsmedizin und das Handy aus Marbers Zelle.

Tschanz wandte sich an Casagrande. «Tut mir leid, Angela. Nun kommst du erst recht unter Druck.»

«Danke für deine Anteilnahme, Sebi», erwiderte sie müde. «Hofmann hat mich von dem Fall abgezogen.»

«Was?» Der Ausruf kam von allen gleichzeitig.

«Warum denn das?», fragte Karin.

Dornach, der am liebsten seiner Wut über Hofmann Luft gemacht hätte, blieb ruhig. Es brachte nichts, wenn er Hofmann seine Meinung sagen würde. Im Gegenteil: Hofmann würde Casagrande noch mehr quälen, wenn er wusste, dass er damit ihn treffen konnte.

«Er hat unverhofft seine väterliche Ader entdeckt und beschlossen, dass er mich aus dem Kreuzfeuer der Medien herausnehmen will», sagte Casagrande.

«Wie fürsorglich», sagte Google. «Das Arschloch wird auf seine alten Tage sentimental.»

Dornach klemmte ab. «Wir scheinen uns in Bezug auf Hofmanns Charakter alle einig zu sein. Trotzdem müssen wir mit ihm zusammenarbeiten, vor allem ich, und ich werde mich bemühen, ihn euch vom Leib zu halten.» Er sah Casagrande an. «Bist du bei den anderen Fällen dabei, Angela?»

«Ehrlich gesagt, ich weiss es nicht, tut mir leid.»

Dornach wandte sich erneut an Tschanz. «Da ist etwas zum Fall Bhutto. Ich bin die Vernehmungsprotokolle ein weiteres Mal durchgegangen. Mir sind ein paar Unstimmigkeiten aufgefallen. Zum einen, dass Julia Marber sich unklar geäussert hat bezüglich dem, was passiert ist, unmittelbar bevor sie zu Boden gestossen wurde. Sie sagte etwas von einem Schatten und Stimmen. Haben deine Leute einen Hinweis gefunden, dass eine weitere Person beim Einbruch dabei war?»

Tschanz strich sich über seine Glatze. «Beim ersten Mal wurde nichts Verdächtiges gefunden. Wir haben allerdings nicht explizit darauf geachtet. Der Fall war klar, und Marber hat gestanden. Das Haus ist nicht freigegeben. Glück für uns, dass die Marbers erst vor Kurzem eingezogen sind. Wir gehen ein weiteres Mal durchs Haus.»

«Wo ist Frau Marber?», fragte Dornach. «Ich müsste sie allenfalls dazu befragen.»

«Sie wollte nicht in Grenchen bleiben und wohnt mit ihren Kindern vorübergehend bei ihren Eltern in Bellach. Sie will mindestens bis zu ihrer Niederkunft dort bleiben», sagte Casagrande, welche bereits am Vormittag im Spital mit Julia Marber gesprochen hatte.

«Mir ist was aufgefallen», fuhr Dornach fort und sah Casagrande an. «Angie, im Protokoll deiner Befragung von Marber steht, dass die Terrassentür offen war, als er die Treppe heruntergekommen war, um seiner Frau zu helfen.»

Casagrande nickte.

Dornach hielt die Akte mit dem Bericht der Kriminaltechnik hoch. «Sebi, ihr schreibt, dass die Terrassentür zu war.»

«Die war zu, als wir kamen», bekräftigte Tschanz. «Es ist auch möglich, dass beides stimmt. Vielleicht hat Marber sie geschlossen, ist ja auch recht kühl um diese Jahreszeit.»

«Geht dem nach, bitte.»

Tschanz nickte und kam auf die ersten Erkenntnisse im Fall des ermordeten Pfarrers zu sprechen.

Das Projektil, das der Unbekannte auf Maja abgefeuert hatte, war eine Neun-Millimeter-Parabellum-Patrone für eine Pistole vom Typ SIG Sauer P220, ein Allerweltskaliber.

Die Asche auf der Stirn des Opfers stimmte mit derjenigen überein, die man bei Schwester Felicitas gefunden hatte. Das beigemischte Rosenöl war von sehr guter Qualität, jedoch in allen gut sortierten Drogerien und Apotheken erhältlich. Trotzdem ordnete Dornach an, die grösseren Läden in Solothurn und Umgebung abzuklappern und zu prüfen, ob jemand in den letzten Tagen oder Wochen eine grössere Menge Rosenöl erstanden hatte, was Google veranlasste zu sagen: «Bedenke, Mensch, dass du aus Staub bist und zum Staub zurückkehrst.»

Maja verdrehte die Augen. «Wenn ich mal einen Pfaffen brauche, Google, komme ich zu dir. Hast du sonst was Erbauendes beizutragen?»

«Nein, bei Masuds Computer habe ich nichts Brauchbares gefunden.»

Karin meldete sich zu Wort. «Ich habe ein wenig über Pfarrer Wartenfels nachgeforscht. Eine Mitarbeiterin beim Ordinariat hat mir etwas gesteckt. Ratet mal, was ich gefunden habe.»

«Sag es uns lieber gleich», sagte Dornach mit einem Seitenblick zu Maja.

«Wartenfels gehörte ebenfalls dem Gnadenwerk an.»

«Wie die Nonne», rief Maja. «Da haben wir einen Zusammenhang. Wir müssen diese Gnadenwerkler unter die Lupe nehmen.»

«Mach das, Maja», sagte Dornach, und zu Google: «Du hattest was?»

«Genau, ich habe die Daten der Fälle der Nonne und des Pfaffen in die Datenbanken eingespeist. Fehlanzeige in den Schweizer Registern. Im Schengener Informationssystem hingegen –»

«Lass mich raten», sagte Dornach, der sich bemühte, Googles ausschweifende Erklärungen nicht übel zu nehmen. «In Schengen hat ein Glöcklein geläutet.»

«Ein ganzes Glockenspiel, würde ich sagen. Als ich die Daten eingegeben habe, kam diese Mitteilung.»

Er drehte den Bildschirm um, damit ihn alle sehen konnten, und übersetzte den englischen Text: «Alarmstufe Rot – Chefsache Vizedirektor Operations – Kontakt Stephan Horacek, Assistent VDO, unter verschlüsselter Adresse oder via Zentrale Den Haag.»

«Vizedirektor Abteilung Operation», sagte Casagrande. «Das ist –»

«Jana Cranach», sagte Dornach. «Horacek ist ihr Assistent, guter Mann.»

«Wie schafft es die Cranach, immer zur richtigen Zeit und dort zur Stelle zu sein, wo wir sie brauchen können?», fragte Tscharz. «Europol hat also mit ähnlichen Fällen zu tun.»

«Scheint so. Hast du Horacek kontaktiert, Google?»

«Ja, wirklich ein netter Kerl, etwas steif, aber –»

«Google», sagte Dornach ungeduldig, «ich will keine Charakterstudie, sondern wissen, was Horacek gesagt hat.»

«Wörtlich?»

«Wenn es eine Rolle spielt.»

«Oberstleutnant Cranach wird sich heute persönlich mit Hauptmann Dornach in Verbindung setzen», mimte Google affektiert einen österreichischen Akzent.

«Sind wir fertig?» Casagrande war unvermittelt aufgestanden. «Falls ihr mich braucht, ich bin zu Hause und telefonisch erreichbar.»

Als sie die Türklinke bereits in der Hand hatte, rief Dornach sie zurück. «Warte einen Moment, Angela. Ich muss dich sprechen.» Unter ihrem In-Ordnung-aber-beeil-dich-Blick schloss Dornach die Sitzung.

Als sie alleine waren, bot Dornach ihr Kaffee an.

«Hast du nichts Stärkeres?», fragte sie.

Er öffnete den Korpus hinter seinem Schreibtisch und zog eine Flasche Hennessy XO hervor, die ihm irgendwann mal einige Sachbearbeiterinnen zum Geburtstag geschenkt hatten.

«Stark genug?»

«Her damit!»

Da er keine Cognacschwenker hatte, füllte er je zwei Fingerbreit in zwei Wassergläser und reichte eines Casagrande, die ihr Glas in einem Zug leerte und es ihm wieder hinhielt. Dornach schenkte ihr wortlos nach.

«Hast du mich nur zurückbehalten, weil du mich abfüllen willst, oder kommt noch was?», fragte sie schliesslich.

«Ich wollte dir nur sagen, wenn ich etwas für dich tun kann –»

«Liebend gern. Würdest du bitte Hofmann für mich erschiessen?»

«Jederzeit.»

Mit einem verächtlichen Schnauben trank sie das zweite Glas in einem Zug aus und stellte es mit einem auffordernden Blick neben die Flasche. «Das Arschloch hat mich in sein Büro zitiert. Rate mal, wer auch dort war.»

«Sag es mir.» Dornach schob ihr das nachgefüllte Glas hin.

«Der honorige Rechtsanwalt Dr. Norbert Schubiger.»

«Was, Schubiger war dabei, als dir Hofmann den Fall entzogen hat?»

«Er war nicht nur dabei, er hat das Gespräch geführt, sozusagen, und mir eine Viertelstunde lang vorgehalten, was für eine unfähige und sture Zicke ich bin. Und dass ich das Elend der Familie Marber zu verantworten habe. Dann hat er mir mitgeteilt, dass er nur wegen Hofmanns Fürsprache von einer Dienstaufsichtsbeschwerde absieht.»

«Und Hofmann hat nichts dazu gesagt?»

«Hat er, nachher, als Schubiger weg war.»

«Damit kommt er nicht durch, Angie. Du musst damit zum Oberstaatsanwalt.»

«Das ist zwecklos und macht nur böses Blut. Zuletzt stehe ich schlechter da.» Sie wischte sich müde mit beiden Händen über die Augen. «Kannst du mir sagen, was ich falsch gemacht habe?»

«Gar nichts. Im Gegenteil, es passt Schubiger nicht, dass alles richtig ist, was du tust. Der Dreckskerl ist für die Wahlen auf gute Presse angewiesen, und du warst auf dem besten Weg, ihm das zu vermasseln. Deshalb will er dich weghaben, und sein Spezi Hofmann spielt natürlich gerne mit. Du solltest dagegen vorgehen.»

«Lass es, Dominik. Wenn ich deswegen aufs Ganze gehe, verspiele ich es. Ich habe mich gerade an dich und deine Truppe gewöhnt und will nicht schon wieder umziehen.» Sie brachte es fertig, zu lächeln, als Dominik ihr zuprostete. «Ich vertraue auf euch», sagte sie müde. «Löst den Fall und bringt die Wahrheit an den Tag.»

«Zieh ein paar Ferientage ein, Angie. Fahr mit deiner Liebsten irgendwohin und –»

Der Blick, den sie ihm zuwarf, genügte, um ihn zu unterbrechen. «Woher weisst du …?»

Er hätte sich auf die Zunge beissen können. Er beschloss, in die Offensive zu gehen. «Pia und ich haben euch beide gestern gesehen. Also ich meine, dich und deine … Freundin. Auf dem Marktplatz. Ihr wart gerade dabei, in die Barfüssergasse einzubiegen und –»

«Porca miseria!», stiess Angela aus und verwarf die Hände. «Kann ein Scheisstag beschissener werden?» Sie begann zu weinen. «Ich sehe schon die Schlagzeile: ‹LESBISCHE STAATSANWÄLTIN KILLT FAMILIENVATER›», sagte sie bitter. «Ich gehe besser nach Hause und zähle meine Schlaftabletten.»

«Angie, das reicht.» Er packte sie an den Schultern und zwang sie, ihn anzusehen. «Was soll das Selbstmitleid? Wie kommst du überhaupt darauf, dass Pia oder ich das herausposaunen könnten?»

«Wie denkst du denn darüber? Dass ich Frauen anbaggere, weil ich bei den Männern nicht mehr landen kann?»

Er schüttelte sanft ihre Schultern mit beiden Händen. «Was erzählst du für einen Stuss? Du bist eine der liebenswertesten Frauen, die ich kenne. Und du weisst so gut wie ich, dass ich nicht der Einzige bin, der so denkt. Wie heisst sie?»

«Ines. Ines Degonda. Sie ist auch Juristin.»

«Ich kann sie verstehen.»

Sie stiess ihn von sich weg. «Hör auf damit, du brauchst das Messer nicht in der Wunde umzudrehen.»

«Entschuldige, blöd von mir. Seid ihr schon lange zusammen?»

Sie dachte ein paar Sekunden nach, bevor sie antwortete. «Ja … ich meine, ich weiss nicht. In der letzten Zeit ist alles so kompliziert geworden.»

«Ist es kompliziert geworden, oder machst du es kompliziert?»

«Wie meinst du das?»

«Ich frage mich, weshalb du mir nie von deiner Freundin erzählt hast. Mache ich einen so intoleranten Eindruck?»

«Das war nicht wegen dir.»

«Also ist es wegen ihr. Du bist dir selbst nicht im Klaren über sie.»

«Gut so, Dominik, noch so eine Breitseite und ich sinke.»

«Im Ernst, Angie. Mach es dir nicht so schwer. Rede mit ihr. – Ich bin da, wenn du mich brauchst.»

«Sicher?» Sie blickte ihn auffordernd an. «Und wenn ich dir sage, dass du mich umarmen sollst, was machst du?»

Anstelle einer Antwort umfasste er sie und drückte sie an sich. Sie presste ihren Körper an seinen. Er spürte, wie er unter ihm erzitterte. Ihr Atem strich über sein Ohr. Nach einer gefühlten

Ewigkeit schob er sie sanft von sich, sodass sich ihre Gesichter ganz nahe waren. Ihre Augen hatten einen fast schwarzen Glanz. Bevor er reagieren konnte, waren ihre Lippen auf seinen. Er spürte, wie sich ihre Zunge einen Weg in seinen Mund bahnte, bis sie zurückschnellte und erschrocken ihre Hand an den Mund hielt.

«Entschuldige», sagte sie beschämt. «Das war … das wollte ich nicht.»

«War wohl mal fällig.»

«Ich will das nicht. Wir arbeiten zusammen, und du und Jana, ihr –»

Dornach legte seine Hand auf ihren Arm.

«Jana lassen wir besser aus dem Spiel.»

Sie nickte. «Ich gehe mal lieber, ich bin wirklich hundemüde. Danke für den Drink, das Gespräch und …»

Sie stand auf und ging zur Tür. Als Dornach ihr nachrief, dass er sich später bei ihr melden würde, blickte sie nicht zurück.

***

«Lilijana, mein Engel.»

Mit einem heftigen Ruck schreckte Jana hoch und tauchte aus dem schaumgekrönten Wasser auf. Sie war in der Wanne eingenickt und mit dem Kopf unter die Oberfläche geraten. Dabei hatte sie Wasser geschluckt. Sie spuckte und hustete für einen Moment mit der Panik eines Ertrinkenden, bis sie realisierte, dass sie normal atmen konnte. Sie sah sich im Raum um. Vladas Stimme war so klar und deutlich gewesen, als ob sie neben ihr gestanden hätte.

Erschöpft blieb sie in der kalten Wanne sitzen und lauschte Katie Meluas Coverversion des Shirley-Bassey-Songs «Diamonds are Forever». Die kristallene Stimme der britischen Sängerin mit georgischen Wurzeln beruhigte sie und linderte den Schmerz in ihrer Brust. Sobald sie sich dessen bewusst wurde, verschwanden das Pochen und das damit verbundene Angstgefühl. Ihr Arzt in Wien hatte gesagt, dass es eine Art Phantomschmerz sei. Er war fühlbar, aber nicht real. Eine Illusion, so wie der flammenäugige Wolf, der sie regelmässig in ihren Träumen heimsuchte.

Als sie endlich aus der Wanne gestiegen war und sich mit einem grossen Badetuch trocken rieb, betrachtete sie sich im Spiegel. Mit zwei Fingern fuhr sie über die leuchtend rote Narbe auf der weissen Haut zwischen ihren Brüsten. Ein Mahnmal ihrer Sterblichkeit. Der Arzt hatte ihr versichert, dass die Narbe fast vollständig verschwinden würde, wenn sie sie richtig behandelte. Es war nur die Oberfläche einer Wunde, die tiefer sass, als die Kugel vorzudringen vermocht hatte.

Später sass Jana am Esstisch in ihrem Apartment und wartete darauf, dass sich der angekündigte Videoanruf auf ihrem Notebook aufbaute. Sie blickte auf die Lichter von Den Haag, die schwach durch die Vorhänge ihres Fensters schimmerten.

Bevor Jana Dornach kennengelernt hatte, waren Männer für sie etwas gewesen, das sie sich zwischendurch genommen hatte, um sich als begehrenswerte Frau zu spüren. In den Jahren des Kampfes gegen die Bestialität, zu der Männer imstande waren, hatte sie sich einen Panzer zugelegt. Es war Dornach, der den stahlharten Mantel aus Wut und Rache Stück für Stück aufgebrochen hatte. Er war es, der sie zum ersten Mal, seit ihre Mutter für sie gestorben war, mit ihrem inneren Selbst konfrontiert hatte.

Jana war kein Familienmensch. Sie würde nie eine Mutter sein, die liebend ihre Kinder umsorgte und schützte. Das Leben hatte sie zur Soldatin erkoren, zur Kriegerin. In der Antike verstümmelten die Amazonen die Attribute ihrer Weiblichkeit, um sich ganz dem Kriegshandwerk zu widmen. Janas Weiblichkeit war intakt. Ihr Wesen hatte sie dem Kampf gegen einen Feind gewidmet, dem sie sich nicht mehr entziehen konnte: Männer, die glaubten, die Welt gehöre ihnen, und die sich das Recht herausnahmen, andere Menschen, vor allem Frauen und Kinder, zu versklaven, zu missbrauchen und damit ganze Familien zu zerstören.

***

Es dauerte einen Moment, bis Dornachs Rechner ihr Bild über Skype fertig aufgebaut hatte. Schliesslich sah er sie glasklar vor sich, und ihre Augen leuchteten ihm entgegen.

«Hallo, Jana, wie schwimmt es sich im Haifischbecken?»

«Bis jetzt sind die Viecher zahm geblieben. Du siehst müde aus, Dominik. Habt ihr Sorgen?»

Er schilderte ihr, was sie in Solothurn alles auf der Platte hatten. Sie hörte aufmerksam zu und sah zwischendurch auf ihre Papiere.

«Stephan hat mir berichtet, dass ihr einen Mordfall habt, dessen Merkmale mit den drei Fällen in Maastricht, Antwerpen und München ziemlich übereinstimmen.»

«Was kannst du uns dazu sagen?»

Jana berichtete knapp.

Dornach nahm den Faden wieder auf. «Mittlerweile haben wir zwei Tote, die in das Muster passen. Heute Vormittag wurde ein katholischer Priester auf dieselbe Weise umgebracht wie die Ordensfrau vor zwei Tagen. Maja war unmittelbar nach der Tat vor Ort und wurde vom mutmasslichen Täter mit einer Pistole auf Distanz gehalten.» Dornach schilderte den Tatverlauf.

Jana machte ein nachdenkliches Gesicht. «Etwas stimmt nicht.»

«Kannst du das präzisieren?»

«Unser Profi, wenn es denn einer war, bringt diesen Pfarrer um und wartet auf Maja. Es passt nicht zu seinem bisherigen Vorgehen. Normalerweise verschwindet er nach einem Anschlag von der Bildfläche. Hier scheint es, als ob er gewartet und beobachtet hätte.»

«Ach so, du denkst, dass es einen zweiten Täter gibt? Einer hat den Pfarrer umgebracht, der andere schiesst auf Maja?»

«Warum nicht?»

«Und weshalb war der zweite, dieser vermeintliche Profi, dort?»

«Das müsst ihr versuchen herauszufinden.»

Dornach seufzte. Jana hatte nicht unrecht. Der Tatablauf bei Wartenfels war etwas inkohärent. Hätte sich ein professioneller Täter so verhalten, wenn er die Tat begangen hätte? Warum hatte er sich nicht gleich aus dem Staub gemacht? Könnte es sein, dass ein anderer Täter seine Opfer im gleichen Zeitraum und auf die gleiche Art und Weise umbrachte? «Ein zweiter Täter wäre ungeheuerlich. Wir schauen uns das genauer an.»

«Gut, habt ihr sonst was?»

«Ja, Aschenkreuze.» Dornach beschrieb ihr die Zeichen. Etwas irritiert sah Jana auf ihre Papiere und tippte etwas in ihr Notebook ein.

«Bei keinem unserer drei Opfer wurden solche Male festgestellt», sagte sie.

«Also nicht derselbe Täter?» Dornach tönte frustriert.

«Oder eine andere Opferkategorie», sagte Jana. «Eure beiden Opfer waren Geistliche, nicht wahr?»

«Ja.»

Jana nickte beifällig. «Er markiert diejenigen Opfer, welche direkt mit der Kirche verbunden sind, mit einem Symbol der Busse.»

«Fragt sich, ob das Motiv wirklich etwas mit Religion zu tun hat oder ob diese Tötungsart zur Signatur des Killers gehört. Es könnte Bestandteil des Auftrags sein.»

«Passt eh. Selber Täter – oder Täterin –, unterschiedliche Vorgehensweise», entgegnete Jana. «Ich denke, ihr habt eine Spur.»

«Kannst du mir die Hintergrundinformationen zu euren Opfern schicken? Wir gleichen sie mit dem ab, was hier vorliegt. Bei der Nonne haben wir ein Notizbuch sichergestellt, in dem Namen und Abkürzungen und Daten stehen. Könnte was hergeben.»

«Lass mich ein paar Anrufe machen. Wir sprechen morgen noch mal.»

«Bleibst du über das Wochenende in Den Haag?»

«Ich muss mich hier einleben, und ausserdem möchte ich gerne am Strand von Scheveningen rennen gehen.»

«Kluger Plan.» Dornach wollte etwas sagen, zögerte jedoch, es auszusprechen.

«Dominik?»

«Ja?»

«Ich vermiss dich – sehr. Grüss mir Pia.» Jana brach die Verbindung ab.

***

Dornach horchte in die Stille seines Hauses. Pias Roller stand vor der Haustüre. Er sah nirgends Licht brennen, auch nicht im Stöckli. Schlief Pia schon? Vor Mitternacht, an einem Freitagabend? Er ging die Treppe hoch und blieb vor ihrer Tür stehen.

Er horchte, und als er nichts hören konnte, klopfte er sanft und öffnete die Türe.

Dornach musste zweimal blinzeln, bevor er die Szene vor sich erfasst hatte. Auf Pias Bett lag Rafik mit nacktem Oberkörper. Pia trug nur ihre Jeans und hatte sich über ihn gebeugt. «Paps, geht's noch?», rief Pia erschrocken und griff nach ihrem Pullover, den sie achtlos auf den Boden geworfen hatte. «Schon mal was von Anklopfen gehört?», fuhr sie Dornach an. «Oder muss man das nicht mehr, wenn man bei der Polizei ist?»

«Entschuldige, ich habe –» Er sparte sich den Rest seiner Rechtfertigung und verliess das Zimmer.

«Willst du ein Glas?», fragte Dornach, als Pia vollständig angekleidet in die Küche trat. Sie setzte sich mit verschränkten Armen auf einen Hocker an der Theke und musterte ihn mit einem finsteren und anklagenden Blick. Als er keine Antwort erhielt, reichte er ihr sein Glas mit Cornalin. Sie nahm es ohne Kommentar entgegen und trank einen grossen Schluck.

«Bitte, gern geschehen», sagte er und schenkte sich ein neues Glas ein. «Tut mir leid wegen vorhin, Pia. Schliess das nächste Mal das Zimmer ab, wenn du sicher sein willst, dass niemand hereinplatzen soll, okay?»

«Geschenkt.» Sie trank noch einen grossen Schluck und fixierte einen virtuellen Punkt auf dem Boden.

«Wo ist dieser junge Mann, wie heisst er noch mal?»

«Rafik, er wartet oben.»

«Worauf? Hast du ihn ans Bett gefesselt oder im Schrank eingesperrt?»

Sie machte eine Grimasse. «Lustig, Paps.»

Dornach harrte der Stille und begann im Kopf langsam auf zwanzig zu zählen.

«Womöglich traut er sich nicht herunter, weil er glaubt, dass du ihn … Na ja, er ist Iraker, und dort reagieren die Väter anders, wenn ihre unverheirateten Töchter mit Jungs rummachen.»

Ein Räuspern liess beide in Richtung Küchentür blicken, wo Rafik mit betretener Miene im Rahmen stand.

«Rafik, komm rein», sagte Pia.

Er schüttelte den Kopf. «Ich denke, ich gehe besser. Danke für … für vorhin. Ich …» Er machte das übliche Handzeichen für ein Telefongespräch und verabschiedete sich von Dornach.

«Ich bring dich zur Tür», rief Pia und sprang auf.

Die Zeit, die Pia brauchte, um sich gebührend von ihrem Freund zu verabschieden, nutzte Dornach, um das Nachtessen, bestehend aus einer kalten Platte, die Frau Reinhard vorbereitet hatte, auf die Theke zu stellen. Er wärmte die Kürbissuppe auf, welche bereits auf dem Herd stand. Dazu schnitt er ein von der Haushälterin im Holzofen ihres Bauernhofs gebackenes Brot auf. Als er den Cornalin in die Gläser nachfüllte, kam Pia zurück.

«Alles gut?», fragte er.

«Alles gut», bestätigte sie, und ihre Augen hatten einen strahlenden Glanz. Sie stand hinter ihm, umarmte ihn kurz und drückte ihm einen Kuss auf die Wange.

«Wofür habe ich mir das eingehandelt?», fragte er verblüfft.

«Nur so, nimm es als Zeichen der Entschuldigung dafür, dass ich dich vorhin angeschnauzt habe.»

Sie stiessen an, und Dornach sagte: «Ich hätte Rafik gerne ein bisschen näher kennengelernt.»

Pia grinste ihn über den Rand ihres Glases an. «Das hat Zeit, Paps. Ich kenne ihn gerade mal drei Tage. Ich werde ihn deswegen nicht gleich heiraten, okay?»

«Okay. Und wo steckt Manu?», fragte er, als sie eine Weile schweigend gegessen hatten. «Ich hab sie heute nicht gesehen.»

«Ach, die hat heute beim Mittagstisch einen Typen kennengelernt. Du weisst ja, wie sie ist», fügte sie leicht pikiert hinzu.

Dornach konnte es sich nicht verkneifen zu schmunzeln.

«Komm schon, du lässt im Moment auch nichts anbrennen», frotzelte er und erntete dafür einen bösen Blick.

«Themenwechsel. Es wäre schön, wenn sie zwischendurch auch mal für mich da wäre. Ich wollte mit ihr über die Demo vom Dienstag reden, aber Madame Manu hat ja was Besseres zu tun.»

«Von was für einer Demo redest du?» Dornach legte sein Besteck ab.

Pia erzählte von der Protestaktion, welche die «Aktion Maitag» am Dienstag durchführen wollte, und von ihrer Absicht, im Verein mitzuhelfen.

«Hat die ‹Aktion Maitag› eine Bewilligung für die Demo?»

«Lori meint, das sei geregelt, sogar die Route durch die Altstadt.»

«Die lassen euch durch die Altstadt ziehen?», fragte Dornach ungläubig und machte sich eine mentale Notiz, bei der Sicherheitsabteilung Erkundigungen über diesen Anlass einzuziehen.

«Sieht so aus. Ist auch nicht mehr als recht, dass wir eine richtige Plattform kriegen, so wie mit diesen Menschen hier umgegangen wird.»

Dornach wollte diese Diskussion nicht schon wieder führen. «Ich möchte vor allem, dass du auf dieser Demo auf dich aufpasst.»

«Aufpassen? Warum?»

«Weil Demos zu diesen Themen Risiken bergen. Im Moment macht die Patriotische Fortschrittspartei Stimmung gegen die Asylsuchenden.»

«Diese primitiven Scheisskerle», wetterte Pia. «Dagegen sollten wir erst recht auf die Barrikaden.»

«Ihr werdet hoffentlich keine aufstellen. Ich kann's dir nicht ausreden, was?»

«Im Ernst, Paps?»

«Wenn es brenzlig wird, gehst du in Deckung, versprichst du mir das?»

«Versprochen.»

Dornach war sogar geneigt, ihr zu glauben.

***

Erschöpft zog Casagrande den Mantel aus und warf ihn achtlos über eine Stuhllehne, bevor sie ihre Pumps wegkickte und den Wasserhahn in der Küche aufdrehte, ein Glas mit eiskaltem Wasser füllte und es gierig austrank.

Obwohl sie hundemüde war, wusste sie schon, dass sie auch diese Nacht kein Auge schliessen würde. Sie war betrunken und hatte Kopfschmerzen, weil sie zu viel von Dornachs Cognac zu schnell in sich hineingeschüttet hatte. Ausserdem fühlte sie sich schlecht, weil sie Ines vorhin vor den Kopf gestossen hatte. Dabei hatte diese ihr nur angeboten, bei ihr zu bleiben, damit sie nicht alleine war. Sie hatten zusammen Wein getrunken, was möglicherweise zu den Kopfschmerzen beigetragen hatte. Irgendwann hatte sie Ines' gut gemeinte Fürsorge nicht mehr ausgehalten und hatte sie angeschnauzt. Ohne Ines' Reaktion abzuwarten, war sie aus deren Wohnung gestürmt.

Ein Klopfen an ihrer Wohnungstür unterbrach ihre verzweifelte Suche nach Kopfschmerztabletten. Sie schaute auf das Display ihres Backofens, den sie bisher für nichts anderes verwendet hatte. Es war kurz vor halb zwölf.

Wer konnte das sein, um diese Zeit? Etwa Dornach? Den konnte sie gerade erst recht nicht brauchen. Er war ja Teil ihrer Misere. Sollte er sich doch von seiner Österreicherin küssen lassen.

Oder war es etwa Ines? Sie wollte durch den Türspion gucken, als ein Umschlag unten durchgeschoben wurde. Darauf entfernten sich leise Schritte über die Treppe. Auf dem Boden vor ihr lag der gleiche rosafarbene Umschlag wie der von letzter Nacht. Ihr Vorname war in geschwungener Handschrift auf die Vorderseite geschrieben, allerdings waren diesmal zwei schwarze Rosen als Absender eingraviert.

Sie äugte durch den Spion, bevor sie die Tür öffnete. Kein Mensch befand sich im Halbdunkel des Treppenhauses.

Casagrande blickte auf das Couvert. Sie wusste nicht, ob es die mittlerweile rasenden Kopfschmerzen waren, die ihrer Wahrnehmung einen Streich spielten. Ihr war, als ob die Gravur mit den Rosen und ihr Name ihr entgegenwuchsen. Sie öffnete mit zittrigen Händen das Couvert und zog den Inhalt heraus.

Als sie sah, was sie in der Hand hielt, wünschte sie sich, nie geboren worden zu sein und ein tiefes Erdloch, in dem sie versinken und in Vergessenheit geraten könnte.

Durch einen Nebel aus Tränen und Schmerzen sah sie die Fotos, die sie und Ines in eindeutigen Posen zeigten. Die Aufnahmen mussten am Vorabend gemacht worden sein, denn eine zeigte die beiden händchenhaltend in der Absinthbar, wo sie zu ausgiebig von der Magie der Grünen Fee gekostet hatten. Die anderen Bilder waren gezoomt und gaben ihre leidenschaftlichen

Küsse wieder, zu denen sie sich, ebenfalls im Bann besagter Fee, hatten verleiten lassen. Casagrande starrte auf die Fotos. Ihr wurde gleichzeitig heiss und kalt, und ihre Hände zitterten.

Auf der beiliegenden rosa Karte mit schwarzem Rand stand mit silberner Tinte und in derselben geschwungenen Handschrift wie beim ersten Umschlag geschrieben:

«Die dunkle Blüte hat genug vom Stängel und labt sich am Nektar des geheimen Gartens. Hüte dich vor der Frucht, die Verdammnis bringt.»

Karte und Fotos entglitten ihr. Sie rutschte langsam der Wand entlang auf den Fussboden, wo sie sich auf die Seite legte und hemmungslos schluchzte. Irgendwann fror sie und erhob sich so langsam und angestrengt, als ob ein zentnerschwerer Block sie herabdrückte. Casagrande öffnete alle Schränke, bis sie gefunden hatte, was sie suchte, und sich damit ins Schlafzimmer schleppte.

VERRAT

Die Erzählung vom Verrat bereitete ihr beinahe körperliche Schmerzen. Kurz bevor sie die Reise in die Hölle antreten musste, weil sich die Schande nicht mehr verbergen liess, hatte sie ihn nochmals gesehen.

Sie war von zu Hause weggelaufen und hatte sich in der Schule verschanzt. Natürlich hatte es nichts genützt. Ihr Vater war bald dort. All ihr Betteln und Flehen war bis auf zwei schallende Ohrfeigen vergeblich gewesen. Ihr Vater war ein rücksichtsloser Mann gewesen. Ihn hatte nur der gute Ruf der Familie gekümmert, den sie besudelt hatte, weil sie so dumm gewesen war, sich schwängern zu lassen. Ihre Erklärungsversuche und ihr Bitten um Verständnis waren auf taube Ohren gestossen. In ihrer Familie hatte gegolten, was in weiten Kreisen der damaligen gehobenen Gesellschaft verbreitet war. Sie allein war die Schuldige, die Sünderin, welche die Schande angezogen hatte. Wer hätte sich sonst für sie interessieren sollen?

Sie hatte ihn gesehen, als ihr Vater sie zum Auto trieb wie ein Schaf ins Gatter. Für einen kurzen Moment hatte sie die Hoffnung gehegt, dass er sie befreien würde wie der tapfere Ritter das Burgfräulein im Märchen. Er sass mit seinen Kumpanen auf dem Mäuerchen und sah zu, wie sie ins Auto gestossen wurde. Er flüsterte einem seiner Freunde, die neben ihm sassen, etwas ins Ohr. Sie platzten fast vor Lachen.

Der Himmel war strahlend blau, und die Sonne hatte gelacht. Ihr Herz weinte.

ZEHN

Pia strich den letzten Artikel von der Einkaufsliste für den Samstagsmarkt, einen schmackhaften Epoisses, den sie zur Belustigung von Käsehändler Nicolas mit zwei Fingerspitzen und angehaltenem Atem entgegengenommen hatte. Er war für ihren Vater bestimmt, denn sie konnte diesen in Marc de Champagne und Rebenblättern fermentierten Weichkäse aus dem Burgund buchstäblich nicht riechen.

Sie sah sich nach Dornach um und bemerkte ihn etwas weiter unten beim Stand von Denise und Martin, einem Landwirtehepaar aus Oberdorf.

Sie wollte gerade zu ihnen gehen, als ihr Trixli und Romulus begegneten, die von Stand zu Stand spazierten, in der Hoffnung, dass sich der eine oder andere zu einer milden Gabe in Form von Brot, Käse, Gemüse oder gar einer Wurst hinreissen liess. Trixli war eine Randständige. Böse Zungen behaupteten, dass sie mal eine Prostituierte gewesen war, die ihren Zuhälter umgebracht hatte, weil er sie fast zu Tode geprügelt hatte. Nach ihren eigenen Geschichten zu urteilen, hatte sie schon die ganze Welt bereist und in Indien beinahe einen Maharadscha geheiratet. Sie brachte sich und Romulus mit Sozialhilfe, Almosen und kleinen Aushilfsjobs durch. Pia gehörte zu ihren Sponsorinnen, und bei Romulus, ihrem Pyrenäenberghund, stand sie hoch im Kurs, seit sie ihm regelmässig eine Cervelat oder einen Landjäger hinstreckte, wenn sie gerade auf dem Markt war.

«Hey, Pia.»

«Trixli. Wie läuft's?»

Trixli machte ein bekümmertes Gesicht. «Ach, alles wird immer teurer, weisst du. Das Hundefutter hat schon wieder aufgeschlagen.»

«Oje», sagte Pia und konnte sich ein Schmunzeln nicht verkneifen. Sie streichelte Romulus' Fell, was dieser mit geschlossenen Augen über sich ergehen liess. Pia drückte Trixli zwei Fünfliber in die Hand. «Nicht alles auf einmal ausgeben», mahnte sie augenzwinkernd und ging weiter, bevor Trixli ihr mehr vorjammerte.

Dornach und Martin diskutierten über Fruchtfolgeflächen und dynamische Ackerbewirtschaftung, als Pia zu ihnen trat. Weiss der Teufel, was mein Alter mit der Landwirtschaft am Hut hat, dachte Pia.

«Bin fertig, Paps. Und wenn ich nicht gleich einen Kaffee kriege, kannst du die Einkäufe alleine schleppen.» Sie zeigte auf den gut gefüllten Einkaufsroller und den grossen Korb, der ebenfalls überquoll.

Mit gespieltem Seufzer nahm Dornach ihr den Korb ab. «Das ist die einzige tragende Rolle, die ich in dieser Geschichte spielen darf», sagte er und verabschiedete sich grinsend von Denise und Martin.

Pia glaubte, auf der Terrasse des Café Hofer zwei freie, lammfellbedeckte Sitzplätze gesehen zu haben. Auf dem Weg dorthin kamen sie bei Astrids Obststand vorbei, und Dornach liess es sich nicht nehmen, mit der vifen Seeländerin ein paar Worte zu wechseln. Pia winkte Astrid kurz zu und ging dann augenverdrehend weiter.

Kurz darauf rief eine Frauenstimme: «Pia, hallo!»

Sie erkannte Lori Palmer zusammen mit einer jungen Frau, die ihr bekannt vorkam.

Palmer stellte ihre Begleiterin als Dorothée Schubiger vor, Lokalredaktorin beim Tagblatt. «Doro wird über unsere Demo berichten», sagte sie. «Wir wollten uns gerade einen Kaffee genehmigen, kommst du mit?»

«Gerne, aber ich warte auf meinen Paps, der da drüben rumschäkert.» Sie zeigte auf Dornach, der sich von Astrid verabschiedet hatte und in diesem Moment zu ihnen trat.

Palmer reichte ihm sofort die Hand. «Sie sind Dominik Dornach? Ich bin Lori Palmer. Pia hat mir schon einiges von Ihnen erzählt.»

Pia fiel auf, dass ihr Vater Lori Palmer einen Moment lang forschend ansah, bevor er den Händedruck erwiderte. Er wandte sich an Doro. «Frau Schubiger, schön, Sie mal ausserdienstlich zu treffen.»

«Ich bin immer im Dienst, Herr Dornach», sagte sie lachend und nickte zu Palmer.

«Doro will etwas über die Hintergründe unserer geplanten Manifestation vom nächsten Dienstag wissen. Wissen Sie schon davon?», fragte Palmer.

«Seit gestern», sagte er mit Seitenblick zu Pia. «Sie haben sich einen kritischen Zeitpunkt ausgesucht.»

«Den richtigen. Der kantonale Wahlkampf beginnt schon bald, und die Fortschrittspartei mit ihren xenophoben Parolen bekommt die Überhand. Jemand muss einen Gegenpunkt setzen.»

«Ich wünsche Ihnen viel Erfolg.» Dornach zögerte kurz. «Entschuldigen Sie, wenn ich etwas plump daherkomme. Ich glaube ich kenne Sie», sagte er. Palmers Lächeln wurde breiter.

«Natürlich kennst du mich, Dominik. Neunundzwanzig Jahre sind eine lange Zeit.»

Dornach runzelte die Stirn. «Ich erinnere mich. Du bist Laure, nein …», er schnippte mit den Fingern, «Laura? Laurentia Kully, genau.» Er trat einen Schritt zurück und betrachtete sie von oben bis unten. «Du hast dich stark verändert, warst du nicht etwas …?»

«Früher warst du weniger nett, Dominik», sagte Palmer lachend. «Du nanntest mich eine fette Eule.»

Dornach räusperte sich verlegen. Pia warf ihm einen forschenden Blick zu.

Palmer fuhr fort: «Es stimmt schon, ich war dick und trug eine grosse Brille, was dich und deine Kameraden zu einigen wenig schmeichelhaften Sprüchen veranlasst hat.»

«Du hast dich sehr zu deinem Vorteil verändert.»

«Das Leben formt die Menschen.»

«Tut mir leid, wenn ich eure Wiedersehensfreude unterbreche», mischte sich Pia ein. «Könnt ihr mich mal aufklären?»

«Dein Vater und ich gingen zusammen in die Kanti», erklärte Palmer. «Das heisst, wir waren nicht im selben Jahr. Ich war damals sechzehn, und Dominik war zwei Klassen über mir. – Er war der Schwarm aller Mädchen», fügte sie hinzu. «Er hat keine ausgelassen.»

«Heisst, er hat sich nicht gross verändert», kommentierte Pia trocken und kassierte dafür einen Kneifer in die Seite.

«Keine ausser mir», sagte Palmer.

«Du bist weggezogen», sagte Dornach.

«Ich hatte damals Probleme in der Schule. Meine Eltern schickten mich auf ein Privatcollege in den Staaten. Danach studierte ich Jura in Yale und Harvard. Später habe ich geheiratet. Leider ist mein Mann früh gestorben, und so bin ich in die Heimat zurückgekehrt.»

«Warum gehen wir nicht mal zusammen essen und reden über alte Zeiten?», schlug er vor.

Palmer zögerte einen Moment.

«Heute Abend hätte ich Zeit», insistierte Dornach. «Sagen wir um acht. Ich organisiere einen Tisch. Ich schulde dir ohnehin etwas wegen deiner Hilfestellung für Pia.»

Palmer sagte zu. Für Kaffee zu viert blieb jedoch keine Zeit mehr. Dornach und Pia kamen zum Café Hofer, wo mittlerweile alle Plätze auf der Terrasse besetzt waren. Er bat Pia, sich drinnen nach einem freien Tisch umzuschauen. Zum wiederholten Mal versuchte er, Casagrande zu erreichen. Auch diesmal antwortete die Combox. Er begann sich Sorgen zu machen. Pia hatte inzwischen einen Zweiertisch ergattert. Er sagte ihr, dass er rasch bei Casagrande vorbeischauen wollte, deren Wohnung nur eine Gehminute vom Café entfernt lag.

«Soll ich mitkommen?», fragte Pia. Dornach wehrte ab. «Bin gleich zurück.» Er hoffte inständig, dass er sich nicht irrte.

***

Vor Casagrandes Wohnungstür traf Dornach eine Frau mit kurzen rostroten Haaren an, die er als diejenige wiedererkannte, die er mit Casagrande zusammen gesehen hatte.

«Wollen Sie zu Frau Casagrande?», fragte er und schalt sich im gleichen Moment für die dumme Frage, da Casagrandes Wohnung die einzige auf diesem Stockwerk war.

«Und Sie sind?», fragte die Frau mit lang gezogenem Bündner Dialekt.

«Entschuldigung, Dominik Dornach, ein Freund und Kollege von Frau Casagrande.»

Der Gesichtsausdruck der Frau wandelte sich von Misstrauen in Neugier. «Sie sind der schö… ich meine, Herr Dornach? Ich bin Ines Degonda, Angelas … ähm … beste Freundin. Ich habe schon viel von Ihnen gehört.»

«Hoffentlich spricht das für mich», sagte er und zeigte zur Tür. «Macht sie nicht auf?»

«Ich habe schon mehrmals versucht, sie anzurufen. Sie nimmt nicht ab.» Der Ausdruck in ihrem mit Sommersprossen gesprenkelten Gesicht war sorgenvoll.

«Ging mir auch so.»

«Ich habe geklingelt, geklopft und gerufen. Alles vergebens, sie öffnet nicht.» Ines war den Tränen nah.

«Hm», machte Dornach. «Haben Sie einen Schlüssel?»

«Ich? Nein, wieso fragen Sie?»

«Ich dachte nur, als beste Freundin.» Er zog seinen Schlüsselbund hervor und wählte einen Schlüssel.

«*Sie* haben einen Schlüssel zu ihrer Wohnung? Mir hat sie nie einen geben wollen.»

«Reine Sicherheitsmassnahme, seit wir vor einigen Monaten zusammen in einer heiklen Sache ermittelt haben.» Er hoffte, damit Ines' offensichtliche Enttäuschung zu dämpfen.

Casagrande hatte die Sicherheitskette nicht angelegt, sonst wäre ihm nichts anderes übrig geblieben, als die Türe aufbrechen zu lassen. Langsam betraten sie die Wohnung. «Angie, bist du da?», rief Dornach.

Auf den ersten Blick fiel ihm nichts Verdächtiges auf. Auf der Spülablage stand ein benutztes Wasserglas, auf dem er schwache Lippenstiftspuren ausmachen konnte. Ansonsten war alles an seinem Platz. Einzig ein rosa Briefumschlag, eine gleichfarbige Karte und einige Fotos, die verstreut auf dem Parkettboden lagen, passten nicht ins Bild. Ines hatte sie auch gesehen und wollte sie aufheben.

«Warten Sie, nicht anfassen», hielt Dornach sie zurück. «Wir wollen zuerst Angela finden.» Die Stille in der Wohnung gefiel ihm nicht. Er zeigte zum Schlafzimmer. «Ich gehe voraus.» Ines nickte. Ihr Gesicht war eine Spur blasser geworden. Er warf einen Blick ins Badezimmer, welches direkt an das Schlafzimmer grenzte. Es war leer. Die Gästetoilette hatte er bereits beim Hereinkommen gecheckt.

Blieb das Schlafzimmer, dessen Türe angelehnt war. Er stiess sie auf. Das Zimmer war beinahe vollständig mit dicken Nachtvorhängen abgedunkelt. Es roch nach abgestandener Luft und Alkohol, vermischt mit dem scharfen Geruch von Erbrochenem. Dornach trat ans Fenster und riss die Vorhänge auf. Sobald das Licht hereinflutete, stiess Ines einen Schrei aus. *«Chera!»*

Casagrande lag, nur mit Unterwäsche bekleidet und auf dem Bauch, quer über ihrem grossen Bett. Das totenbleiche Gesicht war ihnen zugewandt, ihr Mund war offen, und aus den Mundwinkeln lief die Spur eines weisslichen Rinnsals, das in einer Pfütze aus Erbrochenem auf dem Laken endete.

Dornach legte zwei Finger an ihren Hals und prüfte den Puls. «Sie lebt», sagte er aufatmend und unterdrückte das Zittern in seiner Stimme. Er brachte Casagrande in die Seitenlage und stellte sicher, dass kein Erbrochenes mehr in der Mundhöhle war.

«Rufen Sie den Notarzt», wies er Ines an, die sich weinend über ihre besinnungslose Freundin gebeugt hatte, «und sehen Sie sich um, ob Sie etwas finden, was sie genommen habe könnte. Drogen oder Medikamente.»

Dornach versuchte, Casagrande zu wecken, indem er sie leicht schüttelte und die Wangen tätschelte.

«Angie, wach auf, komm schon. Was machst du für Mist? Komm zurück.» Er versetzte ihr eine Ohrfeige, worauf sie sich rührte und die Augen halb aufschlug.

«Was ist los? Ich will schlafen … keine Schmerzen … nur schlafen.» Die Augen fielen ihr wieder zu.

«Nicht einschlafen», sagte Dornach und tätschelte weiter ihre Wangen. «Bleib bei uns.»

Ines streichelte Kopf und Wangen ihrer Freundin. «*Chera*, was hast du getan? Warum?», schluchzte sie.

Casagrande schlug erneut die Augen auf und sah direkt in Ines' tränenüberströmtes Gesicht. «Ines! So schön, du bist so schön … ich will schlafen …» Ihre vor Trockenheit gespaltenen Lippen hatten Mühe, die Worte zu formen.

Dornach versuchte, sie wach zu halten. «Kommt der Notarzt?», fragte er Ines.

«Ist unterwegs. Sehen Sie, was ich gefunden habe.» Ines hielt ihm eine leere Flasche Wodka hin. In der anderen Hand hielt sie einen leeren Blister und eine Schachtel mit der Aufschrift «Dormicum». Sie enthielt noch mehr Blister – alle leer.

***

Im Warteraum der Notaufnahme des Bürgerspitals warteten Dornach, Ines und Pia. Pia hatte tröstend den Arm um die weinende Ines gelegt. Dornach ging im Raum unruhig hin und her.

«Paps, hör auf herumzutigern und setz dich hin», sagte Pia. «Du machst uns ganz nervös.»

Dornach setzte sich neben Ines und nahm das Couvert hervor, das er inzwischen in eine Plastiktüte gesteckt hatte, die ihm eine Pflegerin überlassen hatte. Er zeigte Ines die Fotos.

«Haben Sie eine Ahnung, wer diese Fotos gemacht haben könnte?»

Ines blickte fassungslos auf die wiedergegebenen Szenen. «Das … das war am Donnerstagabend. Wir hatten beide zu viel getrunken und waren in Stimmung. Aus lauter Übermut haben wir uns in aller Öffentlichkeit geküsst.» Sie blickte unsicher zu Dornach auf. «Sie wissen, dass Angela und ich …?»

Dornach nickte.

«Ich glaube, sie macht sich in letzter Zeit Gedanken über uns beide», fuhr Ines fort. «Angie hatte Angst, sich zu unserer Beziehung zu bekennen. Das tut mir natürlich weh, aber ich verstehe sie. Sie mag ja auch Männer, besonders …» Sie sah Dornach verlegen an.

«Es ist gut, dass sie jemanden hat.» Dornach sah Pias fragende Augen und schüttelte den Kopf.

Ein junger Arzt trat zu ihnen, der sich als Dr. Flühmann vorstellte. «Frau Casagrande geht es so weit gut», sagte er. «Wir haben ihr den Magen ausgepumpt. Sie hatte zum Glück nur wenig von dem Dormicum geschluckt, vielleicht zwei, maximal drei Pillen. Vor allem hat sie eine Alkoholvergiftung. Wir behalten sie heute zur Beobachtung hier.» Er wandte sich an Dornach. «Hat Frau Casagrande Angehörige, die man verständigen sollte?»

«Ihre Eltern wohnen in Luzern. Ich kümmere mich darum. Können wir zu ihr?»

«Ein paar Minuten nur, bitte.»

Bevor sie hineingingen, verabschiedete sich Pia. Sie hatte ihr Date mit Rafik.

***

Die weissen Bettlaken in Casagrandes Bett kontrastierten ungünstig mit ihrem bleichen Teint. Als sie hörte, wie sich die Türe öffnete, und Dornach mit Ines an ihr Bett trat, drehte sie leicht den Kopf.

«*Chera*, Gott sei Dank.» Ines umarmte ihre Freundin und küsste ihre Stirn. «Ich hatte solche Angst um dich. Warum tust du denn so was?»

«Ines?», fragte Casagrande mit hauchender Stimme.

Dornach hatte sich auf die andere Seite ihres Bettes gestellt und ihre Hand genommen. «Warum hast du versucht, dich umzubringen, Angie?», fragte er ruhig.

Casagrande riss die Augen auf und versuchte, ihren Kopf zu heben. «Ich habe nicht … Ich hatte rasende Kopfschmerzen und wollte endlich wieder mal schlafen, nur schlafen. Ich habe die Flasche Wodka getrunken, um mich einzuschläfern.»

«Du hast wirklich die ganze Flasche getrunken?», fragte Dornach.

«Ja, scheussliches Zeug.»

«Und die Tabletten, das Dormicum?»

Casagrande schluckte leer, bevor sie weiterfuhr. «Bin am frühen Morgen erwacht und hatte immer noch Kopfweh. Es waren keine Schmerzmittel da. Ich hatte nur drei Schlaftabletten in der Nachttischschublade und vergessen, dass ich den Wodka – vorher …» Ihre Augen fielen wieder zu.

Dornach atmete auf, und auch Ines hatte einen erleichterten Ausdruck im Gesicht.

«Mann, Angie», sagte Dornach. «Weisst du was? Du nimmst Ferien, mindestens zwei Wochen.» Ihre Augenbrauen zogen sich zusammen, und sie wollte etwas sagen. Er schnitt ihr mit der Hand das Wort ab. «Ich weiss, was du sagen willst. Tut mir leid, du hast nichts zu sagen. Ich werde dafür sorgen, dass sie dich im

Franziskanerhof nicht mehr hereinlassen, glaub mir. Du brauchst Abstand vom Ganzen hier.»

Ines nickte heftig. «Ich gehe mit Herrn Dornach absolut einig, *chera.* Mir bleiben dieses Jahr drei Wochen Ferien. In der Firma können sie mich eine Zeit lang entbehren. Sobald du morgen hier rauskannst, verfrachte ich dich in mein Auto, und wir fahren zu meiner Wohnung nach Silvaplana. Dort lasse ich dich nicht eher raus, bevor du wieder auf dem Damm bist.»

Casagrande betrachtete die beiden, wie sie entschlossen nebeneinanderstanden und auf sie herunterblickten. «Ihr zwei versteht euch schon bestens, was?»

Ines nickte mit dem Kopf zu Dornach. «So wie du immer von ihm redest, kenne ich ihn schon fast so gut wie du», erwiderte sie und reichte Dornach die Hand. «Ich bin froh, dass Sie rechtzeitig da waren. Ich bin Ines.»

«Dominik. Ich freu mich wirklich, dich kennenzulernen, Ines.»

Sie blickten beide herausfordernd auf Casagrande herunter. Diese hob beide Hände und liess sie mit einem resignierten Seufzer auf die Bettdecke fallen. «Schon gut, ich ergebe mich.»

«Ich giesse unterdessen die Pflanzen», ergänzte Dornach.

Bevor er ging, zeigte Dornach Casagrande den rosafarbenen Umschlag. «Weisst du, wer dir das geschickt hat, Angie?»

«Keine Ahnung, aber ich habe so eine Karte bereits vor zwei Tagen erhalten und sie in den Abfall geworfen.»

Dornach nickte. «Ich behalte das, ja?»

Casagrande war einverstanden. Er verabschiedete sich mit einem Kuss auf ihre Wange. «Komm wieder auf die Beine, Angie. Ich will die alte Casagrande zurückhaben.»

***

Doro gähnte und streckte sich. Am liebsten hätte sie Feierabend gemacht. Zuerst aber wollte sie das Interview mit Lori Palmer zu Ende schreiben, damit sie es ihr zum Gegenlesen schicken konnte. Es fiel ihr schwer, sich zu konzentrieren. Sie fühlte sich schon seit Tagen unwohl. Sie musste etwas gegessen haben, das ihr nicht bekam. Dazu verspürte sie ein unangenehmes Ziehen in der Nierengegend. War eine Grippe im Anzug? In der Redaktion waren einige Kollegen krankgeschrieben.

Sie ging in die Küche, um einen Schluck Wasser zu trinken. Sofern die altmodische Küchenuhr, die sie mit Sandro auf einem Flohmarkt in Amsterdam erstanden hatte, richtig ging, war es Viertel vor zwölf. Sie bezweifelte, dass Sandro heute Nacht zu ihr kommen würde, nach dem, was sie ihm vor zwei Tagen an den Kopf geworfen hatte.

Doro war ratlos und wusste nicht, wie sie die Beziehung mit ihm weiterführen sollte. Sie liebte ihn, weil er mehr war als der, als der er wahrgenommen wurde. Das wusste der Idiot nicht mal selbst und rannte mit offenen Augen in sein Verderben.

Nach dem Interview mit Lori Palmer war sie umso schlechter auf ihn zu sprechen. Natürlich würde sie den Artikel ausgewogen gestalten. Palmers Schilderungen der Schikanen und Anfeindungen, denen die Asylbewerber ausgesetzt waren, hatten Doro die Schamesröte ins Gesicht getrieben.

Sie setzte sich an ihren Computer und schrieb weiter.

Als sie fertig war, fühlte sie sich wieder hellwach. Um herunterzukommen, ging sie durch ihr elektronisches Fotoarchiv. Sie hatte vor einigen Monaten im Haus ihres Vaters stapelweise alte Fotos gefunden. Aus Sorge darüber, dass er sie fortwerfen könnte, hatte sie die Bilder kurzerhand mitgenommen und an einem Sonntag durch den grossen Scanner im Medienhaus laufen lassen. Mittlerweile hatte sie die Bilder archiviert. Sogar die Notizen hatte sie übertragen, die bei einigen auf der Rückseite notiert waren.

Das Scrolling durch die Bilderflut erfüllte seinen Zweck: Sie wurde schläfrig und wollte die Bildapplikation gerade schliessen, als sie bei einem Bild stockte. Die Personen, die sie auf der Aufnahme sah, veranlassten sie, nach weiteren Bildern mit denselben Leuten zu suchen. Es waren keine mehr zu finden, dafür stiess sie auf ein anderes. Es war eine Porträtaufnahme. Doro betrachtete sie und stutzte. Sie zoomte näher heran, bis sie sicher war, dass sie sich nicht irrte.

***

Dornach begleitete Palmer zu Fuss vom Restaurant Zum Alten Stephan zu ihrer Wohnung. Die Stimmung zwischen den beiden war ausgelassen. Sie hatten das ausgezeichnete Essen mit einigen Gläsern Grappa nachgespült, sodass Dornach sich nicht mehr in der Lage fühlte, selbst zu fahren. Da die Kollegen von der Verkehrspolizei wieder mal intensivere Kontrollen machten, entschied er sich, seinen Wagen über Nacht im Bieltorparkhaus stehen zu lassen und später ein Taxi nach Hause zu nehmen.

Palmer hatte vorgeschlagen, zu Fuss zu gehen, damit der Alkohol etwas verdunsten konnte und um die Verdauung anzuregen. Sie machte keinen Hehl daraus, dass sie den Spaziergang mit ihm genoss. Während des Essens hatten sie Anekdoten aus der Schulzeit ausgetauscht und sich dabei köstlich amüsiert.

Als sie den Kronenstutz hinuntergingen, hakte sich Palmer wie selbstverständlich bei ihm unter. «Mmh», sagte sie kokett. «Dominik Dornach, der Schwarm aller Kanti-Schülerinnen von damals, führt mich nach Hause. Meine heissesten Schulmädchenträume gehen in Erfüllung.» Der Alkohol, die erotische Anziehungskraft ihres Körpers, ihr Lachen und das Funkeln in ihren Augen verfehlten ihre Wirkung bei ihm nicht. Er vermutete zunächst, dass Palmer ihn auf die Wangen küssen wollte und dass ihre Lippen im Übermut diese verfehlten und seine Lippen trafen. Er spürte das Spiel ihrer Zunge, bis sie sich nach einigen Sekunden mit einem verlegenen Kichern losmachte.

«Ups! Das war … sorry, ich glaube, ich bin beschwipst.»

«Schon in Ordnung, du bist nicht allein», antwortete Dornach. «War ich dir wohl schuldig von früher.»

«Ich sollte Zinsen aufrechnen. Das wäre die erste Anzahlung gewesen.» Ihre Augen hatten im Licht der Strassenlichter einen tiefdunklen Glanz. «Wir könnten einen Ratenzahlungsplan vereinbaren. Ich meine, wenn du gerade keine anderen Verpflichtungen hast.»

Er schob sie so sanft wie möglich von sich. «Das ist so eine Sache. Lassen wir es etwas ruhiger angehen und den Alkohol erst mal auslüften.»

«Klar, entschuldige. Ich wollte dir nicht zu nahe treten.» Sie stiess mit aufgeblasenen Wangen die Luft aus.

Eine Weile gingen sie schweigend auf dem Kreuzackerquai auf den hell erleuchteten Glas- und Stahlkubus des Ramada Hotels zu.

«Wie kommt es, dass du nach dem Internat nicht zurück nach Solothurn gekommen und stattdessen in den Staaten geblieben bist?», fragte er.

«Es ging mir nicht so gut. Du weisst ja, wie ich damals ausgesehen habe.»

Dornach nickte.

«Das hat mich einiges gekostet. Strenge Diäten, Bewegungsprogramm, Fitness für die parallele Muskelbildung. Mein Vater hat sogar einen Personal Trainer und eine Ernährungsberaterin bezahlt. Das war eine ganz schöne Tortur, kann ich dir sagen. Schliesslich hatte ich es geschafft, die Idealmasse am Körper und ein College-Diplom in der Tasche. Mein Vater hatte über seine Geschäftsbeziehungen dafür gesorgt, dass ich in Yale und später in Harvard studieren konnte.»

«Deine Eltern sind bei einem Verkehrsunfall umgekommen, habe ich gehört.»

Sie nickte, und er merkte, dass sie leer schlucken musste. «Sie lebten quasi voneinander getrennt. Meine Mutter hier und mein Vater in den Staaten. Zwischendurch haben sie gemeinsam Urlaub gemacht. Es ist in Frankreich passiert, vor fünf Jahren. Ich war damals drüben und pflegte meinen Mann, deshalb konnte ich nicht rechtzeitig für die Beerdigung herkommen.»

«Hast du Geschwister?»

«Einen älteren Bruder, Roman. Er lebt und arbeitet seit Jahren für eine Bank im Ausland und zieht ständig um. Im Moment wohnt er in Singapur.»

«Also keine Verwandtschaft mehr in Solothurn?»

«Als ich vor zehn Jahren Nicolas Palmer heiratete, war für mich klar, dass ich in Kalifornien bleiben würde. Nicolas war Diabetiker und hatte ein schwaches Herz. Er ist ein Jahr nach meinen Eltern gestorben. Vorher hatte ich ihn fast so lange gepflegt. Ich erbte sein Millionenvermögen und weiss nicht recht, was ich damit anfangen soll. Drüben verbanden mich alle Erinnerungen mit seinem Tod. Deshalb habe ich mich entschieden, in der alten Heimat neue Zelte aufzuschlagen.»

Palmer begann zu frösteln und schmiegte sich enger an ihn.

«Sollen wir schneller gehen?», fragte er.

Sie nickte und beschleunigte ihre Schritte. Als sie vor dem Mietshaus in der Bechburgstrasse ankamen, in dem sich ihre Wohnung befand, blickte er an der Fassade hoch. «Für eine Millionärin lebst du ganz schön bescheiden. Und ohne *dir* zu nahe treten zu wollen, deine Kanzlei am Dornacherplatz ist auch nicht gerade die erste Adresse Solothurns.»

«Für meine Zwecke genügt es. Weisst du, ich lebe hier sehr komfortabel. Ich will Menschen helfen, denen sonst niemand hilft. Dafür muss ich für sie fassbar und erreichbar bleiben. Das geht nicht, wenn ich mein Büro in einem Patrizierschloss betreibe.»

Bevor sie das Haus betrat, nahm sie seinen Arm. «Kommst du auf einen Drink hoch?» Das eindeutige Funkeln in ihren Augen verriet Dornach, was sie meinte. Ihr Mund näherte sich wieder seinem.

Dornach zögerte einen Moment. Er sah nicht Palmers Augen, sondern andere, die einer Person gehörten, an der ihm sehr viel lag. Mit einem schiefen Lächeln zog er sich zurück. «Ich denke, wir lassen das besser und warten, bis wir nüchtern sind.»

Für den Bruchteil einer Sekunde verdunkelte sich ihr Gesicht. «Ruf mich an, wenn dir danach ist. Gute Nacht, Dominik.»

LEBENSZEICHEN

An meinem Geburtstag erzählte sie mir, wie es gewesen war, als sie mich zum ersten Mal in ihrem Bauch gespürt hatte. Wir mussten lachen, als sie beschrieb, wie das heranwachsende Leben, das ihr so klein und unheimlich in ihrem Bauch vorkam, um sich trat.

Ihre Eltern hatten sich in Scham von ihr abgewandt. Ich war alles, was ihr blieb. Mein Werden half ihr, den Verrat zu vergessen. Nein, nicht zu vergessen, sondern in den Hintergrund zu drängen. Ich war da, in ihr, und würde sie nicht verlassen.

So war ich auch dabei, als die Hausmutter sie gequält und den Steinfussboden in der Kapelle zum dritten Mal hintereinander auf blossen Knien und nur mit einer Handbürste hatte schrubben lassen. Es war die Strafe dafür gewesen, dass sie der Hausmutter einmal den Rücken zugedreht hatte, weil sie sie angebrüllt hatte.

Die Hausmutter hatte natürlich gewusst, dass sie schwanger war, als sie ihr diese Arbeit zugeteilt hatte. Sie hatte hämisch gelacht und gemeint, sie sei nicht die Einzige. Arbeit könne nicht schaden. Die Frauen in den Bergen würden das seit Jahrhunderten machen und trotzdem ihre Kinder gebären.

Als sie mit Schrubben fertig war, hatte die Hausmutter den Kessel mit dem Schmutzwasser genommen und wieder über den Fussboden geleert. Sie hatte auf die Pfütze gezeigt und gesagt, es sei da schmutzig. Sie solle den ganzen Boden ein weiteres Mal schrubben. Mutter hatte geweint vor Schmerz und Müdigkeit.

In jenen Monaten verlor sie die Angst vor der Hölle, die der Pfarrer jeden Sonntag in der Kapelle vorpredigte. Sie fürchtete auch den Tod nicht mehr. Warum sollte man sich vor etwas fürchten, das man jeden Tag erlebte?

Und da war Mina mit ihren weichen, warmen Armen, auf die sie sich jede Nacht freuen konnte.

ELF

Beim Morgenrapport am Montag fasste Maja als Erste ihre Erkenntnisse zusammen, welche sie über das Wochenende recherchiert hatte.

«Pfarrer Wartenfels hat einen Bruder, Thomas Wartenfels. Er wohnt in Solothurn. Pfarrer Wartenfels hatte bei ihm ein Zimmer, das er bewohnte, wenn er sich in Solothurn aufhielt. Ich konnte ihn erst gestern Abend erreichen.»

«Warum erst gestern Abend?», fragte Dornach.

«Zuerst musste ich ihn ausfindig machen. Dabei konnte mir das bischöfliche Ordinariat helfen. Leider war Thomas Wartenfels von Donnerstag bis gestern Abend verreist und hatte keine Kontaktadresse hinterlassen. Er war auf einem Kurztrip in Triest.»

«Das heisst, er wusste gestern noch nichts vom Tod seines Bruders.»

«Jemand vom Ordinariat war schneller als ich und hat ihn einige Minuten vor mir erreicht und ihm die Todesnachricht mitgeteilt.» Maja hob bedauernd die Hände. «Thomas Wartenfels trägt es mit Fassung. Anscheinend war sein Bruder krank, Prostatakrebs. Die Prognose der Ärzte lautete auf ein Jahr.»

«Hat dir Thomas Wartenfels weiterhelfen können?»

«Das wird sich zeigen. Er empfängt mich heute Mittag.»

Google brachte sich ein. «Müssten wir nicht prüfen, ob nicht allenfalls er seinen Bruder umgebracht hat?»

«Hab ich mir auch überlegt», sagte Maja. «Der Mann ist dreiundachtzig und wohl eher nicht mehr so gut zu Fuss. Wenn er am Tatort gewesen war, hätte ich das sehen müssen.»

«Gut, Maja. Du gehst der Sache nach», sagte Dornach. «Und sonst?»

«Ich habe mir das Notizbuch, das wir bei Schwester Felicitas' Zimmer –»

«Zelle», unterbrach sie Karin.

Maja rollte die Augen in ihre Richtung. «Also, das Büchlein, das wir in ihrer *Zelle* gefunden haben, habe ich mir gestern vorgenommen.» Sie tippte etwas in ihr Notebook, und auf der Leinwand war die Seite aus Schwester Felicitas' Notizbüchlein mit den Initialen und den Todesdaten zu sehen.

«Seht euch die markierten Stellen an.»

Schweigen in der Runde, bis sich Karin vorsichtig zu Wort meldete. «Die drei Frauen, die uns Jana genannt hatte. Wie hiessen die?»

Maja strahlte ihre Kollegin an. «Doutzen Lubbers, Marina Wagner und Anneke de Leenheer.»

Alle schauten überrascht zu Karin, als diese mit der flachen Hand auf die Tischplatte schlug. «Das ist er. Der Zusammenhang. Seht ihr es nicht? Die markierten Initialen: D.L. für Doutzen Lubbers, M.W. ist Marina Wagner, und A.D.L. heisst Anneke de Leenheer. Die Todesdaten stimmen auch.»

«Und die Initialen P.F.W. und S.F.R. stehen für Pfarrer Friedrich Wartenfels und Schwester Felicitas Richner», ergänzte Maja. «Hinter dem Kreuz steht bei beiden jeweils ein Fragezeichen.»

«Das würde heissen, dass Schwester Felicitas die drei Frauen gekannt hat», sagte Dornach. «Als sie von ihrer Ermordung wie auch immer erfuhr, hat sie möglicherweise daraus geschlossen, dass sie und Wartenfels die Nächsten sein könnten.»

«Hinter diese beiden Namen können wir ab sofort ein Datum setzen», sagte Karin lakonisch. «Bleiben die Initialen L.A., B.S. und N.V.D. Hast du eine Idee, was diese Initialen bedeuten könnten?» Sie sah Maja an, die den Kopf schüttelte.

«Ich habe bisher nichts gefunden, das auf Personen mit diesen Initialen deutet, bis auf einen kleinen Hinweis: Wartenfels hat am Freitag ein Institut in Val Sinestra erwähnt, wo er mit Schwester Felicitas zusammengearbeitet hat. Soweit ich herausfinden konnte, handelte es sich um ein katholisches Mädcheninternat.»

«Handelte?», fragte Dornach.

«Es wurde vor zehn Jahren geschlossen. Ratet mal, wer der Besitzer war.»

«Maja», sagte Dornach. «Es reicht schon, wenn Google hier den Rätselmeister spielt. Sag es einfach.»

Maja zeigte auf die Projektionswand, wo sie inzwischen die erste Seite des Notizbuchs mit der kleinen Tabelle erscheinen liess. «Es steht dort ganz oben: O.S.G.I.V.S.»

Alle starrten auf das Bild. Dornach war der Erste, der reagierte. «Verdammt, du hast recht. Das steht für ‹Opus Sanctae Gratiae Institut Val Sinestra›. Das Institut gehörte dem Gnadenwerk. Die Initialen weisen auf Personen, die mit diesem Institut zu tun haben – oder hatten.»

«Denke ich auch», sagte Maja. «Entweder waren es Schülerinnen, oder sie könnten auch zum Personal gehört haben. Das muss ich rausfinden.»

«Hast du versucht, an dieses Institut heranzukommen?», fragte Dornach.

«Habe ich, leider vergeblich. Das Gebäude in Val Sinestra wurde nach der Schliessung des Internats von einem holländischen Investor übernommen und ist heute ein Ferienhotel.»

«Mist!», fluchte Dornach.

«Ich hab gestern zudem das Provinzialhaus des Gnadenwerks in Zürich angerufen. Leider war niemand zu erreichen, der Auskunft geben konnte. Im Mutterhaus in Brügge, wo ich es ebenfalls versucht habe, hat man mich nach Zürich verwiesen.»

«War ja klar.»

«Da ist noch was.» Diesmal wartete Maja nicht darauf, dass sie von Dornach angestossen wurde. «Ich bin auf einige Presseartikel von vor zehn Jahren gestossen. Der Grund der Schliessung des Instituts waren offenbar Klagen von ehemaligen Schülerinnen, die angaben, dort sexuell missbraucht worden zu sein. Die Klagen wurden anscheinend anschliessend wieder zurückgezogen. Den Verantwortlichen muss es gelungen sein, das Ganze unter den Teppich zu kehren. Das Internat wurde dennoch geschlossen. Ich bleibe dran.»

Nach der Sitzung bat Dornach Maja zu bleiben. Ihm war aufgefallen, dass ihre Augen heute Morgen strahlten, und er glaubte den Grund dafür zu kennen.

«Konntest du dich mit Mike aussprechen?», fragte er, während er einen Kaffee für sie zubereitete.

«Ja, stell dir vor. Es war, wie du gesagt hast. Wir sind gestern etwas länger im Bett geblieben, bevor ich ins Büro kam. Wir haben geredet, und …» Sie nahm die Tasse entgegen, die Dornach ihr reichte.

«Und?»

«Mike hat gesagt, dass er mit mir zusammenbleiben will und dass wir eine Lösung finden werden», sagte sie mit einem Gesichtsausdruck, als ob sie die ganze Welt umarmen wollte.

«Das will ich hoffen. Mike ist schliesslich kein Idiot.» Dornach war sichtlich erleichtert. «Du bist wieder voll dabei, Maja?»

«Voll.»

«Gut, ich will, dass du und Karin euch mit Jana in Den Haag kurzschliesst. Gleicht alle Informationen mit ihr ab. Jana weiss Bescheid.»

«Offizielle Amtshilfe?», fragte Maja.

«Ich kläre das mit Jäggi. Er wird sich um Hofmann und die Bürokratie kümmern. Ich versuche derweil, den Fall Masud Bhutto heute abzuschliessen.»

«Danke, Chef.»

***

Kripo-Chef Urs Jäggi hatte keine Einwände gegen die direkte Zusammenarbeit mit Europol und versprach Dornach, die notwendigen formalen Prozeduren für die internationale Amtshilfe in die Wege zu leiten.

«Macht weiter, wo ihr angefangen habt», sagte Jäggi. «Aber ich habe da was Heikles, was dich betrifft, Dominik.»

«Ich höre.»

«Hofmann hat mich gerade angerufen. Er hat sich bitterlich beschwert, dass du Casagrande beurlaubt und gleich in die Kur geschickt haben sollst.»

«Soso, hat er?»

«Dominik, er meint, dass du deine Kompetenzen überschritten hast. Dafür will er dich drankriegen.»

«Hofmann geht mir am Arsch vorbei, Urs. Er hat Angela nach dem Vorfall im Untersuchungsgefängnis kaltblütig abgesägt. So geht man mit Menschen nicht um, die für einen den Kopf hinhalten.» Dornach machte eine wegwerfende Handbewegung. «Angela wäre fast gestorben, nur weil im ‹Höfli› ein inkompetenter Wicht sitzt, dem nichts näher ist als sein eigener Hintern.»

Jäggi hob beschwichtigend die Hände.

«Ich hab dich verstanden, Dominik. Tatsache ist, dass Hofmann Angelas Vorgesetzter ist und damit Anspruch hat, als Erster informiert zu werden.»

«Bitte, nun weiss er es», erwiderte Dornach mit einer gleichgültigen Geste. «Ausserdem habe ich den Oberstaatsanwalt informiert.»

«Du hast mit Steiger gesprochen?»

«Du weisst ja, dass wir uns seit meiner Unizeit gut kennen. Für Steiger geht es in Ordnung.»

Jäggi blies die Luft aus. «Das wird dir Hofmann nie verzeihen, Dominik. Du bist eh schon auf seiner Abschussliste.»

«Du machst mir Angst, Urs.»

Jäggi winkte ab. «Jedenfalls habe ich dir gesagt, dass du das nicht hättest tun sollen, und du hast es verstanden, nicht wahr?»

Dornach grinste.

«Also, zu den wichtigen Dingen», fuhr Jäggi fort.

«Richtig. Was weisst du über die Demo, die morgen in der Altstadt stattfinden soll?»

Jäggi machte eine unbehagliche Grimasse. «Das wird eine grössere Sache. Die Sicherheitsabteilung hat Verstärkung von anderen Kantonen angefordert. Wir wollen allfällige Übergriffe von Chaoten oder eine Gegendemo im Keim ersticken.»

«Könnte man zum jetzigen Zeitpunkt die Manifestation nicht aus Sicherheitsgründen unterbinden?»

«Wir haben keine Handhabe. Ausserdem würde es nichts nützen. Die demonstrieren trotzdem, und für uns wird es schwieriger, die Situation zu kontrollieren.»

***

Doro hatte gerade noch Zeit, ihr Fahrrad vor dem Eingang des «Königshofes» abzustellen, bevor sie sich hinter einem Gebüsch übergeben musste. Sie spülte sich den Mund mit einem Schluck Wasser aus der Flasche, die sie immer mit sich trug, blieb einen Augenblick an eine Hauswand gelehnt stehen und atmete die frische Luft vom nahen Franzosen-Ischlag-Wald ein.

Der «Königshof» war einer der ältesten und prächtigsten Patrizier-Landsitze der Stadt und war im 16. Jahrhundert von der Familie von Sury erbaut worden, deren Mitglieder über Generationen hinweg als Offiziere in den Solddiensten der französischen Könige zu Ansehen und Reichtum gekommen waren. Inzwischen hatten sich im ehemaligen Herrschaftsgebäude einige Kanzleien von Anwälten und Beratungsfirmen niedergelassen.

Es war einer der glücklichsten Tage im Leben von Doros Vater gewesen, als er den Mietvertrag für diese Räumlichkeiten für seine Kanzlei und für das Parteibüro der Patriotischen Fortschrittspartei unterzeichnen durfte. Es hatte Schubiger mit Stolz erfüllt, an diesem Ort alteidgenössischer Wehrkraft und soldatischen Kampfwillens sein Hauptquartier einrichten zu können. Der «Königshof» war für ihn ein Symbol der Ordnung, die das Ansehen und den Reichtum des Ancien Régime zusammengehalten hatte, bevor es von jenem Emporkömmling aus einer Familie von korsischen Piraten und Revoluzzern zerstört wurde.

Doro fühlte sich wieder einigermassen sicher auf den Beinen und betrat die Kanzlei. Der Empfangsbereich war leer. Schubigers Assistentin schien freizuhaben. Doro horchte an der Tür, die zu Schubigers Büro führte. Kein Laut war zu hören, er schien alleine zu sein.

Entschlossen und ohne anzuklopfen, drückte sie die Klinke herunter und stiess die schwere Eichentüre schwungvoll auf, sodass sie an die Wand schlug.

Schubiger schreckte aus einer Grübelei hoch und sah seine Tochter verblüfft an. «Doro, was ist los? Warum trittst du mir beinahe die Tür ein? Ausserdem habe ich keine Zeit. Gleich kommt –»

«Zuerst komme ich, Päpu. Wo ist Sandro?»

«Sandro? Keine Ahnung, ich suche ihn selbst.»

«Erzähl keinen Scheiss. Du weisst genau, wo er ist. Ich muss ihn sprechen.»

«Was hast du denn mit dieser Null zu besprechen?»

Anstelle einer Antwort warf Doro drei längliche Plastikstäbe auf die Schreibtischplatte.

«Was ist das?»

«In welcher Welt lebst du? Hast du nie einen Schwangerschaftstest gesehen?»

«Schwangerschaftstest?» Er nahm einen der Stäbe und betrachtete ihn.

«Bevor du fragst: Sie sind positiv, alle drei.»

«Positiv, wer …? – Du? Du bist schwanger, Doro?»

«Ja, bin ich.»

Schubiger wurde warm. Er lockerte den Kragen unter dem Krawattenknopf etwas. «Wie bist du … Ich meine, wer ist der Vater?»

«Wer, glaubst du, könnte der Vater sein?»

Es dauerte einige Sekunden, bis sich Schubigers ohnehin schon fahle Gesichtsfarbe zu einem ungesunden Grau verfärbte und sich Schweissperlen auf seiner Stirn bildeten. «Sandro», sagte er tonlos. «Sandro ist der Vater deines Kindes? Ihr seid … ihr habt …?»

«Ja, Päpu, wir sind zusammen, seit Monaten schon. Und ich werde ihn heiraten. Ich will, dass du ihn endlich in Ruhe lässt. Sandro war ein guter Mann, bis du ihn mit deiner … deiner sogenannten Politik verdorben hast. Ich werde das nicht zulassen. Und du sagst mir auf der Stelle, wo er steckt.»

Schubiger fasste sich krampfhaft an die Brust. Er starrte seine Tochter lange ungläubig mit offenem Mund an. «Das geht nicht», sagte er schliesslich.

«Was geht nicht?»

«Ihr könnt nicht zusammen sein. Ich verbiete es.»

Doro lachte auf. «Ach ja, wirklich? Falls du es nicht gemerkt hast, Päpu: Ich bin achtundzwanzig und entscheide verdammt noch mal selbst, was ich tue und lasse.»

Schubigers Gesicht hatte sich erneut verfärbt, diesmal purpurrot. Er schlug mit der Faust auf den Tisch.

«Ich habe dir gesagt, dass ich es nicht will», brüllte er. «Du wirst es wegmachen lassen, sofort.»

Doro glaubte, sich verhört zu haben. Ihr Vater, ein gläubiger Katholik, verlangte von ihr abzutreiben?

Schubiger war aufgestanden und vor seine Tochter getreten. Er packte sie hart an beiden Schultern. «Du vereinbarst heute einen Termin, oder ich tue es für dich.»

«Bist du wahnsinnig geworden? Nie im Leben! Ich werde dieses Kind haben und mit Sandro zusammen eine Familie sein. Wenn es dir nicht passt, sind wir ab sofort geschiedene Leute.»

Doro erinnerte sich nicht, dass ihr Vater sie je geschlagen hatte. Sie hatte die Ohrfeige nicht erwartet, die sie fast rücklings zu Boden geschleudert hätte. Sie spürte keinen physischen Schmerz, nur die Erschütterung vom Schlag und ein Rauschen in ihren Ohren. Es waren der Schock und das ungläubige Entsetzen darüber, dass ihr eigener Vater seine Hand gegen sie erhoben hatte, die ihr die Tränen in die Augen trieben.

«Das büsst du mir», sagte sie leise. Sie nahm ein Papier aus ihrem Citybag und warf es vor Schubigers Füsse, der es aufhob. Es war das Gruppenbild, das sie am Samstagabend entdeckt hatte.

«Was ist das?»

«Erkennst du es nicht?»

«Doro, ich –»

«Ich will keine Erklärungen von dir, nicht mehr.» Sie zeigte auf das Foto. «Was soll eine Journalistin davon halten oder die Polizei, sollte mir meine Staatsbürgerpflicht in den Sinn kommen?»

«Doro, ich habe damit nichts zu tun, ich schwöre dir, dass –»

«Ich habe noch etwas.» Sie zog den zweiten Fotoprint hervor und hielt ihn ihm vor die Augen. «Erkennst du das?»

Schubiger lief der Schweiss in Strömen über Stirn und Wangen. Doro konnte beinahe seine Angst riechen. Sie hatte nie zuvor erlebt, dass ihr Vater sich vor etwas fürchtete.

«Doro, das darfst du nicht verwenden. Du hast ja keine Ahnung, was dahintersteckt.»

Doro packte die Prints wieder in ihre Tasche. «Weisst du, Päpu, du hast einen Haufen Geld für meine Ausbildung bezahlt. Ich habe als eine der Besten meines Jahrgangs abgeschlossen. Und du glaubst allen Ernstes, ich sei naiv?» Sie trat vor ihn und richtete ihren Blick direkt auf seinen. «Ich sage dir, was ich tun werde: Ich gehe in die Redaktion und beginne mit der Recherche. Ich werde einen Artikel schreiben, der dafür sorgen wird, dass du und deine Scheisspartei für die nächsten hundert Jahre keinen Fuss mehr auf den Boden bekommt. Die Wahlen könnt ihr vergessen, denn ihr werdet durch die mediale Hölle gehen. Und deine Gnadenwerkler kannst du gleich mitnehmen. Ich werde –»

Ein Räuspern in ihrem Rücken unterbrach sie. Doro wandte sich um und sah einen Mann im Rahmen stehen. Sein Name war Marcel Dekyndt, und sie hatte ihn am Donnerstagabend kennengelernt, als er zusammen mit Bischof Abgottspon vom Gnadenwerk und Staatsanwalt Hofmann Gast im Haus ihres Vaters war. Er war ihr unheimlich. Sie mochte seinen kalten Blick nicht und auch nicht die Art, wie er mit dem Finger über die halbmondförmige Narbe unter seinem linken Auge fuhr.

«Herr Dekyndt, Sie kommen gerade richtig», sagte Schubiger.

Doro wandte sich zu ihrem Vater und rief: «Ich will wissen, wo Sandro ist, heute.»

***

Maja sass vor dem Bildschirm und tippte die Suchbegriffe ein. Karin ordnete die bereits vorhandenen Informationen und druckte, wenn und wo nötig, Dokumente aus. Sie waren gerade daran, einige Punkte abzugleichen, als Majas Telefon klingelte.

«Hartmann», meldete sich Maja zackig.

«Cranach», tönte es ebenso brüsk zurück.

«Schau, schau, die neu gekrönte Frau Oberstleutnant von den Eurocops. Muss ich Haltung annehmen?»

«Auf der Stelle, oder ich hänge dir ein Disziplinarverfahren wegen Insubordination an, du freches Stück», erwiderte Jana im gleichen Tonfall, bevor ihre Stimme sanfter wurde. «Wie geht es dir, Maja?»

«Irgendwie langweilig, wenn ich nicht zwischendurch hohe österreichische Polizeioffiziere auf die Matte legen kann.» Maja lag in ihrem persönlichen Kampfsportduell leicht vorne.

«Ich bekomme meine Revanche, warte nur, bis ich wieder voll auf dem Damm bin.»

«Ich freue mich schon darauf. Dominik hat dich anscheinend ins Bild gesetzt.»

«Hat er. Und ich hab Neuigkeiten.»

«Schiess los.»

Janas Stimme wurde ernst. «Pass auf, Maja. Da ist eine grössere Sache am Laufen. Unser Verbindungsmann beim Bundeskriminalamt in Wiesbaden hat mir ein Phantombild vom möglichen Täter zugeschickt. Ein Augenzeuge hat diesen Mann offenbar kurz vor dem Mord an Marina Wagner gesehen.»

«Schickst du's mir?»

«Ist schon unterwegs.» Kurz darauf kündigte ein Pling auf Majas Handy die eingehende Bildnachricht an. Sie sah sich das Bild an und stutzte. Die halbmondförmige Narbe unter dem linken Auge war auf der Skizze klar erkennbar. «Jana, diese Person wurde ziemlich sicher auch bei uns gesehen, von einer Mitarbeiterin der Pfarrei, wo die tote Nonne gewohnt hat.»

«Sicher?»

«Ziemlich, warte schnell.» Sie wandte sich an Karin. «Hast du das Phantombild von diesem Franzosen, den uns die Trachsel vom Pfarramt beschrieben hat?»

«Belgier», korrigierte sie Karin und begann auf ihrem Handy zu suchen. Maja stellte auf Lautsprecher um.

«Hallo, Jana», sagte Karin. «Das Bild ist unterwegs zu dir.»

«Hallo, Karin. Hab's gerade gekriegt.»

«Und?»

«Yep! Das ist unser Mann. Das ist der ‹Wächter›.»

«Der ‹Wächter›?», fragten Maja und Karin wie aus einem Mund.

«Der Mann ist ein Phantom. Ein Auftragskiller, der auch gerne zwischendurch den einen oder anderen Bombenanschlag durchführt. Ihr habt vielleicht schon vom ‹Schakal› oder von ‹Carlos› gehört.»

«Der ‹Schakal› ist eine Fiktion», sagte Maja.

«Weiss man's?», fragte Jana. «Der Wächter ist auf jeden Fall real. Aufgrund der Informationen aus verschiedenen Ländern wissen wir, dass er als Freelancer arbeitet und seine Dienste bevorzugt von rechtsradikalen Kreisen beansprucht werden, die einen gewissen Aufräumbedarf haben, wenn ihr versteht, was ich meine. Er soll vor Jahren als Söldner gegen islamistische Gruppen in Westafrika gekämpft haben. Sein Alter ist nicht genau zu definieren, circa Anfang bis Mitte fünfzig, und er ist topfit. Wir wissen, dass er Kontakte zur Paneuropäischen Front und auch zu einer obskuren katholischen Sekte hat, dem Opus Sanctae Gratiae. Er soll sehr religiös sein. Man munkelt, dass er mal Priester war.»

«Killer mit Heiligenschein», sagte Maja. «Die Gnadenwerkler sind schlagkräftige Leute.»

«Ach was! Kennt ihr die auch?»

Maja erläuterte kurz, was sie auf ihrer Seite bereits wussten. Jana ergänzte die Informationen mit ihren Kenntnissen. Als sie damit fertig war, hatten die beiden Polizistinnen das unangenehme Gefühl, auf einer geballten Ladung Sprengstoff zu sitzen.

Eine knappe halbe Stunde später hatten Maja und Karin den Brocken verdaut und ihre Fakten ergänzt und neu eingeordnet. Jana konnte ihre Vermutung bestätigen, dass die drei toten Frauen zu der Zeit Schülerinnen in Val Sinestra waren, in der Schwester Felicitas dort arbeitete. Die Vermutung verdichtete sich, dass die Mordopfer zueinander in Verbindung gestanden hatten und alle vom selben Täter umgebracht worden waren.

Maja hatte die Website des Hotels Val Sinestra gefunden und drehte ihren Bildschirm zu Karin. Auf dem Bild war ein dicht bewaldetes Tal mit steilen Berghängen zu sehen. An einer Bergflanke, umgeben vom Grün des Lärchenwaldes, stand ein schlossähnlicher Kasten mit Türmen und Erkern.

«Und das Ding steht in der Schweiz?»

«Im Unterengadin. Es ist ein Seitental des Inns bei Sent nahe der österreichischen Grenze. – He, da steht, dass es dort sogar einen Hausgeist gibt.»

«Eher nicht unser Killer.» Karin überlegte. «Also gehen wir mal davon aus, dass die drei Frauen im gleichen Zeitraum Schülerinnen in diesem Gnadenwerk-Internat waren, in dem Schwester Felicitas und Pfarrer Wartenfels dort als Betreuer oder Lehrer arbeiteten.»

Maja nickte zustimmend. «Das passt mit dem Verschwinden ihrer Personalakten aus dem Pfarramt zusammen. Jemand räumt auf.» Sie biss die Zähne zusammen. Jana hatte recht. Zumindest gab es eine verblüffende Koinzidenz zwischen dem mutmasslichen Auftauchen eines Profikillers und den Morden. Jana hatte ihnen nichts über den derzeitigen Aufenthaltsort dieses Wächters sagen können, ausser dass er hochmobil sei. Die Pfarreiassistentin hatte einen grossen, hageren Menschen mit schmalem Gesicht beschrieben. Das passte auf Dekyndt. Der Mann, den Maja bei der Voliere gestellt hatte, entsprach der Beschreibung zumindest von der Statur her. Es sprach einiges dafür, dass der Wächter sich in Solothurn oder zumindest in der Schweiz aufhielt.

«Wir müssen unbedingt herausfinden, wem die Initialen gehören, bei denen kein Kreuz steht», sagte Maja.

Karin hatte inzwischen das Blatt mit den Initialen und Zahlen hervorgenommen. Sie rollte mit ihrem Stuhl neben Maja. «Sieh mal diese Zahlen hier, das sind Daten. Es beginnt, Sinn zu machen. Siehst du das ‹EI.› in der Kolonne hier und darunter die Daten? Das könnte das Eintrittsdatum der Pensionärinnen sein.»

«‹4.83›», sagte Maja. «April 1983.»

«Die Personen auf dieser Liste sind zwischen April 1983 und Mai 1984 eingetreten.»

«Und die Daten unter dem Asterisk?»

Karin runzelte die Stirn. «Das ist mir unklar. Der Asterisk wird als Symbol für das Geburtsdatum verwendet wie das Kreuz für den Todestag.»

«Es kann nicht das Geburtsdatum der Schülerinnen sein, es liegt zeitlich nach dem Eintritt.»

«Das nicht. Diese letzte Kolonne da», Karin zeigte auf die Zahlenreihe, die mit «AKT.» überschrieben war, «das könnten Aktenzeichen sein.»

«Weshalb mussten und müssen diese Leute alle sterben? Das sieht aus wie ein regelrechter Feldzug.»

«Eine Massnahme, um unbequeme Mitwisser oder Zeugen aus dem Weg zu räumen. Darüber können wir vorläufig nur spekulieren.»

«Wir müssen als Erstes an diese Akten herankommen. Ich versuch's noch mal beim Provinzialhaus des Gnadenwerkes in Zürich. Die müssen ein Archiv haben.» Sie griff zum Hörer.

***

Der Gebäudekomplex des Instituts für Rechtsmedizin der Universität Bern an der Bühlstrasse im Berner Länggassequartier war denkmalgeschützt. Das hinderte Dornach nicht daran, den Flachdachbau aus den dreissiger Jahren des vorigen Jahrhunderts als unansehnlich zu empfinden. Immer wenn er hierherkam, glaubte er, den deprimierenden Vorkriegsmief der damaligen Zeit förmlich zu riechen, den die Mauern und Fenster ausatmeten. Jedes Mal ertappte er sich beim Gedanken, wie gut das Äussere des Gebäudes und seine morbide Bestimmung zusammenpassten. Die Verbindung zwischen Tod und Leben verlieh ihm eine Aura von Zeitlosigkeit.

Als Dornach seinen Wagen auf dem Besucherparkplatz abgestellt hatte, spürte er das mulmige Gefühl, das immer einsetzte, wenn er sich nur vorstellte, den Seziersaal zu betreten. Es war nicht der Anblick von toten Körpern an sich, der ihn krank machte. Dornach konnte problemlos minutenlang eingehend eine stark verweste Leiche aus der Nähe betrachten, solange es im Freien war. Wenn er es in einem geschlossenen Raum tun musste, machten sein Herz und sein Magen Luftsprünge, als ob alles in ihm sich gegen die Endgültigkeit des Lebens sträubte. In der Rechtsmedizin, wo in der Regel diejenigen Menschen hinkamen, von denen man annehmen musste, dass sie vor ihrer Zeit gehen mussten, machte sich dieses Gefühl am stärksten bemerkbar. Der Tod, dem Dornach normalerweise begegnete, hatte selten etwas Friedliches. Es war kein sanfter Übergang vom irdischen Leben in eine andere Dimension.

Vor dem Eingang stand Professor Dr. Sandra Bodmer mit einer Zigarette zwischen den Lippen.

«Hast du's immer noch nicht aufgegeben, Sandra?», fragte er und begrüsste sie freundschaftlich.

«Die Sargnägel geben mir immerhin einen Grund, zwischendurch auf Distanz zum Wahnsinn zu gehen, dessen Ergebnisse bei uns auf dem Seziertisch landen.»

«So schlimm?»

«Und das fragt der Mann mit der Leichensaal-Phobie.» Sie drückte mit ihren tadellos gepflegten Händen die Zigarette aus und schmiss den Stummel in den dafür vorgesehenen Aschenbehälter. «Bist du bereit?»

«Bereiter geht leider nicht.» Er umfasste mit einer vertrauten Geste ihre Hüfte, was sie ohne Weiteres geschehen liess.

«Dafür habe ich eine kleine Überraschung für dich. Freu dich, Dominik.»

«Ich kann's echt kaum erwarten.»

Dornach hatte Bodmer schon lange nicht mehr gesehen. Er war zwar einige Male im Institut für Rechtsmedizin gewesen, aber ohne sie anzutreffen. Bodmer war dunkelhaarig und hochgewachsen. In puncto Aussehen hätte sie die ältere Schwester von Pias Mutter Laure sein können.

Als er den Autopsiesaal betrat, traf ihn der widerliche Geruchscocktail aus Verwesung und Desinfektionsmittel wie ein nasses Tuch, und ein Anflug von Brechreiz stieg in ihm hoch. Dazu kam wieder das Kratzen im Hals, das ihn schon seit Tagen plagte. Reiss dich zusammen, dachte er, wenn du jetzt kotzen musst, kriegst du das jahrelang zu hören.

Masud Bhutto lag zugedeckt auf einem der marmornen Seziertische. Ein grünes Laken bedeckte seinen Körper bis auf den Kopf. Wäre seine wächserne Hautfarbe nicht gewesen, hätte man denken können, dass der Junge schliefe. Das Gesicht mit den geschlossenen Augen hatte einen friedlichen, fast erhabenen Ausdruck. Die hässlichen Verletzungen, die ihn getötet hatten, befanden sich unsichtbar an seinem Hinterkopf. Bodmer wartete, bis Dornach ihr zunickte, bevor sie das Laken zurückschlug.

Sie deutete auf zwei grosse Hämatome am Körper, die beidseitig auf Höhe der Nieren sichtbar waren. «Fällt dir an diesen Verletzungen etwas auf? Geh ruhig etwas näher ran.» Sie drückte ihm eine Lupe in die Hand.

Dornach betrachtete die beiden faustgrossen schwarzen Blutergüsse. «Stammen die von der Tatwaffe?»

«Richtig.» Bodmer zeigte auf Masuds Beine. «Gemäss Marbers Aussage hat der erste Schlag das Opfer dort getroffen, sodass es zu Boden gegangen ist.»

Dornach betrachtete lange und eingehend die schwarzen Flecken an Masuds Oberschenkeln und Knien. «Nichts Besonderes», sagte er. «Die Verletzungen stammen von demselben Schläger.»

«Lotto», sagte Bodmer. «Alle Verletzungen sind die Folge stumpfer Gewalteinwirkung, höchstwahrscheinlich mit diesem Baseballschläger.» Sie hielt eine Plastiktüte mit Marbers Schläger hoch. «Eure Kriminaltechnik war so freundlich, mir die Tatwaffe zu überlassen.»

«So weit nichts Neues.»

«Ich dachte mir, dass du das sagen würdest.» Sie zog einige Fotos aus einer Akte. «Jetzt kommt's, Dominik. Gestern habe ich mir das Opfer noch mal eingehend angesehen. – Ihr habt übrigens Glück, dass der Leichnam nicht freigegeben wurde, weil Staatsanwältin Casagrande auf einer toxikologischen Untersuchung bestand. Das dauert.»

«Angela hat's gerne ganz genau.»

«Ist mir sehr sympathisch», sagte Bodmer und zeigte ihm die Bilder, welche die tödliche Verletzung am Kopf aus verschiedenen Perspektiven zeigten. «Der Kopf weist zwei Schlagverletzungen auf, eine können wir vernachlässigen. Sie hätte höchstens zu einer Gehirnerschütterung geführt.» Sie tippte auf das Bild. «Diese da war tödlich.»

Dornach betrachtete die Aufnahmen und verglich sie mit den Wunden an Masuds Körper. «Ebenfalls stumpfe Gewalt, wie an Rumpf und Beinen.»

Bodmer nickte. «Korrekt. Wir haben den Leichnam obduziert, sobald er bei uns eingeliefert wurde. Die Untersuchung des Schädels und die Computertomografie führten uns zur Schlussfolgerung, dass die inneren und äusseren Verletzungen sowohl von einem Schlag mit einem stumpfen Gegenstand, wie unserem Baseballschläger hier, als auch von einem Sturz herrühren könnten, bei dem sich das Opfer den Kopf aufgeschlagen hat.»

«Marber hat formell gestanden, dass er den Jungen mit dem Schläger erschlagen hat», erwiderte Dornach.

Bodmer trat an den Seziertisch, auf dem Masuds Leichnam lag, und winkte Dornach mit dem Zeigefinger heran. «Sieh dir das an.»

Dornach schluckte einmal leer und trat an den Tisch. Bodmer zeigte auf den Hinterkopf des Toten. Die Stelle um die Wunde war kahl rasiert. Etwas irritiert sah Dornach auf das Foto, das er in der Hand hielt. «Auf dem Bild hat er alle Haare.»

Sie zeigte auf die kahle Stelle. «Es ist mir erst gestern aufgefallen. Deshalb habe ich auch die Haare wegrasiert.»

Mit beinahe angehaltenem Atem beugte sich Dornach über die kahle Stelle und betrachtete die Wunde. Durch die Lupe sah er, dass die Kopfhaut leichte bräunliche Vertrocknungen aufwies, kleine Rhomben, wie ein Pullovermuster. «Woher stammen die?»

Bodmer zuckte die Achseln. «Das müsst ihr herausfinden. Eines kann ich ausschliessen.» Sie hielt erneut den Schläger in die Höhe. «Die tödliche Kopfverletzung stammt nicht von diesem Schläger.»

«Von was denn sonst?»

«Von etwas, dessen Oberfläche mit diesem Muster übereinstimmt. Es könnte ein Werkzeug sein, ein Hammer zum Beispiel. Entweder wurde der arme Junge damit niedergeschlagen, oder er ist gestürzt und mit dem Kopf auf einer Oberfläche mit einer solchen Struktur aufgeschlagen. Könnte eine Steinplatte mit Mosaikmuster oder so was Ähnliches sein.»

Dornach überlegte. «Masud wurde am Hinterkopf getroffen, weil er vor Marber geflohen ist. Dieser hat zu Protokoll gegeben, dass er ihn von hinten mit dem Schläger getroffen hat.»

«Der Schläger fällt als Tatwaffe weg», sagte Bodmer. «Tut mir leid.»

«Wie kommt es, dass dieses Verletzungsmuster erst jetzt entdeckt wurde?»

Bodmer hob bedauernd die Schultern. «Die erste Obduktion wurde gleich nach Einlieferung des Leichnams durchgeführt. Zu diesem Zeitpunkt war er frisch verstorben. Nach einigen Tagen kann die Haut etwas austrocknen, und dadurch werden gewisse Spuren erst deutlich sichtbar.»

«Okay, in diesem Fall könnte das heissen, dass Marber Masud nicht geschlagen, sondern nur gestossen hat. Oder dass Masud während der Flucht gestürzt ist und sich dabei den Kopf auf einer harten Oberfläche aufgeschlagen hat, die ein solches Muster aufweist. Somit wäre es kein Totschlag, sondern ein Unfall oder schwere Körperverletzung mit Todesfolge.» Er sah Bodmer an. «Die Frage ist nun, wie genau sich Masud diese Verletzung zugezogen hat.»

«Bringt mir etwas, das dazu passt, und ich sage euch, ob es das war.»

Mit einer zustimmenden Geste zog Dornach sein Handy hervor

und fotografierte Masuds Hinterkopf. Er schickte Sebi Tschanz das Bild mit der Anweisung, mit seinem Team nach Grenchen zu fahren und einen Gegenstand zu suchen, der zum Verletzungsmuster passte.

Er umarmte Bodmer. «Das war Spitzenarbeit von dir, Sandra. Damit kommen wir einen Riesenschritt weiter.»

«Ich bin froh, dass sich der Aufwand gelohnt hat.»

Dornach wollte sie loslassen. Sie hielt ihn fest. «Halt, halt, mein Lieber. Gerade mal mit einer Umarmung kommst du mir nicht davon. Ich hab für uns einen Tisch auf der Terrasse im ‹Bellevue› reserviert. Ich will mit dir mal wieder über was anderes plaudern als über Leichen.»

«Bisher bester Vorschlag heute.»

ZWÖLF

Die Schläge der Turmuhr der reformierten Kirche vom nahen Amthausplatz kündigten Punkt zwölf Uhr mittags an, als Maja bei Thomas Wartenfels klingelte, der eine alte Villa im Greibenquartier bewohnte. Kaum war der Klingelton verstummt, wurde die Haustüre schwungvoll aufgerissen, und ein mittelgrosser schmaler Mann, dessen gutmütiges Gesicht von Trauerfalten gezeichnet war, stand vor ihr. Die einzige sichtbare Ähnlichkeit, die Thomas Wartenfels mit seinem Bruder teilte, waren die schneeweissen Haare.

«Frau Hartmann?» Er hatte dieselbe freundliche und sonore Stimme wie sein Bruder. «Kommen Sie herein.» Er ging voraus ins Vestibül. «Wollen Sie nicht erst etwas essen? Ich habe gerade eine Kürbissuppe gekocht.»

Maja lief das Wasser im Mund zusammen. Sie mochte Kürbissuppe für ihr Leben gern. «Nachher gerne, zuerst möchte ich mich im Zimmer Ihres Bruders umsehen.»

«Kein Problem, wir können später essen. Friedrichs Zimmer haben Sie schnell gesehen. Ausser einem Bett, einem Tisch und einem Schrank befindet sich nichts darin.»

Mit einer einladenden Geste führte er sie eine Steintreppe hinauf, deren Tritte mit Eichenholz verkleidet waren. «Vorsicht, das Brett auf der obersten Stufe ist lose und müsste ausgewechselt werden. Ich habe den Schreiner schon angerufen. Sie wissen ja – die Handwerker heutzutage.»

«Waren die je mal anders?» Maja übersprang vorsichtshalber die letzte Stufe.

«Der Punkt geht an Sie. Geradeaus und letzte Tür rechts, bitte.»

Er hatte nicht übertrieben. Das Zimmer erinnerte Maja vage an die Zelle, die Schwester Felicitas im Pfarramt bewohnt hatte. Lediglich das Bett sah komfortabler aus, und der Wandschrank machte einen solideren Eindruck. An der Wand hing das gleiche Hirtenbild wie im Pfarrhaus, sodass sich Maja fragte, ob das kitschige Motiv zur Standardausstattung in katholischen Schlafzimmern gehörte.

«Ich lasse Sie mal», sagte Wartenfels. «In den Fernsehkrimis wollen die Polizisten bei Zimmerdurchsuchungen auch immer alleine sein. Kommen Sie runter, wenn Sie fertig sind. Ich bin in der Küche.»

Systematisch durchsuchte Maja jedes der spärlichen Möbelstücke. Sie tastete die Matratze ab und schüttelte Decken und Kissen. Nichts. Sie fand weder Hohlräume noch verborgene Nischen, wo man etwas hätte verstecken können. Der Schrank enthielt nichts als Freizeitkleidung und zwei zivile Anzüge.

An der Wand neben dem Fenster war ein kleines hängendes Bücherregal angebracht. Es enthielt neben zwei Bibeln und einigen Sachbüchern über Glaube und Religion auch einige Krimis, darunter mehrere Bände von Gilbert Chestertons «Pater Brown» und zwei Thriller von Frederick Forsyth: «Der Schakal» und «Die Akte Odessa». Maja betrachtete die beiden Bücher. Eigenartig, dass der Alt-Pfarrer neben Krimis ausgerechnet Bücher liebte, die von politischen Verschwörungen handelten. Maja hatte den «Schakal» gelesen und wusste einiges über das Komplott im Algerienkrieg. Ein gedungener Mörder mit dem Übernamen «Schakal» sollte im Auftrag der Untergrundarmee OAS den damaligen französischen Staatspräsidenten de Gaulle ermorden.

Maja hielt nichts von Verschwörungstheorien. Seit sie selbst beinahe das Opfer eines Killers vom Typ «Schakal» geworden war, dachte sie etwas anders darüber. Die Menschen, die in den letzten Tagen und Wochen sterben mussten, waren keine Überzeichnung, sondern brutale Realität.

Als sie durch den «Schakal» blätterte, rutschte unvermittelt ein Foto zwischen den Seiten heraus und glitt zu Boden. Sie hob es auf und betrachtete das Bild. Die Farbaufnahme war vor dem Hintergrund des Eingangs eines grossen Gebäudes aufgenommen worden, das ein Hotel oder ein Kongresszentrum sein konnte. Auf dem Bild waren fünf Personen, vier Männer und eine Frau. Maja erkannte zuerst Wartenfels' breite Gestalt. Die Aufnahme musste einige Jahre zurückliegen, die Haare des Pfarrers waren dunkler als bei seinem Tod. Die Frau erkannte sie ebenfalls: Schwester Felicitas Richner war in all den Jahren seit dieser Aufnahme bis zu ihrem Tod nicht sehr gealtert.

Majas Blick schweifte weiter über das Bild und fiel auf einen hageren, langgliedrigen Mann. Sie stutzte, denn dieses Gesicht hatte sie bereits mehrmals gesehen, auf Phantombildern und am Freitag vermutlich sogar in echt. Es war der Mann, dessen richtigen Namen niemand kannte und der von allen «Wächter» genannt wurde. Maja rückte das Bild näher an ihre Augen. Die Aufnahme war nicht scharf genug, um eindeutig zu erkennen, ob der Hagere auf dem Bild eine halbmondförmige Narbe unter dem linken Auge hatte. Es machte den Anschein, dass Schwester Felicitas und Wartenfels ihren Mörder gekannt hatten. Dieser Fall nahm immer bizarrere Formen an. Maja sah sich die drei anderen Personen an. Da war jemand, den sie nicht persönlich kannte. Der Mann hatte sie bereits von ganzseitigen Inseraten in der Lokalpresse angestrahlt. In wenigen Wochen würde das Gesicht von den Wahlplakaten der Patriotischen Fortschrittspartei auf die Leute auf der Strasse heruntergrinsen. Norbert Schubigers Anblick zusammen mit den Opfern und dem mittlerweile ersten Tatverdächtigen verursachte bei Maja ein unangenehmes Kribbeln im Nacken. Die fünfte Person auf dem Bild erkannte sie vom Foto im Interview-Artikel des Sonntagsblatts. Es war Claudio Abgottspon, der Pater Superior Provincial des Gnadenwerks für die Schweiz. Jana könnte recht gehabt haben mit ihrer Vermutung, dass etwas Grosses am Kochen war.

Sie stöberte durch die übrigen Bücher, ohne etwas zu finden. Als sie fertig war, ging sie nach unten in die Küche, wo Wartenfels bereits auf sie wartete. Nach anfänglichem Zögern nahm sie seine Einladung zu einem Teller Kürbissuppe an, auch weil sie den alten Mann, der mit seinem Bruder den letzten lebenden Verwandten verloren hatte, nicht enttäuschen wollte.

Sie bereute ihre Entscheidung nicht. Maja glaubte, nie eine solch gute Kürbissuppe gegessen zu haben, und sagte es Wartenfels auch.

«Ich habe geröstete Kürbiskerne dazugetan und natürlich einen Schuss Biovollrahm», sagte er, erfreut über den Appetit, den die junge Frau zutage legte.

«Hat Ihr Bruder mit Ihnen über seine Zeit in diesem Institut Val Sinestra gesprochen?», fragte Maja, während er ihr einen zweiten Teller schöpfte.

«Nein, nie», sagte Wartenfels und sah ihr dabei direkt in die

Augen. «Kurz bevor diese Einrichtung geschlossen wurde, wirkte er unruhig und bedrückt. Ich vermutete, dass es daran lag, dass er nicht wusste, wohin er danach gehen sollte.»

«Er hat Ihnen nie gesagt, warum das Institut geschlossen wurde?»

«Nie. Nach seiner Weihe zum Pfarrer von St. Ursen zog Friedrich in die Probsteigasse. Wir haben uns nur an den Sonntagsmessen oder an hohen Feiertagen gesehen. Nach seiner Pensionierung hielt er sich meistens im Kloster Beinwil oder bei den Benediktinern von Mariastein auf. Nur wenn er zwischendurch nach Solothurn kam, wohnte er bei mir.»

Maja liess sich zu einem Kaffee überreden. Das Einzige, was sie energisch ablehnte, war das Gläschen Abricotine, das Wartenfels ihr als Verdauungshilfe dazu einschenken wollte.

Beim Abschied nahm er ihre Hand in seine beiden und schüttelte sie herzlich. «Ich habe in meinem Alter nicht mehr oft die Gelegenheit, mit intelligenten jungen Frauen zu sprechen. Sie haben mir etwas über diese traurige Zeit hinweggeholfen. Ich danke Ihnen, Frau Hartmann. Behüte Sie Gott.»

Maja, die ansonsten nicht viel auf Gottes Bodenpersonal gab, rührte die Güte des alten Mannes, und sie fühlte sich energiegeladen, als sie zu Fuss zurück zur Schanzmühle ging. Unterwegs fragte sie sich, auf welcher Seite dieser Gott in ihren Ermittlungen stehen mochte.

***

Nach einem ausgezeichneten Mittagessen auf der Terrasse des «Bellevue», mit Blick über die Stadt auf den Gurten und die Berner Alpen am Horizont dahinter, setzte Dornach Bodmer beim Institut ab und machte sich auf den Rückweg.

Als er auf der A 1 über die Grauholzhöhe fuhr, gab der Verkehrsfunk eine der üblichen Stauserien durch, die den Verkehr zwischen der Ausfahrt Kriegstetten und der Verzweigung Härkingen nur akkordeonmässig fliessen liess. Er überlegte sich, ob es sich lohnen würde, bei Schönbühl abzufahren und auf die A 6 und die A 5 auszuweichen, als sein Handy klingelte.

«Angie, das Letzte, was ich hören will, ist, wie strahlend blau der Himmel über den gezuckerten Berggipfeln und den Engadiner Seen strahlt, wenn ich hier in einen Stau rassle.»

«Du kannst dir gar nicht vorstellen, wie der strahlend blaue Himmel über den verschneiten Gipfeln und den Seen leuchtet, Dominik.»

Dornach schmunzelte. «Gut zu hören, dass es dir besser geht.»

«Ich habe endlich mal durchgeschlafen. Wir sind gestern um sechs Uhr abends angekommen. Ines hat mich gleich ins Bett geschickt, und ich bin erst heute Morgen um zehn aufgewacht.»

Dornach dankte der Vorsehung, dass er sie am Samstag rechtzeitig gefunden hatte. Der Anblick der bewusstlosen und am Boden zerstörten Angela Casagrande würde ihn so schnell nicht wieder loslassen. Er berichtete ihr, was er herausgefunden hatte.

«Marber hat Angst», sagte Casagrande. «Warum würde er sonst eine Tat gestehen, wenn er sie gar nicht begangen hat? Jemand setzt ihn unter Druck, aber wer?»

«Denk mal scharf nach, Angie.»

Einige Sekunden blieb es ruhig in der Leitung, bis er einen erstaunten Ausruf hörte. «Du meinst …?»

«Genau.»

«Schubiger? Warum?»

«Er verwendet einiges an Energie darauf, dass wir in diesem Fall nicht weiterkommen. Er benutzt sogar seinen Spezi Hofmann, um dich abzusägen. Was sagt uns das?»

«Nichts, was wir im Moment beweisen können, Dominik.»

«Sieht so aus, leider», sagte Dornach. «Uns stellen sich nun zwei Fragen: einmal, ob es einen zweiten Mann gibt, der am Einbruch beteiligt war, und vor allem, wer er sein könnte. Sebi ist bereits dran, alle Spuren zu prüfen. Zweitens: Warum musste Masud sterben? Google kann uns hoffentlich bald etwas dazu sagen, wenn er mit seinem Computer durch ist.»

«Das ist ein verdammter Alptraum, Dominik.»

«Auf jeden Fall eine Riesensauerei. Marber könnte das Bauernopfer in einer Intrige gewesen sein.»

«Habt ihr seine Bankkonten überprüft?», fragte Casagrande. «Könnte ja sein, dass er sich seine Rolle als Sündenbock hat bezahlen lassen.»

«Google kümmert sich drum, und ich spreche nachher mit Frau Marber. Ich will wissen, inwiefern sie über die Rolle ihres Mannes in der ganzen Affäre im Bild war.»

«Immerhin stehen die Chancen gut, dass sie ihren Kindern nicht erklären muss, dass ihr Vater ein Mörder war.»

«Ein schwacher Trost.»

«Wie kommt ihr bei den Aschenkreuz-Morden voran?»

Dornach erzählte ihr von dem Foto in der Wohnung von Pfarrer Wartenfels' Bruder, über das ihn Maja kurz vor seiner Abfahrt in Bern am Telefon orientiert hatte.

«Maja ist bei ihren Nachforschungen auch auf einen gemeinsamen prominenten Freund gestossen.»

«Sag nicht, dass –», rief Casagrande verblüfft.

«Schubiger, genau. Irgendwie ist er mit seiner Fortschrittspartei mit dem Gnadenwerk verbandelt. Da hätte ich eigentlich nach dem Interview im Sonntagsblatt selbst drauf kommen können.»

«Welche Verbindung soll es da zum Fall Bhutto und Erich Marber geben?»

«Im Moment nur die, dass Schubiger ein grosses Interesse an Erich Marber zeigt und dich kaltblütig ausmanövriert hat …» Beinahe schlimmer, fügte er in Gedanken hinzu. «Da ist etwas, das wir unter diesen Umständen berücksichtigen sollten.» Er schilderte ihr, was er vor einigen Tagen mit Jana in Wien über die Paneuropäische Front diskutiert hatte. «Ich bin mir beinahe sicher, dass dieses Barmherzige Werk der Heiligen Gnade mit den Europafrontisten liiert ist. Wenn Schubiger da mitmischt, gehört die Fortschrittspartei ziemlich sicher auch zu diesem Sumpf.»

Casagrande sog hörbar die Luft ein. «Du meinst, das Ganze ist ein politisches Komplott?» Für einen Moment schwiegen beide vor der Ungeheuerlichkeit des Gedankens. «Wenn sich das so kurz vor den Wahlen herausstellen sollte, wird das ein Erdbeben auslösen, das die politische Landschaft nicht nur im Kanton Solothurn gehörig durchrüttelt.»

«Das müssten wir erst beweisen können.»

«Was sagt Hofmann dazu?»

«Erst mal nichts, ich hüte mich im Moment, ihm das zu stecken. Schubiger und Hofmann sind mir zu eng. Ich melde mich bei ihm, wenn er was von mir will, was nicht der Fall war. Wir tasten uns vorsichtig heran, Angie. Wir wollen ihn nicht überfordern.»

«Du kannst Hofmann nicht aussen vor lassen. Du kommst in Teufels Küche.»

«Fang nicht auch du damit an. Jäggi wollte mir heute Morgen schon damit Angst machen.»

«Wir machen es so: Du berichtest weiterhin an mich, und ...»

Am anderen Ende ertönte eine protestierende Stimme im Hintergrund. Dornach hörte, wie Casagrande heftig mit einer Person diskutierte. «Dominik», vernahm er Ines' resolute Stimme, «das könnt ihr euch abschminken. Angie ist zur Erholung hier. Sie soll sich von mir aufpäppeln lassen und nicht die Untersuchung per Fernsteuerung leiten. Überhaupt habt ihr beide genug gequatscht. Jetzt ist es Zeit für eine Runde Schmuseeinheiten. Also, Kinder, verabschiedet euch brav voneinander, ciao, Dominik.»

Dornach konnte knapp mit «Tschüss, Ines» antworten, bevor Casagrande kichernd zurück in die Leitung kam. «Du bist ganz schön unter der Knute.»

«Ines ist ein richtiger Feldweibel. Und sie mästet mich richtiggehend. Ich werde neue Anzüge kaufen müssen, wenn ich zurückkomme.»

«Mach dir mal keine Sorgen. Deine Traumfigur wird perfekt in deine alten Anzüge passen, wenn du wieder da bist, ciao, Angie.»

Er hörte einen Ausruf, der wie «sexistischer Macho» klang, bevor er grinsend auflegte.

***

Wegen des Telefonats hatte Dornach die Ausfahrten Schönbühl und Kirchberg verpasst und war prompt zwischen Kriegstetten und Gerlafingen in den angekündigten Stau geraten. Deshalb wollte er direkt zu Julia Marber fahren und liess sich von Karin die Adresse ihrer Eltern in Bellach geben. Sie informierte ihn, dass der zuständige Arzt im Bürgerspital Erich Marber für vernehmungsfähig erklärt habe. Dornach fuhr dorthin.

Er kam gerade rechtzeitig zu Marbers Zimmer, um zu verhindern, dass eine aufgebrachte hochschwangere Julia Marber dem wachhabenden Betreuer an die Gurgel ging. Der Beamte war sichtlich erleichtert, dass Dornach sich um die Frau kümmerte.

Sobald sich Dornach ihr gegenüber ausgewiesen hatte, begann Julia Marber auf ihn einzureden.

«Ich verlange, sofort meinen Mann zu sehen.» Ihre vom Weinen geröteten hellbraunen Augen funkelten ihn an. Wütend strich sie sich eine lose Strähne ihres dunkelblonden Haares aus ihrem Gesicht, das vor Erregung mit roten Flecken übersät war. «Dieser Mensch», sie zeigte auf den etwas hilflos wirkenden Justizbeamten, «will mir verbieten, mit Erich zu reden.»

«Sie hat keine Bewilligung», sagte der Beamte. «Die Staatsanwaltschaft hat angeordnet, dass niemand ausser seinem Verteidiger ohne Aufsichtsperson zum Beschuldigten vorzulassen ist.»

Dornach nickte. «Ich muss mit Frau Marber und ihrem Mann reden. Sehen Sie mich als Aufsichtsperson.»

Der Beamte machte achselzuckend eine einladende Bewegung zur Tür. Dornach nahm Julia am Arm und führte sie in das Zimmer.

Marber lag blass und mit geschlossenen Augen im Bett. Als Dornach die Türe schloss, öffnete er die Augen, und es dauerte einige Sekunden, bis er realisierte, wer an seinem Bett stand. Julia trat sofort an seine Seite, fasste mit beiden Händen seinen Kopf und berührte seine Stirn.

«Julia», sagte Marber. «Wo sind die Kinder?» Die Worte waren leise und kamen zögernd. Offenbar machte ihm das Sprechen Mühe.

«Auf dem Monatsmarkt mit den Eltern. Ich habe ihnen erlaubt, Zuckerwatte zu kaufen, damit sie mitgehen», sagte sie mit einem entschuldigenden Lächeln und setzte sich auf den Stuhl.

Dornach war Marber bisher nicht begegnet und stellte sich ihm vor. «Ich muss mit Ihnen darüber reden, was während des Einbruchs passiert ist.»

«Wo ist Frau Casagrande? Ich werde nur mit ihr sprechen.»

«Frau Casagrande ist krankgeschrieben. Sie können natürlich mit ihrem Vorgesetzten, Staatsanwalt Hofmann, reden. Ich rate Ihnen aber, zuerst mit mir zu sprechen.»

Marber sah von Dornach zu seiner Frau, die ihn erwartungsvoll anblickte. «Rede mit der Polizei, Erich.»

Dornach stand am Fussende seines Bettes. Marber starrte zwischen Dornach und Julia hindurch auf einen imaginären Punkt an der Wand.

«Herr Marber», begann Dornach. «Ich komme gerade vom Rechtsmedizinischen Institut.» Er machte eine Pause, um Marbers Reaktion abzuwarten, und für den Bruchteil einer Sekunde schien es ihm, dass sich seine Augen weiteten. «Haben Sie Masud Bhutto mit ihrem Baseballschläger am Kopf getroffen?»

Es herrschte Stille, bis Julia begann, auf ihren Mann einzureden. «Rede mit Herrn Dornach, Erich, bitte.»

Marbers Blick verharrte an der Wand. Dornach versuchte eine Attacke. «Herr Marber, wir wissen inzwischen, dass der Junge nicht von Ihrem Baseballschläger getötet wurde. Ich wiederhole meine Frage: Haben Sie ihn damit am Kopf getroffen?»

«Was?» Julia Marber wäre aufgesprungen, wenn ihr schwerer Leib sie nicht zurückgehalten hätte.

Dornach hob die Hand. «Ich habe lediglich gesagt, dass der Schläger Ihres Mannes nicht die Tatwaffe ist, die zum Tod des Jungen geführt hat. Ich muss von ihm genau wissen, was an jenem Abend vorgefallen ist.» Er wandte sich wieder an Marber, der unter seinem grauen Blick buchstäblich tiefer in seinem Bett versank. «Falls Sie es noch nicht gemerkt haben, Herr Marber, wir versuchen, Ihnen zu helfen.» Er zeigte zu Julia. «Ihre Frau hat bereits eine grosse Last auf sich genommen und möchte Ihr gemeinsames Kind, wenn möglich, mit einem Vater in Freiheit zur Welt bringen. Ich habe Mühe, Sie mir als kaltblütigen Mörder vorzustellen. Sagen Sie mir endlich, was wirklich vorgefallen ist.»

So vehement, wie es sein Zustand zuliess, schüttelte Marber den Kopf. «Es tut mir leid, ich kann darüber nicht reden.»

«Wir können Sie und Ihre Familie schützen, wenn Sie Repressalien befürchten.»

«Das glauben auch nur Sie», sagte Marber müde. «Tut mir leid, ich bleibe bei meiner Aussage, die ich gegenüber Frau Casagrande gemacht habe.»

«Warum tust du das, Erich?», rief Julia. «Herr Dornach versucht, dich zu entlasten. Ich habe dir gesagt, dass ich einen anderen –»

«Schweig, sag nichts mehr, Julia, bitte!», fuhr ihr Marber über den Mund.

«Aber –»

«Julia, du weisst, was auf dem Spiel steht.»

Fassungslos sah Julia Marber ihren Mann an. «Was soll mit uns werden, wenn du ins Gefängnis gehst für etwas, das du gar nicht getan hast?»

Marber blieb verstockt. Nur seine Augen begannen zu flackern.

«Ist es wegen des Geldes?», fragte Julia Marber unvermittelt. «Haben Sie dir das Geld gegeben, damit du schweigst?»

«Julia, bitte», flehte Marber. «Denk an die Kinder und», er zeigte auf ihren Bauch, «an das Kleine, an unsere Zukunft.»

«Was für eine Zukunft?», rief sie. «Was sollen die Kinder und ihr neues Geschwisterchen von ihrem Vater halten, der beschuldigt wird, einen Menschen getötet zu haben. Und was wird aus mir, wenn die Leute mit dem Finger auf uns zeigen? Bitte, Erich, sag, was passiert ist. Wir haben ein Recht, es zu verstehen.»

Dornach ging zu Julia und fasste sie am Arm, um ihr beim Aufstehen zu helfen, und führte sie aus dem Zimmer.

«Sagen Sie mir, was Sie wissen, Frau Marber. Was hat es mit dem Geld auf sich, das Sie vorhin erwähnt haben, und von wem soll Ihr Mann es bekommen haben?»

Julia Marber zog ein gefaltetes Blatt Papier aus ihrer Handtasche und gab es Dornach. «Das weiss ich auch nicht. Deswegen wollte ich mit Erich reden.»

Dornach überflog das Dokument. «Ein Kontoauszug. Ist das Ihr Bankkonto?»

Sie nickte. «Ich habe heute Morgen den Stand überprüft. Um unsere Finanzen ist es nicht zum Besten bestellt. Glücklicherweise kriegt mein Mann regelmässig Aufträge von dieser Fortschrittspartei. Als ich mir das Konto heute Morgen ansah, erlebte ich eine Überraschung.»

«Das kann ich mir denken.» Dornach tippte mit dem Finger auf eine Zeile. «Die hundertfünfzigtausend Franken, die Ihnen am letzten Freitag gutgeschrieben wurden, sind eine schöne Summe.»

«Erich macht die Finanzen. Bisher hat er für seine Dienste nie so hohe Beträge auf einmal erhalten. Auch nicht von der Partei.

So was hätte er mir sicher gesagt. Die überweisende Bank ist auch nicht dieselbe. Normalerweise zahlt die Partei die Honorare meines Mannes über die Solothurn-Jura Bank aus. Dieser Betrag kommt von einer Bank in Liechtenstein, der Auftraggeber wird nicht genannt.»

Dornach steckte den Kontoauszug in die Innentasche seines Jacketts. «Wir gehen der Sache nach», sagte er. «Was hat es mit dem anderen auf sich, den Sie vorhin erwähnt haben?»

Julia fuhr sich über die Stirn. «Ich hätte Ihnen das eher sagen müssen. Ich habe mich erst gestern wieder richtig erinnert, weil ich vom Sturz eine Gehirnerschütterung hatte. Und die Aufregung wegen Erichs Verhaftung. Ich war nicht bei mir und –»

«Machen Sie sich keine Vorwürfe, Frau Marber. Sie können es mir sagen und damit Ihrem Mann helfen. Was ist bei dem Einbruch passiert?»

Julia Marbers Gesicht verkrampfte sich. «Ich habe schon so oft nachgedacht. Zuerst war alles so verschwommen, wie durch eine Nebelwand. Inzwischen sehe ich klarer. Da war noch jemand, ein Schatten.»

«Ein Schatten?»

«Er kam aus dem Arbeitszimmer, als ich am Boden lag. Es war sicher nicht Erich und auch nicht der Junge. Es war so … alles so unreal.»

«Versuchen Sie sich zu erinnern. Ist dieser Schatten wirklich aus dem Arbeitszimmer gekommen oder vom Garten über die Terrasse?»

«Über die Terrasse?» Julia kniff die Augen zusammen, wie um damit ihr Gedächtnis besser bearbeiten zu können. «Tut mir leid, es ist wie ein Nebel. Ich kann mich wirklich nicht erinnern.»

«Macht nichts. Ist Ihnen sonst etwas aufgefallen?»

Julia schloss die Augen erneut. «Da war etwas: ein Glitzern. Ja, ein Glitzern an seinem Kopf. Es muss ein Ohranhänger gewesen sein.»

«An wessen Kopf? Masud Bhuttos?»

Sie verneinte vehement. «Auf keinen Fall. Auch nicht Erichs. Er trägt keinen Ohrschmuck.»

«Konnten Sie erkennen, was für ein Anhänger es war?»

«Ich bin nicht sicher, eine Art Kreuz in einem ovalen Ring. Es ist alles so verschwommen.» Einen Moment stand sie hilflos händeringend da. «Ich habe Ihnen Umstände gemacht. Das mit Erich wäre nicht passiert, wenn ich eher daran gedacht hätte. Ich …»

Dornach drückte ihre Hand. «Dafür helfen Sie uns jetzt umso mehr.» Er nickte mit dem Kopf zur Tür, hinter der Marber lag. «Reden Sie mit Ihrem Mann. Ich verstehe, dass er Angst um Sie und die Kinder hat. Wir können Ihnen helfen, und die Chancen stehen gut, dass er glimpflich davonkommt. Wenn es eine abgekartete Sache war, kann er geltend machen, dass er genötigt wurde. Wenn Ihr Mann mit uns zusammenarbeitet, wirkt sich das günstig für ihn aus.»

Julia Marbers Körper straffte sich, und sie sah Dornach direkt in die Augen. «Danke, Herr Dornach. Ich rede mit ihm. Ich lasse mir meine Familie nicht kaputtmachen.» Sie verabschiedete sich von ihm. Als sich die Zimmertüre hinter ihr geschlossen hatte, fiel ihm die alte Weisheit ein, die besagte, dass hinter jedem guten Mann eine starke Frau stand.

***

Dornach freute sich auf eine Tasse frisch gebrauten Kaffee. Bevor er den ersten Schluck nehmen konnte, stürmte Maja ohne anzuklopfen herein und fluchte drauflos. «Verdammte bornierte Chauvinistenschweine!»

«Ich vermute mal, dass sich diese Aussage nicht auf mich bezieht», bemerkte Dornach trocken.

«Was? Quatsch!» Maja winkte ab. «Ich meine Schubiger und seinen Verein von intellektuellen Einzellern, die sich aufführen, als ob die Welt nur ihnen gehört.»

«Was ist?»

«Ich wollte ihn befragen.»

«Wen wolltest du befragen? Schubiger?»

«Ja, wegen des Fotos, das ich bei Wartenfels' Bruder gefunden habe, du weisst schon.» Maja zeigte ihm das Foto.

«Lass mich raten: Er hat keine Zeit, richtig?»

«Genau, er hat verlangt, dass wir ihn vorladen. Ausserdem möchte er nur mit einem leitenden Beamten reden, dieses Arschloch.»

«Hat er gesagt, warum es nicht kommod ist?»

«Ja, ein Empfang mit Parteispitzen, Politikern und Wirtschaftsvertretern im Konzertsaal. Er hält dort eine Rede und muss sich vorbereiten.» Sie sah auf ihre Swatch. «Hat gerade angefangen.»

«Hast du Durst?»

Verblüfft sah Maja Dornach an. «Ich könnte schon was vertragen.»

«Komm.»

«Wohin?»

«Rüber in den Konzertsaal. Wenn der Prophet nicht zum Berg kommt, geht der Berg eben hin und crasht die Party. Bei solchen Anlässen gibt's in der Regel einen Apéro Riche mit einem ganz passablen Wein. Die Fortschrittspartei wird sich nicht lumpen lassen, wenn sie die Wahlen gewinnen will.»

«Du bist der Boss, Chef.»

***

Der Schankraum des «Falken» war bis auf den letzten Platz besetzt, als Lori Palmer die letzten Instruktionen zur Demo vom nächsten Tag erläuterte. Pia und Manu sassen ganz vorne, wobei Manus Aufmerksamkeit eher ihrem neuen Freund aus der Küchenmannschaft galt, der neben ihr sass. Pia vermutete stark, dass er der eigentliche Grund für Manus Engagement war. Sie selbst war alleine gekommen. Rafik hatte in der Hochschule zu tun.

Mit klarer Stimme und ohne Mikrofon erläuterte Palmer die Themen, die während der Manifestation zur Sprache kommen sollten. Dazwischen ertönte ein spontaner Applaus. Pia spürte, wie sich eine Mischung aus Solidarität und Kampfwillen im Raum ausbreitete und sie ansteckte. Egal, ob Schweizer oder Ausländer, Immigrant oder Niedergelassener. Sie wollten nur das eine: das Recht auf ein menschenwürdiges Leben durchgesetzt sehen, das die Verfassung dieses Landes für alle garantierte.

Palmer wiederholte den Ablauf. Um halb ein Uhr mittags würden sich die Teilnehmer auf dem Kreuzackerplatz besammeln. Sie erläuterte die Route, die mit zwei Zwischenstationen durch die Altstadt zunächst zur Kathedrale führte, wo Palmer eine Ansprache halten würde, bevor die Demonstranten vor dem Rathaus eine Petition überreichen würden.

«Wir gehen davon aus, dass die Staatskanzlei die Petition entgegennehmen wird, also entweder der Staatsschreiber oder seine Stellvertreterin.»

Als sich der Saal langsam leerte, verdrückten sich Manu und ihr Freund in eine Nische. Pia trat zu Palmer. «Ich will morgen in der ersten Reihe mitgehen, Lori», sagte sie.

«Bist du sicher?», antwortete Palmer mit besorgtem Blick. «Das kann gefährlich werden, falls wir mit Gegendemonstranten konfrontiert werden, die mit Steinen schmeissen, oder wenn die Polizei Tränengas einsetzt. Ich weiss nicht, ob dein Vater –»

«Lass den aus dem Spiel. Das ist mein Ding.»

«Das macht es nicht weniger gefährlich, Pia. Ich fühle mich verantwortlich, wenn ich dich an vorderster Front mitgehen lasse.»

«Ich kann auf mich aufpassen.»

«Daran zweifle ich seit letzter Woche keinesfalls.» Palmer legte ihren Kopf schräg und sah Pia an. «Also gut», sagte sie schliesslich. «Du bleibst in meiner Nähe, klar?»

«Danke, Lori.» Pia umarmte sie und griff zu ihrem Handy, um Rafik anzurufen.

***

Da der Konzertsaal nur einen Steinwurf von der Schanzmühle entfernt war, gingen Dornach und Maja zu Fuss.

«Uns stellt sich nach wie vor die Frage nach dem Motiv des Handelns für Masud Bhutto», sagte Dornach. «Es geht mir nicht in den Kopf, wie ein bestens integrierter jugendlicher Immigrant aus einer soliden Familie ohne jegliche einschlägige Vorgeschichte auf die Idee kommt, mitten in der Nacht bei einer Familie einzubrechen und die Bewohner zu bedrohen.»

Maja hob die Schultern. «Das liebe Geld natürlich. Vermutlich war er knapp an Taschengeld. Soviel ich weiss, sind die Bhuttos nicht sehr wohlhabend.»

«Die Wohnung machte nicht den Eindruck, als würde die Familie am Hungertuch nagen.»

«Man kann immer mehr brauchen.»

«Wie kommst du darauf?»

«Es werden nicht alle mit einem silbernen Löffel im Mund geboren», sagte Maja und warf ihm einen vielsagenden Seitenblick zu. «Als ich so alt war wie Masud, war meine Liste mit Wünschen einiges länger als die meiner Möglichkeiten. Ist übrigens heute noch so. – Hast du nichts von Google gehört? Der hat sich den Rechner vorgenommen.»

«Er hat Zeit bis …» Dornach sah auf seine Uhr. «Sein Anruf sollte jeden Moment kommen.»

«Könnte sein, dass alles anders ist, als wir denken.»

«Erklär mir das.»

«Es ist eigenartig, dass ausgerechnet Schubiger persönlich die Verteidigung von Marber übernommen hat, findest du nicht?»

«Verschwörungstheorien sind nicht so meins, trotzdem habe ich mit Angie auch bereits in diese Richtungen spekuliert.»

«Ich dachte, die ist krankgeschrieben.»

Dornach lachte. «Du solltest sie besser kennen, Maja. Angie ist ein Pitbull wie du.»

«Wuff!», machte Maja. «Wie kommt ihr auf die Idee, dass es eine Verbindung zwischen Schubiger, dem Gnadenwerk und den Aschenkreuz-Morden und dem Fall Bhutto gibt?»

«Weil wir mittlerweile überall auf dieses Gnadenwerk stossen, bei den Aschenkreuz-Morden und auch beim Fall Bhutto. Du findest das Foto mit Schubiger und den Gnadenwerklern beim Bruder des ermordeten Pfarrers, und ich habe einen Hinweis auf dieses Barmherzige Werk im Zusammenhang mit dem Einbruch bei den Marbers.»

«Die Gnadenwerkler sind ein religiöser Gebetsverein, nichts Politisches», widersprach Maja. «Ausserdem kann ich mir trotz allem nicht vorstellen, dass die Kirche in der heutigen Zeit so schnell mal Leute ermordet oder ermorden lässt.»

«Das Gnadenwerk gehört nicht zur offiziellen Kirche», sagte Dornach.

«Wo ist der Unterschied?»

«Die Verbindungen, Maja. Das Opus Sanctae Gratiae und seine Führer werden vom Vatikan geächtet, weil sie die christlichen Werte mit Rassismus und Nationalismus pervertieren. Wir vermuten, dass sie über die Paneuropäische Front enge Kontakte zu rechtsradikalen politischen Organisationen pflegen, von denen einige vor extremen Aktionen nicht zurückschrecken. Es kann sein, dass die Fortschrittspartei eine Allianz mit der Europafront sucht oder bereits eingegangen ist. Beide verfolgen gemeinsame Ziele. Du erinnerst dich, was Jana uns darüber erzählt hat?»

Maja nickte. «Bekämpfung der europäischen Integration zugunsten einer erstarkten Föderation der europäischen Staaten mit patriotischem Gedankengut. – Ich könnte kotzen, wenn ich daran denke, wie viele Dumme es gibt, die sich vom geistigen Dünnschiss dieser Leute einlullen lassen.»

Dornach machte eine Grimasse. «Du unterschätzt die Fortschrittspartei und ihre Anhänger, Maja. Die Partei rekrutiert ihre Befürworter grösstenteils aus Unzufriedenen und Wutbürgern, die ihrem Frust über die Politik der etablierten Parteien Luft machen wollen. Dumm sind sie nicht.»

«Sicher ist, dass Schubiger seine dreckigen Wurstfinger in dieser Geschichte hat. Mindestens weist das Foto darauf hin, das ich bei Wartenfels gefunden habe», insistierte Maja.

«Die Fortschrittspartei besteht nicht nur aus Schubiger, auch wenn er sie gegründet hat. Es gibt auch dort den einen oder anderen vernünftigen Menschen. Vom Hörensagen weiss ich, dass der Vizepräsident der Partei eher moderat politisiert.»

«Von dem spürt oder sieht man herzlich wenig.»

«Politik und gesunder Menschenverstand gehen in der Regel nicht so gut Hand in Hand.»

«Und was machen wir hier?», fragte Maja, als sie vor dem Konzertsaal standen.

«Wir mischen uns unter die Leute und genehmigen uns etwas. Komm, das Buffet ist schon eröffnet.»

Maja hatte sich ein Lachsbrötchen und eine Cipollata von einem Tablett geschnappt und sah sich im Raum um. Sie entdeckte Schubiger, der in ein Gespräch mit dem Landammann und dem Direktor der Solothurner Handelskammer vertieft war. Sie erkannte, dass er sie ebenfalls bemerkt haben musste, weil er zwischendurch immer wieder zu ihr herüberschielte und sich fragen mochte, wer sie war. In Jeans und der Bomberjacke entsprach sie nicht gerade dem Dresscode der wenigen anwesenden Damen im Businesskostüm. Sollte er sich ein wenig den Kopf zerbrechen, dachte sie schadenfroh und biss in ihr Lachsbrötchen. Sie lehnte ab, als ihr eine Kellnerin Wein anbot, und schnappte sich stattdessen ein Glas Bier von einem anderen Tablett. Sobald sie mit Dornach das Foyer des Konzertsaals betreten hatte, hatten sie sich getrennt. Sie konnte Dornach nicht sehen. Er musste in den Saal gegangen sein.

Um einen besseren Überblick zu erlangen, stieg sie die Treppe hoch, die vom Foyer zum kleinen Konzertsaal führte. Als sie fast oben war, blickte sie hinunter auf die Menge, die in Gruppen und in Gespräche vertieft um Bartischchen herumstanden und sich von dem mit ihren beladenen Getränke- und Essenstabletts geschickt durch das Gedränge manövrierenden Personal bedienen liessen. Aus den Augenwinkeln bemerkte sie eine hektische Bewegung. Als sie hinsah, stiess Schubiger gerade Sandro Germann vor sich die Treppe hinunter zu den Toiletten.

So schnell sie konnte, lief Maja wieder hinunter ins Foyer und ein Stockwerk tiefer. Vor der Herrentoilette war einiges los, da die Mehrzahl der anwesenden Gäste männlich war. Was immer Schubiger mit Germann vorhatte, er würde es wohl kaum unter Zeugen tun. Blieb die Damentoilette.

Vorsichtig stiess sie die Tür auf. Der Vorraum war leer. Lediglich aus einer der Kabinen vernahm sie gedämpfte Stimmen, männliche Stimmen. Sie schlich sich lautlos in die benachbarte Kabine. Durch die Wand vernahm sie, wie Schubiger Germann anzischte.

«Hast du die verdammte Tschuggerei hergeführt?»

«Lass mich los. Was faselst du da von Polizei?»

«Gerade ist Dornach von der Kripo mit einer von seinen Schlampen angetanzt. Die sieht nicht so aus, als ob sie ihm nur das Bett wärmt.»

Maja konnte sich ein Grinsen nicht verkneifen. Sosehr sich Dornach bemühte, seine Affären auf ausserhalb Solothurns zu beschränken, war sein Ruf offenbar nicht nur in Polizeikreisen bekannt.

«Ich hab mich stillgehalten und mit keinem gesprochen, ich schwör's.» Das war Germanns Stimme.

«Du tauchst bis morgen unter. Und du hältst dich von meiner Tochter fern, ist das klar?»

«Aber –»

«Kein Aber! Du tust morgen, was wir vereinbart haben. Dafür kriegst du deine hunderttausend Franken, bar auf die Hand, und bist weg, verstanden?»

«Und Doro?»

«Ich habe dir gesagt, dass ich das mit ihr kläre. Also?»

«Ich werde Doro nicht im Stich lassen, ob du es willst oder nicht, Norbert. Und ich beweise dir, dass ich es wert bin.»

Maja hörte, wie die benachbarte Kabinentür geöffnet wurde und sich Schritte von einer Person entfernten. Wenig später wurde die Toilettentür geöffnet und gleich geschlossen. Daraufhin vernahm sie akustische Signale, wie wenn jemand eine SMS in ein Handy tippte, bevor sich das gleiche Prozedere mit den Türen und den Schritten wiederholte.

Sobald Maja sicher war, dass sie alleine war, verliess sie die Damentoilette. Als sie zurück ins Foyer kam, war von Germann nichts mehr zu sehen, und Schubiger ging auf Dornach zu, der mit Doro sprach. Die junge Frau machte auf Maja einen leidenden Eindruck. Entschlossen stellte sich Maja Schubiger in den Weg und hielt ihm ihren Ausweis vor die Nase.

«Hartmann, Kantonspolizei. Wir hatten vorhin telefoniert, Herr Schubiger. Wo ist Sandro Germann?»

«Oho!», wandte sich Schubiger an Dornach, der herankam. «Eine Kollegin von dir, Dominik? Du hast ganz schön energische Mitarbeiter.» Er wandte sich an Maja und sah sie eiskalt an. «Ich hoffe, Sie sind mit dem ausländischen Gesindel, das friedliche Familien im Schlaf überfällt und unsere Frauen und Kinder vergewaltigt, auch so scharf, Frau …» Er nahm Majas Ausweis, las ihn genau und gab ihn zurück. «Hartmann.»

«Beantworten Sie meine Frage», sagte Maja hart.

«Darf diese … Politesse so mit mir reden, Dominik? Ist das die

Art, wie man mit Personen umspringt, die nur das Beste für das Land und die Gesellschaft wollen?»

«Am besten geben Sie Feldweibel Hartmann die gewünschte Information, Herr Schubiger», sagte Dornach und ignorierte dessen vertrauliche Anrede, die er sich herausnahm, nur weil er seinen Vater persönlich kannte.

«Was ist mit Sandro? Wo ist er?», fragte Doro. In ihren Augen sah Maja gleichzeitig Angst und Wut.

Schubiger antwortete mit einer herablassenden Geste: «Keine Ahnung, mein Schatz, ich habe ihn schon eine Weile nicht mehr gesehen.»

«Vor etwa fünf Minuten sind Sie mit ihm hinunter zur Damentoilette gegangen», beharrte Maja und blickte ihn ebenso kühl an wie er sie. «Wo ist er?»

Den Blick, den Doro ihrem Vater zuwarf, interpretierte Maja als vernichtend.

«Hören Sie mir mal zu, junge Frau», sagte Schubiger nun etwas ungehalten. «Was Männer auf der Toilette besprechen, ist nichts für Damen. Sandro Germann ist ein freier Mann. Wenn Sie etwas von ihm wollen, suchen Sie ihn gefälligst selbst.» Er zeigte hinüber zur anderen Seite des Raumes, wo Martin Hofmann angeregt mit Oberstaatsanwalt Steiger und einem Bankdirektor sprach. «Ich würde mich sonst gezwungen sehen, mich beim Oberstaatsanwalt über Ihr Verhalten zu beschweren.»

Maja wollte etwas entgegnen. Dornach legte seine Hand auf ihren Arm. «Frau Hartmann wollte Ihnen eigentlich etwas zeigen, Herr Schubiger. Deshalb hatte sie Sie heute Nachmittag angerufen.» Er nickte Maja zu.

Maja nahm Wartenfels' Foto aus ihrer Innentasche und hielt es Schubiger vor die Nase. Dieser betrachtete es eingehend, bevor er es ihr zurückgab.

«Schönes Gruppenbild. Da war ich um einiges jünger. Wollen Sie ein Autogramm von mir?»

Maja hielt das Foto erneut hoch. «Von wann und wo stammt die Aufnahme?»

«Gute Frau!» Schubiger breitete beide Arme aus. «So gut wie ich darauf aussehe und nach der Kleidung zu schliessen, dürfte die

Aufnahme gut und gerne mehr als zehn Jahre zurückliegen. Kurz und verständlich für Sie: Ich habe keine Ahnung.»

Maja liess sich nicht provozieren und zeigte auf den hageren Mann und eine weissbärtige Person mit lauerndem Blick.

«Was haben Sie mit diesen beiden Personen zu tun?»

Schubiger zeigte auf den weissbärtigen Mann neben dem Hageren. «Claudio Abgottspon ist ein alter Freund und Weggefährte seit dem Studium. Er hat Theologie studiert und ich Jura. Als er zum Gnadenwerk ging, begann ich meine politische Karriere. Wir sind enge Freunde geblieben und tauschen Erfahrungen aus, auch seit er zum Provinzialoberen der Schweiz für das Gnadenwerk ernannt wurde.»

Majas Zeigefinger fuhr zum Hageren. «Und dieser Mann?»

Schubiger machte eine gleichgültige Grimasse. «Kenne ich nur flüchtig. Angeblich ein Berater des Gnadenwerks. Er war Franzose oder Belgier.» Er zeigte auf das Foto. «Das könnte aufgenommen worden sein, als ich eines der Häuser des Barmherzigen Werkes der Heiligen Gnade besucht habe. Wann und wo das war, weiss ich nicht mehr. Entschuldigen Sie mich bitte. Es wollen einige wichtige Leute mit mir sprechen. – Kommst du, Doro?» Ohne Dornach und Maja eines Blickes zu würdigen, drehte er sich um und ging weg.

Als ihr Vater ihr den Rücken zukehrte, wandte sich Doro Schubiger an Maja. «Ich muss Sie sprechen wegen Sandro. Morgen.»

«Ja. Wann?»

«Ich rufe Sie vorher an», sagte Doro schnell und entfernte sich.

Dornach nahm Maja beim Arm. «Genug am Käfig gerüttelt. Wir gehen.»

«War ich gut?», fragte sie, als sie durch den Park des Kunstmuseums zurück zur Schanzmühle spazierten.

«Unbezahlbar. Wir wollen mal sehen, was die ‹Dunkle Macht› als Nächstes unternimmt», erwiderte Dornach.

DREIZEHN

Als sie die Waffe leer geschossen hatte, legte Jana ihre Glock 17 auf die Ablage und drückte auf den Auslöseknopf, der die Zielscheibe mit dem stilisierten Umriss eines Mannes, der eine Schusswaffe auf sie anlegte, zu ihr gleiten liess. Schon auf halber Distanz konnte sie erkennen, dass das Trefferbild nicht gut war. Sie hatte lediglich neun Patronen in das Magazin geladen, welches siebzehn Schuss fasste. Nur fünf Einschüsse waren im gewünschten Zielbereich: Kopf und Brust. Sie war mit der Streuung nicht zufrieden.

Jana setzte fünfzehn Schuss ins Magazin ein und liess die Scheibe auf dreissig Meter Distanz zurückgleiten. Der Pistolenschiessstand im Keller des Europol-Gebäudes war voll automatisiert. Jana war froh, an diesem Abend alleine hier zu sein. Sie liess die Scheibe per Knopfdruck in eine von ihr abgewandte Ausgangsposition drehen und programmierte Sieben-Sekunden-Sequenzen. Die Scheibe würde sich während sieben Sekunden mit der Front zu ihr drehen. Sie musste drei Kugeln, jeweils eine in den Kopf und zwei in die Brust, platzieren, bevor sich die Scheibe in die Ausgangsposition zurückdrehte. Nach weiteren zehn Sekunden würde sich das Ziel für die nächste Salve wieder ihr zuwenden.

Nach drei Durchgängen war sie recht zufrieden. Die Einschüsse waren enger gestreut als vorher. Lediglich auf der Stirn lagen sie zu weit rechts. Sie wollte zwei weitere Durchgänge versuchen und setzte den Gehörschutz erneut auf. Sie atmete tief durch, bevor sie auf den Zeitauslöser drückte.

Als sie den stilisierten Kopf des Zielbildes im Visier hatte, durchfuhr es sie wie ein Blitz. Sie kniff für den Bruchteil einer Sekunde die Augen zusammen und spürte den kalten Schweiss, der aus ihren Poren floss. Als sie die Augen wieder öffnete, sah sie ihn vor sich. Es war nicht mehr der stilisierte Umriss eines gesichtslosen Kopfes, sondern sie starrte direkt in die glühenden Kohlenaugen des Wolfs: Slavko Vukovic. Ihre Hand begann so stark zu zittern, dass ihr beinahe die Glock aus den Händen glitt.

Am Nachmittag war Jana an der Stelle gewesen, wo das Schicksal den Wolf eingeholt hatte: vor dem Haupteingang des Gebäudes des Internationalen Strafgerichtshofes für das ehemalige Jugoslawien am Churchillplein. Sie hatte sich genau auf den Punkt gestellt, wo die zwei Kugeln des Scharfschützen den Wolf getroffen hatten, eine in die Brust und die zweite in den Kopf. Jana hatte ihre Augen geschlossen und sich an jenen Tag zurückversetzt. Vor ihrem geistigen Auge war sie zum Schützen geworden, der auf dem Dach des Novotel Den Haag World Forum auf der Lauer gelegen hatte. Sie visierte den Körper des Wolfs durch das Zielfernrohr an, bevor eine rote Fontäne aus Brust und Rücken schoss und das zweite Projektil seinen Kopf in einer blutigen Wolke zur Hälfte wegschoss. Jana konnte die Panik und Verwirrung der Umstehenden sehen, von Vukovics Anwälten, die sich in Panik zu Boden warfen, und den Sicherheitsleuten, die ihre Schusswaffen gezogen hatten und ins Leere zielten. Sie sah sich im vermummten Schützen, der das Gewehr zerlegte und es in die dazu passende Tasche steckte, zusammen mit den beiden Patronenhülsen, die er vom Boden des Daches aufgelesen hatte.

Ihre Liebsten waren gerächt. Jana musste mit ihrer Schuld und ihren Toten weiterleben. Unvermittelt erfasste sie Wut, auf sich, auf Vukovic und das Schicksal, das ihr ein richtiges Leben verwehrte. Sie schaltete den Zeitmechanismus aus. Als sich die Scheibe ihr zuwandte, verschoss sie das restliche Magazin in einer Salve, ohne zu sehen, was und wie sie traf. Sie entlud die Waffe und trat an den Reinigungstisch. Eine Bewegung hinter ihr verriet ihr, dass sie nicht allein war. Sie fuhr herum. Horacek. «Verflucht, Stephan, wie lange stehn S' hier schon herum?»

«Entschuldigen Sie, Oberstleutnant, ich wollte Ihre Konzentration nicht stören.»

Jana winkte ab. «Schon gut, ich hab mich nur erschrocken. Was haben Sie?» Sie nahm einen Schluck Wasser aus ihrer Trinkflasche.

«Ich habe alle Informationen beisammen.» Horacek hielt ihr sein Tablet hin. Der Bildschirm gab die Porträtbilder der Mordopfer Lubbers, Wagner und de Leenheer wieder. Es waren offenbar alte Ausweisbilder, auf allen war der Teilabdruck eines Stempels zu sehen, der einen stilisierten Baum darstellte.

«Woher stammen die Fotos?»

«Das sind Aufnahmen aus Personalakten von ‹Verts sans Frontières›. Dabei handelt es sich um eine internationale Umwelt- und Tierschutzorganisation. Man könnte sie als Konkurrenz zu Greenpeace bezeichnen. Sie sind nur in Europa aktiv und –»

«Passt schon, ich kenne die ‹Grünen ohne Grenzen›. Sie wollten mich nach dem Studium mal anwerben. Schliesslich war ich denen, na …», sie schnippte mit den Fingern, «nicht vegetarisch genug.» Jana zwinkerte Horacek zu, der selbst weder rauchte noch trank und den sie nie beim Verzehr von Nahrung gesehen hatte, die auch nur annähernd etwas Tierisches enthielt.

Horacek verzog keine Miene.

«Die sind auch politisch aktiv, nicht wahr?», fragte sie weiter.

«Ja, zusammen mit Amnesty International setzen sie sich für die Bewahrung und Einhaltung der Europäischen Menschenrechtskonvention ein. In den letzten Jahren haben sie sich vor allem gegen die wachsende politische Radikalisierung nach rechts engagiert. Sie haben nationale rechtsextreme Parteien und Gruppierungen im Visier, wie die ‹Action Populaire› in Frankreich, die ‹Vlaamse Patriotten› in Belgien oder die ‹Völkischen Demokraten Deutschlands›. In der Schweiz agieren sie in kleinerem Umfang gegen die ‹Patriotische Fortschrittspartei›.»

«Und gegen die Paneuropäische Front sind sie auch angetreten?»

«Gegen die und das Opus Sanctae Gratiae.»

«Mit den Gnadenwerklern haben sie sich auch angelegt? Die haben sich mächtige Feinde gemacht.»

«Ich habe mit einem Vorstandsmitglied dieser grenzenlosen Grünen gesprochen», fuhr Horacek weiter. «Lubbers, Wagner und de Leenheer hatten sich vor allem in den Aktionen gegen die Europafrontisten und das Gnadenwerk starkgemacht.»

«Sie meinen, so stark, dass sie den Wächter auf sie losgelassen haben?»

«Das sollten wir zumindest nicht ausschliessen», erwiderte Horacek. Er wusste, dass seine Chefin diese Frage-Antwort-Spielchen liebte.

Jana sah einen Moment versonnen auf die Bilder. Schliesslich erhob sie sich, und Horacek stand ebenfalls auf. «Gute Arbeit, Stephan. Haben S' sonst was?»

Horacek nickte. «Ja.»

«Schiessen S' los.» Jana hatte derweil ihre Pistole gereinigt und wieder in ihr Holster zurückgesteckt.

«Ich hab nachgeforscht, was es zu diesem inzwischen geschlossenen Gnadenwerk-Internat in der Schweiz zu finden gibt.» Das Bild wechselte zur Schlagzeile eines Zeitungsartikels. «Dieser Artikel stammt aus dem ‹Bündner Boten›, einer Tageszeitung, die im Kanton Graubünden herausgegeben wird.»

«KATHOLISCHES INTERNAT IN VAL SINESTRA GESCHLOSSEN!», las Jana. Der Untertitel lautete: «Ehemalige Schülerinnen reichen Strafanzeige wegen sexuellen Missbrauchs, Misshandlung und Totschlag ein.» Jana sah auf das Datum des Artikels. «Das ist zehn Jahre her. Die drei Frauen waren vor etwa dreissig Jahren Pensionärinnen dort. Wo ist der Zusammenhang?»

Zum ersten Mal, seit sie in Den Haag angekommen waren, sah Jana Horacek lächeln. «Ich habe mir erlaubt, mir Zugang zu den Akten von damals zu verschaffen.»

«Na, na, Stephan», sagte Jana mit erhobenem Zeigefinger. «Sie haben sich nicht zu etwas Illegalem verleiten lassen, hoffe ich.»

«In keinster Weise, Oberstleutnant. Es war nicht ganz leicht, ich habe die Namen der Frauen herausgefunden, welche damals mit ihrer Klage die Schliessung des Internats erwirkt haben.»

«Lassen Sie mich raten», sagte Jana. «Unsere drei Opfer?»

«Akkurat, Oberstleutnant, und da ist noch etwas.»

«Bitte, Stephan! Spannen Sie mich nicht auf die Folter, es ist schon spät.»

«Pardon, Oberstl...» Er verkniff sich den Rest der Anrede, als er ihren Blick sah, und räusperte sich. «Zu den Personen innerhalb des Gnadenwerkes, gegen die damals unter anderem in dieser Angelegenheit ermittelt wurde, gehörten eine gewisse Schwester Felicitas Richner, Hausgouvernante, und der Internatsgeistliche, Pfarrer Friedrich Wartenfels.»

«Die beiden sollen sich an den Mädchen vergangen haben?»

«Das konnte ich nicht genau eruieren. Auf jeden Fall haben sie davon gewusst, die Übergriffe geduldet oder sogar begünstigt.»

Jana stand auf. «Stephan, das ist ausgezeichnet. Gehen S' und machen S' Feierabend.»

«Soll ich den Wagen vorfahren?»

«Nein, ich muss ein Telefonat erledigen. Ich nehm mir später ein Taxi.»

Horacek blieb in der Türe stehen. «Oberstleutnant, mir wäre es lieber, wenn –»

«Wissen S', was mir lieber wär, Stephan?», sagte Jana, ohne das Aufräumen des Reinigungsplatzes zu unterbrechen. «Gehen S', entspannen S' sich in einer Bar, trinken S' einen Eistee und flirten S' mit einem feschen Dirndl oder von mir aus auch mit einem attraktiven jungen Mann, wenn Ihnen das lieber ist. Tun S' mir bitte einen Gefallen, wenn S' schon den ‹Oberstleutnant› nicht lassen können: Leben S' a bisserl, verstanden?»

«Obers… ähm … ich –»

«Das ist eine dienstliche Anweisung, Stephan. *Baba!*», sagte sie beim Hinausgehen und liess ihn stehen.

Als sie draussen war, trat Horacek an ihren Schiessplatz und liess die Zielscheibe herangleiten. Jana hatte zuletzt sechs Kugeln verschossen, drei auf den Kopf und drei auf die Brust. Horacek zog eine neu herausgegebene Fünf-Euro-Sammlermünze «Planet Erde» hervor, die er stets bei sich trug, und hielt sie über die Einschusslöcher an beiden Stellen. Sie lagen alle im Radius des blau schimmernden Geldstücks.

***

Dornach, Maja und Karin schauten Google über die Schultern, während dieser durch die Programme und Dateien von Masud Bhuttos Rechner navigierte. Auf der Festplatte hatte er einige wenige nichtssagende Textdateien und Bilder gefunden. Masud zu Hause mit Eltern, Masud zu Hause ohne Eltern, Masud am Familienfest, Masud bei der Hochzeit eines Cousins. Keine Partybilder, Schmuseschnappschüsse oder Amateurnacktbilder von sich selbst, Freundinnen oder Bekannten. Nicht einmal eine Aufnahme von Sabrina im Bikini war zu finden.

Die Ermittler sahen sich an.

Maja machte als Erste ihrer Frustration Luft. «Und dafür hast du uns das ganze Wochenende hingehalten, Google?»

Google drehte sich nach seiner Kollegin um. «Komm schon, Maja. Habe ich euch je enttäuscht?»

«Eigentlich nicht», sagte Karin, die es sich mit dem bärtigen Bären nicht verderben wollte.

«Einmal ist immer das erste Mal», entgegnete Maja schnippisch.

«Danke für dein Vertrauen», brummte Google, als er sich wieder seinem Bildschirm zuwandte. «Haltet euch fest.» Er wechselte zum Internet Explorer und tippte im Suchfenster eine ellenlange Buchstaben-Zahlen-Kombination ein. Er drückte auf die Enter-Taste. Es dauerte einige Sekunden, bis sich eine Seite aufbaute.

«He!», riefen Maja und Karin erschrocken, als mit einem Schlag ohrenbetäubende Heavy-Metal-Musik in voller Lautstärke ertönte. Auch Dornach steckte sich die Finger in die Ohren.

«Ups», rief Google und drehte den Ton leiser. «Sorry.»

«Das hast du absichtlich gemacht», sagte Maja und stiess ihre Faust in seinen Rücken.

«Kleiner Weckruf für späte Gäste.» Google grinste.

«Und was ist das?», fragte Dornach, als sich die lautstark angekündigte Seite fertig aufgebaut hatte. «Ich sehe nur schwarz.»

«Logisch, wir sind im Darknet.»

«Wo?», fragte Dornach. Maja und Karin sahen sich entgeistert an. «Scheisse!», sagte Maja.

«Riesenscheisse!», quittierte Karin.

«Klärt ihr mich bitte auf?», verlangte Dornach.

«Das Darknet oder ‹Schwarze Internet› ist ein sogenanntes ‹Peer-to-Peer Overlay›-Netzwerk im Gegensatz zum Internet, welches ein einfaches ‹Peer-to-Peer›-Netzwerk darstellt.»

«Geht's auch ohne Fachchinesisch, Google?», fragte Dornach gereizt.

Karin sagte: «Das Darknet ist eine Art Internet im Untergrund, zu dem nicht alle Zugang haben wie beim offenen Internet, wo du dich jederzeit auf allen Webseiten einloggen kannst. Im Darknet müssen sich die Teilnehmer kennen und können nur mittels spezieller Codes und Sicherheitsschlüssel auf die Seiten zugreifen.»

Google hob einen Daumen. «Besser als die Kleine hätt ich's nicht sagen können», sagte er und kassierte einen Klaps von Karin am Hinterkopf.

«Ich spekuliere mal», sagte Dornach. «Die Leute, die sich da im Dunkeln tummeln, haben nicht nur Gutes im Sinn?»

«Drogenhandel, Kindersex, Waffenschieberei, Mordaufträge …», sagte Google.

«Wie kommt's, dass du Zugang zu diesem Darknet hast?»

Google drehte sich um und sah seinen Chef an. «Ich glaube nicht, dass dich das wirklich interessiert.»

Dornach winkte ab. «Pass bloss auf, dass Angela keinen Wind davon bekommt, sonst ersäuft sie dich in heisser Lava.»

«Wollt ihr sehen, was ich gefunden habe, oder nicht?»

«Mach mal, wo wir schon hier sind», sagte Maja.

Auf dem schwarzen Bildschirm waren ein Löwe und ein Adler in Rot zu sehen, die sich gegenüberstanden. Leicht erhöht über ihnen prangte ein Kreuz in der gleichen Farbe. Darunter stand in verschiedenen europäischen Sprachen und Schriftzeichen: «GLAUBE – STÄRKE – MACHT».

«Romantisch», bemerkte Maja.

«Gell? Gleich wird's noch kuschliger.» Google fuhr mit dem Cursor auf eine Schaltfläche, die mit «Forum» bezeichnet war, und klickte auf eine Seite mit Postings von verschiedenen Teilnehmern, die sich mit Hilfe von Phantasie-User-IDs regelrechten Gewaltorgien hingaben. Bei einigen waren Links zu Video- oder Bilddateien angehängt. Google klickte eine der Verbindungen an. Kurz darauf war eine Szene zu sehen, in der ein junges europäisch aussehendes Mädchen von etwa einem Dutzend meist weisser Männer vergewaltigt wurde, indem man ihm die verschiedensten Gegenstände in sämtliche Körperöffnungen einführte. Unter dem Gejohle und Gelächter der Männer wand sich das geknebelte Mädchen vor Schmerzen. Zwischendurch schwenkte die Kamera zu einer anderen Gruppe, auf einen jungen Mann. Das musste der Freund des Mädchens sein, der von den anderen aufs Brutalste zusammengeschlagen wurde. Die Sprache war nicht verständlich. Er schien zu betteln, von dem Mädchen abzulassen, während er von fünf Männern gleichzeitig Prügel bezog.

Die vier starrten stumm auf die Szene, bis Karin sich abwandte. Maja hatte ihre Lippen zusammengepresst und atmete schwer.

Sie hatte ihre Hände zu Fäusten geballt, sodass die Fingerknöchel weiss hervortraten.

«Das genügt, Google», sagte Dornach. Seine zuckenden Wangenmuskeln verrieten, dass auch er um seine Beherrschung kämpfte. «Was um alles in der Welt hat Masud da getrieben?»

«Gechattet.»

«Gechattet?»

«Ja, das müsst ihr euch nicht am Bildschirm ansehen. Ich habe die Protokolle ausgedruckt.» Google händigte jedem ein kleines Bündel ausgedruckter A4-Bögen aus. «Ich führe euch rasch durch, okay? – Masud Bhutto hatte sich den Benutzernamen ‹orientalsword› gegeben.»

«Geistreich. Wie konntest du die Benutzernamen identifizieren und zuordnen?», fragte Dornach.

«Dazu brauchte ich eben das Wochenende. Ich musste all die Chats durchlesen. Freunde, eins sage ich euch: Ich habe für einige Zeit genug von Krimis und Horrorfilmen.» Er tippte auf seinen Ausdruck. «Ich habe mich auf die Chats konzentriert, die einige Tage vor dem Einbruch ausgetauscht wurden. Dabei bin ich auf Masud und seinen Partner gestossen.»

«Wen meinst du mit Partner?», fragte Maja.

«Er hat immer nur mit einem User gechattet, der sich den putzigen Namen ‹Tellson› zugelegt hat.»

Maja lachte auf. «Tells Sohn? Bei dem Typen hat der Schuss wohl den Apfel verfehlt und die Birne getroffen. Das sind solche Arschlöcher, ey!»

«Wie dem auch sei», fuhr Google ungerührt fort. «Die beiden haben kurz vor dem Einbruch heftig korrespondiert. Die letzte Kommunikation kam vom Tellensöhnchen aus: ‹Es steigt morgen in Grenchen, Alpenstrasse 234, fünftausend.›» Google hielt seinen Ausdruck hoch. «Ab hier wird's spannend, seht euch die markierte Stelle an.»

«Orientalsword schreibt: ‹Ich will mehr›», las Dornach vor. «Antwort von Tellson: ‹Fünftausend war vereinbart.› Antwort: ‹Zehn oder ich lasse es auffliegen.›» Dornach liess das Blatt sinken. «Masud hat seinen Partner erpresst.»

«Und der Tellensohn ist darauf eingegangen», sagte Maja. «Hier steht es: ‹Gut, zehn, bis morgen.›» Sie sah Dornach und Karin an. «Das könnte das Mordmotiv sein. Ich verstehe das nicht. Weshalb lässt ein solider Junge wie Masud sich gegen Bezahlung für Einbrüche anheuern?»

«Wegen seinem Vater», meldete sich Karin zu Wort.

«Seinem Vater?»

Karin nickte. «Sabrina Demuth hat es angedeutet, als sie mir am Freitag Masuds Rechner gebracht hat.» Sie wandte sich an Dornach. «Der Vater hat sich dir und Angela als der Weltoffene präsentiert. Ihr müsst euch das mal vorstellen: Masud und Sabrina liebten sich. Eine Teenagerliebe, ja, aber eine aufrichtige. Der Vater wollte seinem Sohn eine gekaufte Braut an die Hand geben, die er nicht einmal kannte. Das hat dieser Masud im Kopf nicht ausgehalten.»

«Er brauchte das Geld, um auszubrechen, weg von den Eltern, zusammen mit seiner Freundin», sagte Dornach. «Wusste Sabrina Demuth von Masuds Einbruchsvorhaben, Karin?»

«Bestimmt nicht, oder sie ist eine gute Schauspielerin. Mir kam sie als komplett ahnungslos herüber.»

Dornach überlegte. «Fragt sich, wie Masud zum Kontakt im Darknet kam.»

«An einer Party hier in Solothurn», sagte Google. «Sie haben darüber gechattet. Masud hat sich regelrecht anheuern lassen.»

«Heisst das, dass Tellson aus der Gegend stammt?»

«Sieh selbst», antwortete Google. «Auf der vierten Seite: Der Idiot hat ein Foto von sich gepostet. Na ja, sie hatten sich ja schon live gesehen und wollten ein Andenken. Sieht recht gut aus, der Junge.»

Alle blätterten zu der besagten Stelle. «Das ist doch …», begann Karin.

«… Sandro Germann», ergänzte Dornach. «Er ist der zweite Täter.»

Maja zeigte auf den Bildschirm. «Kannst du mal den Bereich ranzoomen, wo sein Ohr zu sehen ist?», fragte sie Google. Nach ein paar Klicks war nur Sandros Ohr zu sehen, etwas unscharf, aber immerhin klar genug, dass man den glitzernden Anhänger erkennen konnte. «Das Motiv», sagte Maja.

«O.S.G», sagte Dornach. «Opus Sanctae Gratiae. Sandro Germann war die zweite Person in Marbers Haus.»

«Es passt langsam alles zusammen», sagte Dornach. «Vorhin hat mich Sebi angerufen. Er ist im Haus der Marbers in Grenchen fündig geworden. Der Boden im Vestibül ist mit Steinfliesen ausgelegt. Einige davon weisen ein Rhombenrelief auf. Könnte als Rutschsicherung oder weiss der Teufel was dienen. Jedenfalls hat Sebi auf dem ganzen Boden im ganzen Vestibül den Luminoltest gemacht. Auf einer der Fliesen sind Blutrückstände. Das Muster passt zu Masuds Verletzungen.»

«Das heisst, dass Marber den Jungen nicht erschlagen hat», sagte Maja.

«Nun ja, Marber könnte den Jungen bis ins Vestibül verfolgt haben. Dort hat er ihn mit dem Schläger an Beinen und Rumpf erwischt. Masud ist gestürzt und mit dem Kopf auf die Fliese geschlagen. Das erklärt das ganze Theater mit dem Schläger nicht.»

«Wieso behauptet Marber, dass er den Jungen in Notwehr getötet hat, wenn es nicht so war?», sinnierte Maja.

«Weil er beinahe pleite war», sagte Karin.

«Was?»

«Mit Googles Hilfe habe ich Erich Marbers Finanzen geprüft. Habt ihr gewusst, dass er finanziell angeschlagen ist? Er brauchte dringend Geld, um die Hypotheken auf sein Haus zu bedienen.»

«Damit hätten wir ein Szenario», sagte Dornach. «Germann und Masud brechen in Marbers Haus ein und werden von Erich Marber gestoppt. Masud stürzt tödlich.»

«Oder er wird von Germann getötet, weil er ihn erpresst hat», warf Karin ein.

«Und Germann soll Marber hundertfünfzigtausend Franken bezahlt haben, damit er den Totschlag auf sich nimmt?», fragte Maja.

«Das Geld kam nicht von Germann.»

«Du meinst … Schubiger hat das bezahlt? Er war der Kopf vom Ganzen?»

Dornach schürzte die Lippen. «Ich glaube, Germann hat auf eigene Rechnung gehandelt. Schubiger ist zu schlau, als dass er Einbrüche in Auftrag gibt, nicht einmal für die Verwirklichung seiner politischen Ziele. Ihm ging es eher um Schadensbegrenzung. Dafür steht für ihn zu viel auf dem Spiel. Deshalb hat Marber Angst. Er fürchtet, dass Schubiger ihn und seine Familie ruinieren wird, wenn er redet.»

«Warum sollte Schubiger das tun?»

«Das Ding könnte auf ihn und seine Partei geistiger Neandertaler zurückfallen», sagte Google. «Macht sich nicht gut so kurz vor den Wahlen. Für die Gesellschaft als Ganzes wäre es dagegen ein Gewinn.»

«Und als Marber nicht mehr wollte, hat Schubiger Marber gedroht, sodass dieser keinen anderen Ausweg mehr sah, als sich umzubringen», sagte Maja.

«Das müssten wir ihm zuerst beweisen», wandte Dornach ein. «Ich neige dazu, Google beizupflichten. Julia Marber, die von dieser Mauschelei offenbar nichts wusste, hat Germann, wenn auch nur ganz kurz, gesehen, bevor sie von Masud niedergeschlagen wurde. Germann und seine Schutztruppe gehören zur Fortschrittspartei. Er wollte um jeden Preis einen Skandal abwenden. Er hat Marber genötigt, Masuds Totschlag auf sich zu nehmen, es war ja Notwehr.»

«Aber er hat die Rechnung ohne Angela gemacht, die Marber vorwirft, exzessiv gehandelt zu haben», sagte Maja.

«Du sagst es», fuhr Dornach fort. «Schubiger übernimmt daraufhin Marbers Verteidigung. Ganz nebenbei benutzt er den Vorfall, um die Unfähigkeit von Polizei und Justiz anzuprangern und Stimmung gegen ausländische Verbrecherbanden zu machen. Damit bekommt er, sozusagen als Bonus, Auftrieb für seine Partei.»

Karin machte ein skeptisches Gesicht. «Ich traue dieser Fortschrittspartei ja viel zu, aber glaubst du wirklich, dass die so zynisch und skrupellos sind?»

«Das Erfolgsrezept populistischer Realpolitik», sagte Dornach. «Man nehme ein paar Fakten und schüre damit die Ängste der Menschen. Dann füge man so einfache wie wirkungslose Problemlösungen hinzu und präsentiere sie als alternativlos. Zum Garnieren desavouiere man die etablierte Politik als impotent und unfähig. Damit kannst du heutzutage Wahlen gewinnen. Wenn's schiefgeht, hat immer die Gegenseite schuld.» Er machte eine Pause, um sich wieder auf ihr eigentliches Thema zu fokussieren. «Trotzdem, deine Skepsis ist angebracht, Karin. Ohne Marbers Aussage kommen wir nicht weiter. Hoffen wir, dass ihn seine Frau überzeugen kann.» Er stand auf.

«Machen wir Schluss für heute. Ich kümmere mich gleich morgen früh um den Haftbefehl gegen Germann. Heute ist von Hofmann eh nichts mehr zu wollen», sagte er.

«Und was passiert mit Schubiger?», fragte Maja.

«Nichts, wir brauchen Marber und Germann oder zumindest einen von beiden, um an ihn heranzukommen.»

«So ein Mist», sagte Maja. «Ich würde diesem arroganten Idioten von Schubiger zu gern Handschellen anlegen. Aber was soll's. Ich brauche jetzt was Alkoholisches. Wer kommt auf ein Bier ins ‹Landhaus›?»

Google und Karin waren sofort dabei. Dornach versprach, nachzukommen, sobald er ein Telefonat erledigt hatte.

***

Casagrande stand mit dem Handy am Ohr vor dem St. Moritzer Diamond Club und hörte aufmerksam zu. Dornach berichtete ihr,, wie sich der Fall Marber abgespielt haben könnte. Eine Welle der Erleichterung wogte durch ihren Körper.

Etwas nüchterner nahm sie die Fortschritte in den Aschenkreuz-Morden zur Kenntnis. Jana hatte Dornach und Maja in einer Mail die letzten Informationen übermittelt. Europol und Interpol hatten die Fahndung nach dem Wächter hochgestuft. Nun wurde europaweit nach ihm gesucht. In Bezug auf die Dossiers über die ehemaligen Pensionärinnen des Instituts Val Sinestra war Maja nicht weitergekommen, bis auf die Informationen, die ihr Jana aus Den Haag per Mail übermittelt hatte.

«Das Ganze könnte wirklich politisch motiviert sein», sagte Casagrande. «So auch die Morde an Schwester Felicitas und Pfarrer Wartenfels.»

«Es bleibt vorerst nur Spekulation», erwiderte Dornach. «Was anderes: Als Maja die Akten über das Institut beim Mutterhaus des Schweizer Kapitels in Zürich anfordern wollte, wurde ihr mit grossem Bedauern beschieden, dass ausgerechnet der Teil des Archivs, das die gewünschten Akten enthielt, vor zwei Jahren einem Feuer zum Opfer gefallen sei.»

«Wie ungemein praktisch. Was macht ihr jetzt?»

«Mit dem arbeiten, was wir haben. Ausser deine Kollegin Regina Flint könnte uns mit einem Durchsuchungsbeschluss für die Räumlichkeiten im Zürcher Provinzialhaus der Gnadenwerkler aushelfen. Kann ja sein, dass die Zürcher Kollegen was finden, wenn sie genauer hinschauen.»

«Heikel, Dominik. Ich zweifle, dass Regina aufgrund der Sachlage darauf eingehen wird. – Ich könnte morgen mit Ines einen Ausflug nach Val Sinestra machen und mich mal umsehen.»

«Was hoffst du denn dort zu finden?»

«Das wird sich weisen. Alte Häuser haben Geheimnisse, die sich demjenigen offenbaren, der ernsthaft danach sucht. Ausserdem soll es dort einen Hausgeist geben. Möglich, dass er mir einen Tipp gibt, wenn ich ihn höflich darum bitte.»

«Ich wusste gar nicht, dass du zum Okkultismus neigst, Angie.»

«Wir Italiener haben eine genetische Affinität zu Geistern und Aberglaube. Ausserdem bin ich beurlaubt. Wenn's nichts bringt, war's immerhin ein schöner Ausflug. Ich hab's ja gerne wildromatisch.»

«Fühlst du dich wieder fit?»

«Wie neugeboren.»

«Ihr müsst das ganze Engadiner Inntal bis fast zur österreichisch-italienischen Grenze hinunterfahren. Ab Silvaplana sind das sicher zwei Stunden Fahrt.»

«Übernachten wir halt dort unten irgendwo, wenn's nicht anders geht.»

Casagrande verweilte einen Moment an der kühlen Bergluft. Ines hatte unbedingt ausgehen wollen, was in der Zwischensaison ein schwieriges Unterfangen war. Im November einen geöffneten Nachtclub in St. Moritz zu finden war verwegener, als auswärts essen zu gehen. Das Glück war mit ihnen. Der Diamond Club an der Via Maistra, ganz oben im Dorf, war ausnahmsweise an diesem Tag geöffnet. Eines der benachbarten Hotels hatte sich auf Tagungen und Kongresse in dieser Periode spezialisiert. Um den Teilnehmern etwas Entspannung und Bewegung nach endlosen Vorträgen, Sitzungen und opulenten Buffets zu bieten, war der Diamond Club offen und entsprechend gut besucht.

Casagrande hatte genug Nachtluft getankt und wollte hineingehen, als sie aus den Augenwinkeln eine Bewegung auf der anderen Strassenseite wahrnahm. Sie blickte hinüber und sah, wie sich ein dunkler Umriss von ihr abwandte und die Strasse entlang Richtung Dorfausgang davonging. Casagrande blickte ihm nach und zog ihren Paschminaschal enger zusammen. Die Kadenz der Schritte auf dem Asphalt in der Dunkelheit hatte sie schon einmal gehört, vor ein paar Tagen in Solothurn. Ein beklemmendes Gefühl nistete sich zusammen mit der kalten Nachtluft in ihrer Brust ein.

Kaum war sie zurück im Club, fegte der rhythmische Sound des eigens für die Woche engagierten DJs aus Zürich ihre Bedrückung fort. Ines sass an der Bar, flankiert von zwei Männern, welche sich im Werben um ihre Gunst überboten. Der kürzeste Weg zur Bar führte quer über die Tanzfläche.

Casagrande liess sich Zeit, als sie sich zwischen den Paaren und Solotänzern durchschlängelte. Sie liess sich sogar verleiten, ihren Körper im Rhythmus der Musik in Schwingung zu bringen, was ihr sofort die Gefolgschaft zweier Männer und einer Frau verschaffte, die um sie herum und mit ihr tanzten. Casagrande trug ein anthrazitfarbenes, kunstvoll mit Swarovski-Steinen besticktes Kleid. Es hatte sie ein Vermögen gekostet, als sie es damals wegen Franco gekauft hatte. Seit der Trennung hatte sie es nicht mehr getragen und hätte es auch heute nicht getan, wenn es nicht das einzige Ausgehkleid gewesen wäre, das Ines für sie eingepackt hatte. Der Saum endete eine Handbreit über dem Knie. Es bedeckte den Rücken vollständig. An der Vorderseite lud ein grosses herzförmiges Dekolleté die Blicke der Mehrheit des anwesenden männlichen Publikums zum Verweilen ein.

Mit einem freundlichen Kopfnicken bedankte sich Casagrande bei ihren kurzzeitigen Tanzpartnern und setzte ihren Weg zur Bar fort, wo die beiden Herren emsig um Ines balzten.

«Hallo, Schatz», hauchte sie und küsste Ines vor aller Augen leidenschaftlich und lange auf den Mund, was die gewünschte Wirkung nicht verfehlte: Die beiden Bewunderer entfernten sich diskret und mit langen Gesichtern.

«Sag mal», sagte Ines atemlos, nachdem Casagrande von ihr abgelassen hatte. «Was ist in dich gefahren? Ich habe schon gedacht, du legst mich gleich auf dem Tresen flach.»

«Ich wollte nur mein Territorium markieren. Die beiden Typen haben lange genug scharwenzelt.»

«Territorium?» Ein abenteuerlustiges Blitzen leuchtete in Ines' Augen. «Du darfst weitermachen, aber ich will mein Revier auch abstecken.» Sie rutschte näher zu Casagrande und begann mit einer Hand an der Innenseite ihrer Oberschenkel nach oben zu gleiten. Die Berührung auf ihren Nylonstrümpfen elektrisierte Casagrande und entlockte ihr einen kehligen Seufzer.

«Endlich bist du entspannt», flüsterte Ines ihr ins Ohr und küsste Casagrandes Hals.

«Hier bin ich auch nicht Staatsanwältin», antwortete diese schwer atmend. Ines' Hand wanderte über die Strumpfborte hinaus und glitt über die nackte Haut von Casagrandes Oberschenkel.

Unvermittelt ergriff Casagrande die Hand und hielt sie fest. «Wenn du weitermachst, verliere ich die Beherrschung», raunte sie in Ines' Ohr. «Dann sind wir dran wegen Erregung öffentlichen Ärgernisses. Lass uns gehen.»

«Ich bezweifle, dass wir hier Ärgernis erregen können, eher das Gegenteil», sagte Ines, als sie sich im Raum umsah, während sie zum Ausgang gingen.

Bevor sie zur Stelle kamen, wo Ines ihren 3er BMW parkiert hatte, durchfuhr Casagrande wieder das beklemmende Gefühl, beobachtet zu werden. Hastig drehte sie sich um. Die Via Maistra war leer bis auf eine Gruppe von drei Männern und zwei Frauen, die ebenfalls den Club verliessen und die Strasse Richtung Kulm Hotel überquerten.

«Was ist?», fragte Ines.

«Nichts, ich dachte nur …»

«Was dachtest du?»

«Vergiss es, komm, ich hab's eilig, nach Hause zu kommen.»

Kaum zurück in Ines' Ferienwohnung, machte Casagrande ihr eindeutig klar, dass sie sich den Weg ins Schlafzimmer sparen konnten.

***

Das Display von Doros Handy zeigte acht vergebliche Anrufe von Schubiger. Ihr Vater hatte ebenso viele Nachrichten auf ihrer Combox hinterlassen. Eine davon hatte sie abgehört, bevor sie das Gerät ausschaltete. Darin hatte er sie angefleht, ihm zu verzeihen. Es ginge ihm nicht um ihn selber, er habe Angst um sie. Schubiger ging sogar so weit, dass er ihr versprach, ihre Beziehung mit Sandro zu akzeptieren.

Der Letzte, den Doro sprechen oder sehen wollte, war ihr Vater. Sie sass an ihrem Arbeitsplatz im Medienhaus und blickte gedankenverloren auf die erhellten Bahngleise unter ihr, wo gerade ein Intercity Neigezug aus der Westschweiz in den Bahnhof einfuhr.

Doro nahm die Aussenwelt nur wie durch eine Watteschicht wahr. An seiner Stimme am Telefon konnte sie hören, dass ihr Vater Angst hatte. Wovor? Vor dem Machtverlust und der Schande, wenn sie den Artikel veröffentlichte, den sie gerade verfasste? Schubiger hatte nicht wütend geklungen, es war die Furcht, die aus ihm gesprochen hatte. So hatte sie ihren Vater noch nie erlebt. Nicht einmal davon liess sie sich beeindrucken. Doro war um der Wahrheit willen Journalistin geworden. Für sie war es eine Verpflichtung gegenüber der Gesellschaft. Sie erinnerte sich, wie ihr Vater sie ausgelacht hatte, als sie ihm damals erklärte, wieso sie diesen Beruf wählen wollte.

Doros Entschluss war klar. Ihr Artikel über die Verbindung der Patriotischen Fortschrittspartei zu einer von der Weltkirche abtrünnigen und fundamentalistischen katholischen Sekte war geschrieben. Die Konsequenzen für ihren Vater und die Partei im Hinblick auf die Wahlen waren ihr egal. Sie hatte zu lange zugesehen. Im Grunde war die kantonale Politik nicht ihr Ressort. Doro war sicher, dass sie den Chefredaktor morgen überzeugen konnte, den Artikel zu publizieren. Ihr wurde heiss, und sie verspürte den Drang, auf die Toilette zu gehen.

Als sie nach fünf Minuten zurückkam, lag der gesamte Bereich ihres Arbeitsplatzes im Dunkeln. Sie war die Einzige gewesen, die im Raum zurückgeblieben war. Der Raumpfleger hatte das Licht gelöscht. Er musste neu sein. Sie hatte ihn nur von hinten gesehen. Die hagere Gestalt war ihr vorher nie aufgefallen.

Sie hörte ein Klicken. Der Raum lag vollends im Dunkeln.

«Hallo», rief sie in die leere Schwärze und bemühte sich um einen festen Klang ihrer Stimme. «Machen Sie bitte das Licht wieder an. Es ist noch jemand hier.»

Vorsichtig tastete sich Doro zu der Stelle beim Eingang, wo sie den Lichtschalter vermutete. Ein Geräusch hinter ihr liess sie herumfahren. Da war nichts als die Schemen der Stühle, Schränke und Tische im Arbeitsraum. Vereinzelt blinkten Monitore im Stand-by-Modus.

Sie hörte Schritte hinter sich. Das musste der Raumpfleger sein. «Warum haben Sie das Licht gelöscht? Sie müssen gesehen haben, dass ich –», sagte sie und verstummte, als sie sich umdrehte und das Gesicht des Mannes sah. Ihr Blick fiel auf den Gegenstand, den er in der Hand hielt. Doros letzter Gedanke, den ihr Bewusstsein verarbeitete, galt ihrem ungeborenen Kind.

MINA

Gott ist Liebe, Gott ist Barmherzigkeit. Wenn es so ist, frage ich mich, wie er zulassen konnte, was meiner Mutter widerfahren war.

Sie hatte sich das Zimmer mit Doutzen, Anneke, Marina und Mina geteilt. Alle fünf waren beste Freundinnen im Leid. Es war Mina, die Mutter wirklich geliebt hatte.

Wenn sie traurig und niedergeschlagen gewesen war, weil die Hausmutter sie gequält hatte, war Mina in ihr Bett gestiegen, hatte ihre Arme um sie geschlungen und sich eng an sie gekuschelt. Wenn Mina nicht mehr weiterkonnte, ging es umgekehrt.

Alle fünf hatten nachts immer wieder heimlich das ganze Haus erkundet und alle verborgenen Durch- und Ausgänge erforscht. Sie hatten abwechselnd Schmiere gestanden, als Mina Leckerbissen aus der Küche gestohlen und an geheimen Orten versteckt hatte. Es war ihr Notvorrat für den Tag gewesen, an dem sie gemeinsam aus der Hölle fliehen wollten.

Einmal hatte sich Mina selber übertroffen. Mutter und die anderen hatten versucht, sie davon abzuhalten. Mina hatte es trotzdem getan und ein ganzes Töpfchen mit dickem frischen Rahm gestohlen, welchen die Küchenleute jeden Tag von der Milch abschöpften, die vom Bauern des Hofes Zuort geliefert wurde.

Nach dem Lichterlöschen an jenem Abend war Mutter unter Minas Decke geschlüpft. Doutzen, Anneke und Marina waren schon satt gewesen. Mina und Mutter hatten weitergenascht. Mutter hatte Minas Bauch gestreichelt, der grösser war als ihr eigener. Bei Mina war es bald so weit gewesen, zwei oder drei Wochen. Bei Mutter hingegen lag der Termin später, Ende November. Mina würde nach der Geburt nicht bleiben können, und Mutter hatte diesen Moment mehr gefürchtet als den Tod.

Sie hatten sich gegenseitig unter ihrer Decke gewärmt. Sie hatten Schokolade in den Rahm getunkt und beides auf der Zunge zergehen lassen. Mina hatte so lustige und freche Geschichten erzählen können, dass Mutter ständig laut lachen musste. Einmal war sie zu laut gewesen. Die Bettdecke war über ihnen weggezogen worden, und die Hausmutter hatte auf sie herabgestarrt.

VIERZEHN

Maja trat zu Schubiger, der auf einem Stuhl im Wartebereich der Intensivstation sass. Sie sah, dass er einige Pillen einwarf und sich schwer atmend die Brust massierte.

«Geht es Ihnen gut, Herr Schubiger?», fragte sie.

«Lassen Sie mich in Ruhe.»

Maja holte ein Glas Leitungswasser und reichte es ihm.

«Wissen Sie, wer das war?», fragte er, ohne sich zu bedanken. «Wer hat meine Tochter so zugerichtet?»

Maja gab sich Mühe, die Beherrschung zu behalten. Dornach würde bald eintreffen und sich mit dem arroganten Kerl abgeben. Sie hoffte, dass Doro sich bald erholen würde. Der Arzt war vorsichtig optimistisch gewesen, als er sagte, ihr Zustand sei im Moment stabil und man müsse abwarten. Maja machte die Feststellung des Arztes zu schaffen, dass Doro Schubiger schwanger gewesen war und das Kind verloren hatte. Ein Stromschlag von mehreren tausend Volt Spannung und mehr als zehn Ampere hatte den Fötus getötet. Da Doros Körper ausser zwei eng beieinanderliegenden Brandmalen keine typischen Abwehrverletzungen vorwies, war davon auszugehen, dass der Täter sie zuerst mit einem Elektroschocker gelähmt hatte, bevor er sie mehrmals brutal in den Unterleib getreten hatte. Vermutlich hätte er sie umgebracht, wenn ihn nicht der echte Raumpfleger mit seinem Auftauchen in die Flucht geschlagen und die Notrufzentrale alarmiert hätte. Leider war der Mann nicht in der Lage gewesen, eine genaue Täterbeschreibung zu machen, ausser dass die Person männlich war.

«Wussten Sie, dass Ihre Tochter schwanger war?»

«Das geht Sie nichts an.»

«Kennen Sie den Erzeuger?»

«Hören Sie zu», brüllte Schubiger und stierte sie aus rot geränderten Augen an. «Draussen läuft ein Irrer frei herum, der meine Tochter brutal zugerichtet hat, und Sie stellen mir private Fragen. Wenn Sie endlich Ihre Arbeit tun und unbescholtene Bürger beschützen würden, wäre das nicht passiert. Machen Sie Ihren Job, oder ich ziehe Sie und Ihren unfähigen Verein durch die Presse, dass Ihnen Hören und Sehen vergeht.»

Es kostete Maja beinahe übermenschliche Kraft, nicht zurückzubrüllen und Schubiger ihre Meinung zu sagen.

«Wir tun unsere Arbeit, Herr Schubiger», sagte sie stattdessen ruhig. «Dafür müssen wir etwas über die Lebensumstände Ihrer Tochter erfahren. So wie sie attackiert wurde, muss der Täter aus Wut gehandelt haben. Was war sein Motiv? Wusste er, dass sie schwanger war, und wollte er sichergehen, dass das Kind nicht überlebt?»

Maja sah ein schwaches Flackern in Schubigers Augen. Er sank wieder in sich zusammen. «Fragen Sie Sandro Germann», sagte er schliesslich.

Auf der Rückfahrt in die Schanzmühle beschäftigte Maja die Frage, was Doro Schubiger ihr heute hätte sagen wollen.

***

Auch Dornach hatte aus Schubiger nichts mehr herausbringen können. Er konnte oder wollte ihnen nicht helfen. Germann war unauffindbar. Man hatte die Fahndung nach ihm ausgeweitet.

«Wie kommt es, dass eine so charakterstarke Frau wie Doro Schubiger an einen Typen wie Sandro Germann gerät?», fragte Karin.

«Die Wege des Herrn und der Liebe sind unergründlich», gab Google von sich.

«Amen», sagte Maja.

«Empfindet ihr eigentlich kein Mitgefühl für die arme Frau?», schimpfte Karin. «Der eigene Freund, den sie liebt, tötet ihr Kind und sie selber beinahe mit.»

«Das wäre wahrhaftig nichts Neues, Karin», entgegnete Maja barsch. «Du kennst die Statistik: Pro Tag gibt es in der Schweiz etwa zwanzig durch Angehörige geschädigte weibliche Familienmitglieder, und durchschnittlich werden hierzulande jährlich fünfundzwanzig erwachsene Frauen von ihren Partnern getötet, das sind zwei pro Monat.»

«Es ist gut, Maja», intervenierte Dornach.

«Ist doch wahr, in diesem Land gibt es zu viele impotente Arschlöcher mit einem zu grossen Ego, das von ihren zu kleinen Schwänzen bestimmt wird.»

Für einen Moment herrschte Stille. Karin sah Maja unverwandt an. Die Männer am Tisch, die Maja länger kannten, nahmen es gelassener.

«Gut, Maja, du hast dein Statement gemacht», sagte Dornach bestimmt. «Das hilft uns hier nicht weiter. Konzentrieren wir uns auf den Fall. Es muss sich zuerst erweisen, dass es wirklich Germann war, der Doro Schubiger so zugerichtet hat.»

«Wer denn sonst?», fragte Maja trotzig.

Anstatt auf ihre Frage einzugehen, sah Dornach auffordernd zu Tschanz.

«Ich würde mich Dominiks Votum anschliessen und nahelegen, dass wir uns auf die Fakten konzentrieren. Und davon haben wir am Tatort keine in Form von Spuren oder Hinweisen gefunden, die auf Sandro Germann als Täter hindeuten.»

«Das heisst gar nichts», brummte Maja und warf Tschanz einen bösen Blick zu. «Bist du sicher, dass ihr dieses Mal wirklich gut hingeschaut habt?»

Dornach verlor die Geduld. «Was hast du eigentlich, Maja? Das heisst eine ganze Menge, nämlich dass wir uns nicht auf den einen Täter versteifen dürfen. Wenn du das nicht packst, kannst du dich bei der Aktenablage melden. Dort sind sie im Rückstand. Ich arbeite lieber mit weniger Leuten, dafür mit solchen, die Professionalität an den Tag legen. Ich hab's satt, dass du dich ständig mit allen in die Wolle kriegst. Ist das klar?»

Alle starrten Dornach mit einer Mischung aus Erschrockenheit und Verblüffung an. Niemand konnte sich erinnern, wann er das letzte Mal einen von ihnen zusammengestaucht hatte. Maja sass wie vom Donner gerührt da und brachte keinen Ton mehr hervor. Dornach liess nicht locker. «Ich habe dich gefragt, ob du mich verstanden hast, Maja?»

Maja starrte ihren Chef einige Sekunden lang stumm an, bevor sie sich an Tschanz wandte. «Entschuldige, Sebi, manchmal bin ich eine blöde Kuh.»

«Schon vergessen, Maja. Ich mag dich, wie du bist.»

Maja sah zu Karin, die neben ihr sass, und wollte etwas zu ihr sagen. Diese schüttelte nur den Kopf und umfasste kurz Majas Schulter.

Schliesslich blickte sie Dornach in die Augen. «Sorry, Dominik. Im Moment stehe ich etwas neben mir, aber du kannst dich hundertprozentig auf mich verlassen.»

Dornach nickte. «Gut. Was haben wir weiter?»

«Wenn wir nicht an das Archiv des Instituts in Val Sinestra herankommen, haben wir keine Chance, herauszufinden, wer hinter den übrigen Initialen steckt. Feuer hin oder her, es muss irgendwo Kopien dieser Unterlagen geben», sagte Maja.

«Welche Personen sind als potenzielle Todeskandidaten gekennzeichnet?»

Maja zeigte Dornach die fotokopierte Seite. «Insgesamt sind es acht Personen. Fünf davon sind schon tot: die drei Frauen aus Maastricht, München und Antwerpen sowie Schwester Felicitas und Pfarrer Wartenfels. Bleiben L.A., B.S. und N.V.D.»

Dornach sah auf das Blatt und stutzte. Ein Déjà-vu durchfuhr ihn, das innert des Bruchteils einer Sekunde wieder verflogen war. Er gab das Blatt Maja zurück.

«Hast du was gesehen?», fragte sie.

«Nur so ein Flash. Wird mir schon wieder einfallen. Wer ist dran, herauszufinden, wer die drei verbleibenden Personen sein könnten?»

«Google und Sebis Leute gleichen ein weiteres Mal alle Daten und Fakten ab», fuhr Maja fort, «insbesondere mit allem, was uns Den Haag schickt.»

«Was ist mit diesem Wächter? Irgendwelche Spuren?»

«Nur solche, die im Sand verlaufen», sagte Karin.

«Seid auf der Hut. Von nun an geht mir keiner mehr ohne Waffe ausser Haus.» Sein Blick blieb auf Maja haften, die eine schmerzhafte Grimasse machte.

«Was ist mit der Demo heute Nachmittag? Besondere Vorkehrungen, die uns betreffen?», erkundigte sie sich, um von sich und ihrer Schmach abzulenken.

«Findet die überhaupt statt?», fragte Karin. «Sollte man die in dieser Situation nicht besser absagen?»

«Auf welcher Grundlage denn?», fragte Dornach. «Wir haben nur einen vagen Verdacht. Es gibt keine konkrete Bedrohungssituation gegen die ‹Aktion Maitag› oder einzelne ihrer Exponenten. Gegen die üblichen allfälligen Störmanöver ist das Sicherheitsdispositiv aufgestellt. Unsere Sicherheitsabteilung wird mit je einem Zug von den Aargauer und Berner Kollegen für den Ordnungsdienst unterstützt.»

«Ganz schön teuer», murrte Google. «Wenn ich an die Bürokratie denke, die abgeht, wenn ich mal eine neue Computermaus brauche.»

«Deine Maus ist halt politisch nicht so wichtig, Google», erwiderte Dornach. «Das hier schon, und zwar hochgradig. Auf die letzten Urteile des Bundesgerichts gegen den Kanton in Bezug auf die Behandlung von Asylsuchenden muss ich nicht speziell eingehen. Der Regierungsrat will sich nicht länger vorhalten lassen, er trete die Rechte dieser Menschen mit Füssen.»

«Das könnte sich nach den Wahlen ändern, wenn es so kommt, wie es heute aussieht», bemerkte Maja.

«Warten wir's ab. – Maja und Karin, ich muss euch rasch in meinem Büro sprechen.»

«Ich möchte, dass ihr beide euch heute Nachmittag an der Demo unter die Leute mischt und umseht», sagte Dornach zu den beiden, als sie ihm gegenübersassen.

«Traust du dem Sicherheitsdispositiv nicht?», fragte Maja.

«Ich traue der Ruhe nicht. Du hast den Wächter schon mal aus relativer Nähe gesehen. Ich will, dass ihr beide die Augen offen haltet. Vier sehen mehr als zwei.»

«Alles klar, Chef», sagten Maja und Karin gleichzeitig.

Maja sah, dass Dornach zögerte. «Ist noch was, Dominik?»

Er räusperte sich kurz. «Das bleibt unter uns, okay?» Sie machten zustimmende Gesten. «Es ist mehr ein grosse Bitte: Ich wäre froh, wenn ihr auch ein wachsames Auge auf Pia haben könntet.»

FÜNFZEHN

Pia und Rafik hatten ihre Transparente, die sie in der kleinen Werkstatt im Nebentrakt der Villa Dornach fertiggestellt hatten, zusammengerollt und in Rafiks Rucksack verstaut. Sie fuhren auf Pias Roller Richtung Stadt. Pia hatte ebenfalls einen Rucksack mit Reservekleidern und eine Garnitur Unterwäsche bei sich. Rafik hatte ihr den Tipp mit der Reservewäsche gegeben, die er immer mithatte, seit er bei einer Demo in Basel unter Wasserwerfer- und Tränengasbeschuss geraten war. Pia spürte ihre Nervosität. Einerseits war es das erregende Gefühl, für eine gute Sache öffentlich einzustehen, andererseits war da ein Quäntchen Angst vor dem Unbekannten. Schliesslich war es ihre erste Demo, und sie würde in der vordersten Reihe stehen.

Auf der Fahrt genoss sie die Berührung von Rafiks Händen, die er um ihre Taille gelegt hatte, als sie die Obere Steingrubenstrasse hinunterrollten. Fast bedauerte sie es, wegen der kühlen Temperaturen den Nierengurt angelegt zu haben. Die Wärme und der sanfte Druck von Rafiks weichen Händen an ihren Hüften hätten ihr genügt. Jedes Mal wenn sie sie spürte, fuhr ein wohliger Schauer durch ihren Körper.

Sie parkierten den Roller beim Bahnhof und verstauten ihre Rucksäcke in einem der Schliessfächer, bevor sie zum Besammlungsort am Kreuzackerplatz gingen.

Gegenüber dem Berufsbildungszentrum wartete bereits Manu auf sie und begrüsste sie mit Sandwiches, Mineralwasser und Cola.

«Wo hast du gesteckt?», fragte Pia vorwurfsvoll, bevor sie einen Schluck Wasser trank. «Du warst die ganze Nacht weg. Dabei wolltest du uns mit den Transparenten helfen.»

Manu kicherte. «Sorry, ich wurde aufgehalten.» Sie schielte zu ihrem neuen Freund hinüber.

«Wie heisst er überhaupt?»

«Rico, eigentlich Richard. Er will das nicht hören. Weiss der Teufel, wie Eltern damals auf die Idee kommen konnten, ihre Söhne Richard zu taufen. Das ist so was von retro.»

«Warum kommt er nicht her? Ist er schüchtern?»

«Ein bisschen, du solltest ihn mal sehen, wenn –»

Pia hob die Hand. «Jetzt nicht, Manu.»

Sie bemerkte Trixli, die auf der Quaimauer bei der Kreuzackerbrücke sass und dem Treiben der immer zahlreicher eintreffenden Demonstranten zusah. Vor ihr war Romulus in Sitzposition mit hängender Zunge und glotzte sehnsüchtig auf das Schinkensandwich aus den Beständen des Organisationskomitees, das sein Frauchen schnorren konnte. Pia winkte ihr zu. Trixli erwiderte die Geste.

Inzwischen war Lori Palmer eingetroffen und rief die Demoteilnehmer per Megafon zusammen. Pia versuchte, die Menge zu überblicken, und schätzte, dass es nahezu zweihundert Personen sein mussten. Im Lauf der Demo würden mehr dazukommen. Die Mehrzahl waren Schweizer oder Mitteleuropäer. Einheimische hatten mehr Gewicht, wenn es darum ging, auf die Einhaltung der Rechte von Schutzsuchenden gegenüber dem Staat zu pochen.

Bei der Einmündung des Kreuzackerplatzes zur Hauptbahnhofstrasse gingen Mannschaftswagen des Ordnungsdienstes in Position. Pia war klar, dass die Polizei zum Schutz der Demonstranten bei der Ausübung ihrer Rechte da war. Sie war die Letzte, die Berührungsängste mit der Ordnungsmacht hatte. Beim Anblick der Beamten mit Schutzhelm und in Kampfmontur jedoch wurde ihr unbehaglich.

Inzwischen waren mehr Menschen zusammengeströmt, auch solche, welche die Anliegen der Demonstranten nicht teilten und das mit vereinzelten Buhrufen und Pfiffen kundtaten.

Der Zug formierte sich. Pia stellte sich zu Lori Palmer in die erste Reihe. In der zweiten Reihe entrollten Rafik und Rico das Transparent und spannten es auf zwei Holzstangen. Pia, Palmer und der Vorstand der «Aktion Maitag» standen direkt darunter.

«WILLKOMMEN IN SOLOTHURNISTAN! Gegen Behördenwillkür und Polizeigewalt», las Manu. «Nett. Was sagt Dominik dazu?»

«Der hat dazu nichts zu sagen.» Pia zeigte mit dem Daumen nach hinten. «Geh lieber auf deinen Platz, wir marschieren los.» Manu stellte sich neben Rico. Pia wollte sie ursprünglich neben sich haben. Manu hatte gemeint, es wäre ihr lieber, nicht die erste Geige zu spielen.

Ruhig setzte sich der Zug in Bewegung. Bis auf die Transparente hatte Palmer bewusst auf Gesang oder über Megafon verbreitete Slogans verzichtet. Es sollte ein Mahnmarsch sein, keine Kampfansage.

Die erste Station befand sich auf dem Klosterplatz. Üblicherweise diente dieser als öffentlicher Parkplatz. Für die Demo war er von der Stadtpolizei gesperrt worden. An den seitlichen Zugängen über die Fischer-, Theater- und Probsteigasse sowie beim Ritterquai waren Ordnungspolizisten postiert.

Vor dem Naturmuseum war ein kleines Podium aufgestellt worden, wo ein Mitglied des Vorstandes die Namen von Immigranten verlas, die unter Solothurner Behördenwillkür gelitten hatten und angeblich in Polizeigewahrsam misshandelt worden waren, wobei es bei den genannten Verfehlungen bei Weitem nicht um Folter oder Misshandlungen ging, sondern um kleine Grausamkeiten, wie willkürliche Verweigerung von Nothilfegeldern, widerrechtliche Beschlagnahmung von Bargeld und Mobiltelefonen oder ungerechtfertigte Festnahmen. Schikanen auf den ersten Blick. Nadelstiche gegen Menschen, die sich nicht dagegen wehren konnten, sagte die Sprecherin. Sie betonte, dass es gelte, genau jetzt und genau hier gegen diese Missbräuche anzukämpfen.

«Wenn es heute nur die Immigranten trifft, trifft es morgen uns alle. Wehret den Anfängen!», rief sie abschliessend ins Megafon. Unter Applaus der Demonstranten, der die Pfiffe und Buhrufe vereinzelter Gegner übertönte, marschierte der Zug weiter.

Der weisse Kalkstein der Kathedrale im Sonnenschein überstrahlte die Menschenmenge, mit der sich der Kronenplatz zu Füssen der St.-Ursen-Treppe füllte. Auf dem ersten Treppenabsatz stand ein weiteres Rednerpult, hinter das sich nun Palmer stellte. Hinter ihr gruppierten sich die Vorstandsmitglieder links und rechts eines jungen Fichtenbaums in einem riesigen Topf. Die Fichte war seit dem Altertum Symbol für Leben, Licht und Hoffnung. Heute und hier sollte sie für eine gerechtere Welt für alle stehen, die Hilfe und Schutz brauchten.

Zwei Brunnen mit den imposanten Statuen zweier Bibelgestalten flankierten die breite Treppe. Die Statuen stellten Moses beziehungsweise Gedeon dar. Pia erinnerte sich, irgendwo gelesen zu haben, dass man bei der letzten Restaurierung entdeckt hatte, dass es sich bei Gedeon eigentlich um Samson handeln musste, weil man die Skulptur des Eselkiefers gefunden hatte, mit dem der alttestamentarische Hüne ein Massaker unter den Philistern angerichtet hatte. Das interessierte Pia im Moment weniger als die zwei Frauen, die behände das entleerte doppelstufige Becken je eines Brunnens erklommen.

Was hatten Maja und Karin hier verloren? Maja stand unter der Mosesstatue und scannte systematisch und konzentriert die Menge. Sie hob kurz die Hand in Pias Richtung. Karin behielt von ihrem Standort den unteren Teil des Kronenplatzes im Auge. Soweit Pia erkennen konnte, trugen beide Funkstöpsel im Ohr.

Inzwischen hatte Palmer ihre Rede begonnen. Pia konnte sich nicht darauf konzentrieren. Einmal, weil sie den Text kannte, und natürlich, weil sie abgelenkt wurde von dem, was vor ihr beziehungsweise unter ihr auf dem Platz sowie in der dahinterliegenden Hauptgasse vorging. Mittlerweile war die Menschenmenge beträchtlich angewachsen. Eine Gruppe schwarz gekleideter Männer wollte sich über die Hauptgasse nach vorne drängeln. Die dort postierten Ordnungspolizisten konnten sie ohne Weiteres zurückweisen. Die Sicherheitsmassnahmen zeigten Wirkung. Pia sah zu Maja hinüber, die nicht mehr die Umgebung mit den Augen abtastete, sondern einen Punkt in der Menge fixierte.

Mit zwei Fingern stiess Maja einen kurzen gellenden Pfiff in Richtung Karin aus und deutete in die Menschenmenge, bevor sie hastig von ihrem Beobachtungsposten herabstieg und Karin es ihr gleichtat.

Pia versuchte zu erkennen, was Majas Aufmerksamkeit erregt hatte. Die Menschen auf dem Kronenplatz standen dicht gedrängt. Umso besser konnte man von einem erhöhten Blickpunkt eine Bewegung in dem statischen Meer von Köpfen und Körpern erkennen. Pia sah eine schwarz gekleidete Gestalt aus der Menge am Fuss der Treppe heraustreten. Sie hatte eine Kapuze über den Kopf gezogen. Ein dunkler Schal deckte die untere Hälfte ihres Gesichts ab. Sie steuerte auf die Treppe zu, deren Fuss man für Fotografen und Kameraleute frei gehalten hatte. Die Gestalt ging unbeirrt zwischen den Medienleuten hindurch. Pia hatte die Szene vorerst aus der Distanz einer unbeteiligten Zuschauerin verfolgt. Dass etwas nicht stimmte, realisierte sie erst, als ein Schrei an ihre Ohren drang. Ein Reporter rief der Person etwas nach. Davon ungerührt setzte diese ihren Weg fort und steckte ihre Hände in die Tasche ihrer Jacke.

Pia handelte reflexartig, als sie die Pistole sah, welche die Gestalt, in der Pia jetzt Sandro Germann erkannte, hervorzog und auf Palmer richtete.

«Lori, pass auf!», schrie sie und rannte zu Palmer ans Rednerpult. Als der Schuss sich löste, hatte Pia Palmer bereits gepackt und zu Boden gerissen. Es regnete Tannennadeln auf sie herunter. Einen Moment lang herrschte Stille. Pia spürte ihr Herz, das bis zum Hals pochte. Unter ihr bewegte sich Palmer. Als ein zweiter Schuss krachte, brach Panik aus. Schreiend und gestikulierend sprengte die Menschenmenge auseinander. Einige warfen sich zu Boden, Eltern versuchten ihre Kinder zu schützen. Es war ein glücklicher Umstand, dass der Platz nach drei Seiten offen war, was verhinderte, dass Menschen niedergetrampelt wurden. Pia blickte vorsichtig hoch und sah, wie sich der Schütze mit vorgehaltener Pistole hastig einen Weg durch die Menschen zurück in Richtung Marktplatz bahnte. Offenbar war niemand verletzt. Der Schütze musste den zweiten Schuss in die Luft abgegeben haben, um Panik und Verwirrung zu schüren. Sie sah zu Palmer, die unter ihr lag.

«Bist du in Ordnung, Lori?»

«Ja … ja, mir fehlt nichts», antwortete Palmer, sichtlich benommen vom Schock.

Vorsichtig erhob sich Pia und sah sich um. Manu und Rico hatten sich zu Boden geworfen. Sie konnte Rafik nicht entdecken. Vor den Schüssen hatte er hinter Palmer auf der ersten Stufe der zweiten Treppenflucht gestanden.

Pia lief zu Manu, die totenbleich auf dem Boden kauerte und Rico umarmte. «Seid ihr verletzt?»

Manu begann zu weinen. Pia kniete sich vor sie hin, nahm sie in die Arme und streichelte ihren Kopf. «Wo ist Rafik? Ich sehe ihn nicht», fragte sie.

«Ich weiss nicht, der ist plötzlich losgeprescht», sagte Manu schniefend.

«Wohin?»

Manu zeigte in Richtung Hauptgasse. «Die Treppe runter und geradeaus – keine Ahnung.»

Pia liess ihren Blick über den Platz und die Hauptgasse bis zum Marktplatz schweifen. Die Szenen, die sich vor ihren Augen abspielten, waren surreal. Menschen schrien und liefen in alle Richtungen. Einige davon boxten sich den Weg frei. Geradeaus erkannte sie den Schützen, vor dessen Waffe die Menschen auseinanderstoben. Eine Gruppe von Polizisten bewegte sich auf ihn zu. Pia dachte schon, sie würden ihn einkreisen und festhalten, als sie von einer Bande Schwarzgekleideter mit Steinen beworfen wurden. Einer der Chaoten schmiss sogar einen Molotowcocktail, den ein Polizist mit seinem Schild abwehrte, sodass die Flasche, ohne weiteren Schaden anzurichten, auf dem Boden zerschellte. Zwei Mann mit Handfeuerlöschern erstickten die Flammen. Dieses augenscheinliche Ablenkungsmanöver genügte dem Schützen, zu entkommen. Nur eine Person blieb ihm dicht auf den Fersen. Im ersten Moment dachte Pia, dass es ein Polizist sei, bis sie Rafik erkannte, der den Schützen verfolgte. Sie sah die beiden auf der Höhe des St.-Ursen-Brunnens am Marktplatz in die Passage zum Vigierhof einbiegen.

Pia wurde schlecht, als sie sich ausmalte, wie Rafik mit blossen Händen auf den bewaffneten Mann losging. Sie versuchte Maja oder Karin in der Menge zu finden. Sie sah Maja, die in ein Handgemenge mit einem schwarzen Chaoten verwickelt war, der einiges grösser war als sie und den sie mit einem gezielten Fusstritt in den Schritt ausser Gefecht setzte. Einer seiner Genossen näherte sich der Polizistin von hinten, mit dem Resultat, dass sein Kiefer prompt schmerzhafte Bekanntschaft mit ihrem Ellenbogen machte. Karin war nicht weit von ihr. Sie kniete auf dem Nacken eines anderen Chaoten und legte ihm gleichzeitig Handschellen an.

Pia drehte sich zu Manu um, die sich wieder einigermassen beruhigt hatte. «Du rührst dich nicht weg von hier. Bin gleich wieder da», sagte sie und rannte die Treppe hinunter.

Bevor Manu etwas sagen konnte, war Pia schon auf der untersten Stufe und landete nach einem kühnen Sprung über einen am Boden kauernden Fotografen auf dem Klopfsteinpflaster des Kronenplatzes.

Von der Hauptgasse tönte das Klirren eingeschlagener Fensterscheiben herüber. Polizei und Chaoten lieferten sich ein Gefecht, dem sie nicht zu nahe kommen wollte. Stattdessen sprintete sie hinunter zurück zum Klosterplatz, wo sie gleich rechts in die Theatergasse einbog. Am Kollegium-Schulhaus, bei der Abzweigung in die Goldgasse, blieb sie stehen und spähte vorsichtig um die Ecke. Die Gasse war leer. Von dort, wo sie in die Hauptgasse einmündete, drang der Lärm von berstendem Fensterglas und Geschrei zu ihr. Sie rannte hoch bis zu einem Durchgang, der hinter der Pizzeria da Daniele in den Vigierhof führte. Ein Schuss ertönte aus dieser Richtung, gefolgt von einem männlichen Aufschrei.

«Rafik!» Getrieben von der Angst um den Menschen, den sie gerade begonnen hatte zu lieben, rannte sie ohne weiter auf ihre Sicherheit zu achten in den kleinen Hinterhof.

***

Der abrupte Richtungswechsel des Wagens weckte Casagrande. Verwirrt blickte sie sich um. Sie hatte keine Ahnung, wo sie sich gerade befanden. Offensichtlich fuhren sie nicht mehr auf der Hauptstrasse, der sie seit Silvaplana dem Inntal abwärts gefolgt waren. «Wo sind wir?»

«Bald am Ziel, *chera*», sagte Ines und streichelte mit der rechten Hand Casagrandes Oberschenkel, während sie mit der linken den Wagen in eine Linkskurve steuerte.

«Beide Hände am Steuer, bitte», mahnte Casagrande, als sie die geschwungene Strasse vor sich sah. «Wo sind wir denn genau?»

«Gerade auf die Strasse nach Sent abgebogen.»

«Also sind wir bald da?»

«Sage ich ja. In einer halben Stunde sind wir dort.»

«Wie lange habe ich geschlafen?»

«Lange. Seit Zernez habe ich keinen Ton mehr von dir gehört.»

Casagrande streckte sich in ihrem Sitz, so gut sie konnte. Sie verneinte Ines' Angebot, in Sent kurz anzuhalten und etwas zu trinken. Sie wollte so rasch wie möglich in Val Sinestra ankommen und hoffte, dass sie dort Zeit für einen Spaziergang hätten, um ihre Beine zu vertreten.

«Deine Schuld, dass ich die halbe Strecke verschlafen habe», sagte Casagrande. «Du hast mich letzte Nacht zu sehr angestrengt. Ich bin schliesslich rekonvaleszent.»

«Ich?», kam die Antwort mit gespielter Empörung. «Du hast angefangen, kaum war die Tür zu. So habe ich dich gar noch nie erlebt.»

«Erstens warst du es, die mich in diesem Club heissgemacht hat, und zweitens bin ich im Urlaub – gewissermassen.»

«Ich beklage mich ja nicht.» Ines warf Casagrande einen koketten Blick zu. «Von mir aus können wir das diese Nacht wiederholen.»

Casagrande murmelte etwas.

«Was sagst du?»

«Von mir aus auch.»

Sie fuhren durch Sent, das oberhalb von Scuol auf einer sonnendurchfluteten Bergterrasse über dem Inntal lag.

Hinter Sent, kurz bevor sie in die bewaldete Schlucht von Val Sinestra vordrangen, ging die asphaltierte Strasse in Naturbelag über. Um sie herum dominierten die braungrauen Töne der kargen Erde und das goldene Leuchten der Lärchen, das mit dem schwärzlichen Grün der Fichten und Arven kontrastierte. Je länger sie auf der Strasse taleinwärts fuhren, desto enger rückten die Berghänge auf beiden Seiten zusammen. An einer Ausweichstelle bat Casagrande Ines, kurz anzuhalten. Dort verlief das Tal in einer leichten Kurve und erlaubte einen Blick weit in den hinteren Teil. Für einen Moment starrten beide verblüfft auf das Bild, das sich vor ihnen auftat.

***

Es dauerte ein paar Sekunden, bis Pia begriffen hatte, was passiert war. Links, vor einer geschlossenen Boutique, lag Sandro Germann reglos am Boden. Ihre Erleichterung war unbeschreiblich, als sie sah, dass es nicht Rafik war. Dieser kauerte daneben und schaute fassungslos abwechselnd auf den Bewusstlosen und auf einen Mann, der mit einer schallgedämpften Pistole langsam auf ihn zuging. Pias Auftauchen brachte ihn aus dem Konzept. Der Mann blieb stehen und wandte sich ihr zu. Er war hager und gross. Sein Gesicht mit dem schütteren Vollbart wirkte irgendwie ausgezehrt und erinnerte Pia entfernt an den Bruder Klaus, bis auf die halbmondförmige Narbe unter seinem linken Auge.

Es gibt zu viele Waffen, dachte Pia, als sie die Pistole sah, und fand es gleichzeitig merkwürdig, welche Gedanken einem in solchen Momenten durch den Kopf gehen. Im gleichen Augenblick rückte ein uniformierter Polizist mit gezogener Pistole durch die Passage heran, welche vom Marktplatz herführte. Das Emblem auf seiner Uniform war nicht dasjenige der Solothurner Kantonspolizei.

«Polizei, Waffe runter, sofort», rief der Polizist dem Hageren zu.

Langsam den Blick von Pia abwendend und mit stoischer Gelassenheit drehte sich der Mann mit erhobenen Händen um. Blitzschnell und bevor er die Drehung vollendet hatte, feuerte er aus der Hüfte auf den Beamten. Fassungslos sah Pia, wie der Polizist nach hinten geschleudert wurde und aus seiner Wunde im Unterleib blutend liegen blieb. Der Schütze trat zum Verletzten und blickte auf ihn hinab, bevor er seine Pistole erneut hob und auf seinen Kopf zielte.

Etwas in Pia machte klick. Sie spürte kalte Wut in sich aufsteigen. Dieser Kerl wollte tatsächlich vor ihren Augen einen wehrlosen Menschen töten. Sie war sicher, dass er danach sie und Rafik als Zeugen beseitigen wollte. Beinahe mechanisch spannten sich alle Muskeln in ihrem Leib, und sie ging in die Ausgangslage, bevor sie abfederte und mit einem Sprung und einer Drehung den Schützen in die Seite kickte. Dieser hatte den Angriff alles andere als erwartet. Die Waffe wurde aus seiner Hand geschleudert, und er ging stolpernd zu Boden.

Blitzschnell ergriff Pia die Pistole und richtete sie auf den Mann. Sie hatte ihren Vater einige Male auf den Polizeischiessstand begleitet, jedoch nie selber eine Schusswaffe abgefeuert. Dornach hatte ihr lediglich gezeigt, wie man manipulierte.

Der Killer stand mit erhobenen Händen auf. «Ganz ruhig, Mädchen. Es ist alles gut, ich gehe.» Den starren Blick auf Pia gerichtet, ging er langsam rückwärts in Richtung Schaalgasse. Pia hielt seinem Blick stand, bis er sich umdrehte und davoneilte.

Als Pia sicher war, dass er nicht zurückkommen würde, liess sie die Waffe sinken und sah nach dem verletzten Polizisten. Sie schlug mit der flachen Hand auf seine Wangen, um sein wegdriftendes Bewusstsein zurückzuholen. «Hallo, bleiben Sie wach. Wir holen Hilfe.»

Rafik war aus seiner Schockstarre erwacht und kniete sich neben sie.

«Bist du okay?», fragte Pia. Er nickte nur. «Und der da drüben?» Sie zeigte auf Germann. «Hol Hilfe, die beiden müssen ins Spital.»

«Pia!» Rafik zeigte auf die Pistole. «Die werden denken, dass wir die beiden erschossen haben. Wir müssen weg.»

«Nein, er kann –» Sie sah auf den Verletzten hinunter. «Er ist bewusstlos», sagte sie erschrocken.

«Komm!» Rafik zerrte sie am Arm. «Wir müssen weg hier, schnell.»

«Ich habe nicht geschossen.» Pia sah auf die Waffe in ihrer Hand.

«Aber ich habe auf ihn geschossen.» Rafik zeigte auf Germann.

In Pias Ohren rauschte es, und sie fühlte, wie ihre Knie einen Moment nachgaben. Es ist der Schock, dachte sie, bevor sie realisierte, was Rafik gesagt hatte. «Du … du hast was?»

«Es war ein Unfall. Ich habe ihn gestellt, und wir haben um die Waffe gekämpft. Ein Schuss ging los. Es hätte auch mich treffen können. Du musst mir glauben, bitte, Pia.»

«Klar glaube ich dir. Wir können erklären, dass –»

«Pia, ich bin hier der Al-Kaida-Araber. Du kommst vielleicht aus dieser Sache raus. Dieser Schubiger wird die Sache so drehen, dass ich mich für die Schlägerei von letzter Woche an seinem Schützling rächen wollte. Er schiebt mir sicher das Attentat auf Lori in die Schuhe. Für die ist der Fall klar.» Er nickte zu der Waffe, die Pia in der Hand hielt. «Da sind auch deine Fingerabdrücke drauf.»

Pia schleuderte die Pistole von sich, als ob sie sich die Hände daran verbrannt hätte. «Wir müssen den Verletzten helfen.»

«Pia», drängte Rafik. «Ich muss weg hier. Wir können zurückkommen, wenn dein Vater und seine Kollegen die Sache geklärt haben. Ich will nicht ins Gefängnis.» Von der Hauptgasse her hörten sie, wie sich schwere Schritte näherten. «Es kommt schon jemand. Ich muss weg.» Rafik lief auf den Durchgang zur Schaalgasse zu.

Pia überlegte einen Augenblick länger, bevor auch sie zu rennen begann.

***

Mitten in der schier grenzenlosen Waldlandschaft, angelehnt an eine steile Bergflanke, ragten die Türme und Erker eines massiven, schlossähnlichen Gebäudes empor, dessen arrogante Erhabenheit in dieser Wildnis etwas Einladendes und gleichzeitig Abschreckendes hatte. Es erinnerte Casagrande an das Klischee alter Horrorfilme.

Ines las ihre Gedanken. «Ich hab kürzlich den Film ‹The Shining› von Stanley Kubrick auf DVD gesehen. Das da vorne erinnert mich an das Hotel, das darin vorkam.»

«Es hat etwas vom Ende der Welt. Wenn man denkt, dass dort vor Jahren junge Mädchen wohnten. Ich wäre hier verrückt geworden.» Casagrande fröstelte.

«Jedenfalls gut, dass wir in Scuol übernachten können», sagte Ines, die telefonisch vorreserviert hatte.

Ein Stück weiter vorne musste sich Ines' BMW an Holzarbeitern und ihren Maschinen vorbeizwängen. Unzählige Baumstämme lagen am Strassenrand und warteten darauf, auf Lastwagen verladen zu werden.

Keine zehn Minuten später fuhren sie auf den Parkplatz des Schlosses. Aus der Nähe wirkte der Kasten nicht mehr ganz so ehrfurchterregend. Das Hotel war in der Zwischensaison normalerweise geschlossen. Die Geschäftsführerin Mareike Gelder, eine etwa vierzigjährige sportliche Holländerin mit einem fröhlichen Naturell, befand sich im Haus, weil gerade ein ganzes Stockwerk renoviert wurde. Sie hatte sich am Telefon bereit erklärt, die beiden Frauen zu empfangen. Nach einer kurzen freundlichen

Begrüssung schilderte ihr Casagrande, worum es ging, soweit sie es für nötig und angebracht hielt.

Mareike führte die Besucherinnen in eine vollständig mit Arvenholz ausgekleidete Gaststube. «Hattet ihr keine Probleme, durchzukommen?», fragte sie. «Ich meine, wegen der Holzschlagarbeiten? Es tut mir leid, dass ich vergessen hatte, das zu erwähnen, als ihr angerufen habt.»

Bei Kaffee und Engadiner Nusstorte erläuterte Mareike die Geschichte des Hauses, welches ursprünglich kurz vor dem Ersten Weltkrieg als Badehotel eröffnet worden war, um die Heilquellen zu nutzen, die in der Gegend sprudelten. Danach folgten krisenreiche Jahre mit den zwei Weltkriegen, bis das Haus nach etlichen Wiederbelebungsversuchen Ende der sechziger Jahre in Konkurs ging und vom Gnadenwerk aufgekauft wurde. Dieses baute es in ein Internat für junge Damen aus guten katholischen Familien um. Nach dessen Schliessung vor zehn Jahren wurde es von einem holländischen Investor übernommen, der das Gebäude wieder seinem ursprünglichen Zweck zuführen wollte.

«Gibt es viele Touristen, die hierherkommen?», fragte Ines, die nicht glauben konnte, dass man mitten in dieser abgelegenen Wildnis freiwillig Ferien machen konnte, so ganz ohne Sternerestaurant und ohne sich in einem Nachtclub zu amüsieren.

«Ihr würdet über die Anzahl regelmässiger Gäste staunen, die wir mit unserem hauseigenen Bus jede Saison am Bahnhof Scuol abholen. Ausserdem gibt es eine ganze Menge, die unseren Hausgeist sehen wollen.»

«Ihr habt tatsächlich einen echten Geist hier?», fragte Casagrande, die darüber einen Artikel in der Neuen Zürcher Zeitung gelesen hatte.

Mareike nickte bestimmt. Sie erzählte ihnen, dass das jenseitige Wesen sogar einen Namen hatte. Er hiess Guillaume und soll ein belgischer Gast gewesen sein, der kurz nach dem Ersten Weltkrieg eine Tuberkulose auskurierte, bevor er im Baderaum Nummer fünf wegen eines Gaslecks an einer defekten Heizung gestorben war. Der heutige Besitzer sowie anerkannte Geisterjäger behaupteten sogar, ihm begegnet zu sein. Er manifestierte sich offenbar als freundlicher Herr im gepflegten Anzug.

Ines, die neben Mareike und Casagrande gegenübersass, rollte mit den Augen und formte mit den Lippen das Wort «Shining», sodass Casagrande sich nur mühsam einen Lachanfall verklemmen konnte.

Casagrande wollte auf den Punkt kommen. «Wir interessieren uns für die Zeit, als hier das Internat war. Seid ihr bei euren Umbauarbeiten auf Dinge aus dieser Zeit gestossen? Zum Beispiel Fotos, Tagebücher, Briefe oder Akten?»

Mareike dachte nach. «Diese Leute haben damals gründlich aufgeräumt. Alle Zimmer und Räume waren leer und peinlich sauber. Sogar der Keller war …» Ein Geistesblitz liess Mareikes Zeigefinger hochfahren. «Nein, ich glaube, da ist tatsächlich ein Raum im Keller, den sie vergessen haben», sagte sie. Ines und Casagrande beugten sich beide gleichzeitig vor.

«Papiere, Fotos oder so was?», wiederholte Casagrande hoffnungsvoll.

«Es gibt einige Räume bei den alten Bädern, wo Guillaume gestorben sein soll, weil …» Als sie in die fragenden Augen der beiden Frauen blickte, räusperte sie sich. «Entschuldigung, ich schweife ab. Dieser Trakt war wirklich in einem derart schlechten Zustand, dass wir ihn notdürftig renovieren mussten, damit die Decke nicht einstürzte.»

«Und dort befindet sich dieser Raum?»

«Voll mit altem Plunder, ja.»

«Etwa Akten?»

«Weiss ich nicht, auf jeden Fall ein Haufen Möbel, Bücher und Kisten, in die ich nie reingeschaut habe.»

«Und das Gnadenwerk hat das nie vermisst?»

«Ich habe die x-mal gemahnt», sagte Mareike. «Gestern hat endlich jemand von denen aus Zürich angerufen. Sie wollen die Sachen demnächst abholen.»

«Wann?»

«Weiss nicht, morgen oder übermorgen. Jedenfalls wollten sie diese Woche kommen.»

«Können wir uns das mal ansehen?»

«Von mir aus gerne. Von denen hat es ja jahrelang niemand vermisst.»

Ein Telefon klingelte, und Mareike ging nach hinten.

Angela war enthusiastisch. «Wenn wir dort was finden, lade ich dich in das beste Restaurant von Scuol zum Abendessen ein», sagte sie und nahm Ines' Hand.

«Lieber in St. Moritz.» Ines schaute sich um. «Ich habe ja nichts gegen Natur und frische Luft mit etwas Wandern und so. Aber hier Ferien machen? Nein danke.»

«Wäre Wellness was für dich?», stichelte Casagrande, «Massage, verabreicht vom Hausgeist persönlich.»

«Mit ‹Happy Ending›?»

Sie hatten sich gerade von ihrem Lachanfall erholt, als Mareike mit einem bestürzten Ausdruck im Gesicht zurückkam.

«Wir haben ein Problem.»

Ines und Casagrande machten lange Gesichter, als Mareike ihnen erklärte, dass ein Holztransporter mitsamt seiner Ladung auf der Strasse umgestürzt war und die ganze Fahrbahn versperrte. An eine Räumung war heute nicht mehr zu denken.

«Wir kommen alle nicht weg von hier, zumindest nicht mit dem Auto. – Das hat auch etwas Gutes», sagte sie.

«Ich bin gespannt», seufzte Ines.

«Ich habe ein schönes Zimmer für euch, und Abendessen muss ich eh kochen. Und ihr habt mehr Zeit, euch umzuschauen.»

Casagrande hätte den Abend auch lieber in Scuol verbracht, doch ihr Ermittlerinstinkt hatte wieder Besitz von ihr ergriffen. Als Mareike verschwand, um den Schlüssel zum Kellerraum zu holen, versuchte sie, Ines aufzumuntern.

«Es ist ja nur für eine Nacht. Ausserdem können wir hier genauso gut unsere gestrige Einlage wiederholen.»

«Super», murrte Ines. «Ein flotter Dreier mit dem Hausgeist etwa?»

***

Tschanz zeigte Dornach eine Plastiktüte. Sie enthielt die Pistole mit aufgeschraubtem Schalldämpfer.

«Sind eindeutig Pias Fingerabdrücke drauf», sagte er. «Tut mir leid, Dominik.»

Dornach presste die Lippen zusammen und nickte. Er hatte bereits mehrmals versucht, Pia zu erreichen. Es hatte sich immer nur die Combox gemeldet.

Er stand im Vigierhof und sah den Spurensicherern zu. Eine grosse Blutlache bezeichnete die Stelle, wo Germann gelegen hatte. In diesem Moment kämpften die Ärzte im Bürgerspital um sein Leben. Dornach blickte direkt vor sich auf den Boden auf die Stelle, wo der niedergeschossene Polizist gelegen hatte. Der Mann wurde ebenfalls bereits operiert. Lediglich verschmierte Blutspritzer, deren dunkles Rot sich mit dem Weiss von gebrauchten Mullbinden und Einwegspritzen vermischte, zeugten von dem Drama, das sich nur wenige Minuten vorher hier abgespielt hatte.

«Wo sind Maja und Karin?», fragte er Tschanz.

Tschanz nickte mit dem Kopf Richtung Marktplatz. «Sie reden mit Zeugen.»

In der Hauptgasse waren Polizei, Arbeiter des städtischen Werkhofs und Ladenbesitzer dabei, aufzuräumen. Die Schäden hielten sich in Grenzen und beschränkten sich auf einige zertrümmerte Fensterscheiben.

Auf dem Marktplatz stand ein Ambulanzfahrzeug, dessen hintere Tür offen war. Dort sprach Karin mit einer Frau. Als sie Dornach sah, kam sie zu ihm. «Die Zeugin hat gesehen, wie ein junger Mann und eine junge Frau aus dem Vigierhof hinaus und die Schaalgasse hinuntergerannt sind. Die Beschreibung passt auf Pia und Rafik.»

Dornach fuhr sich mit der Hand über das Gesicht.

«Das kann nicht wahr sein», sagte er. «Pia würde nie … Hat die Zeugin gesehen, dass sie geschossen hat?»

«Nur, wie die beiden panikartig die Gasse hinunter Richtung Landhaus gerannt sind.»

«Ich rede selber mit ihr», sagte Dornach.

Maja, die gerade ein kurzes Telefongespräch geführt hatte, trat zu ihnen. Mit einem Kopfnicken wies sie Karin an, die Frau wegzubringen. Dornach wollte ihr nachgehen.

«Bitte bleib hier, Dominik.»

«Ich will mit der Frau reden. Ich kann nicht glauben, dass Pia –»

Maja hielt ihn am Arm fest. «Du kannst nicht mit ihr reden, das weisst du. Du bist befangen.»

«Maja, Pia würde nie … Du glaubst doch nicht, dass sie …»

«Dominik!» Maja zog ihn auf die Seite. «Ich glaube auch, dass das ein furchtbares Missverständnis ist. Das spielt aber im Moment keine Rolle. Wir haben zwei Schwerverletzte, einer davon ist Polizist, und eine Pistole mit Pias Fingerabdrücken.»

«Wer ist der Kollege, und wie geht es ihm?»

«Er heisst Dieter Tschümperlin und gehört zum Aargauer Kontingent. Der arme Kerl hatte Pech. Die Kugel hat ihn unterhalb des Bauchnabels getroffen, dort, wo er nicht mehr durch die Weste geschützt war.» Maja zögerte kurz, bevor sie weiterredete. «Er ist vor drei Tagen Vater geworden.»

«Ich fahre ins Spital», sagte Dornach. «Sobald er vernehmungsfähig ist, rede ich mit ihm und –»

«Du tust im Moment gar nichts», unterbrach ihn Maja bestimmt. «Jäggi hat mich vorhin angerufen. Ich soll vorläufig die Leitung der Ermittlungen übernehmen, und du sollst dich raushalten. Tut mir leid.»

«Das soll er mir selber sagen», erwiderte Dornach aufgebracht.

«Wollte er. Du warst nicht erreichbar. Er ist in Basel an einer Konferenz und kommt erst spät am Abend zurück.»

Dornach griff nach seinem Handy und sah, dass er tatsächlich zwei verpasste Anrufe von Jäggi innerhalb der letzten fünf Minuten hatte.

«Geh zurück in die Schanzmühle oder besser: fahr nach Hause», sagte Maja. «Hofmann wird jeden Moment hier auftauchen. Er wird die Gelegenheit nutzen, dich auf offenem Feuer am Spiess zu braten, wenn du ihm auch nur den geringsten Anlass dafür gibst. Ich halte dich auf dem Laufenden, versprochen.»

Dornach wollte eine ungehaltene Entgegnung machen. Er wusste, dass es keinen Zweck hatte. Er vertraute Maja und konnte Pia im Moment nur helfen, wenn er sich raushielt.

«Also gut, sobald du was weisst …»

«… gebe ich dir Bescheid. Vertrau mir. Ich hatte einen guten Lehrer.»

***

Trixli sass auf einem Treppenabsatz am Bahnhof gegenüber der Busstation und teilte einen Hotdog mit Romulus, als sie sah, wie Pia und Rafik über den Platz eilten. Sie ging auf die beiden zu. «Hoi, Pia. Ist eure Demo schon vorbei?»

Erschrocken und gehetzt wandte sich Pia um. «Trixli, sorry, ich habe grad gar keine Zeit. Wir müssen auf den Zug.» Sie winkte Trixli rasch zu und rannte durch die Tür zu den Billettschaltern. Rafik ging zu den Schliessfächern am Westende des ersten Perrons.

Trixli folgte ihm langsam mit ihrem Hund. Vor der Terrasse des McCafé lehnte sie sich an die Mauer bei der Unterführung, die zur unterirdischen Veloabstellhalle führte, und beobachtete den jungen Mann, der sich an den Schliessfächern zu schaffen machte. Pia würde sicher zurückkommen und damit eine neue Chance, sie um ein paar Franken anzugehen.

Über die Jahre hatte Trixli ein gutes Gefühl für Menschen und ihr Verhalten entwickelt. Sie verabscheute nie einen guten Schluck, vermied es aber stets, sich komplett zuzudröhnen. Schliesslich trug sie die Verantwortung für ihren Romulus. Sie beobachtete gerne Leute. Vielleicht würde sie mal ein Buch darüber schreiben. So fiel ihr der grosse hagere Mensch auf, der sich in diesem Moment an einen Tisch auf der Terrasse des McCafé gesetzt hatte und immer wieder in Richtung der Schliessfächer schielte, während er gleichzeitig telefonierte. Nicht dass der Mann Trixli sympathisch gewesen wäre. Trotzdem fand sie, dass sie es wagen könnte, ihn anzusprechen. Als sie sich ihm näherte, schnappte sie die letzten Fetzen seines Telefongesprächs auf.

«Was? Jetzt gleich? Wir haben ein Problem. Ich … – Gut, ich komme sofort.»

Als der Mann das Handy einsteckte, sah Trixli ihren Moment gekommen. «Entschuldigung, darf ich dich etwas fragen?»

Der Mann sah ungehalten zu ihr auf. Das war sie sich bei dieser Kundschaft gewohnt. «Hättest du mir nicht fünf Stutz? Nicht für mich, sondern für den Hund. Das Futter ist so teuer.»

Zuerst sah es so aus, als wollte er sie abwimmeln, dann zögerte er. Wieder mal den richtigen Riecher gehabt, triumphierte Trixli innerlich, als der Mann sein Portemonnaie zückte. Allerdings war ihre Verblüffung gross, als er eine nagelneue Zweihunderternote zückte und ihr unter die Nase hielt.

«Du, sorry, ich habe gerade kein Münz zum Wechseln», sagte sie mit einem bedauernden Achselzucken.

«Du kannst dir das verdienen.»

Trixli sah ihn verblüfft an. «Was soll ich mit dem Lappen? Wenn du denkst, dass ich dir dafür einen blase, hast du dich geschnitten, ich bin keine …»

Der starre, kalte Blick des Mannes liess sie verstummen. «Pass auf, was du sagst, alte Frau», sagte er bedrohlich. «Hör zu.»

***

«Wie geht Dominik damit um?», fragte Karin.

«Mann, Karin», erwiderte Maja unwirsch, «wie würdest du damit umgehen, wenn alle Indizien und Aussagen dein Kind bezichtigen, auf einen Mann geschossen zu haben?»

«Schlecht.»

«Eben.»

«Dass Pia die Waffe in der Hand hatte, heisst lange nicht, dass sie auch damit geschossen hat. Kann sein, dass sie dem Schützen die Pistole abgenommen und weggeworfen hat.»

«Ist mir auch klar. Diese Kleekuh wusste es ja nicht besser, als abzuhauen. Kurz vorher wurde ein anderer Mann gesehen, der den Ort ebenfalls fluchtartig verlassen hat. Die Beschreibung ist vage, sie könnte auf den Wächter zutreffen.»

«Warum ist Pia weggerannt?», fragte Karin.

«Welche Antwort kommt dir in den Sinn?»

«Scheisse!», sagte Karin.

«Wir sind uns einig.» Maja sah Hofmann auf sie zukommen. «Spitze, jetzt haben wir diesen Oberidioten am Hals.»

***

Dornach musste nachdenken und nahm einen längeren Weg zu Fuss zurück zur Schanzmühle. Im Fussgängerdurchgang des Baseltors klingelte sein Telefon. In der Annahme, dass es Jäggi war, der ihm seine Kaltstellung persönlich mitteilen sollte, meldete er sich, ohne auf das Display zu achten.

«Paps?»

«Pia? Wo zum Teufel steckst du? Ist dir klar, dass gegen dich und Rafik gerade eine Grossfahndung anläuft?»

«Es tut mir leid, Paps», drang ihre Stimme schwach durch die Leitung.

«Was tut dir leid? Hast du … habt ihr Germann und diesen Polizisten etwa –»

«Nein», sagte sie empört. «Es ist ein Missverständnis. Ein langer, hagerer Typ hat den Polizisten erschossen. Ich habe ihn zu Boden geschlagen und ihm die Waffe abgenommen, als –»

«Du hast *was*?»

Sie schilderte ihm ganz kurz, was passiert war, und gab ihm eine Beschreibung des Schützen.

«Pia, ihr seid beide in Gefahr. Ihr kommt sofort zu mir, und wir gehen zusammen zu Maja. Nur so können wir euch helfen.»

«Das ist nicht wahr, Paps.» Ihre Stimme klang wütend. «Dieses Arschloch von Schubiger wird dafür sorgen, dass alles Rafik angehängt wird. Er ist ja nur ein Araber, ein Kameltreiber.»

«Pia», sagte Dornach eindringlicher. «Ihr seid Zeugen eines Mordversuchs. Der Typ, den du ausser Gefecht gesetzt hast, ist ein international gesuchter Killer. Es ist gut möglich, dass er in diesem Moment hinter euch her ist.»

«Dazu muss er uns erst finden.»

«Das ist Schwachsinn, Pia. Ihr müsst euch stellen.»

«Vergiss es», sagte sie und brach das Gespräch ab.

Dornach schloss für einen Moment die Augen. Irgendwann, nicht in allzu ferner Zukunft, würde ihn seine Tochter in den Wahnsinn treiben.

***

Hofmann thronte hinter seinem schweren dunklen Arbeitstisch im Franziskanerhof. Maja und Karin sassen ihm gegenüber und hörten mit stoischer Miene, was er zu sagen hatte.

«Ich will Ihnen ganz offen sagen, dass ich dagegen war, Sie mit der Ermittlung in diesem Fall zu betrauen, Frau Hartmann», sagte er mit seiner leicht näselnden Stimme, während er Maja von oben herab musterte.

«Ach ja?», antwortete Maja ruhig. «Dürfte ich den Grund für Ihre Vorbehalte erfahren, *Herr* Hofmann?»

«Sie stehen Dornach zu nahe. Ausserdem weiss ich, dass Sie ein enges Verhältnis zu Fräulein Zenklusen pflegen. Im Grunde sind Sie genauso befangen wie ihr Vater.»

Karin wollte darauf eine heftige Entgegnung machen. Maja legte beschwichtigend ihre Hand auf ihr Knie.

«Wollen Sie mich von dem Fall abziehen?», fragte Maja zu Karins Bestürzung.

Hofmann seufzte. «Wenn ich könnte, wie ich wollte, ja. Sie haben einen guten Mentor, Feldweibel Hartmann. Major Jäggi hat sich für Sie verbürgt. Ich weiss ja nicht, wie Sie Ihre Kollegen drüben in der Schanzmühle bezirzen.» Er beugte sich zu Maja vor, die sich die Ungeheuerlichkeit seiner Anspielung nicht anmerken liess. «Ich warne Sie. Sollten Sie nicht jedes Detail und jeden kleinsten Ihrer Schritte mit mir persönlich absprechen, garantiere ich Ihnen, dass Sie so was von weg vom Fenster sind, dass es für Sie gerade noch für einen Job als Parkbussenpolitesse bei der Verkehrspolizei von Osttimor reichen wird. Haben wir uns verstanden?»

Maja sah lange und unverwandt kühl in Hofmanns weiches Gesicht mit den wässrigen Babyaugen. Sie nickte langsam. «Verstanden, Herr Hofmann.»

«Und wenn Sie Dornach sehen oder sprechen sollten, was zweifellos bald der Fall sein wird, richten Sie ihm aus, dass ich ihn in seiner Villa unter Hausarrest stellen lasse, wenn er auch nur einen einzigen Schritt über die Schwelle der Schanzmühle macht, solange diese Untersuchung läuft.»

«Gut», sagte Maja und stand unvermittelt auf. «Wären wir fertig? Adieu, Herr Hofmann.»

«Dieses arrogante Riesenarschloch!», rief Karin auf dem Weg zur Schanzmühle. «Hast du gehört, was der dir unterstellt hat? Wart nur, wenn ich meinem Ätti erzähle, dass –»

«Das lässt du bleiben, Karin. Im Moment haben wir weder Zeit noch Energie, uns gegen Hofmann aufzulehnen. Du solltest ihn mittlerweile gut genug kennen. Der sitzt im ‹Höfli› wie die Spinne im Netz und wird keinen Finger rühren, wenn er nicht muss. Das verschafft uns Spielraum. Wenn wir Glück haben, tut uns der Bundesanwalt einen Gefallen und ruft ihn wegen einer Bagatelle nach Bern.»

«Ein Idiot ist er trotzdem. So etwas hätte er nicht sagen dürfen.»

«Sei froh, dass Angela Casagrande nicht da ist. Die ist strikter als Jäggi und hätte Dominik vorsorglich gleich unter Hausarrest gestellt.»

«Im Ernst? Angela?», fragte Karin ungläubig. «Ich dachte eher, sie und der Chef hätten was miteinander.»

«Na ja. Angela ist eine richtige ‹Sauberfrau›, wenn es um korrekte Abläufe geht.»

Majas Handy klingelte. Sie sah auf das Display und antwortete: «Sebi! Sag mir, dass du eine gute Nachricht hast.»

«Eine Nachricht schon. Ob sie gut ist? Ihr kommt besser gleich und seht euch das selbst an.»

In Tschanz' Büro zeigte er ihnen am Bildschirm das Rillenmuster eines Projektils. «Wollt ihr die gute oder die schlechte Nachricht zuerst?», fragte er.

«Sebi, bitte», antwortete Maja müde.

«Gut, zuerst die schlechte: Ich habe die Kugel bereits untersucht, welche man aus dem Bauch des Kollegen Tschümperlin entfernt hat.»

«Wie geht's ihm?», fragte Karin dazwischen.

«Stabil.»

«Was ist mit dem Projektil?»

Mit einem Mausklick liess Tschanz ein zweites Projektil neben dem ersten erscheinen.

«Rechts ist das Vergleichsgeschoss, das ich selber mit der Waffe abgefeuert habe, die wir im Vigierhof mit Pias Fingerabdrücken gefunden haben.»

«Identisch?»

«Leider! Der Kollege wurde eindeutig mit dieser Waffe niedergeschossen.»

«Mist!», fluchte Maja.

«Das trifft es in etwa», sagte Tschanz trocken.

«Woher haben wir eigentlich Pias Fingerabdrücke?», fragte Karin. «Ist sie etwa vorbestraft?»

«Nachdem sie im letzten Frühling im Keller des ‹Extasy›-Nachtclubs gefangen gehalten wurde, mussten wir für die spurentechnische Untersuchung Pias Fingerabdrücke nehmen, um sie auszuschliessen. Seither ist sie im System», erklärte Tschanz.

«Das heisst lange nicht, dass es Pia war, die auf den Polizisten geschossen hat.»

«Wir können es auch nicht ausschliessen, Karin», entgegnete Maja. «Wenn Pia nicht geflüchtet wäre, könnten wir sie auf Schmauchspuren untersuchen. – Mann!» Frustriert schlug sie mit der Faust in die Hand. «Beim nächsten Kampftraining nehme ich mir diese Göre so was von zur Brust, dass sie danach ihre Knochen nummerieren kann.»

«Hattest du nicht was von einer guten Nachricht gesagt, Sebi?», fragte Karin.

«Genau. Das Projektil im Polizisten stimmt mit der Kugel überein, die im Chantier-Areal auf dich abgefeuert wurde, Maja.»

«Der Wächter! Pia muss es irgendwie geschafft haben, ihn zu entwaffnen.»

«Ganz schön mutig», sagte Karin.

«Oder saublöd», ergänzte Maja. «Pia eben, wie sie leibt und lebt. Es kann nämlich gut sein, dass der Kerl sich an ihre Fersen geheftet hat.»

Eine nachdenkliche Stille breitete sich im Raum aus, bevor Maja wieder das Wort ergriff. «Und was ist mit Sandro Germann?»

«Bei ihm wurde ebenfalls eine Neun-Millimeter-Kugel herausgeholt wie bei Tschümperlin. Allerdings wurde die Kugel nicht aus derselben Waffe abgefeuert.»

«Eine zweite Pistole? Habt ihr eine weitere Waffe im Vigierhof sichergestellt?»

Tschanz verneinte.

«Kommt Germann durch?», fragte Karin.

«Im Spital sind sie vorsichtig optimistisch. Wenn er die Nacht übersteht, ist er über den Berg», sagte Tschanz.

Maja hielt sich die Stirn mit beiden Händen und massierte ihre Schläfen. «Mein Schädel platzt gleich. Wir haben zwei Schwerverletzte, die mit zwei verschiedenen Pistolen niedergeschossen wurden. Wo ist die andere Knarre?»

«Das könnte die Waffe sein, mit der Germann auf Palmer geschossen hat», sagte Karin.

«Warum hat er sie nicht bei sich?»

«Weil der Wächter ihn damit angeschossen hat?»

«Karin, das macht keinen Sinn. Warum sollte er Germann mit dessen Waffe erschiessen, wenn er selber eine mit Schalldämpfer hat?»

«Um einen Selbstmord vorzutäuschen?»

«Hast du je einen Selbstmörder gesehen, der nachher seine Waffe selber entsorgt? Nein. Sollte Germann, wie wir annehmen, mit seiner eigenen Waffe niedergeschossen worden sein, die spurlos verschwindet, heisst das entweder, dass der Wächter sie mitgenommen hat – aber wozu? –, oder Pia und Rafik haben sie mitgehen lassen.» Sie dachte einen Moment nach. «Karin, gib einen Avis an die Fahndung raus, dass Rafik Mousavi und Pia Zenklusen womöglich bewaffnet sind.»

Karin sah ihre Kollegin schockiert an. «Du denkst doch nicht, dass Pia –»

«Verdammt, ich denke gar nichts. Die Kollegen sollen gewarnt sein, wenn sie die beiden anhalten. Wir kennen Pia, aber nicht diesen Rafik.»

Google kam mit einer Pizzaschachtel und einer Cola herein, setzte sich auf einen freien Stuhl und begann zu essen. Dabei ignorierte er Majas finsteren Blick geflissentlich. Maja hatte seit dem Frühstück nichts mehr gegessen, was ihr nicht nur auf den Magen, sondern auch auf das Gemüt schlug.

«Ä Guetä! Hoffentlich stören wir dich mit unserer Arbeit nicht beim Essen», sagte sie.

«Essen hält Körper und Geist zusammen», erwiderte er unbeeindruckt. «Ausserdem esse und arbeite ich gleichzeitig.»

Maja musste sich zusammennehmen, um ihm die Pizza nicht ins Gesicht zu drücken.

«Konntest du inzwischen Pias Handy orten, ohne deine Kauleistung allzu sehr zu beeinträchtigen?»

«Fehlanzeige.» Google wischte sich einen Käsebrocken vom Bart ab. «Sie muss es abgestellt haben, gleich nachdem sie Dominik angerufen hatte. Aber –»

«Google», sagte Maja gepresst, «um unserer Freundschaft willen. Hör auf zu fressen und sag, was du weisst.»

Er spülte einen weiteren Bissen mit einem grossen Schluck Cola hinunter. «Ich hätte da schon was, wenn du mich ausreden lässt.»

Maja verwarf resigniert die Hände.

«Ich konnte auf Pias Bankkarte zugreifen.»

«Wie?», fragten die drei anderen aus einem Mund.

«Wollt ihr das ernsthaft wissen?»

«Vergiss es und sag schon», sagte Maja.

Google räusperte sich. «Vor zwei Stunden hat Pia mit ihrer Karte vom Bancomaten am Bahnhof zweitausend Franken abgehoben.»

«Zweitausend?», rief Karin erstaunt. «Das ist eine schöne Summe.»

«Das ist der maximal mögliche Betrag, den sie monatlich abheben kann. Auf dem Konto liegen achttausend Franken», antwortete Google. «Ihre Mutter hat ihr im Juli dreitausend überwiesen.»

«Woher weisst du …?», begann Maja, bevor sie seinen Blick bemerkte. «Schon gut, fahr weiter.»

«Kurz nach der Abhebung hat sie an einem Billettautomaten der SBB zwei einfache Fahrten nach Basel Badischer Bahnhof gelöst.»

Maja und Karin sprangen gleichzeitig auf.

«Die setzen sich nach Deutschland ab», rief Karin. «Ich rufe gleich die Basler Kollegen an und schliesse uns mit der Landespolizei in Baden-Württemberg kurz.»

«Und ich alarmiere Grenzwache und Bahnpolizei. Die erwischen wir.» Maja griff zu ihrem Telefon.

«Informiere vorsichtshalber auch die Franzosen», sagte Karin. «Kann sein, dass die beiden auf dem Weg ins Elsass sind.»

Google packte seinen Pizzakarton und erhob sich. «Vielen

Dank, Google, gute Arbeit, Google», seufzte er beim Hinausgehen.

«Google», rief Maja ihm nach.

«Ja?»

«Das war super, danke. Gibst du mir ein Stück Pizza ab, bitte?»

***

Ines hustete sich beinahe die Lunge aus dem Leib, als sie eine weitere Schachtel vom Regal hievte und eine zentimeterdicke Staubschicht auf sie herunterrieselte.

«Schmaladida merda!», fluchte sie auf Rätoromanisch. «Meinst du, wir finden hier was? Das Einzige, was ich mir hier hole, ist eine Staublunge.»

«Sei nicht so zimperlich. Wir können ja nachher duschen», sagte Casagrande, ohne aufzublicken.

«Und die Kleider?»

«Was ist damit?»

«Hallo? Sieh dir mal an, wie ich ausschaue!»

Casagrande blickte auf und konnte sich beherrschen, nicht laut herauszulachen. Ines sah aus, als ob man sie in Mehl gewendet hätte. Ihre elegante schwarze Chinohose und die dunkelgrüne Bluse hatten von kräftigen Farben in Pastelltöne gewechselt.

«Das findest du lustig, was?» Ines knallte die Schachtel vor Casagrande hin, sodass auch ihr eine Staubwolke entgegenschlug.

«Tu nicht so. Das kann man ausbürsten, oder müssen wir heute Abend an einen Galaempfang?» Casagrande klopfte den Rücken ihrer Freundin ab und beherrschte sich, nicht zu niesen.

«Ich will gut aussehen, und wenn es auch nur für dich ist», sagte Ines.

Casagrande bedankte sich für das Kompliment mit einem Klaps auf Ines' Hintern und schaute sich im Raum um. Mareike hatte untertrieben. Er war nicht klein, sondern riesig. Auf mehreren deckenhohen Regalen stapelten sich Schachteln mit Büchern, Bibeln und Schulheften. Kisten mit allerlei Heiligenbildern, Kruzifixen und Emblemen des Gnadenwerkes standen herum. Sie fanden schachtelweise Arbeitsblätter und Zeichnungen. Keine Spur von Dokumenten, Namenslisten und offiziellen Akten.

Sie suchten eine weitere halbe Stunde, bis Casagrande aufgab. «Zu zweit bringt das nichts. Da suchen wir tagelang. Ich rufe Dominik an, und morgen bitten wir die Bündner Kollegen um Amtshilfe, damit wir das Zeug hier beschlagnahmen können, bevor die Gnadenwerkler es abholen.»

Ines stiess einen erleichterten Seufzer aus. «Endlich duschen.»

Ihr Zimmer war eher klein, jedoch sauber und komfortabel eingerichtet. Es hatte sogar ein Doppel- und ein Einzelbett, verfügte aber lediglich über eine Toilette und ein Lavabo. Die Duschen befanden sich auf der Etage, was den beiden wenig ausmachte, da sie die einzigen Gäste waren.

«Ich zuerst!», rief Ines, als sie ins Zimmer kamen, schnappte sich ein Badetuch sowie ihr Necessaire und verschwand zur Tür hinaus.

«Gut, ich rufe *meinen* Dominik an», rief Casagrande ihr nach und setzte sich aufs Bett.

Die Tür öffnete sich erneut, und Ines steckte mit breitem Grinsen den Kopf ins Zimmer. «Einen lieben Gruss, und wir hätten ein Bett frei, falls …» Schnell zog sie die Tür zu, als sie das Kissen kommen sah.

SECHZEHN

Pia und Rafik waren eingeschlafen, bevor der Zug kurz nach Martigny sein Zahnradgetriebe einrastete, um den ersten steilen Anstieg von der Ebene des Rhonetals in das wilde Vallée du Trient in Angriff zu nehmen. Als er kurz vor Les Marécottes in eine enge Kurve fuhr, was die Radachsen zu einem ohrenbetäubenden Quietschen brachte, waren sie aufgeschreckt und hatten sich zum Aussteigen bereit gemacht.

Ihr Ziel lag etwa achthundert Meter höher, knapp oberhalb der Waldgrenze. La Creusaz war eine ehemalige Alp, wo die Bergbauern bis in die fünfziger Jahre des letzten Jahrhunderts ihr Vieh sömmerten. Heute befand sich dort ein kleines Feriendorf mit Chalets, wovon eines Pias Grossmutter gehört hatte, der Mutter von Laure Zenklusen, einer geborenen Bochatay. Während Jahrzehnten hatte die aus Salvan, dem grössten Ort des Tales, stammende Familie auf La Creusaz Alpwirtschaft betrieben. Nach dem Tod ihrer Mutter hatte Laure das kleine Anwesen geerbt und es ihrer Tochter Pia zu ihrem achtzehnten Geburtstag überschrieben.

Sie gingen vom Bahnhof den steilen Fusspfad ins oberhalb gelegene Dorfzentrum von Les Marécottes hoch. Pia hoffte inständig, dass ihr Chaletnachbar zu Hause war. Der alte Martin war ein pensionierter Lastwagenfahrer aus dem Waadtland. Er lebte ganzjährig auf der Alp und waltete während der Abwesenheit der Eigentümer als Hausmeister für einige der Chalets. Er besass Kopien der jeweiligen Hausschlüssel. Pias Original hing am Schlüsselbrett in der Villa Dornach. Zuerst hatte sie ihn dort holen wollen, aber schliesslich darauf verzichtet. Sie wollte nicht, dass ihr Vater den fehlenden Schlüssel zufällig bemerkte und daraus im falschen Moment den richtigen Schluss zog.

«Geht's?», fragte sie Rafik, der stehen geblieben war und seinen Rucksack abgesetzt hatte. «Hast du Schmerzen?»

«Geht schon, der Rucksack drückt.»

Es war am Bahnhof Solothurn passiert. Nachdem sie absichtlich die Billette zum Badischen Bahnhof am Automaten bezogen hatte, bezahlte sie die Billette ins Wallis bar. Rafik hatte derweil die Rucksäcke aus dem Schliessfach geholt und umgepackt. Als er mit den Gepäckstücken beschäftigt war, wurde er unvermittelt von einem Hund angesprungen. Er verlor das Gleichgewicht und stiess heftig mit der Schulter an die Kante des offen stehenden Schliessfaches. Dabei liess er seinen geöffneten Rucksack fallen, sodass sich ein Teil des Inhalts auf dem Boden verteilte. Als er sich umwandte, stand eine Frau in der ärmlichen Kleidung einer Randständigen vor ihm, die sich wortreich für das Verhalten ihres Hundes entschuldigte und ihm versicherte, dass das Tier harmlos sei. Wegen der Schmerzen in seiner Schulter hatte die Frau kurzerhand die paar Utensilien vom Boden eingesammelt und zurück in den Rucksack gelegt und sich unter wortreichen Entschuldigungen aus dem Staub gemacht.

Im Zug hatte Pia sich die Schulter angesehen und eine schmerzhafte Prellung festgestellt, genau dort, wo der Tragriemen des Rucksacks zu liegen kam. Um die Last für Rafik zu erleichtern, hatte sie alle eingekauften Vorräte aus seinem in ihren Rucksack gepackt. Bei einem Zwischenhalt in Lausanne hatten sie nebst Vorräten für zwei Tage und Toilettenartikeln auch Voltaren-Salbe und Schmerztabletten eingekauft. Pia wollte sicherstellen, dass Rafik für den folgenden Tag fit genug war.

«Ich reibe dir etwas Voltaren ein», sagte sie, als sie sein schmerzverzerrtes Gesicht sah.

«Nein, lass nur. Du hast gesagt, dass wir einen langen Weg vor uns haben.»

«Vor allem einen steilen», sagte sie sorgenvoll und blickte die in der Dunkelheit liegende Bergflanke hoch. Im Winter war La Creusaz ein kleines Skigebiet, das nur per Seilbahn erreichbar war. In der Sommersaison fuhr die Bahn stündlich. Im November war der Betrieb eingestellt. Ohne Fahrzeug war es ein anstrengender zweieinhalbstündiger Aufstieg zu Fuss.

Kaum waren sie bei der geschlossenen Talstation der Seilbahn angekommen, hörten sie hinter sich ein Hupen, und ein alter Subaru-Geländewagen hielt neben den beiden an.

«Salut, Pia, brauchst du ein Taxi?», fragte der Fahrer auf Französisch durch das heruntergelassene Seitenfenster.

Pia atmete erleichtert auf, als sie Martins wettergegerbtes Gesicht erkannte. «Salut, Martin. Du kommst wie gerufen», antwortete sie. «Kannst du uns mitnehmen?»

«Steigt ein.»

Während der viertelstündigen Fahrt auf einer kurvenreichen und holprigen Strasse plauderte Martin über Gott, die Welt, das Wetter und über die Dummköpfe in der Gemeindeverwaltung, die sich mehr um die Touristen kümmerten als um die Residenten in La Creusaz.

Aus Höflichkeit und Dankbarkeit solidarisierte sich Pia mit Martins Tiraden. Rafik, der kein Französisch verstand, sass im Fond des Wagens und liess sich vom Geplauder der beiden in den Schlaf lullen.

***

Dornach hatte keine Lust, zu Hause herumzuhocken, und fuhr stattdessen zu Lori Palmer.

Karin hatte am Nachmittag Palmers Aussage aufgenommen und sie in Begleitung einer Beamtin nach Hause geschickt.

Dornach war klar, dass er keine amtliche Befugnis mehr hatte, mit Palmer zu reden. Wenn Hofmann davon Wind bekäme, würde er ihm definitiv die Hölle heissmachen. Das kümmerte ihn wenig. Er wollte wissen, wie Pia in diese Situation geraten konnte, und hoffte, von Palmer Hinweise zu erhalten.

Einige Schritte von Palmers Hauseingang entfernt fand er eine Parklücke, gleich hinter einem Patrouillenwagen mit zwei Beamten. Dornach erkannte Christian Lorer in einem von ihnen und klopfte an die Scheibe. «Alles klar? Braucht ihr was?»

«Danke, wir sind versorgt.» Christian zeigte mit dem Daumen nach hinten in den Fond, wo sich Pizzaschachteln und Plastiksäcke mit Sandwiches und Getränken stapelten. «Das Einzige, was uns fehlt, ist dein Kaffee.»

«Ich schaue rasch bei Frau Palmer vorbei, okay?»

«In Ordnung.» Christian griff zu seinem Funkgerät. «Ich sage Regula Bescheid. Sie ist bei ihr in der Wohnung.»

Dornach klingelte. Keine Sekunde später wurde die Türe von

einer Beamtin in Uniform geöffnet, die er nur flüchtig kannte. Sie sagte ihm, dass Palmer im Wohnzimmer sei. Dornach bat sie, Pause zu machen, solange er mit Palmer redete.

Palmer stand rauchend am geöffneten Fenster und hatte ihm den Rücken zugedreht.

«Lori?»

Ihr Blick hellte sich auf, als sie sich umwandte und ihn sah. Sie drückte ihre Zigarette auf dem Fenstersims aus und ging auf ihn zu. «Dominik!»

Sie schmiegte sich an ihn, und für einen Augenblick befürchtete er, dass sie ihn erneut küssen wollte. Schliesslich liess sie ihn los. «Entschuldige, ich brauchte das.»

«Bist du sonst okay?»

«Nur ein paar Abschürfungen vom Sturz. Ich lebe, dank Pia. Deine Kollegen haben gesagt, dass mich die Kugel getroffen hätte, wenn Pia mich nicht zu Boden gerissen hätte. Wie geht es ihr?»

«Sie ist verschwunden», antwortete Dornach und schilderte ihr die Ereignisse.

«Das ist ja furchtbar. Und ich bin mitschuldig, weil ich zugelassen habe, dass sie mitkommt. Ich habe ihr gesagt, dass sie in meiner Nähe bleiben soll. Wenn ich geahnt hätte, dass so etwas passieren könnte, hätte ich mich nie darauf eingelassen.»

«Das hätte sie nicht abgehalten. Pia hat ihren eigenen Kopf. Das hat sie von ihrer Mutter.»

«Töchter sind nicht immer einfach, was?»

«Pia ist meine grosse Schwäche. Ich lasse ihr zu viel durchgehen. Es gibt Momente, da könnte ich sie auf den Mond schiessen. Ich weiss aber auch, dass ich sie gleich darauf schrecklich vermissen würde.»

Palmer musste gemerkt haben, dass ihn die Sorge um Pia mitnahm. Sie wechselte das Thema. «Dieser Mann, der auf mich geschossen hat. Es ist Sandro Germann, nicht wahr?»

Dornach nickte.

«Wurde er … ist er tot?»

Dornach hob die Schultern. «Die Ärzte sagen, sein Zustand sei kritisch. Wir müssen abwarten.»

«Weiss man, wer auf ihn geschossen hat?»

«Dazu kann ich im jetzigen Stadium nichts sagen. Es interessiert mich eher, warum Germann in aller Öffentlichkeit auf dich geschossen hat.»

«Es gibt Leute, denen ich mit meinem Engagement auf die Füsse getreten bin, vor allem Schubiger und den Schergen von seiner Partei.» Sie hielt inne und sah Dornach an. «Glaubst du, Schubiger hat diesen Germann beauftragt? Er ist doch der Chef von seiner Sicherheitstruppe, die sich ‹Schutzfront CH› nennt.» Ein Ausdruck von unendlicher Traurigkeit legte sich über Palmers Gesicht. Es machte sie um Jahre älter.

«Glauben hilft uns nicht weiter, Lori. Wir müssen Gewissheit haben. Deshalb gehen wir gegenwärtig jeder Spur nach. Mehr darf ich dir dazu nicht sagen.»

Unvermittelt begann sie heftig zu weinen. Dornach nahm sie in den Arm. Sie blieben eine Weile sitzen, bis sie sich beruhigte und er ihr ein Papiertaschentuch reichen konnte.

«Sorry», sagte sie schniefend. «Es hat mich übermannt. Das ist alles Wahnsinn.» Sie ergriff seine Hand. «Ich fühle mich so müde, Dominik. Ich will nicht alleine sein. Kannst du bei mir bleiben?»

Dornach überlegte. Zu Hause würde er es vor Sorge um Pia nicht aushalten. «Wenn du etwas anderes hast als Kaffee, gerne.»

«Bier oder Wein?», fragte sie sichtlich erleichtert. «Ich habe auch einen ausgezeichneten Single Malt Whisky hier.»

Dornach entschied sich vorsichtshalber für ein Glas Rotwein.

Er half ihr in der Küche und schnippelte Gemüse für den Wok. Sie bereitete zwei Kalbsfilets zu und setzte Reis auf. Der Essensduft und der Rotwein hoben ihre Stimmung, und die Gesprächsthemen verlagerten sich auf gemeinsame Jugend- und Schulerinnerungen, bis sie auf ihre Beziehungen zu sprechen kamen. «Du warst nie verheiratet?», fragte Palmer. «Ich meine, mit Pias Mutter.»

«Die Chemie stimmte nicht.» Dornach schnippelte eine Karotte in dünne Scheiben und gab sie in den Wok. «Laure und ich, wir verstanden uns auf körperlicher Ebene, auf die Dauer war die Mischung zu explosiv.»

«Und du hast es nie bereut, dich als Junggeselle an eine Tochter gebunden zu haben?»

Dornach legte das Messer hin und drehte sich nach ihr um. «Pia ist aufmüpfig und nervt zwischendurch unsäglich. Aber sie ist ein wunderbarer Mensch und das Beste, was ich je zustande gebracht habe.»

«Sonst gibt es keine Frauen in deinem Leben?»

«Es gibt einen schönen Ausdruck für meinen Beziehungsstatus: kompliziert.»

«Verstehe. Einer, der Probleme hat, sich festzulegen.»

Dornach verzog den Mund. «Könnte man so sehen. Tochter und Job haben mir bisher keinen grossen Spielraum gelassen.»

«Das ist keine Entschuldigung mehr. Das Kind ist erwachsen, und Arbeit ist auch nicht alles. Wie sieht es denn aus mit der Liebe?» Sie trat mit der Weinflasche in der Hand neben ihn.

«Sie kommt und geht.»

Als sie ihm nachschenkte, drehte er sich um, sodass sie zusammenstiessen. Palmer taumelte zurück. Er hielt sie fest und zog sie an sich.

«Ist sie jetzt gerade gekommen?»

Ihre Blicke hakten sich ineinander fest, und ihre Gesichter kamen sich näher. Als sich ihre Lippen fast berührten, klingelte sein Handy. Das Display zeigte eine unbekannte Festnetznummer mit einer Vorwahl, die auf eine östliche Landesgegend hinwies. Mit einem entschuldigenden Blick ging er ins Treppenhaus.

In wenigen Worten hatte ihm Casagrande erzählt, was sie in Val Sinestra gefunden hatte. Im Gegenzug gab Dornach ihr einen Abriss über die Ereignisse des Nachmittags in Solothurn und Pias Verschwinden.

«Sollte es tatsächlich Schubiger gewesen sein, der Germann vorgeschickt hat, um eine politische Gegnerin auszuschalten, heisst das, dass er ganz schön nervös ist», sagte Casagrande.

«Aber wir müssen es ihm beweisen, Angie. Germann war unsere grösste Hoffnung. Wir können nur warten, bis er aussagt, wenn es überhaupt dazu kommt.»

«Und wenn Jana mit ihrer Vermutung richtigliegt, gibt es tatsächlich eine Verbindung zwischen dem Gnadenwerk und der Fortschrittspartei.»

«Und eine Spur, die nach Val Sinestra führt.»

«Ich verstehe nicht, warum Germann auf Palmer schiesst. Was ist das Motiv? Ihr Name war nicht auf Schwester Felicitas' Liste.»

«Gute Frage, Angie. Vielleicht ist Palmer Schubigers Privatproblem. Möglicherweise wusste Felicitas nichts von ihr und hat sie deshalb nicht aufgeschrieben. Ich bin vorläufig aussen vor. Maja hält mich auf dem Laufenden. Es sei denn, ihr findet was in eurem Spukschloss.»

«Nicht ohne Hilfe, die weiss, wonach wir suchen müssen. Wir kommen nicht schnell genug voran. Ich wollte eigentlich die Bündner Kollegen um Amtshilfe bitten, aber bis die im Bild sind, haben die Gnadenwerkler alles ausgeräumt.»

«Und wenn ich zu euch komme?», schlug Dornach vor.

«Wie? Jetzt?»

«Wenn ich gleich fahre, bin ich in vier Stunden in Sent. Morgen helfe ich euch, den Plunder zu sichten.»

«Hofmann hat dir den Fall entzogen, Dominik.»

«Umso mehr ein Grund, Ferien zu machen und meiner besten Freundin und ihrer Liebsten Gesellschaft zu leisten. Jemand hat mir gestern gesagt, dass das Engadin zu dieser Jahreszeit und bei diesem Wetter besonders reizvoll sein soll.»

«Wenn Hofmann davon Wind bekommt ...»

«Wirst du es ihm sagen, Angie?»

«Spinnst du?»

«Bis morgen.»

Dornach überlegte sich, wie er Palmer am elegantesten einen Korb geben konnte.

***

Ihre Mutter hatte für Pia einen neuen Holzofen und einen modernen holzbefeuerten Kochherd installieren lassen, an dem Pia nach einigen Anfangsschwierigkeiten grossen Gefallen gefunden hatte. Pia und Rafik hatten Feuer gemacht und richteten sich für die Nacht ein.

Am nächsten Morgen wollten sie auf Schleichpfaden über die Grenze nach Frankreich gelangen. Es wäre weniger umständlich gewesen, mit dem Mont-Blanc Express bis nach Chamonix zu fahren. Die Reise von Martigny in die Haute-Savoie dauerte nicht länger als anderthalb Stunden. Nach den jüngsten Terroranschlägen in Frankreich wurden die Grenzen innerhalb des Schengenraumes jedoch intensiver überwacht. Als Pia im letzten Sommer mit Manu einen Tagesausflug mit dem Zug nach Chamonix gemacht hatte, waren ihnen die verstärkten und schwer bewaffneten Patrouillen des Schweizer Grenzwachtkorps und der französischen «Police aux Frontières» aufgefallen, welche die Züge kontrollierten.

Stattdessen wollte sie mit Rafik am nächsten Tag zu Fuss über den Col de Barberine zum Stausee von Emosson und dort die Grenze überqueren. Wenn alles gut ging, konnten sie am gleichen Tag bis nach Chamonix kommen. Dort hatten sie Anschluss an die grossen Bahnlinien in Frankreich. Ihr Endziel war die südfranzösische Stadt Narbonne, wo Rafik Verwandte hatte, bei denen sie so lange bleiben konnten, bis die Sache in Solothurn geklärt und ihre Unschuld bewiesen war.

Sie untersuchte erneut Rafiks Prellung und stellte fest, dass sie sich stärker verfärbt hatte und angeschwollen war. «Tut es sehr weh?», fragte sie besorgt.

«Nicht, wenn du sie berührst.» Er schenkte ihr einen Blick, von dem sie sich abwenden musste, wenn sie nicht die Beherrschung verlieren wollte.

«Ich tue nochmals Voltaren drauf.»

Als sie die Crème applizierte und sanft auf der verletzten Stelle einrieb, packte er sie an beiden Armen, zog sie zu sich und versuchte, sie zu küssen.

«Halt, das Pflegepersonal ist mit Respekt zu behandeln, sonst gibt's was auf die Finger.»

«Und wenn der Patient verspricht, ganz brav zu sein?»

«Bekommt er was zu essen.»

«Ich helfe dir kochen.» Er wollte sich aufrichten.

«Du bleibst liegen, damit du morgen fit bist. Das wird ein langer und vor allem ein anstrengender Tag.»

Pia merkte erst, wie hungrig sie war, als sich der Duft von mit getrocknetem Rosmarin verfeinerter Tomatensauce und Basilikumpesto im Raum verbreitete. Das Letzte, was sie zu sich genommen hatte, war das Sandwich, das ihr Manu vor der

Demo in die Hand gedrückt hatte. Sie spielte mit dem Gedanken, wenigstens ihre Freundin anzurufen und ihr zu sagen, was sie vorhatten. Manu war ein Plappermaul. Wenn es jedoch hart auf hart kam, konnte sich Pia auf sie verlassen. Trotzdem entschied sie sich vorläufig dagegen, sie einzuweihen. Handys konnte man orten, und Pia kannte die Kollegen ihres Vaters. Sie war sicher, dass Google sich bereits auf ihre elektronische Fährte gesetzt hatte.

Spaghetti mit zweierlei Sauce und eine Flasche Walliser Pinot Noir Vieux Saillon von Gérard Raymond, dem Lieblingsweinbauern ihrer Mutter, weckten ihre Lebensgeister. Rafik hatte seinen witzigen Charme wiedergefunden und brachte Pia zum Lachen. Sein feinsinniger, etwas machohafter Humor tat ihr gut. Die Wärme des Feuers und der Alkohol taten den Rest. Als sie beim Abwaschen am Spülbecken stand, liess sie es zu, dass er hinter sie trat und seine Hände langsam unter ihrem T-Shirt immer höher gleiten liess. Er küsste ihren Nacken und umfasste ihren Büstenhalter. Pia schloss die Augen. Sie stiess seine Hände sanft von sich, als sie versuchten, unter den Stoff zu gleiten.

«Komm», sagte sie sanft. Sie zog ihn mit sich die schmale Treppe hoch zum Schlafraum. Der Abwasch konnte warten.

***

Jana sass am Sitzungstisch des Videostudios im Europol-Gebäude. Die analoge Wanduhr war ein Anachronismus inmitten der Hightech-Einrichtung des Raumes. Beide Zeiger näherten sich unaufhaltsam der Zwölf-Uhr-Position. Das Knurren in ihrer Magengegend verriet, dass ihr Organismus die Meinung vertrat, dass es höchste Zeit für die Nahrungsaufnahme war.

Sie hatte den ganzen Tag in Amsterdam an einer internationalen Konferenz über die Bedrohung der öffentlichen Sicherheit durch heimkehrende Jihadisten aus Syrien und dem Irak teilgenommen. Der damit verbundene Arbeitslunch hatte ihr weder in Menge noch in Qualität zugesagt.

Horacek betrat den Raum mit einem Tablett, was ihr sofort ein Lächeln entlockte, als sie den Teller unter der Servierglocke und die halbe Flasche Rotwein sah, die er darauf hereintrug.

«Verzeihen Sie, dass es so lange gedauert hat, Oberstleutnant. Ich musste das Steak selber zubereiten, weil das Personal schon Feierabend hatte.»

«Sie können kochen, Stephan?»

«Ich bin der Älteste von fünf Geschwistern, und meine Eltern arbeiteten beide. Ich war dafür verantwortlich, dass das Essen auf dem Tisch stand. Das prägt.» Er hob die Glocke ab, und Jana sah mit Entzücken, was er ihr präsentierte. «Das Fleisch ist, wie gesagt, frisch zubereitet. Erdäpfelpüree und Gemüse sind vom Abendmenü und aufgewärmt. Ich habe es probiert. Sollte ganz passabel sein. Der Wein ist aus dem Chianti. Ich hoffe, es schmeckt Ihnen.»

«Sie sind mein Lebensretter, Stephan. Ich hab schon g'fürcht, ich müsst mit der Erinnerung an die grausligen Sandwiches vom Lunch zu Bett gehen.»

Sie konnte immerhin zwei Bissen essen, bevor ein akustisches Signal den eingehenden Videoanruf ankündigte. Jana ass weiter, bis sich das Bild fertig aufgebaut hatte und sie am anderen Ende ihre Gesprächspartner erkennen konnte, die nebeneinander an einem Tisch sassen.

«Guten Appetit, Jana», sagte Maja, flankiert von Karin und Urs Jäggi.

«Dankschön. Bitte entschuldigts, dass ich kauend vor euch sitz. Ich musste unbedingt was essen, sonst hätte mein Hirn das Denken aufgegeben.»

«Lass dich nicht stören. Können wir trotzdem anfangen?»

«Ich bitte darum. Wo ist Dominik? Der schläft nicht etwa schon?»

Maja räusperte sich mit einem Seitenblick zu Jäggi, der ihr zunickte. Sie schilderte die Ereignisse des Tages und informierte Jana über die Fahndung nach Pia und ihrem Freund Rafik.

«Ihr glaubt nicht ernsthaft, dass Pia den Polizisten niedergeschossen hat?», fragte Jana.

«Diese Frage stellt sich gar nicht, Frau Cranach», sagte Jäggi. «Pia Zenklusen hat es fertiggebracht, dass wir eine Grossfahndung in der gesamten Nordwestschweiz einleiten und obendrein die halbe Polizei Baden-Württembergs und die französischen Kollegen im Elsass mobilisieren mussten. Bisher ohne Ergebnis. Wir befürchten, dass sie eine falsche Spur gelegt hat.»

«Das Dirndl hat Talent», sagte Jana. «Was habt ihr sonst für Ergebnisse?»

«Aufgrund der Zeugenaussagen und der Beschreibung, die Pia ihrem Vater am Telefon kurz nach ihrem Verschwinden durchgegeben hat, können wir davon ausgehen, dass der Wächter unseren Kollegen niedergeschossen und verletzt hat. Mit anderen Worten: Der Killer befindet sich mit an Sicherheit grenzender Wahrscheinlichkeit in der Schweiz.»

«Das bestätigt unsere Vermutungen», antwortete Jana, legte ihr Besteck ab und tippte auf dem Display ihres Tablets. «Wir haben von Interpol und der Genfer Polizei gegengecheckte Informationen, dass er unter dem Namen Marcel Dekyndt, belgischer Staatsbürger, vor zwei Wochen mit einem Direktflug von Antwerpen in Genf eingereist ist.» Sie tippte auf das Display, bis man ein Standbild einer Überwachungskamera auf dem grossen Bildschirm sehen konnte. Das Bild mit den drei Schweizer Polizisten rutschte als kleines Fenster in die rechte untere Ecke.

«Das ist in der Ankunftshalle des Genfer Flughafens. Eure Beschreibungen waren hilfreich, um ihn rasch zu identifizieren.» Sie tippte erneut, und ein weiteres Bild zeigte Dekyndt, wie er gerade einen Autoschlüssel entgegennahm.

«Avis Autovermietung», kommentierte Jana. «Er hat dort einen Mercedes Benz Geländewagen vom Typ GLK 4x4 gemietet, Nummernschild – Moment», sie wischte über das Display und gab ihren Gesprächspartnern die für die meisten Schweizer Mietfahrzeuge übliche Immatrikulationsnummer des Kantons Appenzell Innerrhoden durch. «Wir müssen davon ausgehen, dass er die auffällige Nummer mit einem gefälschten Schild getauscht hat. Ihr konzentriert euch besser auf das Fahrzeug.»

Sie liess die Informationen auf der anderen Seite etwas sacken, bevor sie einen Vorschlag unterbreitete, der ihr schon einige Zeit im Kopf herumgeschwirrt war.

Die drei in Solothurn überlegten nicht lange. «Das machen wir so, Frau Cranach», sagte Jäggi. «Ich erledige das Formelle gleich morgen, damit wir keine Zeit verlieren.»

Als sie das Gespräch beendet hatte, wandte sich Jana an Horacek. «Sie wissen, was ich brauche, Stephan?»
«Volle Ausrüstung?»
«Volle Ausrüstung.» Sie wählte die Privatnummer von Sir Andrew Boyle.

***

Die Vibration ihres Handys holte Casagrande aus einem Traum, in dem sie mit nichts als einem knappen Nachthemd bekleidet durch einen verschneiten Wald irrte. Bevor sie sich wundern konnte, warum sie nicht fror, vibrierte die Luft immer stärker.

Den ganzen Nachmittag und Abend hatte sie keinen Empfang gehabt. Ausgerechnet mitten in der Nacht funktionierte es. Unter der angezeigten Uhrzeit drei Uhr zwölf auf dem Display sah sie, dass der Anrufer unbekannt war. Sie blickte zur sanft schnarchenden Ines hinüber, bevor sie sich flüsternd meldete. «Hallo?»

Nichts. Hinter atmosphärischem Rauschen glaubte sie, schwere Atemzüge zu hören.

«Wer sind Sie?»

Keine Antwort.

«Hören Sie, wenn Sie –»

«Hu'e!» Es knackte in der Leitung, und die Verbindung war unterbrochen. Eher verblüfft als erschrocken blickte sie auf das erlöschende Display. Hatte gerade jemand «Hure» zu ihr gesagt?

Unvermittelt verspürte sie gleichzeitig Harndrang und Durst. Mareike hatte ein Käsefondue zubereitet. Dazu hatten sie italienischen Wein getrunken. Der Käse war salzig und der Veltliner süffig gewesen. Um das Ganze leichter verdaulich zu machen, hatte Mareike nach dem Essen eine Flasche Röteli auf den Tisch gestellt, den Casagrande zu süss fand. Im Gegensatz zu ihr hatte Ines dem Bündner Kräuterlikör gerne zugesprochen. Dafür hätte man jetzt eine Kanone neben ihr abfeuern können, ohne dass diese sich auch nur gerührt hätte.

Als sie dem Ruf der Natur gefolgt war und ihren Durst mit Leitungswasser gestillt hatte, versuchte Casagrande vergebens, Schlaf zu finden. Ihre Gedanken schlugen Purzelbäume, und sie fing wieder an, über ihre Beziehung zu Ines nachzudenken. Sie hatten in den letzten Tagen wundervolle und leidenschaftliche Stunden miteinander verbracht. Ines hatte sich von ihrer zärtlichsten Seite gezeigt. Trotzdem konnte Casagrande nicht aufhören, sich zu fragen, ob sie sich wirklich ernsthaft vorstellen konnte, eine Lebensgemeinschaft mit einer Frau einzugehen.

Schliesslich hielt sie es im Bett nicht mehr aus. Sie streifte ihre Hose und einen Pullover über, verliess das Zimmer und ging die nur mit Notlicht erhellten Gänge zum Lift, der ins Untergeschoss mit den Bädern führte. Anstatt im Bett ihren Gedanken nachzuhängen, konnte sie sich gerade so gut durch ein paar Regale arbeiten.

Als sie im Lift abwärtsfuhr, begann das Licht in der Kabine zu flackern. Casagrande musste an Guillaume denken, von dem Mareike ihnen Spukgeschichten und Anekdoten über die Geisterjäger zum Besten gegeben hatte. Ein eiskalter Schauer durchfuhr sie, während sie sich gleichzeitig idiotisch vorkam.

Unten angekommen, beschleunigte sie ihre Schritte, sobald sie am verhängnisvollen Baderaum Nummer fünf vorbeikam, wo es ihr erneut kalt den Rücken hinunterlief. «Ich will dir nichts Böses», murmelte sie, «und du mir auch nicht.»

Beinahe panisch drückte sie auf den Lichtschalter der Rumpelkammer. Es schien ihr, als dauere es eine Ewigkeit, bis die halb blinden nackten Glühbirnen ihr stumpfes Licht über die staubigen Regale ausbreiteten. Am Nachmittag hatte sie sich zusammen mit Ines die vorderen Regale vorgenommen. Sie beschloss, hinten zu beginnen.

Sie hatte etwa eine halbe Stunde lang in Schachteln und Kisten gewühlt, als das Licht wieder zu flackern begann. Von den Baderäumen her drang ein klirrendes Geräusch, das ihr Herz gefrieren liess.

«Bitte nicht», flüsterte sie und versuchte verzweifelt, ihren Verstand über die diffusen Ängste obsiegen zu lassen, die ihrer südländischen Erbmasse entstammten.

Das Licht kam zurück. Wenige Minuten später, als sie in der hintersten Ecke des Raumes eine Schachtel aus einem Regal hieven wollte, zuckte das Licht nur einmal, bevor es vollends erlosch.

Casagrande blieb stocksteif und zitternd in der pechschwarzen Dunkelheit stehen und versuchte, ihren panischen Atem unter Kontrolle zu bringen.

Tastend setzte sie einen Fuss vor den anderen. Das verhinderte nicht, dass sie über eine am Boden liegende Schachtel stolperte und heftig gegen ein Regal prallte. Bei dem verzweifelten Versuch, sich an einem Tablar festzuhalten, stiess sie an eine Kiste, die mit einem ohrenbetäubenden Lärm zu Boden krachte.

Für Sekunden war sie vor Schreck wie gelähmt, bevor der Schmerz in ihrem Fuss und an der Seite sie in Wut versetzte.

«Verdammt, Guillaume!», rief sie in die Dunkelheit. «Du könntest mir lieber suchen helfen, anstatt mich mit deiner blödsinnigen Spukerei zu erschrecken.»

Wie aufs Stichwort kehrte Leben in die Deckenleuchten zurück, die den Raum erneut in trüber Helligkeit erstrahlen liessen.

«Na also, geht doch», murmelte sie erleichtert und hielt sich die Brust, um ihren rasenden Herzschlag zu beruhigen. Sie starrte auf den am Boden verstreuten Inhalt der geborstenen Holzkiste. Es war eine grosse Metallkassette gewesen, die das Höllenspektakel verursacht hatte. Die Masse entsprach in der Ausdehnung zwei A3-Seiten mit einer Tiefe von rund zwanzig Zentimetern. Der Deckel war durch den Sturz aufgesprungen. Casagrande bückte sich und begann, die auf dem Boden verstreuten Papiere einzusammeln. Als sie den Stapel zusammenstossen wollte, fiel ihr Blick auf das oberste Blatt. Sie stutzte. Sie trug den Stapel zu dem kleinen Holztisch, wo das Licht etwas heller war, und begann zu lesen. Sie blieb eine Weile sitzen, bis sie begriff, was sie gefunden hatte. Das war exakt, was sie gesucht hatten: Namenslisten der Pensionärinnen, Berichte der Erzieher und Lehrer und weitere Dokumente, die den Zeitraum von 1983 bis 1985 abdeckten. Diese Papiere gehörten nicht hierher. Jemand musste sie absichtlich hier versteckt haben. Schwester Felicitas? Auch mit Dornachs Hilfe am nächsten Tag hätten sie lange suchen müssen, um darauf zu stossen. Sie blickte in den stillen, muffigen Raum und glaubte einen Eishauch zu spüren.

Sie beeilte sich, die Blätter in die Kassette zurückzulegen und den Deckel so gut es ging zu verschliessen. Als sie mit ihrem Fund unter dem Arm am Baderaum Nummer fünf vorbeieilte, riskierte sie einen kurzen Seitenblick und murmelte ein «Merci», bevor sie schleunigst in ihr Zimmer zurückkehrte, wo Ines nach wie vor friedlich vor sich hin schnarchte.

STRAFE

Einige der Zimmertüren hatten sich geöffnet, und verschlafene Mädchenköpfe hatten herausgespäht, als die Hausmutter Mutter und Mina an den Haaren und nur im Nachthemd über den Korridor zerrte. Als sie die Hausmutter sahen, zogen sie sich rasch zurück.

Sie hatte die beiden zu den alten Baderäumen geschleift aus der Zeit, als das Haus ein Badehotel gewesen war. Keines der Mädchen hatte sich nachts alleine dorthin getraut, weil sich alle vor dem Gespenst gefürchtet hatten, das dort spukte.

Die Hausmutter hatte Mutter befohlen, die Wanne mit kaltem Wasser zu füllen. Mina musste sich nackt ausziehen und in das kalte Wasser legen.

Mutter war gezwungen worden, vor der Wanne zu knien. Warum Mutter nicht auch in die Wanne hatte steigen müssen? Die Hausmutter hatte Mina über alles gehasst. Sie hatte Rufus, den Knecht, dazugerufen und ihn angewiesen, die Mädchen mit einer Rute zu bewachen. Wenn Mina Anstalten machte, aus der Wanne zu steigen, musste er Mutter so lange schlagen, bis Mina wieder im Wasser sass.

Mina hatte nie versucht, herauszukommen. Auch nicht nach Stunden, als ihr Gesicht bereits vor Kälte blau angelaufen war und sie dermassen gezittert hatte, dass das Wasser in der Wanne kleine Wellen schlug. Mutter hatte sie angefleht, herauszukommen. Rufus' Schläge würden ihr nichts ausmachen. Der dunkelbärtige Engadiner Hüne hatte schweigend mit der Rute auf seinem Schoss an der Wand gesessen und stumm ihre Qualen beobachtet. Mutter hatte vor Kälte und Angst um Mina gezittert. Nach vier Stunden hatte Mina aufgehört zu zittern und Mutter tröstende Worte zugeflüstert.

Irgendwann war Mutter ohnmächtig geworden.

Als sie erwacht war, hatte Rufus die reglose Mina aus der Wanne gehoben und auf den blossen, kalten Steinboden gelegt.

Ich sehe meine Mutter vor mir, wie verzweifelt sie gewesen sein musste, als sie Minas starren und blau angelaufenen Körper gesehen hatte.

Einen Tag später waren Mina und das Kind in ihrem Leib tot. Meine Mutter hatte während Minuten ihren Schmerz in die Welt hinausge-

schrien. Wenn Rufus sie damals nicht festgehalten hätte, wäre sie hinauf in den Turm gelaufen und hätte sich in die Tiefe gestürzt.

Seither hat sich Mutter immer wieder gefragt, warum der ach so barmherzige Gott Mina bestraft hatte und nicht sie.

SIEBZEHN

Die ersten Strahlen der Morgensonne tasteten sich über den eisigen Grat des Grand Combin und schienen auf Pias Gesicht. Sie sass eingewickelt in eine dicke Wolldecke auf der Holzbank vor dem Chalet und wärmte ihre von der kalten Morgenluft klammen Hände an einer Tasse dampfenden Kaffees.

Vor ihr breitete sich das Panorama der südlichen Walliser Hochalpenkette im schönsten Herbstglanz unter einem blauschwarzen Himmel aus. Die gewaltige weisse Kuppel des Montblanc begrenzte ihr Blickfeld im Westen. Im Osten lag das Rhonetal im dunstigen Morgenschatten zu ihren Füssen. Lediglich Scheinwerfer der ersten Pendlerautos, die in einer lang gezogenen Kurve auf der A 9 in Richtung Genferseebecken fuhren, durchbrachen die Dunkelheit.

Rafik schlief. Pia war froh, nach der intensiven Liebesnacht einige Minuten für sich zu haben, um wieder klare Gedanken fassen zu können. Es fiel ihr schwer, denn trotz des Pullovers roch sie seinen Duft und spürte den Schweiss ihrer Liebe auf ihrer Haut. Die Phasen des Schlafes zwischen ihren Umarmungen waren kurz gewesen. Dessen ungeachtet fühlte sie sich hellwach und lebendig wie selten zuvor.

Die Wärme der Sonne breitete das samtene Gefühl seiner Liebkosungen in ihrem Bauch und von dort über ihren ganzen Körper aus. Sie wünschte sich nichts sehnlicher, als dass dieser Moment ewig dauern würde.

«Alte, du bist echt verliebt», murmelte sie, während sie den heissen Kaffee schlürfte.

Sie war froh gewesen um die nächtliche Einsamkeit und die Schwerhörigkeit ihres Nachbarn Martin. Für einen Augenblick spielte sie mit dem Gedanken, ihre Flucht über die Berge um einen Tag zu verschieben. Sie fürchtete, dass ihr Vater ihr bald auf die Schliche kommen würde oder schon gekommen war. Seufzend leerte sie ihre Tasse und streckte sich. Es war Zeit, Rafik zu wecken und sich für den langen Marsch vorzubereiten.

Sie hatte gleich nach dem Aufstehen Feuer gemacht, sodass der Raum bereits behaglich warm war. Pia wollte vor dem Frühstück Rafiks Schulter behandeln. Er würde keine schwere Last tragen können. Sie würde den Löwenanteil des Proviants in ihrem Rucksack schleppen müssen.

Sie rückte die Stühle am Esstisch zurecht. Rafiks Rucksack rutschte von der Stuhllehne, an der er nur mit einem Riemen hing. Als er am Boden aufschlug, ertönte ein metallener Klang, der Pia aufhorchen liess. Sie hob den Rucksack auf und schüttelte ihn. Sie kämpfte mit sich und ihrer Hemmung, in Rafiks Sachen herumzuwühlen. Schliesslich gewann ihre Neugier die Oberhand. Sie begann den Inhalt zu durchwühlen.

Als sie den Gegenstand erspürte, wusste sie sofort, was es war, und ein unbeschreiblicher Schreck durchfuhr sie. Langsam zog sie ihre Hand aus dem Rucksack und betrachtete schockiert die Pistole. Wieso hatte Rafik die Waffe bei sich?

Eine Welle von Gefühlen und Ängsten durchfuhr Pia. Was hatte Rafik mit der Waffe vor? Ihre Angst wurde stärker, als ihr bewusst wurde, wie wenig sie von ihm wusste. Trotzdem begab sie sich in ein Abenteuer, zu dessen Beginn sie mit ihm eine Tour durch das einsame Hochgebirge unternahm. War sie dermassen blind vor Liebe, dass sie sich in ihm täuschte? Was, wenn er sie nur ausnützte, um sich nach seinem Verbrechen zu retten. Wollte er sich ihrer in der Felsenwildnis da oben entledigen, sobald er sie nicht mehr brauchte?

Ein lähmendes Gefühl von Schmerz und Demütigung ergriff Pia, welches alle Zärtlichkeit und Liebe auffrass, die sie vor einem Moment gespürt hatte. Wut ergriff sie.

Als Rafik erwachte, blickte er in den Lauf einer geladenen Pistole, die Pia auf ihn gerichtet hatte.

«Guten Morgen, Liebster, gut geschlafen?», sagte sie kalt.

«Pia, was … was soll das, was machst du?»

«Komisch, genau das wollte ich dich fragen. Was wolltest du mit dieser Waffe?»

Rafik sah sie fassungslos an. «Hast du etwa in meinen Sachen gewühlt?»

Sie blitzte ihn an. «Sag mir, was du mit dem Ding wolltest! Mich abknallen, sobald wir über der Grenze sind?»

Nach dem ersten Schreck begann Rafik seine Fassung wiederzuerlangen. «Pia, das ist ein Missverständnis, die Pistole habe ich nicht wegen dir …»

«Ach ja, wofür denn, rede endlich.» Sie hob die Pistole auf Höhe seiner Augen. Rafik erschrak über das Gemisch aus Wut, Enttäuschung und kalter Entschlossenheit, das ihm von ihr entgegenschlug.

Er hob beide Hände. «Bitte, Pia, nimm sie herunter. Ich erkläre es dir, okay? Es ist nicht, wie du denkst.»

«Ach, du kannst meine Gedanken lesen, erzähl mir mal, was ich denke, oder vielmehr, wo ich falschliege.»

«Das ist Germanns Pistole.»

«Das kann ich mir selber denken. Warum hast du sie mitgenommen?»

«Weil, weil …» Er blickte auf seine Hände und sah sie dann flehend an.

«Weil was? Die Polizei sucht sicher danach. Und weil sie sie nicht gefunden haben, denken sie wirklich, wir hätten ihn erschossen.» Sie steckte die Waffe in ihren Hosenbund und verwarf die Hände. «Was soll's? Spielt auch keine Rolle mehr. Wir stehen eh schon unter Verdacht, auf den Polizisten geschossen zu haben.»

Sie fixierte ihn mit ihrem dunklen Blick. «Ich glaubte, dass wir uns lieben. Deswegen lasse ich meinen Vater im Stich und helfe dir fortzukommen. Und jetzt das.» Sie zog die Waffe wieder hervor und hielt sie in die Höhe.

Ihr Blick ging ihm durch Mark und Bein. Rafik hatte das Gefühl, vor ihr zu schrumpfen, und war nicht in der Lage, auch nur einen Ton herauszubringen.

Sie stand auf und fing an, abzuräumen.

«Es ist Zeit. Steh auf.»

«Wofür?»

«Wir müssen hier weg, bevor sie uns finden, du Idiot. Jetzt erst recht.»

«Du willst mir trotzdem helfen?»

«Ich habe dir versprochen, dass ich dich über die Grenze bringe.

Ich begleite dich, bis du in Chamonix im Zug sitzt. Danach, Rafik Mousavi, kannst du meinetwegen dorthin gehen, wo der Pfeffer wächst – alleine.»

Keine Viertelstunde später schloss sie das Chalet ab. Pia hatte die Pistole an sich genommen und in ihren Rucksack gesteckt.

Als Pia Martin den Schlüssel zurückgab, war es nicht nur aus Neugier, sondern auch aus dem uralten gegenseitigen Schutz- und Hilfereflex der Bergbewohner heraus, dass der Alte fragte, welche Route sie nehmen wollten. Pia murmelte etwas von Vallon d'Emaney und Col de Barberine. Sie spürte den Blick des Alten in ihrem Rücken, bis sie aus seinem Blickfeld verschwunden waren.

Sie umrundeten die Flanke des Mont Luisin. Pia liess Rafik mit hängendem Kopf einige Meter vorausgehen. Sie nahm ihr Handy hervor und schaltete es ein. Es reichte gerade, um eine Nachricht abzusetzen, bevor sie hinter der nächsten Biegung kein Netz mehr hatte.

***

Maja und Karin fuhren in einem zivilen Dienstwagen vom Bürgerspital in die Stadt. Ursprünglich wollten Sie Doro Schubiger besuchen. Der Arzt hatte die beiden nicht zu ihr gelassen, und sie mussten unverrichteter Dinge abziehen.

Als Karin in die Auffahrt zur Westtangente einbog, klingelte Majas Handy.

«Wo seid ihr gerade?», meldete sich Google.

«Auf dem Weg zu Schubigers Büro. Hast du was?»

«Neues vom Wächter, würde ich in Anlehnung an den guten alten Edgar Wallace sagen. Dieser Dekyndt wurde lokalisiert.»

«Wo?»

«Eine Radarfalle auf der A 9 bei Villeneuve hat ihn in Fahrtrichtung Wallis erwischt, vor circa einer Stunde. Achtundneunzig Prozent Wahrscheinlichkeit, dass er es ist. Gut, dass wir auch die Kollegen in der ganzen Westschweiz in Alarmbereitschaft versetzt haben.»

«Was will er im Wallis?», fragte Karin, die mithörte, weil Maja auf Lautsprecher gestellt hatte.

«Rüber nach Italien», sagte Maja. «Kann ja sein, dass er bei den wertvollen Diensten, die er für das Gnadenwerk leistet, politisches Asyl im Vatikan erhält.»

«Ich fürchte, es gibt einen anderen Grund», sagte Google ernst. «Wir konnten ganz kurz Pias Handy orten. Sie hat eine SMS abgesetzt. Sie muss sich im Bereich Martigny – Vallée du Trient – Forclazpass aufhalten.»

Maja fluchte. «Dieses Miststück hat uns tatsächlich verarscht mit ihren Bahnbilletts nach Deutschland.»

«Oh nein», sagte Karin. «Das heisst –»

«Dass der Wächter den beiden auf den Fersen ist, und zwar ziemlich dicht», sagte Google.

«Kannst du den Radius etwas mehr eingrenzen?», fragte Maja.

«Leider nein, dafür war Pias Handy nicht lange genug eingeschaltet. Wollt ihr nicht wissen, wem Pia eine Nachricht geschickt hat?»

Karin kniff Maja in den Oberschenkel, bevor diese ihre scharfe Erwiderung loswerden konnte, die sie auf den Lippen hatte. Sobald Google es ihnen gesagt hatte, gab Karin Gas.

Maja hatte fast eine halbe Minute lang an der Haustüre der Villa Dornach Sturm geläutet, bevor Frau Reinhard endlich öffnete. Nach einer knappen Begrüssung stürmten sie ins obere Stockwerk.

Maja sparte sich die Mühe, an die Zimmertür zu klopfen. Manu lag nackt auf dem Bauch, knapp bedeckt mit einem Duvet. Unter ihr schnarchte ein junger Mann, ebenfalls im Adamskostüm, friedlich vor sich hin.

Karin zog die Vorhänge zurück. Maja klatschte laut in die Hände. «Tagwache, ihr Turteltauben. Aufstehen, los!»

«Was ist?» Verschlafen rieb sich Manu die Augen. Als sie Notiz von den Polizistinnen nahm, schlüpfte sie weiter unter die Decke. «Hackt's bei euch? Ihr könnt nicht einfach so … Das ist Verletzung der Privatsphäre, ich werde –»

Sie verstummte, als Maja drohend auf sie zukam.

«Ich werde dir auch gleich was, meine Liebe. Zeig mir dein Handy.»

«Mein Handy? Warum?»

«Das Handy, her damit, Manuela. Jetzt!»

Manu zog ihr Smartphone unter ihrem Kopfkissen hervor und gab es Maja, die sofort begann, durch die Nachrichten zu scrollen. Karin blickte ihr dabei über die Schulter. Inzwischen hatte sich der junge Mann im Bett aufgerichtet. Er wollte eine wütende Entgegnung machen, aber er kam nicht dazu. Karin sah ihn böse an. «Mach eine Fliege!»

«Wie?»

«Du sollst verschwinden.»

«Aber –»

«Rede ich Chinesisch oder was?» Karin machte einen Schritt auf den verdutzten jungen Mann zu, der Anstalten machte, auf sie loszugehen, woraufhin Karin ihre Jacke etwas zurückschob, sodass ihr Holster zu sehen war. «Ich habe auch Handschellen», sagte sie. «Noch Fragen?» Sie nickte Richtung Tür.

«Ich ruf dich nachher an, Baby», rief Manu ihm nach und blitzte Karin vernichtend an, während er nur in Unterhosen und mit seinen Kleidern unter dem Arm aus dem Zimmer stürmte.

«Wo ist die Nachricht?», fragte Maja und sah Manu scharf an. «Hast du sie gelöscht?»

«Was für eine Nachricht?»

«Die dir Pia vor etwa einer halben Stunde geschickt hat. Los, sag schon!»

«Keine Ahnung, was du meinst.»

Maja warf das Handy auf das Bett, und Karin fürchtete für einen Moment, dass sie Manu schlagen würde. Stattdessen blieb Maja ganz ruhig, als sie Manu an beiden Schultern packte.

«Manu, wir wissen, dass Pia dir eine Nachricht aus dem Wallis geschickt hat. Sie hat dir sicher gesagt, wo sie ist. Also?»

«Das geht euch nichts an», antwortete Manu und verschränkte ihre Arme.

Diesmal verlor Karin die Beherrschung. «Ich sage dir, was uns etwas angeht», blaffte sie Manu an. «Pia und Rafik stecken irgendwo im Wallis. Und wir haben gerade erfahren, dass ein Killer genau dorthin unterwegs ist. Wenn er sie findet, geht es uns alle etwas an. Willst du, dass Pia stirbt?»

Manu sah sie mit schreckgeweiteten Augen an. «Ein Killer ist hinter Pia her?»

«Ja», sagte Maja, «und er weiss genau, wo er sie suchen muss. Wo versteckt sie sich?»

Manu machte sich auf dem Bett ganz klein. «Sie hat geschrieben, sie sei mit Rafik im Chalet und will mit ihm über die Grenze.»

«Was für ein Chalet, und wo steht es? Verdammt, Manu, lass dir nicht alles aus der Nase ziehen», rief Maja.

«Der Ort heisst La Creusaz, eine Alp oberhalb von einem Bergkaff, das Le Maraco, Maccaro oder so heisst … so was Ähnliches wie Marokko.»

«Les Marécottes», sagte Karin. «Pia hat mal davon erzählt.»

«Los, Karin», rief Maja.

Bevor sie zum Zimmer hinaus waren, drehte sich Karin zu Manu um und legte ihren Arm um sie. «Wir tun alles, was wir können, versprochen. Danke, dass du uns geholfen hast, und entschuldige, dass wir so grob waren. Wir haben Angst um Pia.»

***

Nach einer Nonstop-Fahrt von Solothurn über Zürich, Davos und den Flüelapass war Dornach um halb zwei Uhr morgens in Sent eingetroffen. Er hatte gar nicht erst versucht, ein Zimmer zu bekommen, sondern die Nacht in seinem Volvo verbracht und leidlich gut geschlafen.

Als er erwachte, war in Sent alles zu, also fuhr er die paar Kilometer hinunter nach Scuol und machte sich in der Toilette eines Cafés frisch. Bei einem ausgiebigen Frühstück wartete er darauf, dass die Strasse von Sent nach Val Sinestra geräumt sein würde.

Kurz darauf klingelte sein Handy. Es war Maja, die ihn informierte, dass Jana unterwegs in die Schweiz sei, um sie bei der Jagd nach dem Wächter zu unterstützen. Es war die zweite Nachricht, die dafür sorgte, dass ihm der letzte Bissen seines Brötchens fast im Hals stecken blieb. Maja erklärte ihm mit besorgter Stimme, dass sie davon ausgehen mussten, dass der Wächter hinter Rafik und Pia her war.

«Die Walliser Kollegen sind alarmiert und auf dem Weg nach La Creusaz. Wie es aussieht, hat er einen grossen Vorsprung.»

Nach dem Gespräch war Dornach versucht, sofort in den Wagen zu steigen und ins Wallis zu fahren. Das würde Stunden dauern. Bis dahin hatte der Wächter Pia und Rafik längst eingeholt. Er verdrängte den Gedanken daran, was er mit den beiden anstellen würde. Hier, Hunderte von Kilometern von ihr entfernt, blieb ihm nichts anderes übrig, als zu vertrauen. Zu vertrauen auf Maja und seine Kollegen, auf die er sich immer verlassen konnte, wenn es hart auf hart kam. Genügte das gegen einen zu allem entschlossenen Killer? Seine eigene Machtlosigkeit drohte ihn beinahe zu überwältigen. Er wählte Majas Nummer. «Hör zu, Maja», sagte er, als sie sich meldete, «wir machen Folgendes ...»

***

Die Sennerei von Emaney lag bereits weit hinter ihnen, als Pia und Rafik eine felsige Talverengung erreichten, welche «La Belle Combe» – die schöne Schlucht – genannt wurde. Vor ihnen ragte ein unüberwindbarer Felsenkessel in die Höhe. Der Pfad bog links ab und wand sich über eine Geröllhalde steil nach oben. Unter ihnen floss ein Bergbach in kleinen Kaskaden hinunter nach Emaney. Normalerweise war es ein reissender Wildbach. Die niederschlagsarmen Sommer- und Herbstmonate hatten ihn zu einem harmlosen Rinnsal schrumpfen lassen. Pia war froh über das milde Wetter, das es ihnen erlaubte, trockenen Fusses voranzukommen. Bald würden sie die Zweitausend-Meter-Höhengrenze überschreiten. Um diese Jahreszeit konnte hier schon Schnee liegen, der ein Durchkommen erschwerte oder gar verunmöglichte. Sie blickte hinter sich zu Rafik. Seine schmerzende Schulter machte ihm offenbar Probleme, denn der Abstand hatte sich vergrössert.

Sie hatten bei der zu dieser Jahreszeit unbewohnten Sennerei kurz Rast gemacht und etwas gegessen, ohne ein Wort zu wechseln. Rafik war nur dagesessen und hatte den Kopf hängen lassen.

Als Pia sah, dass er auf dem steinigen und steilen Pfad Mühe hatte, zu folgen, wartete sie auf ihn. «Ich gehe hinter dir», sagte sie, als er sie eingeholt hatte. «Das ist sicherer.» Rafik war Wanderungen im Gebirge nicht gewohnt, und ab hier wurde der Pfad schwieriger und gefährlicher. Rafik nickte, ohne sie anzusehen.

Langsam, Schritt für Schritt, überwanden sie das steile Felsstück und kamen in ein schmales und steil ansteigendes, mit Geröllbrocken übersätes Tal, die «Combe du Col» – die Passschlucht. In einiger Entfernung, etwa vierhundert Höhenmeter über ihnen, lagen der Passübergang und dahinter das Tal von Barberine mit dem gewaltigen Stausee.

Bevor sie in die Passschlucht einstiegen, blickte Pia zurück auf die abgemähten Alpwiesen von Emaney. Die Blechdächer der Sennerei und der verlassenen Viehställe schimmerten in der klaren Luft. Aus den Augenwinkeln registrierte sie eine Bewegung oberhalb der Häusergruppe. Sie nahm die Sonnenbrille ab und kniff die Augen zusammen. Das Auto, das den Pfad hochfuhr, der von den Hütten weg in ihre Richtung führte, war deutlich zu sehen. Sie hiess Rafik zu warten und zog ein kleines, hochempfindliches Fernglas aus ihrem Rucksack. Es war ein Geschenk von Jana, das sie stets in ihrem Rucksack hatte, um Tiere zu beobachten. Der Wagen hatte offenbar Allradantrieb. Der Stern auf dem Kühlergrill verriet die Marke. Nur zweihundert Meter weiter ist hier oben auch für Mercedes Benz Ende Gelände, dachte Pia und beobachtete, wie der Wagen langsamer fuhr, bis er stehen blieb, wo der breite Pfad in einen steinigen Fussweg mündete.

«Ist was?», fragte Rafik.

Sie reichte ihm das Glas. Er sah durch, setzte es ab, um es kurz darauf wieder anzusetzen. «Verdammt!»

«Was ist los?»

«Sieh selbst.» Er gab ihr das Glas zurück.

Pia sah, dass der Fahrer ausgestiegen war und ebenfalls mit einem Fernglas die Gegend in ihrer Richtung absuchte. Erschrocken wich Pia zurück und wäre gestolpert, wenn Rafik sie nicht festgehalten hätte.

«Das ist der Kerl von gestern», sagte sie. «Der, der auf den Polizisten geschossen hat. Fuck! Wie hat er uns gefunden?»

«Das ist ein Killer. Der findet seine Opfer immer», sagte Rafik ohne die kleinste Spur einer Emotion. «Wir sind tot.»

Was Pia sah, liess das Blut in ihren Adern gefrieren. Der Mann beobachtete sie ebenfalls durch sein Fernglas. Er setzte es ab und sah sie direkt an.

«Er wird es nicht schaffen, uns einzuholen.» Sie fühlte, dass sie es weniger aus Überzeugung sagte, als um sich selber Mut zu machen.

«Meinst du?», fragte Rafik. «Sieh mal.»

Pia setzte erneut das Glas an und sah zu, wie der Mann anscheinend leichtfüssig im Laufschritt den Pfad hochlief.

Pia verstaute das Fernglas. «Wir müssen weiter. Kannst du schneller gehen?»

«Ich versuche es. Glaubst du, dass wir ihm entkommen können?»

Pia sah ihn mit blitzenden Augen an. «Meinst du, ich warte hier und lasse mich von dem Kerl abknallen? Wenn es sein muss, haben wir das da.» Sie zog die Pistole aus dem Rucksack.

«Kannst du mit dem Ding umgehen?», fragte Rafik zweifelnd.

Anstelle einer Antwort liess Pia das Magazin herausgleiten. Es enthielt nur drei Patronen. Sie zog den Ladeschlitten zurück und fing geschickt die Patrone auf, die aus der Kammer geworfen wurde. Vier Kugeln.

«Zufrieden?», fragte sie den verdutzten Rafik. «Das ist der Vorteil, einen Vater zu haben, der bei der Polizei ist.» Sie setzte die einzelne Kugel ins Magazin ein und steckte es zurück in den Schaft. Sie lud die Waffe durch und sicherte sie, bevor sie sie in die Tasche ihrer Jacke steckte. «Los, weiter.»

In der steilen Geröllrampe zum Pass versuchte sie mühsam, ihre Panik zu unterdrücken. Pia hatte Angst wie nie zuvor in ihrem Leben.

***

Der Tisch im Arvenraum war mit Papieren übersät. Casagrande und Ines hatten ihr Frühstück kaum angerührt und arbeiteten sich Kaffee schlürfend und an einem Brötchen oder einer Frucht knabbernd durch die Fülle von Dokumenten.

«Nicht zu fassen», sagte Ines, als sie mit ihrem Teil durch war. «Das war kein Pensionat für junge Mädchen, sondern ein Konzentrationslager.» Sie hielt ein Papier in die Höhe. «Hier steht es schwarz auf weiss, fein säuberlich aufgelistet, wann die Mädchen Besuch erhalten haben, nicht etwa von ihren Eltern. Nein, es waren nur Männer, und die haben kein ‹Mensch ärgere Dich nicht› mit den armen Geschöpfen gespielt.»

«Du brauchst es nicht zu wiederholen, Ines», sagte Casagrande und rieb sich die Augen. Ihre fehlenden Stunden Schlaf machten sich bemerkbar. «Ich hab's gelesen. Die Männer haben die Mädchen nach katholischer Manier missbraucht, ohne Verhütungsmittel, sonst wäre es ja eine Sünde.» Sie zeigte auf einen Stapel neben der Kaffeekanne. «Dort ist eine fein säuberlich geführte Liste, welches Mädchen wann schwanger wurde und was nach der Geburt mit dem Kind geschah. Ich habe die Listen nach Solothurn gefaxt.»

Ines rieb sich ebenfalls die Augen. «Furchtbar. Das muss so was wie eine Zuchtanstalt für gute Katholiken gewesen sein, wie das ‹Lebensborn›-Programm damals in Deutschland, als die Nazis ihre arische Nachkommenschaft sichern wollten.»

«Genau. Menschenaufzucht mit katholischem Gütesiegel sozusagen.»

«Perverse Schweinerei.»

«Das ist pures Dynamit, Ines. Wenn das publik wird, hat es mehr Sprengkraft als alle bisherigen Skandale in der römisch-katholischen Kirche.»

Ines knallte wütend ihren Stapel zurück in die Kassette. «Zum ersten Mal im Leben bin ich wirklich froh, Protestantin zu sein. Ich hoffe, das hier reicht, um dieses Gnadenwerk mit seinen bigotten Pfaffen in die Luft zu jagen.»

Casagrande verzog den Mund. «Ich würde mir diesbezüglich nichts darauf einbilden, protestantisch zu sein, meine Liebe. Die evangelische Kirche hat da auch den einen oder anderen grossen Tolggen im Reinheft, zum Beispiel den Skandal mit dem Pastor im norddeutschen Ahrensburg, der sogar zum Rücktritt einer Bischöfin führte. Immerhin hat diese Affäre die Evangelische Kirche Deutschlands dazu veranlasst, ein Konzept gegen sexuellen Missbrauch in ihren Gemeinden zu verankern, und –»

Ines winkte ab. «Ist gut, ist gut, ich nehme alles zurück und behaupte das Gegenteil.» Sie drückte Casagrande einen Kuss auf die Wange. «'tschuldige, ich wollte deine katholische Seele nicht verletzen.»

«Kannst du gar nicht.» Casagrande blätterte durch den Stapel. «Ich frage mich nur, wer all diese Dokumente beiseitegeschafft und hier versteckt hat und warum?»

«Schwester Felicitas könnte es gewesen, aus Reue», mutmasste Ines. «Sie hat realisiert, in was für eine irrsinnige Perversion sie involviert war, und hat dafür gesorgt, dass die Beweise der Nachwelt erhalten bleiben.»

«Und musste deswegen sterben.»

Mareike kam mit frischem Kaffee an ihren Tisch. «Ihr habt ja gar nichts gegessen», sagte sie vorwurfsvoll, als sie den vollen Brotkorb und die unberührten Butter- und Konfitürenschälchen sah. «Möchtet ihr lieber Rührei oder Pfannkuchen?»

«Du bist lieb, danke», sagte Casagrande. «Uns bleibt leider keine Zeit, zu essen. Wir müssen die ganzen Papiere hier ordnen. Du hast wirklich nichts dagegen, wenn wir das alles mitnehmen?»

«Von mir aus könnt ihr den ganzen Plunder von unten dazuhaben. Ich lasse das Zeug eh verbrennen, wenn diese Gnadenwerkler es nicht bald holen. – Die Strasse ist übrigens wieder frei. Ihr könnt jederzeit fahren», fügte Mareike an.

«Oh ja!», rief Ines erleichtert und sah betreten zu ihrer Gastgeberin. «Entschuldige, Mareike, es war schön hier, und du bist wunderbar, aber ich muss wieder ein Stück freien Himmel ohne Bäume sehen.»

«Zum Glück denken nicht alle wie du», sagte Mareike.

«Wir fahren Dominik entgegen», schlug Casagrande vor. «Verpassen können wir ihn ja nicht. Es gibt nur die eine Strasse ins Tal.»

«Super Idee.» Ines klatschte in die Hände. «Dann fahren wir nach Silvaplana, schauen uns die Dokumente mit deinem Dominik dort an und machen uns einen gemütlichen Nachmittag.»

Keine fünfzehn Minuten später hatten sie ihr Gepäck in Ines' BMW verstaut und sich von Mareike verabschiedet, die ihnen von der Eingangstüre aus nachwinkte. Casagrande sandte einen stillen Gruss an Guillaume. Sie sah an der Fassade hoch. Hinter einem der Fenster glaubte sie, einen Schatten zu erkennen, bevor sich ein

Vorhang davorschob. Sie blickte zurück zum Eingang, wo Mareike immer noch stand und ihnen nachwinkte.

«Mareike war alleine hier, nicht wahr?», fragte sie Ines.

«Hat sie jedenfalls gesagt. Ich habe niemanden sonst gesehen, warum?»

«Nichts, ich dachte nur.» Casagrande sah wieder zum Fenster hoch, das nun ebenso blind wie alle anderen das Tageslicht in seinen Scheiben reflektierte. Casagrande schüttelte verwirrt den Kopf.

«Ist etwas, *chera*? Du siehst so blass aus.»

«Nein, mir ist nur etwas fröstelig.» Sie zog ihre Jacke zusammen, als ihr der bekannte kalte Schauer den Rücken hinunterlief.

Sobald sie die Strasse erreicht hatten, versuchte Casagrande, Dornach auf dem Handy zu erreichen.

«Gib dir keine Mühe», sagte Ines und zeigte auf das Telefondisplay ihres Armaturenbretts. Kein Signal weit und breit. Seufzend steckte Casagrande ihr Handy zurück in ihre Handtasche. Sie wollte Dornach mitteilen, dass er sich den letzten Weg sparen könnte.

Als sie fast die Hälfte der Schlucht hinter sich hatten, hörte sie das Klingeln des Handys in ihrer Tasche. «Und wenn ich anrufen will, funktioniert das Ding nicht», fluchte sie.

«Komisch», sagte Ines mit Blick auf ihr Telefondisplay am Armaturenbrett. «Ich habe kein Netz.»

Die Anrufer-ID auf Casagrandes Handy zeigte wieder eine unbekannte Nummer an. «Dominik?»

Keine Antwort, nur Rauschen und schweres Atmen waren zu hören wie in der Nacht. «Hören Sie, wer immer Sie sind», sagte Casagrande wütend. «Dieser Apparat wird überwacht und kann zurückverfolgt werden. Unterlassen Sie gefälligst diese Anrufe.»

«Es kommt näher», tönte eine blecherne Stimme in ihr Ohr.

«Wie … was sagen Sie? Wer …»

Der Anrufer hatte aufgelegt.

«Was hast du gesagt?», fragte Ines und sah zu Casagrande hinüber.

«Ach, nichts, irgendein Idiot, der …», antwortete Casagrande. Sie blickte nach vorne. Ihre Augen weiteten sich. «Pass auf!»

Reflexartig leitete Ines eine Notbremsung ein, um den Zusammenstoss mit der riesigen Fichte zu verhindern, die quer über der Strasse lag. Das ABS aktivierte sich, und die Sitzgurte wurden automatisch angezogen, um Fahrer und Passagier zu fixieren. Der BMW rollte auf das Hindernis zu, bis er nur wenige Zentimeter davor zum Stillstand kam.

Sie sassen einen Moment vor Schreck erstarrt da. Casagrande bemühte sich, ihre Atmung unter Kontrolle zu bekommen.

«Bist du in Ordnung, *chera*?», fragte Ines heiser. Sie lockerte ihren Gurt und beugte sich zu Casagrande hinüber.

«Geht schon. Bin nur beinahe gestorben vor Schreck.» Langsam beruhigte sich Casagrande wieder. Ines stieg aus und inspizierte die Kühlerhaube des Wagens. «Kein Kratzer», sagte sie. «Gott sei Dank hast du mich rechtzeitig gewarnt.»

Casagrande war auch ausgestiegen und sah sich den Baum genau an. «Der wurde bestimmt absichtlich gefällt. Ich dachte, die hätten die Strasse geräumt.»

«Der Stamm ist wohl aus Versehen auf die Strasse gerollt und von den Arbeitern wegen des umgestürzten Lastwagens vergessen worden.»

«Oder jemand versucht, uns daran zu hindern, das Tal zu verlassen», sagte Casagrande.

«Du siehst Gespenster.»

Casagrande zog es vor, nicht darauf zu antworten. «Wir können zurück ins Hotel fahren und auf Dominik warten oder ihm zu Fuss entgegengehen», schlug sie vor.

«Hier kann ich nicht wenden», sagte Ines. «Weiter hinten sind wir an einer Ausweichstelle vorbeigekommen. Steig ein, wir fahren ein Stück rückwärts.»

Sie kamen nicht weit. Hinter einer Biegung lag ebenfalls ein Baum über der Strasse.

«Was habe ich dir gesagt?» Casagrande hatte Mühe, ihre Stimme normal klingen zu lassen. «Meinst du, das ist Zufall?»

«Du glaubst nicht im Ernst, dass jemand einen solchen Aufwand betreibt, nur um uns an der Rückfahrt zu hindern. Das könnten die einfacher haben, wenn sie wollten», erwiderte Ines. «Weisst du was? Wir gehen Dominik zu Fuss entgegen.»

«Und die Kassette mit den Papieren? Ich will sie nicht hierlassen.»

«Das schwere Ding schleppe ich auf keinen Fall», sagte Ines kategorisch. «Das kommt hier nicht weg. Und ausserdem hast du die wichtigsten Dokumente bereits nach Solothurn gefaxt.»

Beide nahmen ihre Handtaschen mit. Um kein Risiko einzugehen, hatte Angela einige Dokumente, die sie nicht an Maja faxen konnte, in einen winzigen Rucksack gestopft, den sie dabeihatte.

Der querliegende Baum nahm die ganze Breite der Strasse ein. Die dunkelgrüne, dichte Krone ragte über den Strassenrand aus, sodass sie das Hindernis entweder auf der Berg- oder der Talseite umgehen konnten. Der Berghang über ihnen war steil und Ines' Schuhwerk alles andere als zum Klettern geeignet. Auf der Talseite fiel das Gelände weniger steil ab, sodass sie es dort riskierten. Casagrande, die etwas festere Schuhe trug, ging voraus und half Ines, sich unter den herunterhängenden Ästen des Stamms hindurchzuzwängen.

Die Nacht war relativ kühl gewesen, und an einigen Stellen hatte sich Frost gebildet. So war es unvermeidlich, dass Ines in einem unaufmerksamen Moment auf einem eisglatten Stein ausrutschte und stürzte. Angela vermochte sie gerade noch aufzufangen, bevor sie den Hang hinunterrollte.

Mühsam zogen sie sich auf der anderen Seite des Stammes wieder auf die Strasse. Als Ines mit dem linken Fuss auftreten wollte, setzte sie sich sofort mit schmerzverzerrtem Gesicht auf den Baumstamm.

«Ich habe mir den Knöchel verstaucht», sagte sie mit zusammengepressten Zähnen. Sie versuchte aufzustehen und zu gehen. Nach drei Schritten stiess sie erneut einen unterdrückten Schmerzensschrei aus und stützte sich auf Casagrande.

«Es hat keinen Zweck», sagte sie. «Du kommst alleine schneller vorwärts. Geh du und hol Dominik, ich bleibe hier sitzen.»

«Bist du sicher?»

«Geh schon, ich halte die Stellung und bewache die Papiere.»

Casagrande kämpfte einen Moment mit dem Gedanken, Ines alleine zu lassen. «Gut», sagte sie schliesslich. «Ich komme bald mit Dominik zurück.»

«Keine Angst, ich gehe so schnell nirgendwohin.» Ines rieb sich den Knöchel. «Geh schon.»

Sie küssten sich zum Abschied. Casagrande eilte Richtung Talausgang in der Hoffnung, dass Dornach jeden Moment auf sie stossen würde. Unterwegs kreisten ihre Gedanken um die Papiere, die mysteriösen Anrufe und Guillaume. Unvermittelt packte sie erneut dieses panische Gefühl, das ihr die Luft abzuwürgen drohte. Der Wald um sie herum verdunkelte sich, und es war, als ob die Bäume enger zusammenrückten. Es herrschte Stille. Kein Vogelgesang und kein Motorengeräusch drang an ihre Ohren. Vom Talgrund her hörte sie dumpf das Rauschen des Bergbaches.

Für den Bruchteil einer Sekunde registrierte sie einen Schatten, der sich geräuschlos zwischen den Bäumen oberhalb der Strasse bewegte.

«Hallo», rief sie zaghaft gegen die dunkle Wand aus Bäumen. «Ist da jemand?»

Stille war die Antwort.

Nur ein Tier. Sie beschleunigte ihre Schritte. Nach wenigen Metern hörte sie ein Rascheln. Als sie hinsah, glaubte sie erneut, den Schatten zu sehen.

«Hallo Sie, ich habe Sie gesehen. Kommen Sie heraus und helfen Sie mir, bitte», rief sie. Ihr Atem beschleunigte sich und wurde flacher. Sie hatte das Gefühl, dass die Strasse unter ihren Füssen wegrutschte. Der Himmel und der Wald begannen sich um sie herum zu drehen. Casagrande unterdrückte einen Angstschrei und hielt sich den Kopf mit beiden Händen. Ich werde verrückt, dachte sie panisch und fuhr herum, als sie eine weitere Bewegung wahrnahm.

Zurück, dachte sie. Ich muss zurück zu Ines. Sie wandte sich um und rannte in die Richtung, aus der sie gekommen war.

Hinter ihr heulte ein Motor auf. Als sie sich umdrehte, sah sie ein riesengrosses schwarzes Gefährt mit aufgeblendeten Schweinwerfern auf sich zurasen. Ihr Kopf drohte zu zerspringen. Sie hastete weiter. Blind vor Panik stolperte sie über die Kante eines grossen Schlagloches und stürzte so hart, dass sie mit dem Kopf seitlich auf den Naturbelag aufschlug. Im Dunst ihres schwindenden Bewusstseins hörte sie heftiges Bremsen und Räder, die über den Naturbelag rutschten. Als wenig später zwei kräftige Hände sie packten, wurde ihr schwarz vor Augen.

***

Über dem Gebiet des Aletschgletschers zog der Pilot die Falcon 2000XLS in einer engen Rechtskurve in Richtung Rhonetal und ging in den Sinkflug über. Über Siders hielt er direkt Kurs auf die am Horizont sichtbaren Positionsleuchten der Landepiste von Sion.

Die Maschine zog über die Stadt, die zu Füssen der beiden Felsenhügel von Valère und Tourbillon lag. Von ihrem Fenster blickte Jana auf die Ruinen der trutzigen Burgen auf den beiden Gipfeln.

Direktor Boyle hatte ihr spontan seinen Privatjet beziehungsweise denjenigen der Firma seiner Familie, Boyle Nutrition Industries in Glasgow, zur Verfügung gestellt, als ihm Jana nach der Videokonferenz mit den Solothurner Polizisten die Situation geschildert hatte und ihm vorschlug, die Kollegen vor Ort zu unterstützen. Vor einer halben Stunde hatte sie Dornachs Hilferuf wegen Pia erreicht. Jana hatte sofort eine Erlaubnis für eine Kursänderung mit Sion als neuer Destination anstelle von Grenchen veranlasst.

Sobald die Falcon aufgesetzt hatte, wurde sie vom Kontrollturm auf die südliche Taxipiste «Sierra» und zum Militärbereich des Flughafens gelotst. Kurz bevor sie die Hangars der Schweizer Luftwaffe erreichten, näherte sich seitlich ein Steyr Puch Geländewagen der Armee und setzte sich vor den Bug des Jets. Auf seiner Rückseite war ein Display mit roter Leuchtschrift mit der Anweisung «FOLLOW ME». Dornach hatte offenbar alles arrangieren können. Sie wurden erwartet. Der Puch dirigierte die Falcon zu einem von aussen nicht einsehbaren Standplatz zwischen zwei Hangars, wo der Jet unweit neben einem Armeehelikopter des Typs Super Puma zu stehen kam.

Jana wurde von einem Mann im olivgrünen Arbeitsoverall der Luftwaffe in Empfang genommen, der sich militärisch als Wachtmeister Lachat, Lademeister, bei ihr anmeldete. Lachat gelang es nicht ganz, seine Überraschung zu verbergen, als er die grazile Frau im dunkelblauen Overall mit dem Namenszug «Cobra» auf der Brust und dem Hoheitszeichen der österreichischen Republik sah, auf deren Schultern die Rangabzeichen in Silber und Gold eines Oberstleutnants glänzten. Dazu trug Jana das weinrote Béret des Einsatzkommandos. Hinter ihr stieg Horacek aus. Er trug dieselbe Uniform wie Jana mit den Insignien eines Chefinspektors.

Lachat führte die beiden zum Helikopter, wo sie von zwei weiteren Personen erwartet wurden. Die kleinere, eine schlanke, fast knabenhafte Frau, trat auf sie zu. Ihr schmales, energisches Gesicht wurde von einer kurzen dunkelblonden Frisur umkränzt. Auf der Brust ihres Overalls prangte ein Pilotenabzeichen. Trotz ihres strengen Blicks hatten ihre Augen einen warmen Glanz, als sie Jana in Deutsch mit einem leichten französischen Akzent militärisch grüsste.

«Oberstleutnant Cranach? Ich bin Hauptmann Fournier, Ihr Kommandant auf diesem Flug. Willkommen im Wallis.» Sie zeigte auf den sportlichen jungen Mann neben ihr. «Hauptmann von Kalbermatten, mein zweiter Pilot. Wachtmeister Lachat kennen Sie bereits.»

Jana erwiderte den Gruss korrekt und streckte den Offizieren ihre Hand entgegen. «Da wir die Formalitäten hinter uns haben, nennen Sie mich bitte Jana. Das vereinfacht die Kommunikation.»

Fournier schüttelte freudig Janas Hand. «Sehr gerne, ich bin Magali.»

Während Horacek und der Lademeister Janas Ausrüstung von der Falcon zum Super Puma trugen, erläuterte Fournier die Situation anhand einer topografischen Karte, die sie auf dem Boden des Kabinenraums des Helikopters ausgebreitet hatte.

«Unser Ziel liegt im Vallée du Trient», erklärte Fournier und zeigte auf das entsprechende Gebiet auf der Karte. Sie erklärte Jana, was sie von den Kollegen wusste. Sie zeigte auf ein Gebiet, das mit «Combe du Col» bezeichnet war. «Mittlerweile sollten sich Zenklusen und Mousavi etwa hier befinden. Wir können sie einholen, bevor sie den Stausee auf der anderen Seite erreichen.»

«Und wo ist ihr Verfolger?»

«Ihnen dicht auf den Fersen. Ein Nachbar in La Creusaz hat ausgesagt, dass sich ein fremder Mann nach den beiden erkundigt hat. Er hat sich als Verwandter ausgegeben. Daraufhin hat ihm der Nachbar gesagt, wohin sie unterwegs sind.»

Jana presste die Lippen zusammen. «Wann war das?»

Fournier blickte auf die Uhr. «Etwa eine halbe oder Dreiviertelstunde nachdem die beiden von dort weggingen.» Sie blickte auf die Uhr. «Das war vor etwa anderthalb oder zwei Stunden. Eine Polizeipatrouille ist unterwegs zur Sennerei von Emaney. Von dort kommt man mit Fahrzeugen nicht mehr weiter.»

«Wie es aussieht, sollten wir keine Zeit verlieren», sagte Jana.

Der Super Puma flog über die kahlen Weinberge und die graubraunen Felshänge des Rhonetals. Jana sah auf die weissen Gipfel der südlichen Kette der Walliser Hochalpen, die an ihr vorbeizogen, ohne dass sie deren Schönheit aufnehmen konnte. Obwohl sie es sich nicht anmerken liess, krampfte die Sorge um Pia ihren Magen zusammen. Sie hatte Dornach versprochen, sie heil zurückzubringen. Wenn sie die Distanzen und Marschzeiten anhand der Landkarte richtig einschätzte, wurde es knapp. Jana schloss die Augen und versuchte, an etwas anderes zu denken, als daran, zu spät zu kommen. Sie blickte auf ihre Hände, die erneut zitterten. Ihr gegenüber sass Horacek und beobachtete sie aufmerksam. Als sie ihn ansah, lächelte er ihr zu. Sie setzte das Headset auf, durch das sie mit der Pilotenkanzel verbunden war.

«Magali, wie kommt es, dass Dominik Dornach die Armee für diesen Einsatz mobilisieren konnte?»

«Mein Vorgesetzter und Dornachs Vater kennen sich. Oberst a.D. Josef Dornach war seinerzeit Kommandant des damaligen Solothurner Infanterieregiments 11. Alte Kameraden, du verstehst.»

Jana verstand. Wie sie war Dornach offenbar in der Lage, auf ausserordentliche Ressourcen zurückzugreifen, wenn die Not es gebot.

***

Pia trieb Rafik vorwärts. «Wir müssen schneller gehen.» Sie warf einen hektischen Blick zurück. «Er holt auf.»

Ihr Verfolger war schon so nahe, dass sie meinte, die Schweisstropfen auf seinem Gesicht erkennen zu können, wenn sie durch das Fernglas blickte. Sie alleine wäre fit genug gewesen, den Mann abzuhängen. Pia hätte Rafik gerne eine Pause gegönnt. Der rasch dahinschmelzende Abstand zu ihrem Verfolger liess das nicht zu.

Das letzte Stück zur Passhöhe stieg fast senkrecht an und erforderte höchste Konzentration und vor allem Kraft. Nun spürte auch Pia die Anstrengung. Sie ermüdete von der schweren Last ihres Rucksacks und davon, Rafik antreiben zu müssen. Auf der anderen Seite war das Gelände weniger steil. Dort gab es Felsspalten und grosse Geröllbrocken, wo sie Deckung finden konnten. Ihr war nicht klar, wie sie das gegen einen bewaffneten Mann schützen sollte, aber Hilfe von aussen war keine zu erwarten. Kein Mensch wusste, dass sie hier oben waren. Wiederholt griff sie zur Pistole in ihrer Jackentasche.

Vor ihr stiess Rafik einen Schmerzensschrei aus, als er auf einem losen Steinbrocken ausglitt und auf sie zurutschte. Pia stemmte ihr ganzes Gewicht gegen den Hang und hielt Rafik mit den Händen fest.

«Kannst du aufstehen?»

«Weiss nicht», keuchte er und versuchte hochzukommen, um gleich wieder zusammenzusacken. «Geht nicht. Tut weh.»

Verzweifelt blickte Pia zurück. Der Abstand zu ihrem Verfolger hatte sich weiter verringert. Bald war er in Rufweite.

«Stütz dich auf mich.»

Keine zwanzig Schritte später sackten beide erschöpft zu Boden. Pia weinte vor Verzweiflung. «Wir müssen weiter, Rafik, bitte», schluchzte sie.

Er schüttelte den Kopf. «Ich kann nicht mehr», sagte er atemlos. «Lass mich hier und bring dich in Sicherheit.»

«Ich lasse dich nicht im Stich.»

«Es ist alles meine Schuld, Pia. Ich habe dich in das hineingezogen. Ich will nicht, dass du stirbst. Ich liebe dich. Geh!» Er stiess sie weg.

«Nein!», schrie sie und boxte zurück. «Wir stehen das gemeinsam durch, hörst du! Steh auf, verdammt!»

Sie wollte ihn an seinem Rucksack hochziehen, dessen Deckeltasche nicht zu war. Als Pia daran zerrte, fiel ein einzelner Gegenstand heraus. Das Ding war flach, etwa doppelt so gross wie ein Fünfliber und gut einen Zentimeter dick. Sie betrachtete den Gegenstand, auf dessen Vorderseite der Schriftzug «GlobSat-Track» mit Laser eingraviert war. Sie zeigte das Teil Rafik, der es ungläubig anstarrte.

«Ein GPS-Tracker, wie …», sagte er ungläubig. «Die Frau mit dem Hund, der mich am Bahnhof angerempelt hat», sagte er. «Das war sie. Sie muss den Tracker in meinem Rucksack versteckt haben.»

«Trixli?», sagte Pia nachdenklich. «Der Typ muss sie dazu gezwungen oder sonst wie angestiftet haben. Er wusste immer, wo wir sind. So ein perverses Arschloch.»

Rafik packte sie am Arm. «Geh, Pia, bitte. Mach, dass du wegkommst. Ich halte ihn auf.»

«Ich lasse dich nicht zurück. Wenn du stirbst, werde ich mir das nie verzeihen.» Sie stand auf und wischte sich Schweiss, Tränen und Rotz aus dem Gesicht. «Beiss die Zähne zusammen, Rafik. Es sind nur ein paar Schritte bis zum Pass. Dort haben wir eine höher gelegene Deckung und damit einen Vorteil mit der da.» Sie zog die Pistole.

«Da sind vier Schuss drin, Pia. Der da unten hat ein volles Magazin und sicher genug in Reserve. Worauf hoffst du? Auf ein Wunder?»

«Ich hoffe. Das muss reichen. Heute wird nicht gestorben. Los, hoch mit dir.»

Rafik schaffte es, auf die Beine zu kommen und einige Schritte zu machen. Pia atmete auf. Sie könnten es bis zum Pass schaffen. Sie wagte nicht, nach hinten zu schauen. Vorwärts, nur vorwärts, dachte sie.

Nach ein paar Schritten spürte sie einen scharfen Luftzug. Neben ihr wurden einige Steine weggeschleudert, und ein flacher Kiesel zerplatzte. Als eine weitere Kugel neben ihren Füssen einschlug, hatte sie schreckliche Gewissheit.

«Er schiesst auf uns», schrie sie. «Runter!» Rafiks Schmerzensschrei gellte in die Stille.

«Rafik!» Sie kroch, flach auf den Boden gepresst, zu ihm. In diesem Gelände lagen sie wie auf dem Präsentierteller. «Bist du getroffen?»

«Meine Schulter», wimmerte er. «Er hat mich an der Schulter erwischt.»

Nun blickte Pia zurück. Die Entfernung betrug weniger als fünfzig Meter. Der Mann kam mit seiner schallgedämpften Waffe im Anschlag rasch auf sie zu.

Pia schloss die Augen. Der Moment war gekommen. Sie stellte sich schützend vor Rafik und entsicherte die Pistole. So weit wusste sie, wie es funktionierte. Was kam, war neu.

Sie zielte mit beiden Händen, wie es ihr Dornach einmal gezeigt hatte. «Bleiben Sie stehen», rief sie, «und gehen Sie zurück. Ich schiesse.» Sie hoffte, dass das Zittern in ihrer Stimme über die Distanz nicht übertragen wurde.

Der Mann blieb tatsächlich stehen und blickte nach oben. Pia glaubte, eine Narbe unter dem Auge erkennen zu können. Er zögerte nicht lange und setzte seinen Aufstieg fort, lediglich etwas langsamer und vorsichtiger.

«Keinen Schritt mehr oder ich schiesse», rief Pia.

Diesmal hatten ihre Worte keine Wirkung. Mit einem verzweifelten Schluchzer zielte Pia kurz und feuerte. Weit neben dem Mann schlug die Kugel in das Geröll ein. Unbeeindruckt setzte dieser seinen Aufstieg fort.

Pia feuerte erneut mit demselben Ergebnis.

Er liess ihr keinen dritten Versuch. Er hob seine Waffe und zielte kurz.

Pia spürte einen heftigen Schlag. Ihre Pistole wurde ihr aus der Hand geschleudert, bevor sie zu Boden ging.

***

»Wir sind über der Sennerei von Emaney. Da unten steht ein Fahrzeug», hörte Jana Fournier über den Kopfhörer. Der Super Puma ging tiefer. Jana blickte auf die Dächer der Sennerei hinunter. Etwas oberhalb der Häusergruppe war ein Geländewagen abgestellt.

Jana blickte durch ihr Fernglas. «Das muss der Wagen des Wächters sein. Marke und Modell stimmen.» Sie richtete das Glas auf einen Pfad, der sich in Schlangenlinien rechts von ihnen über eine Bergflanke hochschlängelte. «Richtung drei Uhr ist ein Pfad. Wo führt der hin?»

«Das ist der Col d'Emaney. Von diesem Pass gelangt man entweder auf den Mont Luisin oder hinunter zum Salanfe-Stausee.»

Jana suchte das Gelände mit dem Fernglas ab. «Könnten sie nicht auch dort durch sein?», fragte sie.

«Nicht, wenn sie nach Frankreich wollen», erwiderte Fournier. «Die kürzeste Route von hier aus führt über Barberine.»

Jana liess sich nicht anmerken, dass sie Höllenängste litt. Sie hatte Pia im Frühling dreimal das Leben gerettet. Nur mit Mühe verdrängte sie den Gedanken, dass ihr heute das Glück ausgehen könnte.

Inzwischen waren sie wieder gestiegen und schwebten auf der Höhe der Berggipfel. Sie überflogen die Combe du Col. Voraus war der Passübergang der Barberine zu sehen und dahinter das hellblaue Wasser des Stausees, das mit den Rost- und Grautönen der Felslandschaft kontrastierte.

«Personen, ein Uhr», rief Fournier, und Jana richtete ihr Glas auf den Punkt. Ihr Atem stockte.

Es waren drei Menschen. Zwei von ihnen lagen oder kauerten am Boden. Jana konnte nicht genau erkennen, ob sie lebten. Eine Person bewegte sich rasch auf sie zu. «Wir müssen runter, Magali. Er wird gleich bei ihnen sein.»

«Wenn ich tiefer gehe, hört er uns und nimmt entweder die beiden als Geiseln oder tötet sie gleich. Oder er schiesst auf uns. Der Heli ist nicht gepanzert. Hier kann ich euch nicht in Schussposition bringen, ohne Zenklusen und Mousavi unnötig zu gefährden.»

«Was schlägst du vor?»

«Haltet euch fest.»

Die drei hinten hatten kaum Zeit, die Gurte festzuzurren, als der Super Puma sich nach links legte und sich über einen Felsenkamm hievte. Er stieg höher, bevor er einen weiteren Kamm überflog und in schnellen Sinkflug überging.

«Wir greifen frontal an», hörte Jana Fournier durch ihren Kopfhörer. «Ich fliege ein Stück auf der anderen Seite runter, ziehe hoch und zurück zum Passübergang. Die drei sind gleich unterhalb der Passhöhe auf der anderen Seite. Wir kommen tief. Sobald ich über dem Pass bin, lege ich den Heli in Seitenlage, damit du freies Schussfeld hast. Hast du deine Zielperson erkannt, Jana?»

«Erkannt.»

«Wir haben nur den einen Versuch.»

Der Lademeister bereitete die Kabine für den Einsatz vor. Mit dem Präzisionsgewehr in der Hand, das Horacek ihr gereicht hatte, lehnte Jana sich für einen Moment zurück und schluckte die aufkommende Angst vor Versagen hinunter. Sie blickte auf ihre Hände. Durch die Vibration des Helikopters konnte sie nicht sehen, ob sie zitterten. Sie merkte, dass Horacek sie musterte. Er sagte nichts. Sein beruhigender Blick war deutlich. Wird schon schiefgehen, sagte er.

***

In Casagrandes Kopf dröhnte und kreischte eine Kreissäge, als ob sie jede Synapse ihres Gehirns durchtrennen wollte. Widerwillig öffnete sie die Augen einen Spalt, nur um sie gleich wieder zu schliessen, weil ihr sofort schlecht wurde.

«Sie kommt zu sich», sagte eine dumpfe Männerstimme. «Sie hat die Augen geöffnet.» Eine Hand tätschelte ihre Wangen, bis sie sich ergab und die Lider erneut hob. Das Erste, was sie sah, waren dunkle Baumkronen und darüber blauer Himmel. Ein dunkelgrünes Augenpaar schob sich verschwommen in ihr Blickfeld.

«Sie ist wach, Dominik», hörte sie Ines' erleichterte Stimme, und ein zweites Gesicht, dasjenige eines Mannes, kam von der anderen Seite heran.

«Dominik?», murmelte Casagrande. «Was –» Sie wollte sich aufrichten. Ihr wurde derart schwindlig, dass sie sich gleich wieder zurücklegte.

«Langsam, du hast möglicherweise eine Gehirnerschütterung. Bleib einen Moment liegen, *chera*.»

«Ines? Wie … was ist passiert?» Der kreischende Lärm, der sie ins Bewusstsein geholt hatte, war wieder da.

«Was ist das für ein schrecklicher Lärm?»

«Motorsägen», sagte Dornach. «Die Waldarbeiter zerschneiden die beiden Bäume, die heute Morgen aus Versehen auf die Strasse gerutscht sind.»

«Aus Versehen?» Casagrande fühlte sich etwas besser und versuchte erneut, sich aufzurichten. Dornach und Ines stützten sie. Sie sass auf einer Wolldecke auf der Grasnarbe am Strassenrand. Ines reichte ihr eine Wasserflasche, aus der sie zwei Schlucke trank. «Jemand hat die Bäume auf die Strasse fallen lassen, weil man uns am Verlassen des Tals hindern wollte», sagte Casagrande.

«Ganz sicher nicht, Angie», sagte Dornach bestimmt. «Glaub mir, die Bäume sind aus Versehen abgerutscht.»

«Jemand hat mich verfolgt», beharrte Casagrande. «Ich habe ihn gesehen.»

«Wen hast du gesehen? Wo?»

Sie zeigte in den Wald oberhalb der Strasse hinein. «Da oben. Als ich gerufen habe, war er weg. Da habe ich den schwarzen Wagen gesehen, der auf mich zuraste und –»

«Das war ich», sagte Dornach. «Du bist mir vors Auto gelaufen und weggerannt, bis du über ein Schlagloch gestolpert bist. Ich hätte dich um ein Haar überfahren.»

Casagrande sah die beiden verwirrt an. «Hast du mich angerufen, vorhin?»

Dornach verneinte erneut. «Kein Empfang hier oben.»

«Jemand hat angerufen. Du hast es ja auch gehört, Ines?»

Diese zuckte die Achseln. «Ehrlich gesagt, ich erinnere mich nicht so richtig. Du hattest dein Telefon in der Hand. Dann lag schon die Tanne vor dem Kühler.»

«Aber …»

«Angie», sagte Dornach. «Beruhige dich.»

Casagrande sah von einem zum anderen. Hatte sie sich das alles wirklich nur eingebildet? Sie sah sich um. Alles war normal. Waren es tatsächlich nur die verrückte Nacht und die Aufregung, die ihr einen Streich gespielt hatten? Ein erleichterter Seufzer ging über ihre Lippen. Sie sah Dornachs besorgten Blick und musste lachen.

«Sieh mich nicht so an, Dominik. Man könnte meinen, ich liege auf dem Sterbebett.»

«Ich war wirklich erschrocken, als du so dalagst», sagte er und streichelte ihre Wange.

Sie nahm seine Hand. «Lasst mich aufstehen, bitte.»

Unterstützt von Dornach und Ines stand Casagrande auf und machte ein paar Schritte. Nach einigen tiefen Atemzügen fühlte sie sich besser. Ines umarmte sie erleichtert und küsste sie vor Dornach auf den Mund.

«*Chera*, du hast mir Angst gemacht. Lass den Blödsinn in Zukunft.»

Mit einem verlegenen Seitenblick zu Dornach, der inzwischen die Wolldecke ausschüttelte und zusammenfaltete, drückte Casagrande sie an sich.

Ines' Knöchel war verstaucht. Sie bestand darauf, bis nach St. Moritz zu fahren, um sich dort verarzten zu lassen. Sie fuhren alle in Dornachs Volvo zurück. Er bat die Kollegen vom Regionalposten Scuol, Ines' Wagen nach Silvaplana überführen zu lassen.

Sobald sie im Empfangsbereich des Mobilfunks waren, klingelte Dornachs Handy. Als er sah, wer anrief, hielt er am Strassenrand und nahm den Anruf über sein Handgerät entgegen. Casagrande blickte Dornach von der Seite an und sah, wie er totenblass wurde.

***

Der Schmerz in ihrem Arm liess Pia fast die Besinnung verlieren. Wie durch einen Schleier nahm sie den Schatten des Mannes wahr, der mit vorgehaltener Pistole über ihr stand. Pia sah in das ausdruckslose Gesicht des Mannes.

«Du hast gut gekämpft, Mädchen. Es ist vorbei. Dreh dich um und geh auf die Knie.»

Ein stechender Schmerz durchfuhr ihren Arm, und ihr wurde beinahe wieder schwarz vor Augen. Sie würde ihm den Gefallen nicht tun, zusammenzubrechen. Sie richtete sich auf und sah dem Mann direkt in die Augen.

Pia wusste nicht, ob es der Schmerz oder die Gewissheit, in den nächsten Minuten zu sterben, war, die ihre Wahrnehmung trübte. Sie hörte ein Rattern. Sie blinzelte in den Himmel. Auch der Mann hörte es, denn er wandte kurz den Blick von ihr ab und blickte hinauf. Sie sah nichts ausser dem stahlblauen Himmel. Die Vibration war weg. Pia machte eine Bewegung. Der Mann bemerkte es, hob blitzschnell die Waffe und zielte zwischen ihre Augen. Er zwang sie auf die Knie.

«Du kämpfst bis zum bitteren Ende, nicht wahr?» Er drückte den Lauf seiner Waffe an ihren Hinterkopf. «Tapferes Mädchen, du hättest entkommen können, wenn du ihn zurückgelassen hättest. Ich muss dich töten, dabei bist du fast noch ein Kind.» Pia spürte den sich verstärkenden Druck des Pistolenlaufs an ihrem Hinterkopf. Sie kniff die Augen zusammen und wartete auf den Schuss, den sie vielleicht hören, und den Schlag der eindringenden Kugel, den sie vielleicht spüren würde.

Eigenartig, wie anders sich die Welt anhört, wenn man nichts sieht, dachte sie. Ihr ganzes Leben, ihre Lieben, erlittene Trauer und Freude zogen vor ihrem geistigen Auge vorüber. Sie war innerlich ruhig und wartete auf die Kugel, die ihren Hinterkopf durchschlagen und der ganzen Mühseligkeit ein Ende bereiten würde. Die Luft begann erneut zu vibrieren und flirrte vor ihrem inneren Auge. Der Flügelschlag des Todes.

Der helle, trockene Schlag klang wie ein entfernter Peitschenknall. Gleich darauf spürte sie etwas Warmes, Flüssiges im Nacken. Ihr Blut? Sie hatte etwas Abrupteres, Heftigeres erwartet, bevor ihr Gehirn platzen und die Wucht des Geschosses sie mit dem Gesicht voran auf den Fels schleudern würde. Seltsam, dachte Pia, ich bin tot, und doch denke und empfinde ich wie vorher. War das der Übergang, den die Seele brauchte, bis sie realisierte, dass sie vom Körper befreit war?

Langsam öffnete sie die Augen und sah zu Boden. Sie hatte erwartet, sich am Boden liegen zu sehen, wie sie es in Schilderungen von Nahtoderfahrungen gelesen oder gehört hatte. Sie sah nur Geröll und Schutt. Sie wandte sich um, als über ihr der Kopf des Killers förmlich explodierte.

Pia schrie auf und vergrub ihr Gesicht in den Händen.

Der Mann war bereits eine Leiche, als er zu Boden sackte. Die Vibration in der Luft wurde stärker und lauter. Es waren nicht die

Vorboten des Todes, sondern die Rotorengeräusche eines Helikopters.

Pia realisierte, dass sie lebte. Sie sah hinüber zu Rafik, der regungslos dalag. Sie blickte nach oben. Der Helikopter schwebte nur wenige Meter über ihr. Pia spürte die Turbulenzen der Rotoren, die an Haaren und Kleidern zerrten. Sie wandte den Kopf ab und hielt sich den unverletzten Arm schützend vor das Gesicht. Als sich die Maschine etwas von ihr entfernte, blinzelte sie wieder hoch und sah den Schützen in der geöffneten Schiebetür. Die Person wurde von einer zweiten hinter ihr gesichert. Sie hielt ein Gewehr mit Zielfernrohr im Anschlag, dessen Lauf in einer Schlinge steckte, die am Rahmen der Luke befestigt war und die Erschütterungen und das Schlingern der Maschine ausgleichen sollte. Der Schütze reichte das Gewehr nach hinten und winkte Pia zu. Nun erkannte sie das dunkle Haar und die hellen Augen.

«Jana!»

Es waren Tränen der Erlösung, die aus ihr herausbrachen und alle Angst und den Schrecken des Todes wegspülten. Den Schmerz ihrer Verletzung vergessend, streckte sie die Arme nach ihrer Retterin aus, während Jana mit der Seilwinde des Helikopters zu Boden gelassen wurde.

Später stiessen ein Bergungstrupp der Polizei und ein Rettungshelikopter der Air Glaciers zu ihnen, welcher den verletzten Rafik ins Kantonsspital nach Sion bringen sollte. Pia weigerte sich, mitzufliegen. Sie wollte bei Jana bleiben und wurde vor Ort erstbehandelt und verbunden. Jana wies sich den Polizisten gegenüber aus. Ungeachtet der Aussagen von Fournier und ihrer Crew sowie von Pia als Augenzeugin dauerte es geraume Zeit, bis die Beamten mit ihren Erklärungen zufrieden waren und sie schliesslich gehen liessen.

Auf dem Rückflug nach Sion liess Pia Janas Hand nicht los.

ACHTZEHN

Maja begrüsste den Polizisten vor der Absperrung am Seiteneingang der St.-Ursen-Kathedrale und ging unter dem Absperrband hindurch ins Innere. Der Haupteingang oberhalb der Freitreppe am Kronenplatz war auch abgesperrt und wurde von einer grossen Zahl Schaulustiger und Medienleute belagert. Drinnen kam ihr Karin entgegen.

«Und?», fragte Maja.

«Er ist es tatsächlich.»

«Schubiger?»

Karin nickte.

Das bestätigte die Meldung, die sie kurz vorher erhalten hatte und bisher nicht glauben wollte: Norbert Schubiger war in der Kathedrale tot aufgefunden worden.

Karin fuhr mit ihrem Bericht fort. «Sebi meint, der Todeszeitpunkt liegt zwischen sieben und acht Uhr heute Morgen, plus/minus.»

«Und man hat ihm mit einer Spritze Luft injiziert wie den anderen? Und das hier, mitten in der Kathedrale?»

«Sieh es dir selber an», sagte Karin und ging voraus.

Maja streifte Plastiküberzieher über ihre Schuhe und zog Latexhandschuhe aus ihrer Jackentasche. Auf dem von der Kriminaltechnik abgesteckten Trampelpfad gingen sie zur Leiche. Schubiger sass auf der Kirchenbank unter der Holzkanzel. Sein Kopf war nach vorne gesunken, als ob er eingenickt wäre. Lediglich die Spritze, die in seiner Halsvene steckte, wies auf die Permanenz des Schlummers hin. Maja beugte sich zum Toten hinunter und betrachtete die Einstichstelle. Ihr Blick blieb an der Spritze haften, in der sich etwas Blut angesammelt hatte, das sich beinahe fluoreszierend von der blassgrauen Haut der Leiche abhob.

Maja spürte den Widerstreit ihrer Gefühle. Ein Mensch war ermordet worden. Als Polizistin konnte sie das nicht gutheissen. Als liberal empfindende Frau hielt sich ihr Mitgefühl in Grenzen. «Unschön», sagte sie lakonisch.

Karin stiess sie an. «Da vorne steht Hofmann. Der ist ganz schön in Fahrt.»

Maja sah hinüber zum Altar, wo Hofmann heftig mit Urs Jäggi und Sebi Tschanz diskutierte. «Wer hat ihn gefunden?»

«Eine Stadtführerin mit einer Touristengruppe. Sie werden im Moment psychologisch betreut.»

«Haben sie –»

«Nein, sie sind sofort rausgerannt.» Sie zeigte auf Schubigers Stirn. «Hast du das Aschenkreuz gesehen?»

Maja nickte.

«Pervers, was?», sagte Tschanz, der mit Hofmann herangekommen war. Letzterer war sichtlich erregt und zeigte mit dem Finger auf Maja.

«Feldweibel Hartmann, das ist ein politisches Attentat. Ein unermüdlicher Kämpfer für unsere alten Werte von Freiheit und Unabhängigkeit wurde heimtückisch umgebracht. Ein Angriff auf unsere Demokratie. Ich erwarte von Ihnen –»

«Danke, Herr Hofmann, ich weiss, was zu tun ist», schnitt sie ihm das Wort ab. «Ich wundere mich lediglich, dass Schubigers Blut nicht braun ist.»

Hofmann starrte Maja mit offenem Mund an. Jäggi verdrehte die Augen, und Karin wandte sich mit einer Grimasse ab.

«Das ist Insubordination», rief Hofmann und lief hochrot an. «Ich entziehe Ihnen diesen Fall, Hartmann, und das wird ein disziplinarisches Nachspiel haben. Sie sind mit sofortiger Wirkung suspendiert.»

Als Maja daraufhin nur mit den Achseln zuckte, drehte sich Hofmann um und ging ohne ein weiteres Wort hinaus.

«Maja», sagte Jäggi streng. «Kannst du dich nicht wenigstens einmal beherrschen? Jetzt muss ich den wieder besänftigen. Ich kann mir nicht leisten, dich auch zu verlieren.» Er liess die drei stehen.

«Hoppla», sagte Tschanz trocken. «Dem Hofmann voll eins zwischen die Hörner. Topleistung, Maja.»

«Lass deine blöden Sprüche und sag mir lieber, ob du dir mit der Todeszeit sicher bist.»

«Warum die Frage? Wenn du mir nicht glaubst, kannst du die Kollegin von der Rechtsmedizin fragen.»

«Weil wir ein Problem haben.» Maja setzte sich in eine Bank und sah ihre Kollegen an. «Es war immer unsere Hypothese, dass der Wächter alias Dekyndt diese Morde verübt hat.»

«Mist, du hast recht. Die Radarfalle auf der A 9», rief Karin.

«Erfasst um sechs Uhr siebenundvierzig», ergänzte Maja.

«Dekyndt ist seit einer knappen Stunde tot, erschossen von Jana», sagte Karin. «Er kann das hier wirklich nicht getan haben. – Hast du Dominik informiert, Maja?»

Maja nickte. «Er kommt so schnell wie möglich zurück. Jana weiss es auch bereits.» Sie zeigte zum Toten auf der Kirchenbank, wo sich zwei Bestatter daranmachten, Schubigers Leichnam in einen Metallsarg zu legen.

«Wenn das hier nicht der Wächter oder wie immer er sich nennt getan hat, gibt es entweder einen zweiten Täter, der ihn kopiert, oder …»

«… oder er hat mit diesen Morden hier überhaupt nichts zu tun», ergänzte Karin. Maja zeigte kurz bestätigend mit dem Finger auf sie. «Was machen wir jetzt?»

«Aktenstudium», sagte Maja. «Wir nehmen alles noch mal auseinander. Wir haben die Papiere, die uns Angela aus Val Sinestra gefaxt hat. Google ist bereits dran.»

Als sie die Freitreppe hinunterschritten, erhielt Maja einen Anruf aus dem Spital. Doro Schubiger war vernehmungsfähig und wollte eine Aussage machen.

Der behandelnde Arzt erlaubte ihnen nicht mehr als fünf Minuten. Doro Schubiger war leichenblass. Ihre Haut war fast durchsichtig. Sie verschmolz beinahe mit der weissen Bettwäsche. Maja und Karin waren übereingekommen, ihr nichts vom Tod ihres Vaters zu sagen.

Doros Stimme war schwach, und die Augen fielen ihr ständig zu, als sie sprach. «Mein Vater kannte diese tote Nonne, Schwester Felicitas.»

«Das wissen wir bereits, Frau Schubiger», sagte Maja.

«Er … er ist ein guter Mensch, wissen Sie.»

Maja wusste nicht, was sie dazu sagen sollte, und nickte nur.

Doro zeigte zum Garderobenschrank. «Geheimtasche im Jackenfutter», sagte sie schwer, bevor sie die Augen schloss und wieder einschlief.

«Danke», sagte Maja und drückte ihre Hand.

Karin nahm den olivgrünen Anorak heraus und tastete das Innenfutter ab. «Ich spüre was», sagte sie. Sie musste das Futter nicht einmal aufreissen, denn es hatte einen kleinen, gut getarnten Reissverschluss. «Praktisch, das Ding, müsste ich mir auch zulegen», sagte sie, als sie zwei Fotos hervorzog.

Sie sahen sich die Fotos an. Eines der Bilder kannte Maja. Es war dasselbe, das sie beim Bruder von Pfarrer Wartenfels gefunden hatte. Das zweite Bild sah sie zum ersten Mal. Auf der Rückseite stand der Vermerk: «O.S.G.I.V.S. – L.A. – 1984». Sie sah sich das Porträt auf der Vorderseite an. Karin erkannte es als Erste, und ihre Augen weiteten sich.

«Maja, das ist –»

Maja realisierte, was sie sah. «So ein Scheiss!»

Auf dem Rückweg versuchte Maja mehrmals, Dornach auf dem Handy zu erreichen, er antwortete nicht.

***

Jana hatte Pia ins Spital nach Sion gebracht, wo sie von ihrer Mutter persönlich behandelt wurde. Als sie Dornach am Telefon mitgeteilt hatte, dass Pia in Sicherheit und nur leicht verletzt sei, wurde er von der Erleichterung derart übermannt, dass er am Strassenrand anhalten musste. Casagrande, die auf dem Beifahrersitz sass und seine Tränen der Erleichterung sah, beugte sich zu ihm herüber und umarmte ihn.

Später setzte Dornach Ines und Casagrande bei der Klinik Gut in St. Moritz ab und fuhr auf dem schnellsten Weg über den Julier zurück nach Solothurn. Casagrande wollte sich um Ines kümmern und am nächsten Tag mit dem ersten Schnellzug ab St. Moritz zurückreisen.

Der Permastau auf der A 1 zwischen Härkingen und Kriegstetten war an diesem Abend dichter und länger als üblich, was ihn nicht davon abhielt, die Strecke in einem Stück zurückzulegen.

Später als beabsichtigt und todmüde parkierte er vor Lori Palmers Wohnung in der Bechburgstrasse. Als er die Treppe zu ihrer Wohnung hochstieg, fiel ihm ein, dass er Maja über seine Rückkehr informieren wollte. Er griff in seine Tasche und realisierte, dass er das Gerät im Auto hatte liegen lassen, weil der Akku leer war und er es aufladen wollte. Als er überlegte, es trotzdem zu holen, kam ihm Palmer auf der Treppe entgegen. Sie trug einen kleinen Rucksack am Rücken.

«Dominik! Ich habe gar nicht mit dir gerechnet.» Sie umarmte ihn und küsste ihn auf den Mund.

«Entschuldige, ich wollte früher kommen. Der Stau auf der A 1 war zäh», antwortete er und schob sie so sanft wie möglich von sich.

«Ich wollte gerade einen ausgiebigen Spaziergang machen. Ich brauche frische Luft. Kommst du mit?»

Er sah auf seine Uhr, die schon nach acht anzeigte. «Um diese Zeit, im Dunkeln?»

«Ich liebe den Wald in der Nacht. Komm mit, ich habe auch was zu trinken dabei.» Sie zog einen Flachmann aus ihrem Rucksack.

Dornach fühlte sich müde und ausgelaugt. Ausserdem hatte sich das Kratzen in seinem Hals verstärkt. Nach einem Tag im Auto würde ihm frische Luft guttun und den Kopf klar machen.

Sie nahmen den Weg über die Rötibrücke und anschliessend durch das Chantier-Areal. Via St. Niklausstrasse und Fegetzallee gelangten sie zum südlichen Eingang der Verenaschlucht.

«Ganz schön riskant für eine Frau, um diese Zeit alleine in der Dunkelheit zu spazieren», sagte er.

«Ich habe ja den besten Polizisten Solothurns bei mir», sagte Palmer und hakte sich bei ihm ein. «Ausserdem habt ihr den Fall ja gelöst. Wurde der Mann wirklich im Wallis von der Polizei erschossen?»

«Ja», sagte er.

«Und Pia geht es gut?»

«Sagen wir, dass sie mit dem Schrecken und einem blauen Auge davongekommen ist, buchstäblich.»

«Gott sei Dank. Ich habe mir seit gestern grosse Vorwürfe gemacht.»

Dornach winkte ab. «Wegen Pias Entscheidungen muss sich niemand Vorwürfe machen. Sie hat die Gabe, sich selber in Schwierigkeiten reinzureiten.»

«Ich habe sie sofort ins Herz geschlossen», sagte Palmer. «Sie erinnert mich an mich selber, als ich in ihrem Alter war.»

Dornach sah sie von der Seite an. «Ach ja? Ich habe dich damals gar nicht so wahrgenommen.»

Er spürte, wie sie sich an seinem Arm versteifte. Für einige Minuten gingen sie schweigend durch die Schlucht, bis sie zur Einsiedelei gelangten. Das Restaurant beim nördlichen Zugang war geschlossen. Auch das Häuschen der Einsiedlerin war dunkel.

«Sie ist an einem Vortrag in der Ostschweiz», sagte Palmer. «Es stand heute in der Zeitung.»

«Ganz schön umtriebig, unsere Einsiedlerin. Das tönt nicht nach Gebet und Einkehr.»

Palmer wollte nicht über die öffentlichen Auftritte der Solothurner Einsiedlerin reden und schlug vor, dass sie sich in die Verenakapelle setzten. Um diese Zeit befand sich keine Menschenseele dort. Dornach fröstelte. Die Kapelle wurde nur durch einige brennende Kerzen erleuchtet, welche ihren Schein auf die Grotte mit der Nachbildung des Heiligen Grabes warfen. Die Stille hatte etwas Erhabenes. Dornach fühlte sich unbehaglich.

«Willst du?», fragte Palmer. Sie hielt ihm den Flachmann hin, aus dem sie bereits getrunken hatte. «Kleine Stärkung für den Rückweg und wärmt obendrein.»

«Hier? In der Kapelle?»

«Ich glaube, ihn stört es nicht.» Sie nickte zur Grotte. «Ausserdem ist es kühl hier.» Sie nahm einen weiteren Schluck.

«Na dann.» Er nahm ihr die Flasche ab, nippte ein wenig und verzog dabei etwas das Gesicht. Er bevorzugte Cognac und trank nur selten Whisky. Heute schmeckte er ihm überhaupt nicht.

«Wie hast du mich denn damals wahrgenommen, Dominik?», fragte Palmer unvermittelt.

Er wusste nicht recht, wie er darauf antworten sollte. «Anders als die anderen, weniger mondän.»

«Weniger hübsch und zu dick, nicht wahr? Du hast mich ja nie richtig angesehen.»

«Du warst jünger und zwei Klassen unter mir. Damals hatte ich mit den Mädchen in meiner Klasse alle Hände voll zu tun.»

«Du stehst bei den Frauen nach wie vor hoch im Kurs», sagte sie und hielt ihm den Flachmann hin.

Mit einer ablehnenden Geste gab er ihr zu verstehen, dass er nicht mehr trinken wollte. «Kann nicht klagen.» Seine Stimme versagte, und er musste sich räuspern.

Sie drehte sich zu ihm um. Ihre Gesichter kamen sich nahe. «Siehst du mich heute anders?» Ihre Stimme hatte sich verdunkelt, und ihre Lippen berührten sich beinahe. Unvermittelt hielt er sie am Arm fest.

«Die Zeit hat dich verändert, Lori, seit damals, als du nach Val Sinestra gingst.»

***

Im Sitzungszimmer der Schanzmühle war die Luft zum Schneiden dick. Das lag nicht nur an der Mischung aus verbrauchter Atemluft und Duftaromen von abgestandenem Kaffee, kalten Pizzaresten und einem halb aufgegessenen Döner.

Google war der Einzige, dem der Sauerstoffmangel nichts ausmachte. Er sass wie angewachsen hinter seinem Rechner und tippte eifrig Zahlen und Buchstaben in eine Tabelle, die er gerade fertigstellte. Maja sprach in der offenen Türe des Raumes mit gedämpfter Stimme in ihr Handy. Karin sass auf dem Sims des offenen Fensters und sah gedankenverloren in die Dunkelheit. Sie war mitten in einer Diskussion aufgesprungen, hatte etwas von frischer Luft gemurmelt und das Fenster aufgerissen. Sie wollte vermeiden, dass die anderen sahen, dass sie wieder einmal mit ihren Emotionen kämpfte.

Bis auf den kurzen Besuch bei Doro Schubiger im Spital hatten sie den ganzen Nachmittag Akten gewälzt und die Dokumente aus Val Sinestra gesichtet und abgeglichen. Maja hatte im Eilverfahren einen Durchsuchungsbeschluss für Schubigers Kanzlei beantragt, den Jäggi bei Hofmann durchgeboxt hatte.

Interessanter als die Dokumente, die sie in Schubigers Aktenschränken gefunden hatten, waren die verschlüsselten Dateien auf dem Computer und einige Festplatten, die sie in einem Safe im Keller des Königshofs gefunden hatten. Zusammen mit den Akten aus Val Sinestra hatte sich ein Bild zusammengefügt, das die Vermutungen aufgrund der Informationen von Europol bestätigte.

Was Maja, Karin und Google mit Hilfe von Kollegen aus Fahndung und Kriminaltechnik zusätzlich entdeckten, war verstörend, vor allem für die weniger abgebrühte Karin. Auch Maja musste einige Male tief durchatmen, als sie las, was Google zusammengefasst hatte.

Die Vermutung bestätigte sich, dass die Mädchen Opfer von sexuellem Missbrauch waren, mit der Absicht, sie zu schwängern. Nach der Geburt wurden die Säuglinge sofort von ihren Müttern getrennt und anderen gläubigen Familien innerhalb des Netzwerkes des Opus Sanctae Gratiae in Obhut gegeben. Das diente dem Zweck, die neuen Erdenbürger zu strenggläubigen und gottesfürchtigen Katholiken zu erziehen. Für diese Dienstleistung liess sich die Sekte jeweils fürstlich von den aufnehmenden Familien entschädigen. Google fand Kontobewegungen auf geheimen Bankkonten in Liechtenstein und auf den Kanalinseln, wonach sich die Kosten für eine Transaktion, wie die Übergabe des Neugeborenen genannt wurde, auf siebzig- beziehungsweise einhunderttausend Franken belief, je nachdem, ob es sich beim zu vermittelnden Säugling um ein Mädchen oder einen Jungen handelte. Die Tatsache, dass für Mädchen weniger bezahlt wurde, entlockte Maja einige unschöne und nicht jugendfreie Qualifizierungen der Geistlichkeit.

Was am meisten schockierte, war die Tatsache, dass die Gnadenwerkler aufgrund der steigenden Nachfrage nach Babys die Reproduktion des Nachwuchses förderten, indem sie jeweils honorige Männer aus besten Gesellschaftsschichten, welche sich um die Sekte verdient gemacht hatten, eingeladen hatten, mittels der minderjährigen Pensionärinnen den Nachwuchs an guten Katholiken sicherzustellen. Es verstand sich von selbst, dass sich die Gnadenwerkler für diese Dienstleistung ebenfalls sehr grosszügig hatten entschädigen lassen.

«Das war ein gottverdammtes Puff», hatte Maja geflucht und

war wütend mit dem Telefon zum Raum hinausgelaufen. Karin hatte das Fenster aufgerissen.

«Schönen Gruss von Jana. Sie ist in Sion und hat gerade das Debriefing mit der Polizei und den Militärs beendet. Es dauerte etwas länger, ihnen die Situation darzulegen.»

«Eine österreichische Polizistin erschiesst einen belgischen Staatsbürger aus einem Helikopter der Schweizer Luftwaffe in halb offizieller Mission nahe der französischen Grenze. Da täte ich auch einiges dazu wissen wollen. International gesuchter Killer hin oder her», kommentierte Google trocken.

«Kommt Jana heute hierher?», fragte Karin.

Maja verneinte. «Morgen. Pia muss eine Nacht zur Beobachtung im Spital bleiben. Anordnung von ihrer Mutter.»

Sie wandte sich an Google. «Jana interessiert sich für unsere Ergebnisse zur Beziehung zwischen dem Gnadenwerk und der Patriotischen Fortschrittspartei. Sie vermutet nämlich, dass sie die Verbindungen zur Paneuropäischen Front nachweisen kann und damit eine Handhabe gegen die Organisation und ihre Mitglieder hat.»

«Ich stelle nachher gleich ein Dossier für sie zusammen», sagte Google. Seit dem Fall mit der serbischen Mafiabande im Frühling wurde Jana von allen in Dornachs Team als gleichwertiges Mitglied behandelt.

«Was hast du für uns?», fragte Maja.

Google klickte auf seine Maus. Der grosse Bildschirm im Raum zeigte die Seite mit den Initialen und Daten aus Schwester Felicitas' Notizbuch.

«Ich habe mir die Namensliste der Jahrgänge 1983 und 1984 aus Val Sinestra vorgenommen und sie mit den Initialen aus dem Notizbuch der Nonne verglichen.» Er wechselte das Bild. Dieselbe Liste erschien, diesmal waren die Initialen ergänzt mit den vollständigen Namen.

«Unsere drei toten Frauen kennen wir ja bereits. Doutzen Lubbers, Anneke de Leenheer und Marina Wagner. Die stehen unter der Kolonne mit dem T. für Tochter. Die Kolonne E. sind die Eltern der Pensionärinnen.» Er markierte eine Zeile. «Da habt ihr zum Beispiel Lukas und Carmen Wagner, die ihren Sprössling Marina im Januar 1984 ins Internat gebracht haben.»

«Und die Kolonne mit dem Asterisk?», fragte Karin.

«Besagt, dass Marina Wagner am 25. September 1984 ein Mädchen auf die Welt gebracht hatte, welches unverzüglich an eine Familie Alberti in Baden-Baden weggegeben wurde. Das ist in der Akte 84-01/1 vermerkt, siehe Kolonne AKT.» Er hielt einen schmalen Stapel hoch. «Das ist diese Akte.»

«So ein Misthaufen», sagte Maja. «Damit werden wir allein gar nicht fertig.»

«Werden wir auch nicht müssen», sagte Google. «Ich wette, die Eurocops werden scharf darauf sein, uns helfen zu dürfen. Die betreffenden Familien in ganz Europa werden sich einige unangenehme Fragen vonseiten der zuständigen Behörden gefallen lassen müssen. – Da ihr das Prinzip begriffen habt, schreiten wir zum nächsten Level.» Er markierte die dritte Zeile mit den Initialen J. + L.A. «Jodok und Linda Altermatt, deren Tochter ebenfalls in den zweifelhaften Genuss eines Aufenthaltes in Val Sinestra kam. Sie heisst Laurentia.» In einer dramatischen Geste hob Google die Zeigefinger und rollte mit den Augen. Dabei konnte er sich ein breites Grinsen unter seinem Vollbart nicht verkneifen. «Wisst ihr, dass Lori die englische Form von Laurentia ist?»

Google projizierte die Vorder- und Rückseite des Fotos an die Wand, das Doro Maja und Karin im Spital überlassen hatte.

«L.A.», las Maja. «Laurentia Altermatt, die Tochter von Jodok und Linda.»

«Die Person auf dem Porträt ist Lori Palmer», sagte Karin, die sich in den Wirrungen all dieser Namen zurechtfinden musste. «Und Lori Palmers Mädchenname war Laurentia Kully. Dominik hat sie selber so genannt.»

Sie betrachteten die Frau auf dem Foto, die auf den ersten Blick, abgesehen vom Zeitraum von dreissig Jahren, wenig Ähnlichkeit mit der Lori Palmer von heute hatte. Das sechzehnjährige Mädchen auf dem Bild war ein gross gewachsener Pummel mit Hornbrille und wenig attraktiv für ihre männlichen Klassenkameraden.

Google nickte. «Altermatt war der Mädchenname von Laurentias Mutter. Als die Eltern ihre Tochter nach Val Sinestra brachten, hat sich die Familie dort unter diesem Namen registrieren lassen, um eine Rückverfolgung zu erschweren und damit einen Skandal zu vermeiden. Geschwätz und Tratsch im Solothurner ‹Kuchen›, ihr versteht schon. In Wirklichkeit war ihr Familienname nicht Altermatt, sondern Kully.»

«Das ist nicht legal», sagte Karin empört.

«Ich glaube nicht, dass sich die Leute in Val Sinestra um Legalität geschert haben», sagte Google. «Hauptsache, das Ganze lief diskret ab. Dafür war Val Sinestra ja da.»

«Palmer war in Val Sinestra», sagte Maja. «Warum hat sie das nie erwähnt?»

«Ich bin nicht fertig. Es gibt eine Zugabe.» Google war wieder einmal in Fahrt.

«Hör mal auf, uns die Informationen scheibchenweise zu servieren», rief Maja.

«Linda Kully-Altermatt, die Mutter von Laura Kully alias Laurentia Altermatt alias Lori Palmer, war die Schwester von Caroline Schubiger selig, der Ehefrau von Norbert Schubiger.»

«Von unserem toten Schubiger von der Kirchenbank?»

«Der Nämliche. Lori Palmer ist die Nichte von Norbert Schubiger.»

Maja pfiff durch die Zähne, und Karin sagte: «Wow!»

«Das ist immer noch nicht alles», fuhr Google fort. «Schaut euch die Tabelle an. Wenn wir uns einig sind, dass es sich bei L.A. um Laurentia Altermatt alias Laura Kully alias Lori Palmer handelt, hat auch sie in Val Sinestra ein Kind zur Welt gebracht: Am 25. November 1984 gebar sie einen gesunden Jungen, der ebenfalls sofort zu neuen Eltern kam, und zwar zu Richard und Katharina Germann in Solothurn.»

«Germann? Heisst das, was ich denke, was es heisst? Sandro Germann ist Lori Palmers Sohn?»

«Davon können wir ausgehen. Es kommt noch besser. In diesem Institut wurden recht intensiv Gene miteinander vermischt. Angesichts der zahlreichen Straftatbestände hat Sebi von sich aus auf dem Expressweg ein paar inoffizielle DNS-Vergleiche mit bei uns vorhandenen Proben angestellt. Schubiger kann sich ja nicht mehr beschweren, und immerhin war er Mäzen dieser hehren Einrichtung. Er sass dort sogar im Stiftungsrat. Der DNS-Vergleich zwischen Norbert Schubiger und Sandro Germann war ein Volltreffer: Schubiger ist der Erzeuger von Sandro Germann.»

Maja vergrub den Kopf in ihre Hände, und Karin öffnete wieder das Fenster.

«Mir wird's zu bunt», sagte Maja. «Schubiger und Lori Palmer sollen zusammen …? Sie war zum Zeitpunkt der Geburt ihres Sohnes knapp sechzehn Jahre alt. Schubiger hat sich an ihr vergangen?»

«Und Sandro Germann hat versucht, seine eigene Mutter zu erschiessen, wie es aussieht, im Auftrag seines Vaters», sagte Karin.

«Das wissen wir nicht, Karin», erwiderte Maja. «Dass Schubiger Lori Palmer aus dem Weg räumen wollte, weil sie ihm politisch und privat im Weg war, ist reine Spekulation. Und der Gedanke, dass er seinen Sohn damit beauftragt, die eigene Mutter zu töten, ist sogar für mich unerträglich.»

«Hat er überhaupt gewusst, dass es seine leibliche Mutter war?», fragte Karin.

«Wir müssen unbedingt mit Lori Palmer sprechen», sagte Maja.

Karin kam ein weiterer ungeheuerlicher Gedanke. «Wenn Sandro Germann Schubigers Sohn ist und Doro Schubiger von ihm schwanger war, heisst das –»

«Hueresiech, du hast recht», rief Maja. «Arme Doro. Sie war von ihrem Halbbruder schwanger. Oh Mann!» Sie wischte sich über die Augen.

«Und da hätten wir auch das Motiv, weshalb Schubiger Sandro angestiftet hat, auf Palmer zu schiessen. Es hatte nichts mit Politik zu tun», sagte Karin.

«Schubiger musste sie aus dem Weg räumen. Wenn Palmer geredet hätte, wäre der Skandal perfekt gewesen, und er wäre mit seiner Fortschrittspartei am Arsch gewesen, ganz abgesehen von der persönlichen Schande.»

Karin wirkte erschlagen, als sie für einen Moment ihren Kopf auf der Tischplatte abstützte. «Dieser kranke Perversling.» Sie seufzte. «Ich muss gleich kotzen.»

«Es geht weiter», sagte Google.

Maja stöhnte. «Google, wir können nicht mehr. Ich will nichts mehr von diesem kranken Scheiss wissen.»

«Gleich fertig, versprochen. Vorher sollten wir uns ein weiteres Mal die Todesliste von der Nonne ansehen.» Er schickte einen vergrösserten Ausschnitt aus der Tabelle auf den Grossbildschirm.

«Von den vier verbleibenden Initialen mit Fragezeichen konnten wir ja wieder zwei zuordnen: S.F.R. für Schwester Felicitas Richner und P.F.W. für Pfarrer Friedrich Wartenfels. Bleibt B.S. Das ist Norbert Schubiger oder ‹Berti›. Das ist ja eine übliche Abkürzung für Norbert. Und N.V.D.»

«Und wer soll das sein?», fragte Maja.

«Ehrlich gesagt: keine Ahnung. Ich habe alle vorhandenen Unterlagen und Dateien durchforstet – ohne Ergebnis.»

Maja blickte auf ihre Uhr. «Ich rufe mal Dominik an. Der wollte sich melden, sobald er aus dem Engadin zurück ist.» Sie nahm ihr Handy und ging hinaus. Kurz darauf kehrte sie mit frustrierter Miene zurück.

«Ich kann ihn nicht erreichen, weder auf seinem Handy noch zu Hause.»

«Er wäre sicher hierhergekommen oder hätte sich wenigstens gemeldet», sagte Karin. «Hat er dir keine SMS geschickt oder eine Nachricht hinterlassen?»

«Nein, keine Nachricht, nichts …» Maja stutzte, als sie nochmals durch ihre Inbox ging. «Warte, er hat mir tatsächlich eine SMS geschickt.» Sie las die Nachricht. «Er wollte bei Lori Palmer vorbeisehen.»

Karin musste lächeln. «Sie scheint es ihm angetan zu haben, sie hat mal angerufen und –» Karin unterbrach sich und sah Maja und Google entgeistert an.

«Nikki!», rief sie.

«Nikki? Was meinst du damit?»

«Lori Palmer hat Dominik Nikki genannt. Ich hatte sie gestern am Telefon. Sie wollte Dominik sprechen. Sie hat nach Nikki gefragt. In der Kanti sei das sein Kosename gewesen.»

«Ja, und?»

«Versteht ihr nicht? Nikki Dornach! Letzthin, bei einem Feierabendbier, hat er erwähnt, dass sein Familienname ‹von Dornach› war, alter Solothurner Adel. Sein Vater oder Grossvater, *whoever*, hat vor Jahren das ‹von› streichen lassen. Damals hiess die Familie von Dornach, und Dominik ist Nikki von Dornach – N.V.D.»

«Was hat er mit den anderen zu tun?», fragte Maja.

«Es klingt verrückt», sagte Karin. «Wenn Dominik wirklich N.V.D. sein soll, ist Lori Palmer das einzige Bindeglied zwischen ihm und den Personen auf der Liste. Sie ist die Einzige neben Dominik, die nicht tot ist. Und Dominik ist ziemlich sicher nicht der Mörder.»

«Lori Palmer soll diese Menschen umgebracht haben? Mit welchem Motiv?», fragte Maja mit schlecht verhohlener Skepsis.

«Sie wurde vergewaltigt, geschwängert, in dieses Zucht- und Konzentrationslager gesteckt und auch dort misshandelt; ihr Sohn wurde ihr weggenommen und zum Mord an seiner Mutter angestiftet.» Karin ging aufgeregt hin und her. «Es gibt welche, die aus weit geringeren Motiven Amok laufen. Wir müssen Dominik warnen.»

«Deswegen ist die Nonne bei ihm zu Hause aufgetaucht. Sie wollte ihn warnen», sagte Maja und wählte erneut Dornachs Nummer. Als die Combox wieder antwortete, rief sie Loris Handy und Festnetznummer an, ebenfalls vergeblich.

«Wir fahren zu Palmer.»

***

Verblüfft liess Palmer Dornachs Arm los. «Ich … woher weisst du …»

«Wir haben Unterlagen gefunden.»

«Wo?»

«In Val Sinestra. Laurentia Altermatt, Pensionärsjahrgang 1984 bis 1988. – Wenn ich mich richtig erinnere, war der Mädchenname deiner Mutter Altermatt.»

Palmer stiess einen tiefen Seufzer aus. «Hast du alle Papiere gesehen?»

Dornach schüttelte den Kopf. «Meine Kollegen analysieren sie gerade. Es wird ein paar Tage dauern, bis wir damit durch sind. – Warum warst du in Val Sinestra, Lori? Was ich darüber weiss, macht es nicht gerade zum Trauminternat, das sich Eltern für die Erziehung ihrer Kinder wünschen.»

«Es war die Hölle.»

«Also, warum musstest du ausgerechnet dorthin zu dieser … dieser Sekte?»

Sie liess sich mit der Antwort Zeit. Dornach fühlte sich nicht gut. Ihm war gleichzeitig heiss und kalt. Er musste sich wirklich eine regelrechte Erkältung eingefangen haben.

«Ich wurde gemobbt», sagte Palmer und blickte ihn hart an. «Du weisst es ja selber, Dominik. Du warst einer von denen, die mich ausgelacht haben, weil ich zu fett war.»

«Du warst nicht fett, Lori. Du warst gross, etwas pummelig und hast wenig auf dein Aussehen gegeben. Das war alles.»

«Grund genug für euch, mich von allem und jedem auszuschliessen.»

«Wir waren jung und dumm.»

«Und ich habe darunter gelitten wie ein Hund.»

«Deswegen haben dich deine Eltern nach Val Sinestra geschickt?» Er räusperte sich, um einen Hustenanfall zu unterdrücken.

Sie nahm einen Schluck aus dem Flachmann. «Willst du wirklich nicht mehr?»

«Lieber nicht, bei mir ist eine Erkältung im Anmarsch. – Also, warum musstest du Hals über Kopf weg?»

«Ich wurde vergewaltigt.»

«Von wem?»

Palmer lachte trocken auf. «Du wirst es nicht glauben: von Schubiger.»

«Schubiger? Norbert Schubiger hat dich vergewaltigt?»

«Ja, er war mein Onkel, Onkel Berti.»

«Was?»

«Der Schwager meiner Mutter. Manchmal arbeitete ich aushilfsweise in seiner Kanzlei. Es hatte mir gut gefallen. Schubiger war damals charmant. Hat mir immer Komplimente gemacht und sich nicht gross darum gekümmert, wie ich aussehe.»

«Magst du erzählen, wie es passiert ist?»

Sie blickte gedankenverloren zu den Heiligenstatuen hinter der vergitterten Grotte. «Es ist, als ob es gestern passiert wäre. Es war ein Aschermittwoch. Wir haben am Morgen den Aschermittwochssegen erhalten. Du kennst es ja auch, das Aschenkreuz, das einem der Pfarrer auf die Stirn zeichnet.»

«Bedenke, Mensch, dass du Staub bist …», sagte Dornach.

«… und zum Staub zurückkehrst», beendete sie den Spruch. «Damals fand ich, dass ich nicht mehr wert war als Staub. Schubiger hat mich trotzdem immer wie einen Edelstein behandelt – dachte ich.»

«Was ist passiert?»

«Es geschah an jenem Aschermittwochabend. Auf dem Marktplatz hatten sie den Böögg verbrannt. Schubiger hatte im Zunfthaus zu Wirthen einen Raum gemietet, um mit einigen Kompagnons den Abschluss der Fasnacht und einen grossen Mandantenvertrag zu feiern. Es waren ein paar Geschäftsfreunde eingeladen. Zwei weitere Praktikantinnen, einiges älter und hübscher als ich, waren auch dabei, um für eine ‹persönliche Atmosphäre› zu sorgen, wie Schubiger es ausdrückte.»

Ein weiterer Hustenanfall Dornachs unterbrach ihre Schilderung. Besorgt sah sie ihn an. «Geht's dir gut, Nikki?»

«Geht schon», sagte er kurzatmig. «Ich gehöre ins Bett. Zuerst will ich aber die Geschichte zu Ende hören.»

«Am Anfang war es ganz lustig», fuhr sie fort. «Wir haben gelacht, gesungen und getanzt und natürlich Alkohol getrunken. Schubiger hat sich mit mir abgegeben. Später ist es ausgeartet. Die beiden älteren Mädchen hatten angefangen, mit den beiden Kompagnons zu schmusen. Später habe ich eines der Pärchen auf der Toilette erwischt, wo sie ihm …» Sie winkte ab. «Zuletzt blieb ich allein mit Schubiger zurück. Wir haben etwas getrunken. Plötzlich ist er über mich hergefallen.»

Dornach wischte sich mit einem Taschentuch die schweissnasse Stirn ab. «Weiter», sagte er keuchend.

«Nach zwei Monaten wusste ich, dass ich schwanger war, und habe es meiner Mutter gesagt.» Sie blickte zu Boden. «Schubiger war damals schon ein erfolgreicher Anwalt und politisch ambitioniert. Er war gerade frisch als Kantonsrat für die Gewerbepartei ins Rathaus eingezogen.»

«Das heisst, ihr habt ihn nicht angezeigt.»

«Natürlich nicht. Solche Sachen regelt man in der Familie Schubiger unter sich. Meine Mutter hat ihrer Schwester eh aus der Hand gefressen. Die beiden haben dafür gesorgt, dass alles mit Geld gelöst wird.»

«Und die Schwangerschaft? Dein Kind?»

«Meine Familie war streng katholisch. Eine Abtreibung kam nicht in Frage. Onkel Berti hatte gute Kontakte zu den Gnadenwerklern. Er sass ja im Stiftungsrat von Val Sinestra. Ich landete dort, bevor man mir die Schwangerschaft ansehen konnte.»

«Deshalb bist du vom einen auf den anderen Tag verschwunden. Ich kann mich daran erinnern. Du gingst gar nicht in die Staaten, wie alle gesagt haben.»

«Ich erinnere mich auch, Nikki. Als ich in das Auto stieg, das mich bei der Schule abholte, warst du dort und hast mit deinen Kumpels auf einer Bank gesessen und gelacht.» Sie hob die Hand, um seine heisse Wange zu streicheln, und zog sie zurück, bevor sie ihn berührte. «Ich war in dich verliebt, und du hast es nie bemerkt.»

Ein erneuter Hustenanfall packte ihn. «Du warst zwei Jahre unter mir, ich habe dich gar nie angesehen, Lori», sagte er.

«Ausgelacht hast du mich. Als ich ins Auto stieg, hast du auf mich gezeigt und etwas zu deinen Kumpels gesagt. Ihr habt euch die Bäuche gehalten vor Lachen.»

Er fasste Loris Hand, die sie sogleich wegzog. «Wir haben sicher nicht wegen dir gelacht, Lori.»

Sie sah ihn lange und fast mitleidig an. «Heute weiss ich das, Dominik. Damals nicht, und es fühlte sich an, als ob du mehrmals einen Dolch in mein Herz gestossen hättest.»

«Das tut mir leid, Lori.»

«Es gab Schlimmeres. Es gab Val Sinestra.»

«Sie haben euch schlecht behandelt.»

«Schlecht wäre schön gewesen, Dominik. Es war die Hölle. Wir waren sechzig Mädchen, alle aus reichen Familien aus der Schweiz und anderen europäischen Ländern. Alle katholisch. Später habe ich erfahren, dass unsere Eltern alle mit dem Gnadenwerk verbunden waren.»

Einen Moment starrte sie verträumt ins Leere, bevor sie fortfuhr. «Es hatte auch etwas Gutes: Ich hatte endlich Freundinnen. Doutzen aus Holland, Anneke aus Belgien und eine Münchnerin namens Marina.»

«Lubbers, de Leenheer und Wagner, die drei Mordopfer?»

«Genau. Und Mina, Mina Kofler, eine Südtirolerin aus Bozen.»

«Wir wissen nichts von einer Mina Kofler.»

«Das könnt ihr auch nicht. Sie wurde in ihrem ersten Jahr in Val Sinestra umgebracht.»

«Wie?»

«Felicitas, die Hausmutter, hat sie zu Tode gequält, weil sie sich geweigert hat, zu gehorchen.»

«Schwester Felicitas Richner –»

«Sie ist eine Mörderin. Sie hat Mina eine Nacht lang in das eiskalte Wasser einer Badewanne im ungeheizten Keller des Internats gesetzt. Am nächsten Morgen war sie bewusstlos, und einen Tag später ist sie an einer Lungenentzündung gestorben.»

«Warum wurden die anderen ermordet?»

«Die Gnadenwerkler haben sie umgebracht oder umbringen lassen, weil sie reden wollten.»

«Worüber?»

Palmer setzte die Flasche erneut an, bevor sie mit ihrer Geschichte fortfuhr. «Meine Eltern haben mich während der ganzen Zeit nie besucht. Am Anfang habe ich mich immer gefragt, warum. Die anderen Mädchen kriegten Besuch. Bis mir eines Tages aufgefallen war, dass nur diejenigen Besuch erhielten, die nicht schwanger waren. Die Besucher waren immer andere Männer. Die Hausmutter nannte sie die Patenonkel. Es seien gute Katholiken, die den Glauben an Gott und die heilige katholische Kirche hochhielten. Sie hatte stets für diese Männer gebetet, auf dass sie zahlreiche gesunde Nachkommen im Glauben an die Lehre Christi haben würden.»

«Diese Männer haben die Mädchen missbraucht?»

Loris Stimme triefte vor Sarkasmus. «Sie haben sie nicht missbraucht, sie haben ihnen die Gnade erwiesen, am grossen Werk Gottes teilzuhaben und seine Schöpfung fortzusetzen. So hat es Schwester Felicitas immer gesagt.»

«Was passierte mit den Kindern?»

«Sie wurden weggegeben an andere gute katholische Familien, die selber keine Kinder hatten oder keine mehr haben konnten.»

«Und dein Kind? Was ist mit ihm passiert?»

«Er lebt hier. Ich habe ihn das letzte Mal gestern Nachmittag gesehen, als er eine Pistole auf mich richtete.»

«Sandro Germann.» Dornach war erschüttert. «Wir müssen das Gespräch auf dem Kommando fortsetzen, Lori. Du musst eine Aussage machen.»

Er versuchte aufzustehen. Seine Beine gehorchten ihm nicht mehr, und sein Zittern wurde stärker. Bevor er realisierte, was mit ihm geschah, spürte er einen Einstich in seinem Oberarm, und sein Bewusstsein verdunkelte sich.

Palmer stand über ihm, in der Hand eine Spritze, die sie unbemerkt aus dem Citybag gezogen hatte.

«Du gehst nirgendwo mehr hin, Nikki, deine Reise ist zu Ende.» Sie griff in ihre Tasche und entnahm ihr eine runde, flache Dose, die sie aufschraubte und ihren Finger in die mit Rosenöl vermischte Asche tauchte. «Es wird Zeit für dich.»

***

Dornachs Volvo stand abgeschlossen an der Bechburgstrasse vor Palmers Haus. Maja spähte durch die Seitenscheibe auf den Beifahrersitz. «Sein Handy ist im Wagen», sagte sie zu Karin, als sie das Gerät auf dem Beifahrersitz sah. «Wir gehen nach oben.»

Als sie vor Palmers Wohnung standen, legte Karin ihr Ohr an die Türfüllung. «Kein Ton zu hören.»

«Wir gehen rein», sagte Maja entschlossen.

«Ohne Durchsuchungsbeschluss?»

Maja schnupperte. «Riechst du nichts?»

«Was soll ich riechen?»

«Den Rauch. Das kommt von da drinnen. Wir müssen rein.»

«Verstehe», sagte Karin und sah sich das Schloss an. «Das ist solid. Da kommst du mit deinem Werkzeug nicht rein.»

«Ich nehm das andere. Geh mal zur Seite.»

Maja gab der Tür zwei kräftige Fusstritte.

«So geht's auch», sagte Karin trocken.

Mit gezogenen Waffen betraten sie die Wohnung. Sie überprüften alle Räume. «Verflucht, wo können sie sein?», fragte Karin und steckte ihre Pistole wieder ein.

«Irgendwo. Weisst du, ob Palmer ein Auto besitzt?»

«Keine Ahnung.»

«Verfluchter Mist», rief Maja und versuchte damit, ihre Sorge um Dornach zu überspielen. «Der mit seinem ewigen Sermon von wegen keine Alleingänge. Zur Abwechslung kriegt Dominik mal was von mir zu hören, das sag ich dir.»

Karin zückte ihr Handy. «Ich sage Google, er soll versuchen, Palmers Handy zu orten.»

Maja suchte in dieser Zeit die Wohnung nach Hinweisen zum Verbleib von Palmer und Dornach ab.

Karin beendete das Gespräch und sah Maja an.

Maja setzte an, etwas zu sagen. Das Klingeln ihres Handys unterbrach sie. Es war die Alarmzentrale. Maja hörte kurz zu. «Wir kommen.» Sie beendete den Anruf, packte Karin am Ärmel und rannte mit ihr die Treppen hinunter.

***

Langsam kam Dornach wieder zu Bewusstsein. In seinem Kopf hämmerten furchtbare Kopfschmerzen. Er wollte sich bewegen und merkte, dass seine Hände mit Plastikschlingen gefesselt waren.

Palmer sah beinahe mitleidvoll auf ihn hinunter. «Tut mir leid, Nikki. Ich wollte es schmerzloser für dich machen. Du hast zu wenig von meinem mit Strychnin versetzten Whisky getrunken. Deshalb musste ich zu härteren Massnahmen greifen, um es zu vollenden.»

«Was vollenden?», fragte er heiser.

«Du bist langsam heute. Ich helfe dir auf die Sprünge – Nikki von Dornach.»

Wie ein Blitz schoss es durch seinen Kopf. «Schwester Felicitas' Liste», sagte er. «Ich bin N.V.D.»

«Gratuliere, dein Geist ist wach geblieben. Schade, wir beide hätten gut zusammengepasst, irgendwie.»

«Du hast auch von dem Whisky getrunken, Lori. Sogar mehr als ich. Warum hast du nichts?»

«Gegenmittel», sagte sie. «Ausserdem habe ich nur genippt. Möglich, dass mich das Gift trotzdem tötet, später. Das spielt keine Rolle mehr.»

«Warum tust du das, Lori?»

«Weil du es hast geschehen lassen, du und dein bigottes System mit seinem moralischen und religiösen Führungsanspruch. Ein System, das gleichzeitig zulässt, dass das Leben von Kindern und ganzen Familien zerstört wird, nur um eine Illusion aufrechtzuerhalten.»

Palmer beugte sich über ihn, sodass ihre Gesichter weniger als eine Handbreit voneinander entfernt waren. «Damals, im leidvollsten Moment meines Lebens, als ich nur ein Lächeln oder etwas Verständnis von dir erhofft hätte, hast du mich mit deinen Kumpels ausgelacht. Danach wurde ich in Val Sinestra lebendig begraben. Dort, wo prominente und honorige Männer, Firmenchefs, Politiker, Bischöfe und Priester, mit dem Segen und dem Schutz des Gnadenwerkes unschuldige Mädchen missbrauchen und vergewaltigen durften, bis sie lebende Tote waren. Sie haben mir mein Kind weggenommen und es schliesslich gegen mich gewendet. Als Doutzen, Anneke und Marina anfingen zu reden, wurde das Institut geschlossen, ansonsten hat man weggeschaut. Die drei haben nicht aufgegeben. Sie haben mich gebeten, sie zu unterstützen. Zu spät, die Gnadenwerkler haben sie umbringen lassen, weil sie ihren Plänen für die neue europäische Ordnung im Weg standen, die sie mit Hilfe selbst ernannter Patrioten und Nationenretter errichten wollten.»

Dornach wollte etwas sagen. Sie legte ihren Zeigefinger auf seine Lippen. «Ich weiss, Nikki, es ist nicht deine Schuld. Ich habe die Wunde nie vergessen, die du mir zugefügt hast, genauso wenig wie das korrupte System, das du vertrittst.»

«Dafür hast du all die Menschen getötet, Lori? Schwester Felicitas, den Pfarrer und Schubiger?»

«Felicitas war eine Hexe, ein Monster. Wartenfels war ein netter Kerl und charakterschwacher Feigling, der weggeschaut hat.»

«Deshalb wollte Schwester Felicitas mich warnen. Vor dir», sagte

Dornach schwach und schluckte. Sein trockener Hals schmerzte wie Feuer.

Palmers Augen glänzten im Schein der Kerzen. «Sie muss meine Tagebücher gelesen haben, in denen ich über dich und Schubiger geschrieben habe. Dort habe ich Totenkreuze hinter eure Initialen gesetzt. Felicitas hat alles durcheinandergebracht. Eigentlich ist sie an der ganzen Misere schuld.» Sie berührte Dornachs Arm. «Im Grunde wollte ich nur dich und Schubiger töten. Ihn für mein Leben, das er zerstört hat. Und dich, Nikki, weil du mich verraten hast. Du hast mir damals Hoffnung gegeben, und als ich dich am meisten brauchte, dein Lächeln und deine Liebe, hast du sie mir wieder genommen.»

Dornach hustete. «Lori, ich habe nie etwas für d–»

«Ts, ts, ts.» Sie streichelte seinen Arm. «Das weiss ich heute auch, Nikki. Damals hat es alles für mich bedeutet, und das zählt. Während Jahren habe ich mich auf diese Rache vorbereitet. Dann kommt Felicitas und erzählt, dass die Gnadenwerkler hinter ihr her seien und dass sie schon Doutzen, Marina und Anneke umgebracht hätten, weil sie reden wollten. Felicitas fürchtete, dass sie auch sie töten wollten. Sie hat etwas von einer Liste gefaselt, die sie selber zusammengekritzelt hatte. Sie wollte mit dir reden. Das durfte ich nicht zulassen. Ich habe mit ihr ein Treffen in der Einsiedelei vereinbart. Den Rest kennst du. Das Dumme war nur, dass sie dieses Notizbuch mit der Liste nicht bei sich trug.»

«Und Wartenfels?», fragte Dornach heiser. Er wollte sie hinhalten. Die Zeit lief ihm davon, er fühlte sich immer schwächer.

«Wartenfels war eigentlich ein guter Kerl. Ich musste ihn umbringen, weil ich nicht sicher sein konnte, was er von Felicitas wusste und ob er früher oder später mit euch reden würde.» Ein Lächeln huschte über Palmers Gesicht. «Das Praktische daran war, dass dieser Killer gerade in der Nähe war. Ich hatte eh schon seine Methode übernommen. Die herauszufinden hatte mich eine Liebesnacht mit einem holländischen Polizisten gekostet, der am Mordfall von Doutzen gearbeitet hatte. Der Wächter hat Wartenfels beobachtet. Vermutlich hätten die Gnadenwerkler ihn und Felicitas früher oder später eh umbringen lassen. Es war die beste Gelegenheit, euch für eine Zeit lang auf eine falsche Fährte zu locken.»

Dornach musste ihr innerlich beipflichten. Sie hatten sich auf den Wächter als Mörder versteift. «Der Wächter war nicht unschuldig. Er war der falsche Schuldige», sagte er. «Wie hast du es mit Schubiger angestellt?»

Sie lachte. «Komm schon, Nikki, das muss ich dir nicht erklären. Ich habe ihn letzte Nacht angerufen und gesagt, dass wir reden müssen. Wir haben uns für heute früh in der Kathedrale verabredet.»

Sie nahm den Flachmann und schraubte den Verschluss ab. «Zeit, es zu beenden. Trink das aus, Nikki. Es wird schnell gehen.»

Sie hielt seinen Kopf fest und setzte die Flasche an seine Lippen. Dornach wehrte sich nach Kräften. Palmer war kräftig und fixierte seinen Kopf. Dornach presste die Lippen zusammen. Die Flüssigkeit tropfte über sein Kinn. Palmer umklammerte seinen Hals, sodass er reflexartig den Mund öffnete. Er schluckte einige Tropfen, bevor er sich mit einer heftigen Bewegung wehren und den Mund wieder schliessen konnte.

«Lass ihn los, Lori», rief Maja, die langsam mit ihrer Waffe im Anschlag vom nördlichen Eingang der Kapelle auf sie zuging. Palmer sah sie und wandte sich um.

Karin kam vom gegenüberliegenden Eingang ebenfalls mit der Waffe im Anschlag auf sie zu. «Polizei! Es ist vorbei, Frau Palmer. Treten Sie zurück und nehmen Sie die Hände hoch.»

Dornachs Bewusstsein begann zu flackern.

«Ich will deine Hände sehen, Lori», rief Maja. Diese ignorierte die Warnung. Vorsichtig kamen die beiden Polizistinnen auf Palmer zu.

Als Palmer die kleine Pistole hervorzog, reagierte Karin als Erste. «Vorsicht, Maja!» Palmers Hand schnellte hoch. «Nein!», schrie Karin. Durch die zunehmende Dunkelheit seines Bewusstseins hörte Dornach dumpf zwei Schüsse krachen, bevor sich die Nacht über ihn legte.

NEUNZEHN

Doro Schubiger sass zusammengesunken im Rollstuhl am Bett von Sandro Germann. Karin kauerte neben ihr und hielt ihre Hand. «Es tut mir so leid, was Ihnen zugestossen ist, Frau Schubiger. Es ist schön, zu sehen, dass Sie wieder auf dem Damm sind.»

Doro sah sie dankbar an und nickte mit dem Kinn zu Germann. «Die Ärzte meinen, dass er bald erwachen wird. Ich will bei ihm sein, wenn es so weit ist.»

«Sie wissen schon, dass wir Sandro Germann verhaften müssen. Er ist nicht direkt am Tod von Masud Bhutto schuld. Herr Marber hat seine Aussage gemacht. Es war ein Unfall. Der Junge ist im Vestibül gestolpert und hat sich den Kopf aufgeschlagen. In seiner Panik hat Germann Schubiger zu Hilfe gerufen, der half, das Ganze zu vertuschen, um Herrn Germann und damit die Fortschrittspartei so kurz vor den Wahlen aus der Sache herauszuhalten. Trotzdem muss sich Herr Germann wegen des Einbruchs in Grenchen und wegen des Mordversuchs an Lori Palmer verantworten.»

Doro nickte und wischte sich die Tränen weg. «Ich kann nicht glauben, dass er seine eigene Mutter erschiessen wollte. Mein Vater muss ihn dazu gebracht haben. Ich wusste, dass er Lori Palmer verabscheute. Es fällt mir schwer, zu glauben, dass mein Vater ihn mit dem Mord beauftragt hatte. Sandro wollte ihm imponieren – wegen mir. Er hat immer gesagt, dass er meinem Vater beweisen will, dass er mich verdient, und nun … Es ist meine Schuld. Ich hätte zu ihm halten sollen.» Sie vergrub das Gesicht in beide Hände und schluchzte leise.

«Es ist ganz sicher nicht Ihre Schuld, Frau Schubiger. Wir werden es wissen, sobald er seine Aussage macht.»

«Muss Sandro lange ins Gefängnis?», fragte Doro.

«Das hängt davon ab, wie die Staatsanwaltschaft den Fall beurteilt. Frau Casagrande wird bestimmt jedes entlastende Moment berücksichtigen. Der Einfluss, den Schu… Ihr Vater auf sein Umfeld ausübte, war beträchtlich. Immerhin haben Sie Sandro vom Verdacht entlastet, Sie überfallen zu haben.»

«Ich habe Ihnen ja gesagt, dass der Mann, der mich überfallen hat, anders ausgesehen hat.»

Karin nickte. «Die Beschreibung passt auf Marcel Dekyndt. Wir gehen davon aus, dass er im Auftrag handelte. Von wem, werden wir herausfinden.»

Doro schüttelte den Kopf, als ob sie aus einer Benommenheit erwachte. «Ich hatte eine intime Beziehung mit meinem Halbbruder, unfassbar.»

«Das konnten Sie beide ja nicht wissen.»

Doro fasste die Hände des schlafenden Sandro. «Ich habe immer gespürt, dass uns etwas verbindet. Von nun an liebe ich ihn als meinen Bruder. Sandro ist die einzige Familie, die mir bleibt. Ich werde mich um ihn kümmern und um Lori, wenn beide ihre Strafe abgebüsst haben. Wie steht es um sie?»

«Wir hatten letzte Nacht keine andere Wahl, als das Feuer auf sie zu eröffnen, als sie die Waffe auf sich selbst richtete», sagte Karin. «Sie ist nur leicht verletzt und wird es ohne bleibenden Schaden überstehen.»

«Ich gehe nachher zu ihr, wenn ich darf», sagte Doro. «Trotz allem, was sie getan hat, ist sie auch nur ein Opfer. Ihr beizustehen ist das Mindeste, was ich tun kann. Sie ist die Mutter meines Bruders. Es gibt so viel wiedergutzumachen.»

Auf dem Korridor blieb Karin einen Moment stehen und lehnte mit der Stirn an ein Fenster. Die Kühle des Glases tat gut und half, von den Turbulenzen der letzten vierundzwanzig Stunden herunterzukommen.

Kurz danach erhielt sie den Anruf von Maja, und sie machte sich auf zum nächsten Krankenbesuch.

***

Die Strychnindosis, die Dornach mit Palmers Whisky eingenommen hatte, war zu gering, um einen bleibenden Schaden zu hinterlassen. Man hatte ihm den Magen ausgepumpt, den Darm gespült und mit Aktivkohle behandelt.

Schwester Johanna, die Einsiedlerin, war früher heimgekommen, weil sie nicht auswärts übernachten wollte. Auf einem letzten Rundgang bekam sie das merkwürdige Gespräch in der Verenakapelle unbemerkt mit und alarmierte daraufhin sofort die Polizei.

«Du hast uns einen schönen Schreck eingejagt, Dominik», sagte Maja ungehalten. «Wenn ich daran denke, dass du mir ständig meine Alleingänge vorhältst. Stell dir vor, wenn dir was passiert wäre, müssten wir uns für immer mit Hofmann herumschlagen.»

«Es war nicht mein Plan, glaubt mir. Ihr habt mir wieder mal bewiesen, was ich an euch habe. Danke, dass ihr rechtzeitig da wart.»

Maja nickte kurz. Karin wusste nicht so recht, was sie sagen sollte.

«Ich muss daran denken, was Lori durchgemacht hatte», unterbrach Dornach das Schweigen. «Ich hätte das verhindern müssen.»

«Moment, Dominik, das konntest du doch alles nicht wissen. Und was vor bald dreissig Jahren war …», wandte Karin ein.

«Ausserdem hatte Lori eine Wahl», sagte Maja. «Sie muss sich ihrer Verantwortung stellen. Sie hat immerhin drei Menschen ermordet und dich fast mit.»

Dornach musste an ein anderes Opfer denken, das zur Täterin geworden war. Er war es gewesen, der Jana damals davor bewahrt hatte, dass sie für ihre Taten zur Rechenschaft gezogen wurde. Die Menschen, welche Jana ermordet hatte, waren skrupellose Verbrecher gewesen, die wehrlose Zivilisten, Frauen und Kinder, darunter ihre Mutter und ihren kleinen Cousin, brutal geschändet und massakriert hatten. Durfte das ihr Handeln rechtfertigen oder sein eigenes? Auch wenn er Polizist war, hatte er aus Liebe und Mitgefühl zu Jana die Beweise gegen sie verschwinden lassen. Aber machte es wirklich einen Unterschied, wenn die Menschen, die man tötete, böse waren?

«Es wird an Angela und dem Richter liegen, Loris Taten zu beurteilen», sagte er.

«Und Schubiger?», fragte Karin. «Glaubt ihr wirklich, dass er vom Komplott der Paneuropäischen Front und der Gnadenwerkler nichts gewusst hat?»

«Es fällt mir schwer, es zu sagen: Die neusten Indizien entlasten Schubiger», sagte Maja. «Sebi hat vorhin angerufen. Er ist mit

Google in Sion und nimmt zusammen mit den Walliser Kollegen Dekyndts Wagen auseinander. Dabei haben Sie einen USB-Stick gefunden, den Google bereits ausgewertet hat. Dekyndt hat über seine Aufträge minutiös Buch geführt. Die Gnadenwerkler befürchteten, dass Schwester Felicitas und Pfarrer Wartenfels ihr Wissen ausplaudern könnten wie vor ihnen Lubbers, de Leenheer und Wagner. Der Wächter hatte den Auftrag, die beiden zu observieren. Er sollte sie vorläufig nicht liquidieren. Das hat ihm ja dann Palmer abgenommen.»

«Schubiger wollte mit seiner Partei schon in dieser Paneuropäischen Front mitmachen, oder?», fragte Karin.

Maja antwortete: «Richtig, er wollte. Die Europafront zweifelte jedoch, dass die Fortschrittspartei wirklich radikal genug ist, um ihrem Anforderungsprofil zu entsprechen. Unsere politische Kultur und unsere direkte Demokratie sind denen zu unberechenbar.» Maja grinste zufrieden, bevor sie fortfuhr. «Der letzte Eintrag des Wächters bezieht sich übrigens auf eine Anweisung, die er in der Nacht zu gestern erhalten hatte. Sämtliche Zeugen zu ‹neutralisieren›, da die Sache nach dem Fiasko mit Marber und der Demo aus dem Ruder zu laufen drohte. Das erklärt, weshalb Dekyndt Pia und Rafik erst gestern Morgen liquidieren wollte. Er machte offenbar nichts ohne direkten Auftrag. Schubiger und Germann waren auch auf seiner Abschussliste.»

«Also kein Komplott der Fortschrittspartei, um die Wahlen zu gewinnen und die Macht an sich zu reissen», sagte Dornach.

«Scheint so. Die Patriotische Fortschrittspartei hat sich heute Morgen ganz klar von den Machenschaften ihres ehemaligen Präsidenten distanziert. Der interimistische Parteipräsident hat das in einer Pressemitteilung verlauten lassen.»

«Das wird sie trotzdem die Wahl kosten», sagte Dornach.

«Wenigstens etwas», brummte Maja. «Nur schade, dass wir nicht gleich die Gnadenwerkler und diese Paneuropäische Front hochnehmen können.»

«Das erledigt Jana, glaubt mir», erwiderte Dornach. «Wann kommt sie?»

«Sie sollte jetzt in Grenchen gelandet sein. Pia ist bei ihr.»

Wie aufs Stichwort öffnete sich die Zimmertüre. Pia, begleitet von Jana, betrat das Zimmer. Unter Pias rechtem Ärmel zeichnete sich ein dicker Verband ab. Ihr Gesicht trug die Spuren der Ereignisse der vergangenen Tage.

«Paps!» Pia stürmte auf ihren Vater zu, herzte ihn und bedeckte sein Gesicht mit Küssen. «Es tut mir so leid. Kannst du deiner blöden Tussi von einer Tochter wieder einmal vergeben?»

Dornach drückte sie eng an sich, um seine Emotionen nicht zu zeigen. «Wie kann ich anders, wenn du mir so kommst», sagte er, drückte sie und küsste sie auf den Scheitel. «Trotzdem, erinnere mich daran, dass ich dir bei Gelegenheit den Hintern versohle. Die Sorge um dich hat mich beinahe umgebracht.»

«Das ist nicht fair, Paps», sagte sie und blinzelte ihn an. «Du kannst es nicht mir in die Schuhe schieben, wenn du dich neuerdings von den Frauen vergiften lässt, nur weil ich dir mal den Rücken zukehre.»

Alle fuhren herum, als die Türe erneut schwungvoll geöffnet wurde und Manu wie eine Furie ins Zimmer stürmte und gleich auf Pia losging. «Du!», rief sie.

«Manu!» Pia erhob sich, um ihre Freundin zu umarmen. Sie sah die schallende Ohrfeige nicht kommen. Erschrocken rieb sie sich die schmerzende Wange. «Spinnst du oder was?»

«Nein, du spinnst», rief Manu. «Und wenn es hier sonst keiner tut, mach ich es halt. Wegen dir bin ich vor Angst fast gestorben und beinahe von denen verhaftet worden.» Sie zeigte auf Maja und Karin.

Pia war komplett baff und sah hilfesuchend zu ihrem Vater, der nur den Kopf schüttelte. Sieh zu, dass du damit fertigwirst, hiess das.

«Manu, ich …», begann Pia und hielt sicherheitshalber Abstand zu ihrer Freundin. «Ich wollte Rafik schützen, weil –»

«Ach, halt die Klappe.» Manu ging erneut auf Pia zu, die einen Schritt zurückwich. «Komm her», sagte Manu und nahm die Freundin in die Arme und küsste sie auf die Wange. «Ich bin so froh, dass ich dich wiederhabe. Tu das nie mehr. Ich will dich nicht verlieren wie …» Ihre Stimme stockte. Pia wusste, was sie sagen wollte.

Kurz darauf setzten sich die beiden in die Cafeteria ab.

Maja sah auf die Uhr. «Zeit, dass ich in die Schanzmühle zurückkomme und ein paar Dinge ordne. Jana, bist du nachher beim Rapport dabei?»

Jana versprach nachzukommen. Als Maja weg war, merkte Karin, dass Jana mit Dornach allein sein wollte. Sie murmelte etwas von einem Anruf, den sie tätigen wollte, und verliess das Zimmer ebenfalls.

Jana setzte sich auf die Bettkante. Dornach nahm ihre Hand und küsste sie. «Danke, dass du Pia heil zurückgebracht hast.»

«Sehr gern g'schehn. Du könnt'st selber a bisserl besser auf dich aufpassen. Ich kann nicht überall sein», sagte sie und streichelte zärtlich seine Wangen.

Er sah sie prüfend an, während sie sich bemühte, seinem Blick auszuweichen. Er hatte wieder den Schatten hinter der leuchtenden Farbe ihrer Augen gesehen. «Geht es dir gut?», fragte er.

Ihr kurzer Blick zur Seite und nach unten verriet ihm, dass sie nicht die ganze Wahrheit sagte, als sie antwortete: «Passt schon. Arbeit ist die beste Therapie.»

«Ich wüsste da was Besseres.» Er zog sie an sich und küsste sie.

«Vorsicht, Hauptmann Dornach», lachte sie, als er abliess. «Du bist gerade dem Totengräber von der Schaufel g'hupft und solltest Aufregungen vermeiden.»

«Nicht, solange sie zur Ausschüttung von Glückshormonen führen.» Sie küssten sich erneut.

Aus den Augenwinkeln bemerkte Jana, wie sich die Zimmertüre öffnete. Sie sah Casagrande, die sich rückwärts zurückzog und die Türe leise ins Schloss fallen liess.

Als Jana wenig später aus dem Haupteingang des Spitals trat, sah sie Horacek zusammen mit Manu beim Patrouillenwagen stehen, der sie später nach Grenchen bringen sollte. Jana musste schmunzeln, als sie beobachtete, wie Manu Horacek auf die Pelle rückte. Pia und Karin unterhielten sich im Empfangsraum miteinander.

Weiter vorne sass Casagrande auf der Mauer der Zufahrtsrampe. Sie rauchte einen Zigarillo und sah gedankenverloren zur Grossbaustelle für das neue Spital hinüber.

«Hättest für mich auch eine, bittschön?», fragte Jana, als sie sich neben sie auf die Mauer setzte. Wortlos hielt ihr Casagrande die Schachtel hin und gab ihr Feuer. Eine Weile rauchten beide schweigend und beobachteten das Treiben auf der Baustelle. Jana musste husten, als sie einen zu tiefen Zug nahm.

«Ist das gut für dich?», fragte Casagrande. «Ich meine, wegen deiner Verwundung.»

«Weisst, wenn mich dereinst mal etwas umbringen wird, sind es sicher nicht die da», sagte Jana heiser und hielt ihren Glimmstängel in die Höhe.

Nach einer weiteren Runde Schweigen fragte Casagrande mit einem Seitenblick zum Zimmertrakt: «Hast du bekommen, was du wolltest?»

Jana ignorierte die Zielrichtung der Frage. «Ich schau mir nachher die Akten mit Maja an. Ich denke, es sollte reichen. Natürlich hängt's davon ab, was die zuständigen nationalen Untersuchungsbehörden draus machen. Für einige ranghohe Verhaftungen sollt's sich ausgehen. Das wird die europäische Rechtsbewegung um Jahre zurückwerfen. Notfalls lass ich meine Beziehungen zu den Medien spielen. Ihr habts ausgezeichnete Vorarbeit geleistet, Angela.»

«Danke, Jana.» Casagrande zögerte. «Für alles.»

«Was meinst du?»

«Für das, was du für Pia getan hast.» Sie nickte zum Gebäude, wo Dornach lag. «Er hätte es sich nie verziehen, wenn ihr etwas zugestossen wäre. Es hat ihn fast das Leben gekostet. Das gestern wäre ihm nie passiert, wenn er nicht wegen Pia so aufgewühlt gewesen wäre. Du hast zwei Leben gerettet, Jana.»

Jana nickte und musterte Casagrande. Sie sah müde aus. Die Strapazen der letzten Tage und ein bitterer Ausdruck in ihren Augen hatten Spuren hinterlassen. «Dir geht's nicht so gut, Angela?»

Casagrande verzog den Mund. «Ich bin es leid. Diese furchtbare Geschichte mit Lori Palmer und all die unschuldigen Frauen und Kinder, die für diesen religiösen und politischen Irrsinn leiden mussten. Das geht mir an die Nieren. Und …» Mit einer resignierten Geste fuhr sie fort. «All das nur wegen ein paar grössenwahnsinniger Typen, die sich von ihrer Körpermitte steuern lassen anstatt von Herz und Hirn.»

«Ja, die Männer», sagte Jana. «Lass mich dir was sagen: Für deine italienischen Wurzeln bist a bisserl arg kopflastig.» Sie zeigte zum Spitalgebäude. «Da drin liegt einer von den Guten, und er hat grad vorhin nach dir gefragt. Lass ihn ned warten.»

Angela fuhr sich mit einer Hand über die Augen. «Ist kompliziert im Moment.» Jana wollte etwas sagen. Casagrande schüttelte den Kopf. «Es hat auch nichts mit dir zu tun.»

«Das hab ich eh 'dacht. Ihr machts das schon.» Jana schaute auf die Uhr und drückte ihren Zigarillo aus. Den Stummel legte sie in die kleine Blechdose, die Angela ihr hinhielt. «Für mich wird's Zeit. Mein Direktor will seinen Flieger zurück und einen Bericht.» Sie zeigte mit dem Daumen hinter sich, wo Horacek sich bemühte, Manuela auf Distanz zu halten. «Ich muss mal schauen, dass mir die Manuela meinen Assistenten nicht ausspannt.» Jana streckte Casagrande die Hand hin. «Ruf mich an, wenn du mal was klären willst, okay?»

Pia wollte Jana fast nicht wieder loslassen, als sie sich zum Abschied umarmten. «Kommst du vor Weihnachten zu uns, wie Paps gesagt hat?», fragte sie.

Jana zögerte. «Ich weiss es nicht, ich … ich ruf dich an, okay?» Sie spürte Pias fragenden Blick im Rücken, als sie zum Wagen ging.

Sobald der Patrouillenwagen aus dem Spitalareal in die Schöngrünstrasse eingebogen war, überkamen Jana die Gefühle. Um sich nichts anmerken zu lassen, schluckte sie heftig und wischte sich verstohlen eine Träne weg. Dem neben ihr sitzenden Horacek konnte sie nichts vormachen. Er berührte sie sanft am Arm.

«Keine Sorge, Jana. Das wird schon.»

Überrascht drehte sie ihren Kopf zu ihm. Trotz ihres Schmerzes brachte sie ein Lächeln zustande. «Danke, Stephan.»

Casagrande blickte dem Wagen nach, bis er abgebogen war. Sie drückte ihren zweiten Zigarillo aus und verstaute den Stummel in der Blechdose, bevor sie zum Spitaleingang ging. Als sie die Dose in ihrer Handtasche verstauen wollte, bekam sie den Umschlag zu fassen, den sie am Vormittag bei ihrer Rückkehr in der Post gefunden hatte. Er war rosarot, und auf der Vorderseite waren drei schwarze Rosen eingraviert.

Sie zog die Karte heraus und las.

«Es ist noch nicht vorbei.»

VERGEBUNG

Jetzt, etliche Jahre nach diesen Ereignissen, wurde meine Mutter aus humanitären Gründen aus ihrer Haft entlassen. Wir sitzen zusammen an unserem Lieblingsplatz am See. Es ist ihr Geburtstag, und wir warten auf meine Schwester und ihre beiden Jungs, meine Neffen.

Die Sonne liegt tief über den Gipfeln und schickt goldene Reflexe über das sich in der leichten Brise kräuselnde Wasser. Die Strahlen bringen ihrem beinahe schlohweissen Haar den alten Glanz zurück, den es früher hatte, als wir endlich zusammenfanden und uns gegenseitig verziehen. Ich ihr, dass sie mich all die Jahre alleine gelassen hatte, sie mir meine Verblendung. Als ich sie weinend um Vergebung bat, hatte sie mich in die Arme genommen und gesagt, dass es nichts zu vergeben gebe. Später wurde sie abgeführt.

Es ist Mutters letzter Geburtstag. Die Krankheit, die sie innerlich zerfrisst, wird ihr keinen nächsten mehr gewähren. Der Gedanke daran dringt durch mein Herz wie ein glühendes Schwert. Daran will ich heute nicht denken, und sie will nicht darüber sprechen. «Die Schmerzen von früher sind vergangen», sagt sie immer. «Was wollen wir uns schon um diejenigen kümmern, die erst noch vor uns liegen?»

Wir sitzen eine Weile schweigend zusammen, und als die untergehende Sonne die Spitze des höchsten Berggipfels berührt, stelle ich ihr die Frage: «Hast du ihm vergeben?»

Mutter sagt nichts und sieht den länger werdenden Schatten entgegen. Auf der Promenade sehe ich meine Schwester mit meinen beiden Neffen. Sie erblickt uns auch und winkt uns zu. Mutter winkt zurück. Sie schaut mich an, und ich sehe in ihren Augen, was sie damals gesehen hatte: den Jungen, der sich umdrehte und ihr Lächeln erwiderte.

«Schon lange!»

Glossar

Abricotine – Obstbrand aus Aprikosen (Marillen) aus dem Wallis

Ä Guetä! (Dialekt) – Guten Appetit!

Ambassadorenhof – ehemalige Residenz der Ambassadeure, heute Sitz des Departements des Innern (Sol. Innenministerium)

Ancien Régime – Alte Eidgenossenschaft, Bündnis der Schweizer Kantone vor dem Einmarsch Napoleon Bonapartes im Jahr 1798

Apéro Riche – Cocktailparty mit reichhaltiger Auswahl an warmen und kalten Snacks

Ätti (Dialekt) – Vater

Baba! (österr.) – Tschüss!

Bancomat – Geldautomat

Billettautomat – Fahrscheinautomat

Bipperlisi (Dialekt) – Bahnlinie zwischen Solothurn und Langenthal (frühere Endstation: Niederbipp)

Böögg (Dialekt) – fasnächtliche Schreckgestalt (engl.: *bogeyman*)

Bundesrat – schweizerische Bundesregierung

Bürgergemeinde – öffentlich-rechtliche Körperschaft aller Personen mit Bürgerrecht in einer schweizerischen Gemeinde

Cervelat – Schweizer Brühwurst aus Rind- und Schweinefleisch, Wurstspeck und Schwarte

Chatzeschtäge (Dialekt) – «Katzentreppe», Steintreppe, die von der St.-Ursen-Kathedrale in die Probsteigasse führt

Cheminée (schweizer.) – offener Kamin im Wohnraum

Chera (rätorom.) – Liebste

Cipollata – kleine Kalbsbratwurst

Combox – Voicemail-Dienst

Crèmeschnitte – Blätterteiggebäck mit Vanillecrème-Füllung, Millefeuille

Departement des Innern – Solothurner Innenministerium

Grüne Fee – Absinth

Gurten – Hausberg der Stadt Bern, 858 m. ü. M.

Kadi (Abkürzung) – Kommandant

Kanti (Abkürzung) – Kantonsschule, Gymnasium

Kantonsrat – Parlament des Kantons Solothurn

Kronenstutz – Bezeichnung der Einheimischen für die steile Kronengasse

Landammann – Vorsteher der Kantonsregierung im Kanton Solothurn

Landjäger – geräucherte und luftgetrocknete Rohwurst

lusch (Dialekt) – verdächtig, suspekt

Münz (Dialekt) – Kleingeld

Nationalrat – grosse Kammer des Eidgenössischen Parlaments (Volksvertretung)

Niklaus von Flüe/Bruder Klaus – Schutzpatron der Schweiz (1417–1487)

Päpu (Dialekt) – Vater

Perron – Bahnsteig

Rahm – Sahne

Säckli (Dialekt) – kleine Tüte

Salodurum (latein.) – Solothurn

SBB (Abkürzung) – Schweizerische Bundesbahnen

Schanze – teilweise erhaltene Umfassungsmauer aus dem 17. Jahrhundert in Solothurn

Schmaladida merda (rätorom.) – verdammte Scheisse

Schwarzbubenland – Solothurner Kantonsgebiet nördlich des Juras

Skapulier – ärmelloser Überwurf zur klösterlichen Tracht

Souverän – Gesamtheit der schweizerischen Stimm- und Wahlberechtigten

Staatskanzlei – Stabsstelle der Regierung; Staatssekretariat

Staatsschreiber – Stabschef der Regierung; Staatssekretär

Stange (Dialekt) – Bier im Offenausschank

Stöckli – Nebengebäude, in das die Grosseltern ziehen, wenn das Bauernhaus von der Familie bewohnt wird

Stutz (Dialekt) – Franken

Tagwache – militärischer Weckruf

Tolggen (Dialekt) – (Tinten-)Fleck, hier: Fleck auf der weissen Weste

Töpfergesellschaft Solothurn – bedeutende schweizerische Vortragsgesellschaft

Trampelpfad – Polizeijargon für den frei begehbaren, markierten Pfad an einem Tatort

Trucke (Dialekt) – mühsame oder widerspenstige Frau

Tschuggerei (Dialekt) – abfällig für Polizei

Vicus (latein.) – römischer Marktflecken, Kleinstadt

Waadtland – Kanton Waadt (franz.: Vaud)

Zingulum – Gürtel oder Schnur der klösterlichen Tracht

Anmerkungen und Dank

Als Krimiautor ist es für mich eine ganz besondere Ehre, auf den Fundus meiner Autorenkollegen zurückgreifen zu dürfen und einen ihrer Charaktere für gewisse Sequenzen zu verwenden. In diesem Sinn danke ich der Zürcher Autorin Petra Ivanov, dass sie mir ihre Staatsanwältin Regina Flint erneut für ein kurzes Crossover zur Verfügung gestellt hat.

Das im vorliegenden Buch erwähnte Institut Val Sinestra sowie die in diesem Zusammenhang geschilderten Ereignisse sind frei erfunden. Das im Jahr 1912 als Bäderhotel erbaute Haus in Val Sinestra existiert tatsächlich. Heute ist es ein für die Öffentlichkeit zugängliches Ferienhotel.

Ebenfalls belegt ist die Existenz des Hausgeistes Guillaume, auf den ich in einem Bericht in der «Neuen Zürcher Zeitung» vom Juli 2010 gestossen bin. Ich bedanke mich auch beim Team des Hotels Val Sinestra, das mich spontan durch das Gebäude geführt und mir seine Geschichte nähergebracht hatte.

Generalvikar Dr. Markus Thürig und Jacqueline Weibel vom bischöflichen Ordinariat des Bistums Basel in Solothurn gaben mir wertvolle Hinweise in Bezug auf religiöse Gemeinschaften und Gruppierungen. Das im Buch erwähnte «Opus Sanctae Gratiae» oder «Barmherziges Werk der Heiligen Gnade» beziehungsweise «Gnadenwerk» ist ausschliesslich ein Produkt meiner Phantasie. Das gilt auch für sämtliche geschilderten Verbindungen oder Zusammenhänge mit existierenden Institutionen des Bistums Basel beziehungsweise den Landes- oder Weltkirchen.

Realität hingegen ist der weltweite Missbrauch und die Gewalt gegen Frauen und Kinder durch Sekten, religiöse Gemeinschaften und Kirchenvertreter aller Konfessionen und Religionen. Stellvertretend erwähnt seien der Fall Ahrensburg, der die Protestantische Kirche Deutschlands erschüttert hat, und auch die Fälle von Gewaltmissbrauch, die sich weltweit in religiösen und nichtreligiösen Gemeinschaften ereignen, wie die Geschichte der Christina Krüsi in einer freikirchlichen Mission in Bolivien, welche Schlagzeilen in der Schweizer Presse machte. Die verstörende Tatsache, dass Misshandlung, Missbrauch und Tötungen von Frauen und Kindern in der Schweiz und in Europa stärker verbreitet sind, als man sich vorstellen möchte, ist unter anderem aktuellen Publikationen der Informationsstelle für häusliche Gewalt des Eidgenössischen Departementes des Innern (www.gleichstellung-schweiz.ch) sowie des Europäischen Parlamentes (www.europarl.europa.eu/thinktank, Suchbegriff: «Gewalt gegen Kinder in der EU») zu entnehmen.

Die Staatsanwaltschaft des Kantons Solothurn und die Polizei Kanton Solothurn waren mir erneut eine unentbehrliche Hilfe, indem sie mir mit Enthusiasmus und nicht selten mit Geduld halfen, mein Laienwissen zu verbessern. Dafür bedanke ich mich ganz herzlich bei Martin Schneider und Doris Büttiker von der Staatsanwaltschaft sowie Nik Büttiker und Urs Bartenschlager von der Kantonspolizei.

Ich hatte das grosse Privileg, das Institut für Rechtsmedizin der Universität Bern besuchen zu dürfen, wo PD Dr. med. Dr. iur. Antoine Roggo und Dr. med. Antje Rindlisbacher dem Laien, der ich bin, einen eindrucksvollen Einblick in ihre Arbeit gaben, wofür ich auch ihnen sehr verbunden bin. Wie überall gilt vor allem bei der Rechtsmedizin, Polizei und Staatsanwaltschaft, dass alle beabsichtigten und unbeabsichtigten Verfahrens-, Verhaltens- und Charakterfehler meiner Protagonisten mir und nur mir allein zuzuschreiben sind.

Ich danke der Leiterin der «IGA SOS Racisme Solothurn», Françoise Kopf, die mir Informationen zur Situation von Asylbewerbern in Solothurn gab. Der im Buch erwähnte Bundesgerichtsentscheid gegen den Kanton Solothurn ist nachzuschlagen unter BGE 131/166 «Solothurner Nothilfeentscheid» vom 18. März 2005. Meine Beschreibung der Verweigerung des Solothurner Zivilstandsamtes, Neugeborene von Frauen mit Nichteintretensentscheid zu registrieren, stützt sich auf einen Bericht in der «Solothurner Zeitung» vom 12. März 2016 unter dem Titel «Solothurner Zivilstandsamt missachtet die Regeln zur Beurkundung».

Ein besonderes Dankeschön widme ich Hauptmann Simon

Luginbühl von der Lufttransportstaffel 1 der Schweizer Luftwaffe, mit dem ich virtuell die Unterwalliser Region Vallée du Trient, Col de Barberine und den Stausee Emosson mit einem Super Puma überfliegen durfte und dabei wichtige Hinweise zu Flugrouten, Flughöhen und Interventionsprozeduren bekam. Die im Buch beschriebene Notrettungsaktion mit Scharfschützen wird seit einigen Jahren im Rahmen von «Special Air Missions» der Schweizer Luftwaffe praktiziert.

Die Staatskanzlei des Kantons Solothurn in der Person der stellvertretenden Staatsschreiberin Pascale von Roll hat mich in verdankenswerter Weise mit Informationen zu ihren Abläufen und mit Quellentipps versorgt.

Ich bedanke mich ganz herzlich bei meinen Probelesern Lucrezia Cadetg und Tim Felchlin, die mir wertvolle Kritiken und Tipps zur Verbesserung gaben, sowie bei meinem Agenten Dr. Michael Wenzel von der Editio Dialog Literary Agency für seine Ratschläge und die Vermittlung. Meiner Lektorin Irène Kost bin ich speziell verbunden für ihr untrügliches und kritisches Gespür, ohne das die Geschichte nicht die wäre, die sie ist.

Die guten Geister vom Emons Verlag in Köln möchte ich an dieser Stelle erwähnen, insbesondere Dr. Christel Steinmetz und Stefanie Rahnfeld für die Vorkorrektur und die vielen Tipps und Hilfestellungen rund um das Manuskript; Franziska Emons für die Gestaltung des wunderschönen Umschlagbildes sowie Leslie Schmidt für die Unterstützung bei der Presse- und Öffentlichkeitsarbeit.

Un grand Merci an meine Nichte Claire Frachebourg, sie hat erneut Illustrationen kreiert, die ich gerne für Informations- und Werbezwecke verwende.

Die österreichische Aktrice und Sprecherin Barbara Kaudelka, die ich inzwischen als gute Freundin bezeichnen darf, hat mich erneut mit Wiener Schmäh und ihrem unschlagbaren Charme inspiriert, Jana Cranach, meiner Spezialistin für harte Fälle, Leben einzuhauchen. Ein grosses Merci und *keep it up,* Babs!

Schliesslich ist es meine Ehefrau, beste Freundin und engste Vertraute in Personalunion, Catherine Frachebourg, der meine Liebe, tiefste Zuneigung und mein Dank gehören. Ohne ihre kontinuierliche Ermutigung, stille und aktive Unterstützung sowie nicht zuletzt ohne ihre unverblümte Kritik gäbe es für Sie, liebe Leserin und lieber Leser, kein Buch, für dessen Lektüre bis hierher ich Ihnen ganz zum Schluss herzlich danken darf.

Christof Gasser